T0270418

# El JUEGO DEL MATRIMONIO

# El
# JUEGO DEL
# MATRIMONIO

## SARA DESAI

# TITANIA

Argentina • Chile • Colombia • España
Estados Unidos • México • Perú • Uruguay

Título original: *The Marriage Game*
Editor original: A JOVE BOOK Published by Berkley
An imprint of Penguin Random House LLC
Traducción: Mónica Campos

1.ª edición Enero 2024

© 2020 *by* Sara Desai
Translation rights arranged by Taryn Fagerness Agency
and Sandra Bruna Agencia Literaria, SL.
All Rights Reserved
© de la traducción 2024 *by* Mónica Campos
© 2024 by Urano World Spain, S.A.U.
Plaza de los Reyes Magos, 8, piso 1.º C y D – 28007 Madrid
www.titania.org
atencion@titania.org

ISBN: 978-84-19131-36-2
E-ISBN: 978-84-19699-82-4
Depósito legal: M-31.042-2023

Fotocomposición: Ediciones Urano, S.A.U.

Impreso por Romanyà Valls, S.A. – Verdaguer, 1 – 08786 Capellades (Barcelona)

Impreso en España – *Printed in Spain*

A papá, por todo.

*Estimado señor:*

*Adjunto a este correo electrónico encontrará el currículum matrimonial de mi querida hija, Layla Patel, de veintiséis años, que necesita un marido inmediatamente.*

*Es guapa, inteligente y bien educada, con una encantadora vena independiente y viveza de ingenio. Es una chica sana que disfruta muchísimo de la comida. A mi hija le gusta la música, sobre todo el famoso grupo Nickelback. Es una buena chica (obediente, educada y recatada) con un profundo sentido de la responsabilidad hacia su familia y respeto por sus mayores. Es devota de las tradiciones de su cultura, pero no lleva sari.*

*Su pareja ideal sería un profesional de éxito y fiable que crea en el deber y la tradición. Debe estar en forma, gozar de buena salud e ir bien peinado, así como tener una buena educación y una carrera de éxito. Pero, por encima de todo, debe hacer feliz a mi hija y tratarla con amabilidad y respeto. También debe aceptar la compañía de una familia muy numerosa, ruidosa y cariñosa.*

*Si usted cree que podría ser compatible, responda por correo electrónico o envíe su currículum a Nasir Patel. Restaurante El Molinillo de Especias. San Francisco, California.*

*P. D.: La discreción es fundamental. Mi hija no sabe que he publicado su perfil en Internet.*

# 1

Cuando Layla entró en el restaurante El Molinillo de Especias tras otra relación desastrosa, esperaba besos y abrazos, compasión o, incluso, un alegre «¡Bienvenida a casa!».

En vez de eso, recibió un plato de samosas y una jarra de agua para la mesa doce.

—Hay *papadams* frescos en la cocina —dijo su madre—. No te olvides de ofrecérselos a todos los clientes.

El rostro de suaves facciones de su madre no mostró ninguna emoción. Layla podría haber sido cualquiera de la media docena de camareras que trabajaban en el restaurante de sus padres en vez de la hija pródiga que había regresado a San Francisco con el corazón roto.

Debería haber sabido que no era una buena idea presentarse en horario de trabajo con la intención de desahogarse. Hija mediana de una familia estricta, intelectual y reservada, su madre no era dada a las muestras de afecto. Pero con lo desolada que se había quedado tras ver a su novio, Jonas Jameson, *influencer* de las redes sociales, esnifando sus últimos ahorros en el cuerpo de dos modelos desnudas, Layla esperaba algo más que la pusieran a trabajar.

Había vuelto a la infancia.

—Sí, mamá.

Llevó el plato y la jarra a la mesa sin rechistar, y charló un poco con los clientes sobre la original decoración del restaurante. Los exóticos tonos en azafrán, oro, rubí y canela, las paredes que representaban el viento y el fuego en movimiento, y una cascada con bonitas rocas artificiales y pequeños animales de plástico habían hecho realidad el sueño de su difunto hermano de recrear India en el centro de San Francisco.

Los conocidos aromas de canela, cúrcuma picante y comino ahumado trajeron consigo recuerdos de tardes removiendo *dal*, picando cebollas y enrollando *roti* en la bulliciosa cocina del primer restaurante de sus padres en Sunnyvale, bajo la atenta mirada de los cocineros, que elaboraban las recetas creadas por sus padres. Lo que de niña le había parecido divertido y de adolescente una imposición, ahora la llenaba de nostalgia, aunque le hubiera gustado que su madre le dedicara un minuto de su tiempo.

Cuando se dirigía a la cocina en busca de los *papadams*, vio a sus sobrinas coloreando dibujos en un reservado y se acercó a saludarlas. Sus padres las cuidaban por las tardes, cuando su madre, Rhea, estaba trabajando.

—¡Tía Layla!

Anika, de cinco años, y Zaina, de seis, con el cabello largo y oscuro recogido en sendas coletas, corrieron a abrazarla.

—¿Nos has traído algo de Nueva York? —preguntó Zaina.

Layla se arrodilló y abrazó a sus sobrinas.

—Puede que haya traído unos regalos, pero los he dejado en casa. No pensé que os vería aquí.

—¿Podemos ir contigo a buscarlos? —La hicieron reír cuando le plantaron unos besos pegajosos en las mejillas.

—Los traeré mañana. ¿Qué habéis estado comiendo?

—*Jalebis*. —Anika levantó un dulce de color naranja chillón con forma de *pretzel*.

—Ayer ayudamos a *dadi* a hacer *peda* de chocolate —le informó Zaina, usando el término urdu para «abuela paterna».

—Y el día anterior hicimos *burfi*, y antes de eso hicimos…

—Crocanti de cacahuetes. —Anika sonrió.

Layla reprimió una carcajada. A su madre le encantaban los dulces, así que no era de extrañar que los preparara en la cocina con sus nietas.

A Zaina se le borró la sonrisa de la cara.

—Dijo que el crocanti de cacahuetes era el favorito de papá.

A Layla se le encogió el corazón. Su hermano, Dev, había muerto en un accidente de coche hacía cinco años y el dolor por la pérdida no había desaparecido. Había sido siete años mayor que ella y el símbolo de la posición social y económica de la familia. Había cargado con unas pesadas expectativas sobre sus hombros y no había decepcionado. Licenciado en Ingeniería, con un exitoso matrimonio concertado y una cartera inmobiliaria que gestionaba con un grupo de amigos, era el sueño de cualquier padre indio.

Layla… no tanto.

—También es mi favorito —dijo—. Espero que hayáis dejado un poco para mí.

—Puedes quedarte con el de Anika —sugirió Zaina—. Te lo traeré.

—¡No! ¡No puedes darle el mío! —Anika siguió a Zaina hasta la cocina, gritando por encima del *remix* de *¿Quién quiere ser millonario?* que sonaba de fondo.

—Me recuerdan a ti y a Dev. —Su madre apareció junto al reservado y levantó un mechón del cabello de Layla, observando las chillonas mechas—. ¿Qué es este azul?

Su madre se sorprendió, por supuesto. Hacía años que había renunciado a convertir a su hija en una mujer fatal. A Layla nunca le habían interesado los peinados a la moda, y la única vez que se pintaba las uñas o se maquillaba era cuando sus amigas la sacaban a rastras. Vestirse bien era un juego reservado para el trabajo o las salidas nocturnas. Los vaqueros, las coletas y las zapatillas deportivas eran más su estilo.

—Esto es cortesía del tinte capilar de Jonas. Su estilista se lo dio para los retoques. El pelo azul es su sello de identidad. Por lo visto, queda bien en la pantalla. No quería que se desperdiciara cuando rompimos, así que me lo puse en el pelo. Primero tuve que decolorarme las mechas para conseguir el auténtico *look* de Jonas.

A diferencia de la mayoría de sus amigas, que salían a escondidas de sus padres, Layla siempre les había confesado su deseo de encontrar el amor verdadero. Les había presentado todos sus novios a sus padres y les había contado sus rupturas y problemas sentimentales. Aunque lo que compartía tenía ciertos límites. Sus padres no sabían que había estado viviendo con Jonas y, probablemente, nunca se enterarían de que perdió su trabajo, su apartamento y su orgullo cuando el vídeo de YouTube «Furia azul», en el que arrojaba las cosas de Jonas por el balcón de su casa en un arrebato de ira, se hizo viral.

—Eres apasionada e impulsiva. Te pareces mucho a tu padre. —Su madre sonrió—. Cuando recibimos nuestra primera mala crítica, rompió la revista, la cocinó en una olla de *dal* y se la sirvió al crítico en persona. Tuve que impedir que volara a Nueva York cuando llamaste para decirnos que Jonas y tú os habíais separado. Cuando percibió el dolor en tu voz, quiso ir hasta allí y darle una lección a ese chico.

Si la versión aséptica y apta para padres de su ruptura había angustiado a su padre, no podía ni imaginarse cómo reaccionaría si le contaba toda la historia.

—Me alegro de que lo detuvieras. Jonas es un gran *influencer* en las redes sociales. La gente empezaría a hacerle preguntas si publicara vídeos con la cara llena de moratones.

—*Influencer* en las redes sociales. —Su madre agitó una mano con desdén—. ¿Qué clase de trabajo es ese? ¿Hacer entrevistas en Internet? ¿Cómo se puede mantener así a una familia?

Más allá del habitual desprecio indio por las carreras artísticas, esa era una buena pregunta. Jonas ni siquiera había podido mantenerse a sí mismo. Cuando vinieron a cobrarle las primeras facturas, se mudó al viejo piso sin ascensor que Layla compartía con tres universitarios en el East Village y vivió a su costa mientras buscaba fama y fortuna como *influencer* de estilo de vida en las redes sociales.

—Ese chico no valía la pena —dijo su madre con firmeza—. No tenía una buena educación. Estás mejor sin él.

Era lo más compasivo que Layla iba a conseguir. A veces era más fácil hablar de los temas dolorosos con su madre porque Layla tenía que controlar sus emociones.

—Parece que siempre elijo a los que no valen la pena. Debo de tener un radar para los chicos malos.

Se le encogió el corazón en el pecho y tuvo que darse la vuelta. Su madre daba los sermones. Su padre se ocupaba de las lágrimas.

—Por eso, en nuestra cultura, el matrimonio no se basa en el amor.

Su madre nunca dejaba pasar la oportunidad de ensalzar las ventajas de los matrimonios concertados, sobre todo cuando Layla había sufrido un desengaño amoroso.

—Se trata de devoción por otra persona, cariño, deber y sacrificio. Un matrimonio concertado se basa en la estabilidad. Es un contrato entre dos personas afines que comparten los mismos valores y el mismo deseo de compañía y familia. No hay dolor, no hay traición, no hay chicos fingiendo que les importas, o usándote y luego tirándote, no hay promesas incumplidas...

—No hay amor.

El rostro de su madre se suavizó.

—Si tienes suerte, como tu padre y yo, el amor aparece por el camino.

—¿Dónde está papá? —No quería oír hablar de matrimonios de ningún tipo cuando era evidente que no estaba hecha para las relaciones. No es de extrañar que los chicos siempre pensaran en ella como una amiga. Era la compañera de todos y el premio de nadie.

Buscó a su padre. Él era su roca, su hombro donde llorar cuando todo iba mal. Solía estar en la puerta recibiendo a los clientes o paseándose entre las mesas vestidas de lino y las sillas de felpa color azafrán, charlando con ellos sobre las obras de arte y las estatuillas expuestas en las hornacinas de espejo de las paredes, hablando del menú o compartiendo historias con los amantes de la cocina sobre sus últimos hallazgos culinarios. Era un animador nato y no había nada que le gustara más que verlo trabajar en la sala.

—Tu padre ha estado encerrado en su despacho cada minuto libre desde que llamaste por lo de ese chico. No come, apenas duerme... No sé si es por el trabajo u otra cosa. Nunca descansa. —La madre de Layla se ajustó el delantal rojo, lo que era una típica señal de ansiedad. La tía Pari le había regalado el delantal para celebrar la apertura del primer restaurante y aún lo llevaba todos los días, aunque los elefantes del borde estaban descoloridos y deshilachados.

—Eso no es tan raro.

El padre de Layla nunca descansaba. Desde el momento en que sus pies tocaban el suelo por la mañana, se ponía manos a la obra y empezaba el día con un entusiasmo y una energía que Layla no podía conseguir hasta las nueve de la mañana y dos tazas de café. Su padre hacía más cosas en un día que la mayoría de la gente en una semana. Era escandaloso y no se avergonzaba de mostrar sus emociones, ya fueran de felicidad o de tristeza, o incluso de compasión por los muchos desengaños de su única hija.

—Se alegrará mucho de que hayas venido de visita.

Su madre le dio un abrazo; un gesto tan cariñoso como inesperado. Cuando el restaurante estaba abierto estaba muy concentrada.

—Los dos nos alegramos.

A Layla se le formó un nudo en la garganta. Eran momentos así (el amor que había en dos besos pegajosos de sus sobrinas y en unas palabras poderosas de su madre) los que le aseguraban que estaba tomando la decisión correcta de volver a casa. En Nueva York había tocado fondo. Si había alguna posibilidad de volver a encarrilar su vida, sería con el apoyo de su familia.

—¡*Beta*! —La profunda voz de su padre retumbó en el restaurante, haciendo girar las cabezas de los clientes.

—¡Papá!

Layla se dio la vuelta y se arrojó a sus brazos, sin importarle que estuviera dando un espectáculo. Excepto por las ideas tradicionales que tenía sobre las mujeres (no había puesto en ella las mismas expectativas académicas o profesionales que en Dev), su padre era el mejor hombre que conocía: digno de confianza, amable y divertido. Había sido ingeniero antes de emigrar a Estados Unidos, por lo que era lo bastante manitas para solucionar la mayoría de los problemas del restaurante y lo bastante inteligente para dirigir un negocio, hablar de política y entablar conversación con cualquiera. Su amor era ilimitado. Su bondad tampoco tenía límites. Cuando contrataba a un empleado, nunca lo dejaba marchar.

Todas las emociones que Layla había estado reprimiendo desde que presenció la traición de Jonas se desbordaron en brazos de su padre, mientras él murmuraba lo que le haría a Jonas si alguna vez se encontraba con él.

—Acabo de comprar un juego de cuchillos Senshi. Atraviesan la carne como si fuera mantequilla. Ese bastardo no sabría que lo habían apuñalado hasta que estuviera muerto. O, mejor aún, lo invitaría a comer y lo sentaría en la mesa diecisiete, cerca de la puerta de atrás, donde nadie pudiera verlo. Le serviría un *masala* con setas venenosas. Primero, sufriría náuseas, calambres estomacales, vómitos y diarrea. Luego, insuficiencia hepática y muerte.

La risa burbujeó en su pecho. Nadie podía animarla como su padre.

—Mamá te ha obligado a ver demasiados programas policíacos. ¿Y si solo agitas el puño delante de su cara y le gritas unos cuantos insultos?

Él le dio un beso en la frente.

—Si tengo que defender tu honor, quiero que se hable de ello durante años, algo digno de la versión criminal de una estrella Michelin. ¿Crees que existe algo así?

—No seas ridículo, Nasir. —La madre de Layla suspiró—. No habrá asesinatos de famosillos de Internet cuando tenemos que dirigir un restaurante. Las cosas ya son lo bastante difíciles con la recesión del mercado. No puedo hacerlo yo sola.

Layla se separó de su padre frunciendo el ceño.

—¿Por eso el restaurante está casi vacío? ¿Va todo bien?

La mirada de su padre se dirigió a su madre y luego volvió a ella.

—Todo va bien, *beta*.

A Layla se le encogió el corazón en el pecho al oír el apelativo cariñoso. Siempre sería su niña, aunque tuviera cincuenta años.

—No tan bien. —Su madre señaló al grupo de tías que entraban en ese momento por la puerta; algunas vestidas con saris, otras con ropa formal de trabajo y otras con *salwar kameez*, túnicas de vivos colores y pantalones largos bordados con elegancia. Tíos y primos iban en la retaguardia —. Parece que te hayas encontrado con el sobrino de la tía Lakshmi en el aeropuerto de Newark y le hayas dicho que has roto con tu novio.

En un instante, Layla se vio rodeada por cariñosos brazos, suaves pechos y el intenso aroma del perfume de jazmín. La noticia había corrido entre las tías más rápido que un reguero de pólvora o, en este caso, más rápido que un Boeing 767.

—¡Mira quién está en casa!

Mientras asfixiaban a Layla con abrazos y besos, su padre condujo a todos al bar; reubicó rápidamente a los clientes más cercanos y acordonó la zona con un cartel de Fiesta privada. Lo único que su familia adoraba más que una fiesta de bienvenida era una boda.

—¿Quién era ese chico? No tenía respeto en los huesos ni vergüenza en el cuerpo. ¿Quién se cree que es? —La tía Pari apretó a Layla tan fuerte que no podía respirar.

—Suéltala, Pari. Se está poniendo azul.

La tía Charu apartó a su hermana mayor y abrazó a Layla. La hermana pequeña de su madre, con dificultades para socializar, tenía un doctorado en neurociencia y siempre intentaba contribuir a las conversaciones dando consejos psicológicos que nadie le había pedido.

—¿Cómo has llegado hasta aquí? ¿Dónde te alojas? ¿Vas a volver a estudiar? ¿Tienes trabajo?

La tía Deepa, prima de su madre y diseñadora de interiores fracasada, se echó por encima del hombro el extremo de su *dupatta* (un pañuelo largo, fino y de color rosa chillón adornado con pequeñas cuentas de cristal) y, sin darse cuenta, le dio una palmada en la mejilla a Lakshmi, la hermana pequeña de su padre.

—Va a pasar algo malo —gimió la supersticiosa tía Lakshmi—. Lo noto en mi cara.

La tía Mehar resopló mientras se ajustaba el sari y los largos pliegues de tela color verde chillón caían sobre sus generosas caderas.

—También pensaste que iba a pasar algo malo cuando la leche hirvió la semana pasada.

—No te burles, Mehar. —La tía Lakshmi frunció el ceño—. Te dije que la relación de Layla no iba a funcionar en cuanto me enteré de que se había marchado una noche de luna llena.

—Nadie pensaba que fuera a funcionar —se burló la tía Mehar—. El chico ni siquiera fue a la universidad. Layla necesita un profesional, alguien agradable a la vista como Salman Khan. ¿Recuerdas la escena de *Dabangg*? Me volví loca en el cine cuando se arrancó la camisa.

Las tías de Layla gimieron. La tía Mehar se sabía los pasos de todos los bailes de Bollywood y la letra de todas las canciones. Era la tía favorita de Layla, no solo porque no le daba vergüenza bailar en todas las bodas, sino también porque compartía con ella el amor por el cine, desde Hollywood hasta Bollywood, pasando por el cine independiente.

—¡Tía Mehar! —Layla se burló con un grito ahogado—. ¿Qué pasa con Hrithik Roshan? Es el actor número uno de Bollywood. Nadie puede bailar como él. Es tan perfecto que no parece humano.

—Demasiado delgado. —La tía Mehar hizo un gesto despectivo con la mano—. Parece como si estuviera encogido. Me gusta un hombre con carne en los huesos.

—Mehar, de verdad… —La tía Nira agitó un dedo en señal de reproche, con las pulseras de cristal de su brazo tintineando con delicadeza. Era dueña de una exitosa tienda de ropa en Sunnyvale y su *salwar kameez* exquisitamente bordado en amarillo mostaza y verde oliva tenía la espalda abierta a la moda—. Mis hijos están por aquí.

—Tus hijos son veinteañeros. No creo que se escandalicen por que me guste un hombre bien musculado.

—Si pasaras menos tiempo soñando y bailando, podrías haber tenido uno para ti.

Layla hizo una mueca de dolor por el dardo envenenado. La tía Mehar había superado con creces lo que se consideraba «edad casadera», pero parecía contenta con su vida de soltera y su trabajo como profesora de danza en la ciudad de Cupertino.

—Layla necesita estabilidad en su vida, no un actor cantante y bailarín sin cerebro. —La tía Salena pellizcó las mejillas de Layla. Llevaba intentando casar a Layla desde que cumplió tres años—. ¿Qué vas a hacer ahora? ¿Cuáles son tus planes?

—He acabado con los hombres, tía-ji* —dijo cariñosamente.

—No me llames «tía». —Se recolocó el cabello canoso bajo el pañuelo bordado—. No soy tan mayor.

—Eres mayor. —La tía Taara la apartó y le entregó a Layla un táper—. Y tú estás demasiado delgada. Come. Lo he preparado para ti.

—¿Qué es esto?

La tía Taara sonrió y le dio una palmadita a Layla en la mano.

—He estado asistiendo a clases de cocina en el YMCA**. Estoy aprendiendo a hacer comida occidental, pero le he añadido un toque indio. Es una lasaña indio-americana. He utilizado *roti* en vez de pasta, he añadido un poco de queso *halloumi* y he aromatizado la salsa de tomate con *chutney* de mango y un poco de cayena. Pruébala. —Miró con impaciencia cómo Layla levantaba la tapa.

—Tiene una pinta… deliciosa.

Se le revolvió el estómago ante la masa pastosa con queso derretido y *chutney* de color naranja chillón.

—Voy a tener que cerrar el restaurante. —El padre de Layla le arrebató el recipiente de la mano y observó el contenido—. ¡Qué combinación de sabores tan interesante! Lo disfrutaremos juntos esta noche, cuando tengamos tiempo de apreciar los matices de tu creación.

Layla le lanzó una mirada de gratitud y él le pasó un brazo por los hombros.

---

* La palabra hindi «ji» se utiliza para mostrar respeto a las personas, por lo que «tía-ji» es la forma más común de referirse a una tía. (N. de la T.)

** Organización no lucrativa y sin filiación política o confesional que persigue mejorar la sociedad a través del desarrollo integral de la juventud. (N. de la T.)

—No te lo comas —susurró—. Tu cuñada probó sus *nuggets* de pollo *vindaloo* la semana pasada y estuvo dos días enferma. Si piensas viajar la semana que viene…

—No. Me voy a quedar. Vuelvo a casa. Mis cosas llegarán en los próximos días.

—Jana, ¿has oído eso? —Su cara se iluminó de alegría—. No va a volver a Nueva York.

—¿Y tu trabajo? —preguntó su madre, entrecerrando sus oscuros ojos.

—Pensé que era hora de cambiar y quería estar aquí para ayudarte… —Su voz se entrecortó cuando su madre frunció el ceño.

—Quiere estar con nosotros, Jana —dijo su padre—. ¿Por qué la miras así?

—No somos unos viejos. No necesitamos ayuda. Ella tenía un buen trabajo. Todas las semanas la veo por el Face y no dice nada malo del trabajo.

—Se llama «FaceTime», mamá, y no es tan bueno como estar con la gente que quieres.

—Ama a su familia. Es una niña tan buena… —El padre de Layla la abrazó incluso cuando su madre movió un dedo de advertencia en su dirección. La manipulación emocional no funcionaba con su madre. Tampoco las mentiras.

—Dime la verdad —le advirtió su madre—. Cuando me muera, te sentirás culpable y te darás cuenta…

—Mamá…

—No. Me moriré.

—De acuerdo. —Layla se apartó del calor de los brazos de su padre. Era imposible mentirle a su madre cuando empezaba a hablar de su propia muerte—. Me despidieron.

Silencio.

Layla se preparó para la tormenta. Aunque su madre era una persona reservada, había momentos en los que se soltaba, y por cómo movía su mandíbula estaba claro que este iba a ser uno de esos momentos.

—¿Por el chico?

—Indirectamente, sí.

—¡Oh, *beta*! —Su padre extendió los brazos, con voz compasiva, pero cuando Layla se dirigía hacia él, su madre la detuvo con una mano.

—Nada de abrazos. —Miró a Layla—. Te lo dije. Te dije que no te fueras. Nueva York no es un buen sitio. Demasiado grande. Demasiada gente. Sin sentido de la familia. Sin valores. Tuviste un novio tras otro y todos fueron malos, todos te hicieron daño. Y este incluso te ha hecho perder el trabajo… —Siguió despotricando, por suerte, en voz baja para que las tías no la oyeran.

Toda su vida, Layla había querido que sus padres estuvieran tan orgullosos de ella como lo habían estado de Dev, pero le habían vetado los tradicionales caminos al éxito. Con notas medias y sin interés por las carreras «aceptables» (doctora, ingeniera, contable y tal vez abogada), se había forjado su propio camino. Sí, la habían apoyado cuando decidió estudiar en una escuela de negocios, pero no habían entendido que decidiera especializarse en Recursos Humanos. Su padre incluso había llorado de orgullo el día que se graduó. Pero en el fondo sabía que estaban decepcionados. Y ahora se había deshonrado a sí misma y a la familia. No era de extrañar que su madre estuviera tan enfadada.

—Vuelve a Nueva York. —Su madre le hizo señas hacia la puerta—. Diles que lo sientes. Que fue un error.

—No puedo. —Su madre no entendía Facebook. Tampoco podía explicarle qué era YouTube o que algo se convirtiera en viral. ¿Y la rabieta que lo había provocado todo; la profunda decepción por el fracaso de otra relación? Su madre nunca la perdonaría por haber sido tan imprudente—. Esta vez sí que la he cagado.

¿No era el eufemismo del año? Aunque la policía la había dejado marchar con una simple advertencia, había pasado unas horas humillantes en comisaría, esposada, y el casero la había echado de su piso. Pero eran cosas que sus padres no necesitaban saber.

Su padre negó con la cabeza.

—*Beta*, ¿qué es lo que has hecho tan mal?

Layla se encogió de hombros.

—No importa. No estaba contenta en el trabajo y ellos lo sabían. No me gustaba cómo trataban a las personas que buscaban trabajo, como si fueran parte del inventario. No les importaban sus necesidades ni sus deseos. Todo se reducía a tener contentos a los clientes corporativos. Incluso le dije a mi jefa que podríamos tener el mismo éxito si prestábamos tanta atención a las personas que colocábamos como a las empresas que nos contrataban, pero no estuvo de acuerdo. Las cosas empezaron a ir cuesta abajo. Tengo la sensación de que me habría ido de todos modos y que lo que pasó solo les sirvió de excusa.

—Así que no tienes trabajo, ni perspectivas de matrimonio, ni un lugar donde vivir… —Su madre negó con la cabeza—. ¿Qué hemos hecho mal?

—No te preocupes, *beta*. Yo lo solucionaré. —Su padre sonrió—. Tu viejo padre se encargará de todo. Mientras yo viva, no tendrás que preocuparte.

—Es una mujer adulta, Nasir. No es una niña pequeña que ha roto un juguete. Tiene que solucionarlo ella sola. —La madre de Layla se cruzó de brazos—. ¿Y? ¿Cuáles son tus planes?

Layla hizo una mueca.

—Bueno, había pensado en vivir en casa y ayudar un poco en el restaurante, y puedo cuidar de las niñas cuando Rhea esté ocupada…

—Necesitas un trabajo —dijo su madre—. ¿O vas a estudiar otra carrera? ¿Tal vez medicina, ingeniería o incluso odontología? A tu padre le duele una muela.

—Esta. —Su padre le señaló el diente—. Me duele al masticar.

Con la intención de calmar a su madre, repasó las últimas veinticuatro horas en busca de inspiración, hasta que recordó haberle dado vueltas a una idea cuando volvía a casa.

—En el avión estuve viendo una de mis películas favoritas, *Jerry Maguire*. El protagonista es un agente deportivo al que despiden por tener principios. Crea su propia empresa y solo cuenta con la ayuda de Dorothy.

—¿Quién es Dorothy? —preguntó su madre.

—Él está enamorado de ella, pero ahora eso no importa. Yo soy Jerry. —Se señaló a sí misma, con un entusiasmo que crecía a medida que la idea lo hacía en su mente—. Podría montar mi propia agencia de empleo, pero sería distinta de las demás porque se centraría en quienes buscan trabajo y no en quienes lo ofrecen. Siempre me has dicho que en nuestra familia los Patel siempre han sido sus propios jefes. Bueno, yo también quiero ser mi propia jefa. Tengo un título en Administración de Empresas. Y cuatro años de experiencia en contratación. ¿Sería tan difícil?

—Es muy difícil. —Su madre suspiró—. ¿Crees que tu agencia tendrá éxito de un día para otro? Tu padre y yo empezamos de la nada. Cocinábamos en una placa de dos fuegos en un apartamento minúsculo. Vendíamos la comida a nuestros amigos en táperes. Tardamos muchos años en ahorrar para nuestro primer local y tuvimos que trabajar muy duro para que nos fuera bien.

—Pero podemos ayudarla, Jana —dijo su padre—. ¿De qué sirve saber los trucos para dirigir tu propio negocio si no puedes enseñárselos a tu hija? Hasta tenemos un despacho vacío en la planta de arriba. Ella puede trabajar desde allí y yo puedo estar cerca...

—Nasir, le alquilaste el despacho a un joven hace unas semanas. Se traslada la semana que viene.

A Layla se le encogió el corazón en el pecho y tuvo que tragarse su decepción. Desde luego. Había sido demasiado perfecto. ¿Cómo había podido pensar que sería tan fácil dar un giro a su vida?

—No pasa nada, papá. —Se obligó a sonreír—. Mamá tiene razón. Siempre solucionas mis problemas. Debería hacerlo yo misma.

—No. —La voz de su padre era inusualmente firme—. Sí que pasa. Llamaré al inquilino y le diré que las circunstancias han cambiado. Aún no se ha trasladado, así que seguro que no habrá problema. —Sonrió—. Ya está solucionado. Estás en casa. Tendrás tu propia agencia y trabajarás arriba. Solo necesitas un marido y entonces me podré morir en paz.

—No empieces a hablar de morirte tú también.

Pero él ya no estaba escuchando. En vez de eso, daba palmas para silenciar el parloteo.

—Tengo que anunciaros algo. Nuestra Layla vuelve a casa. Llevará su propia agencia de empleo desde nuestro despacho de la planta de arriba, así que si os enteráis de empresas que busquen trabajadores o gente que necesite empleo, enviádselos a ella.

Todo el mundo empezó a aplaudir. Las tías se acercaron y gritaron los nombres de primos, amigos y parientes que estaban buscando trabajo. A Layla se le encogió el corazón. Esto era lo que más había echado de menos en Nueva York. Su familia. Le daban todo el apoyo que necesitaba.

Su padre se dio una palmada en el pecho.

—Nuestra familia vuelve a estar unida. Mi corazón está eufórico… —Se le atragantaron las palabras y se dobló por la cintura; un brazo se le escurrió del hombro de Layla.

—¿Papá? ¿Estás bien? —Ella extendió una mano para sujetarlo y él se tambaleó.

—Mi corazón…

Ella lo agarró del brazo.

—¿Papá? ¿Qué pasa?

Se desplomó en el suelo con un gemido.

—¡Lo sabía! —gritó la tía Lakshmi mientras Layla se arrodillaba junto a su padre—. Se lo he notado en la cara.

# 2

—Tyler, la razón por la que te hemos convocado es porque hemos decidido prescindir de ti. Hoy será tu último día.

Directo. Corto y al grano. Sam no creía que hubiera que irse por las ramas cuando se trataba de recortes de plantilla. No se podía despedir a nadie de forma agradable. No había palabras mágicas, metáforas o perogrulladas que absorbieran el golpe. Se lo dijo sin rodeos y le dio un minuto para asimilar la noticia. Era la mayor amabilidad que podía ofrecer.

«Lo siento, la empresa está reduciendo personal y tenemos que despedirte».

«Lo siento, pero con la reestructuración se ha eliminado tu departamento».

«Lo siento…».

Pero no lo sentía tanto. Sus clientes no lo contrataron para ser amable. Lo contrataban para ser el malo, y los malos recorrían el país despidiendo a cientos de personas y convirtiendo la vida de los afortunados supervivientes en un infierno al reducir sus prestaciones y salarios al mínimo.

Las reestructuraciones internas hacían más eficientes a las empresas, y las empresas más eficientes daban más primas a sus accionistas. La reducción de personal no era un trabajo para pusilánimes. Tenía que reprimir sus emociones y convertirse en lo que le pagaban para que fuera: un cretino que se llevaba el dinero.

Miró a Karen Davies, jefa del Departamento de Recursos Humanos de Kimsell Medical. Los bordes de su media melena rubia se curvaban bajo su barbilla. Cuando el consejo de administración aprobó la recomendación de Sam de despedir al quince por ciento de la plantilla para evitar que la empresa quebrara de forma inminente, ella había pedido a los directores que le sugirieran quién debía quedarse y quién no. Aunque, en última instancia, el director general era el responsable de los despidos, Karen daba la cara y Sam debía ayudarla.

Con cuarenta años de edad y veinte de experiencia en Recursos Humanos a sus espaldas, Karen no perdía detalle. Dibujó en su rostro una amplia sonrisa, cegando al pobre Tyler con sus dientes recién blanqueados.

—Gracias por el trabajo que has hecho aquí. Revisaré el papeleo y luego responderé a cualquier pregunta que tengas.

—Tienes derecho a consultar a un abogado. —Sam deslizó los documentos legales por la mesa. Hasta aquí, todo bien. Tyler estaba en estado de *shock*. Si se recuperaba demasiado rápido, se perderían unos minutos preciosos mientras escuchaban historias sobre facturas médicas e hipotecas, pagos de coches y préstamos estudiantiles.

Karen levantó un sobre como si estuviera en un concurso, tentando al pobre Tyler con un premio secreto. Estaba disfrutando demasiado. Sam sospechaba que tenía una vena sádica que solo ahora había salido a la palestra.

—Si firmas ahora, podremos darte tu cheque de la indemnización. O puedes tomarte hasta cinco días para revisar el acuerdo legal con un abogado y esperar a cobrar. —Su fría sonrisa se ensanchó para mostrar los caninos que había limado hasta dejarlos afilados.

Muy pocos esperaban. Aturdidos y aterrorizados, la mayoría optaba por el dinero fácil. Tyler no la decepcionó. Agarró el bolígrafo que Karen le había puesto delante y firmó en la línea de puntos.

Cuando Karen acabó de revisar el papeleo del despido, Sam acompañó a Tyler a la puerta.

—Sé que esto es difícil, pero podría ser lo mejor que te haya pasado nunca. Ahora eres libre de hacer cualquier cosa, de ser quien quieras, de empezar un nuevo capítulo en tu vida. Cuando dejas atrás el pasado, el cielo es el límite.

—Me gusta ese discurso —dijo Karen cuando Sam regresó.

—Es un discurso vacío. —Tras su primera semana en el trabajo, se había sentido tan culpable que se vio obligado a decir algo más que «adiós» a los despedidos. No podía detener el proceso, pero al menos podía dar esperanza a la gente.

—Me encanta despedir a alguien. —Karen jugueteó con el nudo de su corbata, apretando la mano libre contra su pecho—. Me produce un cosquilleo. Tú debes de sentirte embriagado al final del día.

Sam reprimió un suspiro. Había algo en los despidos que provocaba que cada Karen, Julie, Claire, Alison, Sue y, de vez en cuando, Paul o Andrew, quisieran arrastrarlo a la cama. Los directores de Recursos Humanos eran unos calentorros.

—Tal vez cuando hayamos acabado, podríamos tomar una copa. —Se relamió los labios como si fuera un depredador a punto de darse un festín. Las Karen eran lo peor. Rara vez salía de un encuentro con una Karen con todos los botones de la camisa.

—Creía que habías conseguido la custodia de los niños en tu divorcio. —Intentó no sonar demasiado esperanzado—. ¿No te necesitan en casa?

Ella le pasó un dedo por la hebilla del cinturón y bajó la voz hasta lo que le pareció un insinuante ronroneo.

—Tienen una fiesta de pijamas.

Soltero y con treinta y dos años, Sam no encontraba la palabra «fiesta de pijamas» tan excitante como Karen.

—He oído que fuiste médico. —Se inclinó para acariciarle la mandíbula—. A James le regalaron un *kit* de médico por su décimo cumpleaños. Podría ser tu enfermera traviesa. ¿Cuál es tu especialidad?

Sam dio gracias a Dios por no haber empezado una residencia en obstetricia y ginecología pero, dada la situación, la cirugía cardíaca no era mucho mejor. Tampoco pudo evitar sentir lástima por el pobre James, a quien no le habían preguntado si le importaba compartir sus juguetes con su madre.

—No acabé la residencia. Pensaba ser cirujano cardiovascular pero decidí cambiar de carrera.

Le tomó la mano y se la puso en el pecho.

—Ahora me duele el corazón. Quizá puedas curármelo.

—Karen... —Se le entrecortó la voz cuando sus largas uñas rojas rozaron su braguera.

—La sala de juntas está libre y yo tengo la única llave. —Sus garras se aferraron a su cinturón y trató de tirar de él hacia delante, pero con sus dos metros y ochenta kilos de músculos de gimnasio, no era tan fácil tirar de él o empujarlo.

—Por muy tentador que sea, tengo planes para esta noche.

Le retiró una garra con manicura y luego la otra. No solía tener reparos para saciar la lujuria de una juguetona directora de Recursos Humanos. Con una hermana a la que cuidar y una empresa que sacar adelante, no necesitaba las complicaciones de una relación amorosa.

Esta noche, sin embargo, tenía que recoger a su hermana, Nisha, de rehabilitación y luego instalarse en su nuevo despacho. Su socio, Royce Bentley, había provocado un pequeño motín en una empresa en la que había recortado la plantilla de forma muy radical. Los empleados descontentos tomaron represalias y destrozaron la sede de Bentley Mehta Multinacional hasta el punto de que el propietario había rescindido el contrato de alquiler para hacer una reforma integral.

—Pues entonces mañana. Traeré el botiquín y podrás... —le agarró de la corbata y tiró de él— hacerme un chequeo. —Era una afirmación, no una pregunta.

Sam se dijo a sí mismo que debía traer una camisa extra. No tuvo valor para decirle que no iba a noquear a desconocidos en la mesa de la sala de juntas durante mucho más tiempo. En cuanto acabara con los recortes de plantilla, Karen se reuniría con el director general para su propia versión de «Gracias y adiós». La recomendación de Sam de recortar un quince por ciento todos los departamentos incluía a Recursos Humanos.

—Recuerda ese discurso —le dijo al salir.

—¿Por qué?

—Puede que algún día lo necesites.

Sam aparcó su BMW M2 negro frente a la Clínica de Rehabilitación de Sunnyvale. Con los cristales tintados y las llantas negras, su coche parecía más propio de un traficante de drogas que de alguien que hacía recortes de personal, pero como ambas eran profesiones de dudosa reputación, pensó que quedaba bien. Aunque no necesitaba la potencia del motor TwinPower Turbo de seis cilindros para huir de la policía, le había salvado el trasero más de una vez cuando los empleados a los que había despedido buscaban a alguien a quien culpar.

Comprobó el estado del tráfico en su teléfono tras abrir el maletero para guardar la silla de ruedas de su hermana. Nisha solía estar agotada después de su visita a rehabilitación y querría llegar a casa lo antes posible. Hacía dos semanas que Nasir le había entregado las llaves de su nuevo despacho y habían acordado que hoy se trasladaría. Si el tráfico era bueno, debería tener tiempo para ambas cosas e ir al gimnasio para un entrenamiento nocturno.

—Hola, *bhaiya*. —Nisha sonrió al pronunciar el apelativo cariñoso para dirigirse a un hermano mayor. Se acercó a él con su silla de ruedas, intentando esquivar un hoyo que había en el pavimento. Incluso con los ejercicios que hacía para fortalecer los brazos, solía tener problemas con las superficies irregulares.

Se maldijo por no haberla saludado en la puerta y corrió a ayudarla.

—¿Necesitas que empuje la silla? —Antes de que pudiera contestar, agarró las empuñaduras y la ayudó con el hoyo.

—Debería aprender a hacer las cosas por mí misma. —Se apartó el cabello largo y oscuro de una cara que era una versión más redondeada y delicada de la suya.

—¿Por qué deberías esforzarte tanto cuando tu hermano mayor no tiene nada mejor que hacer? —Abrió la puerta del coche y la ayudó a sentarse, esperando a que se abrochara el cinturón para guardar la silla de ruedas.

—Tienes muchas cosas que hacer —le dijo cuando él también entró en el coche—. Deberías pasar las tardes con tus amigos o saliendo con chicas guapas en vez de llevarme de un lado para otro. Papá y mamá siguen esperando que les des nietos.

—Eso no va a pasar.

Nisha iba en silla de ruedas por su culpa, porque había fallado como hijo. Las relaciones eran para aquellos hombres que podían proteger a las personas que amaban. No para uno que estuvo tan centrado en su carrera que no vio el peligro hasta que fue demasiado tarde.

¿Qué tal la rehabilitación? —le preguntó para distraerla.

—Difícil. —Ella jugueteó con el cinturón de seguridad—. ¿Cómo te fue a ti despidiendo gente?

—Es un trabajo, Nisha. Paga las facturas.

No le encantaba su trabajo, pero tras renunciar a su sueño de convertirse en cirujano cardiovascular y volver a estudiar para sacarse un MBA intensivo, apareció la oportunidad de asociarse con Royce y no pudo rechazarla. Sus padres no podían permitirse las facturas médicas de Nisha y, como hijo único, debía asegurarse de que ella recibía los cuidados que necesitaba. Aunque nunca lo sabría. Por lo que a Nisha respectaba, el seguro del accidente seguía cubriendo los gastos.

—Lo siento. —Le dedicó una sonrisa compungida—. Se te ve siempre tan triste cuando vienes del trabajo… Creo que la última vez que sonreíste fue cuando los Oakland Athletics se clasificaron para los *play-offs*.

—He sonreído por dentro durante los cuatro años que han estado en racha. —Había sido un seguidor verde y dorado de los Oakland Athletics desde que jugaba a *tee ball*, aunque no compartía con su familia el amor por el béisbol—. Si vienes conmigo a la Batalla de la Bahía de este año, puede que hasta me ría cuando hagan cinco *hits*.

—Tal vez… —Ella apartó la mirada y sus esperanzas se esfumaron. Nisha nunca iba a ninguna parte. Excepto para sus citas con el médico, la rehabilitación y las obligaciones familiares, no solía salir de casa. Había tenido problemas para acceder a ciertos lugares y demasiadas salidas incómodas con sus viejos amigos. A los veintisiete años, debería estar saliendo para conocer gente y hacer realidad sus sueños, no pasar todo el tiempo en casa haciendo cursos *online* y ayudando a su madre a preparar material didáctico para sus clases.

Y todo había sido culpa de Ranjeet.

Cuando Nisha acabó sus estudios universitarios aceptó tener un matrimonio concertado. El padre de Sam, emocionado ante la perspectiva de rebotar a futuros nietos en sus rodillas, publicó su currículum matrimonial en Internet. Una noche, tomando unas copas, Sam le comentó al doctor Ranjeet Bedi, un cirujano cardiovascular muy respetado en el hospital donde Sam estaba haciendo la residencia, que su hermana estaba buscando marido. Tras examinar el perfil de Nisha en Internet, Ranjeet le pidió que se la presentara. Pese a llevarse quince años, Ranjeet y Nisha conectaron. Las familias siguieron los formalismos habituales y aprobaron la unión. Seis meses después, Nisha descubrió que se había casado con un monstruo.

—¿Vas a quedarte a cenar?

—Esta noche, no. Cuando te deje me trasladaré a mi nuevo despacho. —Él miró al frente para no ver su cara de decepción.

Nisha siempre preguntaba y Sam siempre ponía una excusa. Pasaba el mínimo tiempo posible con su familia. Incapaz de soportar que Ranjeet nunca hubiera pagado por su crimen, Sam había dado la espalda a todos y a todo lo que pudiera culpar: desde la cultura que aceptaba los matrimonios concertados hasta el hospital que se había negado a investigar un «accidente» que había ocurrido en sus instalaciones, y desde la comida que adoraba hasta la familia que debería haber descubierto cómo era realmente el hombre con el que se había casado su hija.

—¿Ves la ironía que encierra alquilar un despacho encima de un restaurante indio con una estrella Michelin? Deberás tener mucha fuerza de voluntad para no probar la comida.

—Está cerca del Hospital St. Vincent.

—Sam... —Ella le lanzó una mirada dolorosa—. Por favor. Te dije que lo dejaras correr.

Nisha solo tenía algunos recuerdos del accidente. Recordaba haber ido al hospital para almorzar con Ranjeet, discutir en las escaleras y luego despertar en Urgencias. Ranjeet dio otra versión de los hechos. Era verdad que habían quedado para comer. Tuvieron una discusión en la cafetería porque él trabajaba muchas horas. Ella se enfadó porque él tuvo que cancelar sus planes para cenar y se marchó. Él volvió a su despacho y, media hora más tarde, lo llamaron de Urgencias.

El hospital no encontró motivos para iniciar una investigación. No había motivos para dudar de la palabra de un cirujano tan respetado y poderoso en el hospital, sobre todo cuando su colega de psiquiatría dijo que no era raro que las víctimas traumatizadas reconstruyeran lo que había pasado a partir de lagunas de memoria. Pasaron el asunto a la aseguradora. Para el hospital, el caso estaba cerrado.

Pero Nisha seguía insistiendo en que decía la verdad. Después de casarse, había descubierto que Ranjeet tenía problemas con la bebida y un carácter violento. Aunque nunca había abusado físicamente de ella, sus ataques de ira y sus agresiones verbales la asustaban. No era de extrañar que hubiera perdido el control.

Por supuesto, Sam le creyó. Nunca había visto a su hermana tan segura de algo. La ayudó a divorciarse y empezó a investigar por su cuenta, alentado por los rumores de encubrimiento. Pero, cada vez que descubría algo, el hospital se cerraba en banda. Decepcionado con un sistema que protegía a alguien que traicionaba los principios fundamentales de la Medicina, se marchó.

Sin embargo, no había renunciado a llevar algún día a Ranjeet ante la justicia. Por eso le seguía la pista manteniendo el contacto con el personal del hospital y los amigos que había hecho durante la residencia. Un día Ranjeet mostraría su auténtica cara y Sam estaría allí para atraparlo.

—Creo que te irá bien en el nuevo despacho. —Nisha señaló un coche fúnebre que acababa de estacionar frente a ellos—. Es un buen augurio encontrarse con un cadáver cuando emprendes un viaje.

—Pasas demasiado tiempo con mamá. —Sam se detuvo frente a la vivienda familiar; una casa amarilla de una planta y cuatro habitaciones que habían reformado para adaptarla a la silla de ruedas de Nisha.

—Y tú no pasas el suficiente.

—No te preocupes por mí, Nisha.

—Claro que me preocupo. —Ella se inclinó y le besó la mejilla—. No puedes ir solo por la vida.

# 3

Sam subió rápidamente las escaleras de su nuevo despacho con una caja de material de oficina bajo el brazo. El aroma a curry, cilantro e incienso delicado impregnaba el aire y hacía que su estómago rugiera. Un accidente en la autopista había añadido cuarenta y cinco minutos a un trayecto de una hora, y tendría que darse prisa si quería entrenar antes de que cerrara el gimnasio.

Llegó a la segunda planta y recorrió el pasillo. Sus pasos quedaban amortiguados por una moqueta verde menta que combinaba con el papel pintado de las paredes. La puerta de cristal esmerilado del despacho estaba entreabierta.

Sam la empujó con desconcierto y entró en la pequeña zona de la recepción. La luz del crepúsculo se colaba por los grandes ventanales que había al otro extremo del diáfano y moderno despacho, reflejando sus perezosos rayos anaranjados sobre el suelo de madera. Una pila de cajas se tambaleaba de forma desordenada sobre el mostrador de madera de arce de la recepción y habían colocado un espantoso sofá púrpura contra la pared, junto a una mesa de cristal con una base en forma de elefante de cerámica con cristales de colores. A Sam no le interesaba demasiado la decoración de interiores, pero aquello ofendía hasta su limitado gusto estético.

Pasó por delante de la recepción y entró en el despacho propiamente dicho. El espacio había sido reformado hacía poco y tenía unos ventanales que llegaban al techo, suelos de madera y paredes de ladrillo, así como una sala de juntas privada y una pequeña cocina. Nasir lo había amueblado con una gran mesa de juntas de cerezo y dos escritorios; uno fabricado con una estructura de metal y cristal de un desconocido diseñador de interiores llamado Eagerson, y el otro de estilo clásico con dos pilares de palisandro y bronce niquelado. Sam se pidió para él el escritorio tradicional; el Eagerson era más del estilo de Royce.

Y entonces la vio, revolviendo una enorme pila de papeles en su escritorio de palisandro.

Tendría unos veintitantos años y el cabello largo y moreno con mechas azul eléctrico. Lo llevaba recogido en una coleta que rozaba la elegante curva de un cuello esbelto. Sus largas y espesas pestañas rozaban sus suaves mejillas bronceadas y tenía unos labios carnosos y sonrosados.

Él tosió.

Ella gritó.

Retrocedió unos pasos, pero no tan rápido como para esquivar el material de oficina que le lanzó. Unas gomas de borrar le rebotaron en el pecho y un lápiz afilado casi se le clavó en un ojo. Cuando ella levantó una grapadora, él levantó la mano libre en señal de rendición.

—¿De verdad quieres añadir la agresión, o incluso el asesinato, a la acusación de allanamiento de morada? —preguntó él, incapaz de reprimir su enfado.

—¿Quién eres? ¿Qué estás haciendo aquí? —Ella alcanzó su móvil del escritorio y lo blandió como un arma—. Contesta o llamo a la policía.

—Hazlo, por favor. Así podrás explicarles qué haces en mi despacho.

—Este es mi despacho. —Dio un golpe en el escritorio con la grapadora—. Mi padre tiene alquilada esta planta y el restaurante de abajo.

—¿Y tú eres…? —Preciosa. Curvilínea. Asustadiza. Malhumorada. Le vinieron a la mente varios calificativos, entre ellos el que describía sus generosos pechos y sus exuberantes curvas. Lástima que tuviera tan mal gusto con la música. ¿Había comprado esa horrible camiseta de Nickelback en una tienda de segunda mano? ¿O era una auténtica seguidora?

—Layla Patel. Nasir Patel es mi padre.

—Necesitaría ver un documento de identidad. —Extendió la mano, gesticulando con impaciencia.

—¿En serio? —Sus ojos se abrieron de par en par y sus fosas nasales se dilataron—. ¿Esta es la nueva forma de irrumpir en casas ajenas? ¿Pedir un documento de identidad para asegurarte de que vas a robar en el sitio correcto? ¿Qué tal si me lo enseñas tú a mí para que pueda decirle a la policía a quién tiene que arrestar?

Sam añadió algunos adjetivos más a su lista: sarcástica, insolente, descarada. No podía creer que se tratara de la hija del famoso restaurador indio que había convertido su etnia en toda una marca.

—¿Y bien...?

Intentó decir algo inteligente. Cualquier cosa. Estaba acostumbrado a controlar las situaciones y manejar los problemas con rapidez y seguridad, pero cuanto más la miraba, menos podía hablar. Todo en ella era tan vivaz, tan vibrante, desde el brillo de sus botas de media caña hasta el fuego de sus ojos.

—Sam. —Por un segundo, olvidó su apellido—. Sam...

Sus labios se curvaron en las comisuras.

—¿Samsam? ¿Ese es tu nombre?

—Sam Mehta. —Se recompuso y dio un paso hacia ella, con la mano extendida, como si se estuviera reuniendo con un colega de trabajo y no con una preciosa intrusa con la boca más sensual que había visto jamás—. CEO de Bentley Mehta Multinacional, Consultores Empresariales. Le subalquilo este despacho al señor Patel.

Sus ojos brillaron divertidos.

—Menudo nombre.

—Soy un gran tipo. —Un poco de coqueteo nunca fallaba a la hora de calmar a una mujer enfadada. Necesitaba rebajar la tensión para poder sacarla de allí sin sufrir otro ataque de material de oficina. Era su despacho. Había firmado un contrato de alquiler y pagado una fianza elevada. Tal vez su padre no la había informado al respecto, pero ahora que lo sabía, tenía que recoger sus cosas y marcharse.

—Bueno, *tipo*. —Su tono cortante sugería que el coqueteo no había surtido el efecto deseado—. Lo siento, pero tendrás que encontrar otro lugar desde donde dirigir tu *multinacional*.

Sam no entendía por qué el nombre de su empresa le hacía tanta gracia. Muchos de sus clientes eran importantes empresas internacionales con oficinas en decenas de países.

—Tengo una copia impresa del contrato de alquiler. —Dejó la caja sobre el escritorio de cristal y sacó el contrato—. ¿Prometes no atacarme si te lo acerco? El asesinato es un delito y cumplir de veinte años a cadena perpetua es un precio demasiado alto por un despacho que tiene el sofá más espantoso del planeta.

—No es un sofá. —Ella resopló—. Es un diván. Y fue un regalo de mi tía.

—¡Qué mala suerte!

—No para la gente que se sienta ahí. Es comodísimo. —Extendió una mano—. Déjame ver el contrato.

Él se acercó con el documento, observando su mano libre por si de repente agarraba unas tijeras.

—El señor Patel…

—Mi padre.

—El casero —no iba a dejar que se le adelantara— me dio las llaves hace dos semanas. Me dijo que todo estaba en orden.

Ella hojeó el contrato de alquiler.

—Me dijo que había alquilado esta planta. También me dijo que iba a llamarte para informarte de que ya no estaba disponible.

—No me llamó.

—Claro que no. Tuvo un infarto y ahora está recuperándose en el hospital.

Sam se tensó por su sarcasmo. Estaba acostumbrado a que las mujeres se derritieran a sus pies. Karen acababa de enviarle un mensaje con fotos provocativas en la sala de juntas con un botiquín de plástico en la mano. ¿Cómo iba a domesticar a esta fiera? ¿Con más encanto? ¿Con su voz grave? ¿Deslumbrándola con su sonrisa?

—Entiendo que es una situación difícil —murmuró con el tono empático que reservaba para los empleados que despedía y que, al contrario de Tyler, necesitaban hablarle de accidentes, hipotecas, hijos enfermos y padres achacosos, vacaciones organizadas, pagos de vehículos y mensualidades de alquiler. La vida era una tragedia muy cara. Pero él tenía una tarea que desempeñar. Nada podía convencerlo, ni siquiera las mujeres que le ofrecían sus cuerpos para conservar su puesto de trabajo.

—Entonces tendrás que creer en mi palabra de que mi padre deseaba rescindir el contrato de alquiler.

—Me temo que no puedo hacerlo —dijo con firmeza—. Ya he hecho todos los preparativos para el traslado. Los carteles y el material de papelería ya están encargados, y un cliente vendrá a verme a primera hora de la mañana. Cuando tu padre se recupere, estoy seguro de que podrá solucionarlo, pero, mientras tanto, tengo que dirigir mi propia empresa.

Ella inclinó la cabeza hacia un lado.

—¿Qué tipo de empresa?

«Adorable y sexi». Lástima que fuera tan complicada.

—Consultoría empresarial. —Cruzó la habitación y sacó una pila de archivos de la caja, dejándolos caer sobre el moderno escritorio Eagerson—. Las empresas nos llaman cuando necesitan reestructurarse o recortar sus plantillas, cuando atraviesan dificultades económicas o cuando se produce una fusión o adquisición que implica nuevas necesidades de personal. Revisamos su situación financiera, hacemos recomendaciones de recortes y reestructuraciones, y ayudamos a despedir a los empleados que ya no necesitan. Mi socio se ocupa de los clientes internacionales. Yo me ocupo de las empresas nacionales, sobre todo de las sanitarias. También tenemos una plantilla de seis personas que trabajan a distancia.

Ella dio un resoplido con desdén.

—¡Qué ironía! Yo estoy montando una agencia de empleo. Yo ayudo a la gente a encontrar trabajo y tú se lo quitas. No sé por qué me extraña.

—Las empresas son más eficientes cuando se deshacen del peso muerto. —Sacó los lápices de su caja uno a uno y los alineó en el lado derecho de su escritorio—. Permite una producción más rápida y mejores productos y servicios para los clientes. Todos salimos ganando. —Le pidió que se moviera del escritorio para comprobar si su trasero hacía honor a esas curvas. Si iba a perder el tiempo con una conversación inútil, al menos podría disfrutar de las vistas.

—Excepto la gente que pierde su trabajo.

¡Ah, un corazón sensible! Debería haberlo adivinado.

—Por eso hay gente como tú. Yo los despido y tú los conviertes en el problema de otro.

Ella lanzó un jadeo y lo fulminó con la mirada. Había dado en el clavo.

—No son un problema. Son personas que se han quedado sin trabajo porque a los buitres insensibles como tú solo les importan los beneficios empresariales.

Se estremeció por dentro. No porque se avergonzara de la carrera que había elegido (se sentía orgulloso de lo que había conseguido en los últimos dos años y medio), sino porque le había tocado la fibra sensible. Nunca había dejado de sentirse culpable por trabajar con Ranjeet a diario y no ver cómo era realmente. Había aceptado al hombre que había hecho daño a su hermana en vez de protegerla como debería hacer un hermano.

—Eso es muy ingenuo. Ninguna empresa puede quedarse con su personal para siempre. La tecnología cambia, los trabajos pueden automatizarse y la gente pierde el incentivo para innovar o sobresalir cuando tiene el puesto asegurado.

Ella colocó las manos en sus generosas caderas. Si se trataba de una estratagema para llamar la atención en sus exuberantes curvas, funcionó, porque él no podía apartar los ojos.

—Mi padre nunca ha despedido a un empleado, y son tan eficientes como cuando los contrató. —Ella rodeó el escritorio y él sufrió una momentánea parálisis cerebral. ¡Maldita sea! Ella lo tenía todo. Una cara bonita. Un cuerpo sexi. Unas piernas largas. Y esas botas…

—No te molestes en desempaquetar el resto —dijo, mientras rompía el contrato por la mitad—. Te estoy echando ahora mismo.

Era casi tan testaruda y obstinada como él. Pero él tenía mucho mejor gusto con los muebles.

Él soltó una carcajada.

—Me gustaría ver cómo lo intentas.

—Seguro que sí —espetó ella—. Debe de ser la única forma de tener a una mujer cerca con ese gigantesco ego.

—Nunca me falta compañía femenina.

Layla puso los ojos en blanco de forma exagerada.

—No me interesan tus asuntos de faldas. Solo quiero que te vayas.

—Eso no va a ocurrir, cariño. Tengo el documento en formato digital y la ley de mi parte.

—La familia está por encima de la ley. —Cruzó los brazos bajo sus generosos pechos. El sudor le corría por la espalda. Karen no tenía nada que envidiar a esta mujer, ni siquiera con el uso creativo que podía darle a un tensiómetro de juguete.

—No en el mundo real. Tengo un abogado que trabaja para mi empresa. Si necesitas más pruebas, puedo pedirle que venga y confirme que el contrato de alquiler es válido. —El abogado y amigo íntimo de Sam, John Lee, lo había puesto en contacto con Nasir Patel cuando se enteró de que este buscaba inquilino.

Ella dirigió la mirada hacia la puerta entreabierta y una expresión engreída se extendió por su rostro cuando entró una mujer con una bolsa de tela de colores. Dentro había un perro blanco que parecía de peluche y que llevaba atado al cuello un lazo azul enorme. Todo en ella indicaba problemas, desde la camiseta rota de Slayer hasta la falda vaquera deshilachada, y desde las medias moradas rotas de forma estratégica hasta los aparatosos zapatos negros, que parecían haber sido mordisqueados por unos ratones. Llevaba el cabello oscuro hasta los hombros y teñido de rosa en las puntas, y un pequeño aro de plata en la nariz.

—¡Daisy! —Layla rodeó el escritorio para saludar a su invitada—. ¡Y has traído a Max! Deja que le dé un achuchón.

El pulso de Sam se aceleró y recolocó sus lápices hasta asegurarse de que estaban perfectamente alineados.

—Hola, nena. ¿Qué tal tus nuevos aposentos? —Daisy le entregó el animal a Layla, que le dio un rápido abrazo y luego lo dejó en el suelo para que se paseara con total libertad por el despacho de Sam.

—Invadidos por un ocupa. —Layla señaló a Sam, y Daisy se volvió hacia él como si lo viera por primera vez. En ese instante, mientras recorría descaradamente su cuerpo con la mirada, Sam se dio cuenta de tres cosas: primero, nunca se llevarían bien; segundo, tomar posesión del despacho acababa de volverse mucho más difícil; y tercero, ni su encanto ni su buena presencia iban a calmar a esta fiera salvaje.

—¿Quién es? —Daisy entrecerró los ojos mientras el perro olfateaba sus zapatos de cuero italiano.

—Sam Mehta. —Layla respondió por él—. Dice que mi padre le alquiló el despacho antes de que le diera el infarto y no quiere marcharse. —Layla señaló a su curioso amigo—. Sam, esta es mi prima Daisy* Patel. Es ingeniera de *software*, pero ahora está buscando trabajo.

Sam nunca había conocido a una mujer a la que le encajara menos el nombre de una flor que se relacionaba con la alegría. Le hizo un gesto seco con la cabeza y recibió un bufido a cambio.

—Tiene un palo metido en el trasero. No me extraña que le cueste salir por la puerta.

Sam resopló por la afrenta.

—¿Perdona?

—Fuera. —Daisy señaló la puerta—. Saca de aquí tu cara bonita, tu pelo perfecto, tu traje caro y ese cuerpo que hace la boca agua. Su padre acaba de sufrir un infarto. ¿Acaso no tienes decencia?

---

* «Daisy» significa 'margarita', la flor que es símbolo de la alegría, la felicidad y la inocencia. (N. de la T.)

—En absoluto. —Sacó otro expediente de su caja y dio con él un fuerte golpe en el escritorio, más por el efecto que por necesidad.

—¿Es «En absoluto me iré» o «En absoluto tengo decencia»?

Sam no se dignó a responder a su ridícula pregunta.

—Tengo trabajo.

—¿Debería llamar a alguien para que le dé una paliza? —preguntó Daisy, volviéndose hacia Layla—. ¿Qué tal los gemelos Singh? Están en casa de permiso por la Guardia Nacional. ¿O Bobby Prakash? Es el portero del nuevo bar de Chinatown. Me dijo que lo llamara si necesitaba algo.

Sam trató de no prestarles atención cuando empezaron a hablar de Bobby Prakash, un delincuente reconvertido en portero; de su infancia, sus roces con la ley, sus amigos gánsteres, sus novias, su familia y su boa constrictor. Esto era exactamente lo que había intentado evitar cuando firmó el contrato de alquiler. No le interesaba un despacho con charlas, caos y ruido. Quería trabajar en un entorno tranquilo en el que no hubiera nadie deambulando por los pasillos, picando a puertas, hablando junto a la fuente de agua o tirando de la cadena mientras él intentaba trabajar.

—Sam tiene un contrato de alquiler —dijo Layla, llamando la atención de Sam al pronunciar su nombre—. Bobby no puede echarlo si es legal.

—El nombre es «señor Mehta» —interrumpió Sam—. «Sam» es para los amigos.

—¿Tienes amigos? —inquirió Daisy—. No pareces de ese tipo.

—Claro que tengo amigos. —Había perdido el contacto con muchos de ellos después del accidente de Nisha, pero seguía viendo a John con regularidad en el gimnasio, junto con su compañero de boxeo, Evan.

—¿Son imaginarios o reales? —Daisy le dedicó una sonrisa condescendiente—. Supongo que imaginarios porque nadie quiere ser amigo de un imbécil.

Sam frunció el ceño.

—Este es un lugar de trabajo. Si quieres socializar, te sugiero que vayas a otra parte.

—¡Vaya! Qué guapo es cuando se enfada —dijo Daisy—. Tal vez deberías tenerlo cerca para alegrarte la vista.

Layla lo miró de reojo a través de sus pestañas.

—No le piropees. Su ego es ya tan grande que el primer botón de su camisa está a punto de salir disparado.

Las mujeres se rieron y la mandíbula de Sam se tensó. Las mujeres lo adoraban. Los hombres lo admiraban. Los empleados lo detestaban. Pero nadie nunca, nunca, lo había rechazado.

—De hecho, él está sentado aquí mismo.

—Somos muy conscientes de tu presencia. —Daisy le lanzó una sonrisa sensual—. Es difícil no darse cuenta del humo que te sale por las orejas.

Layla suspiró.

—¿Qué voy a hacer con él?

—Quizá se vaya si lo ignoras. Creo que está desesperado por llamar la atención. Max era igual cuando era un cachorro. Siempre lloriqueando, dando golpes con la colita, meando en las esquinas... —Hizo una mueca y miró alrededor de la habitación—. ¿Cuánto tiempo lleva Sam aquí? Tal vez deberíamos oler por la zona de su escritorio.

Layla dirigió una mirada a Sam y luego la apartó, pero él pudo observar un atisbo de sonrisa. Pese a su mal gusto con la ropa, los parientes y los muebles, parecía una mujer centrada. Si pudiera estar con ella a solas, no le costaría convencerla de que cambiara de trabajo. Daisy, por el contrario, iba a ser todo un problema. Conocía a las de su clase. Demasiado astuta. Demasiado mundana. Y demasiado habladora.

Vació su caja mientras las mujeres seguían hablando de asuntos personales que no estaban hechos para los oídos de un hombre.

Daisy, al parecer, tenía un gusto terrible cuando se trataba de ligues y era una fuente inagotable de anécdotas sobre citas que salieron mal. Layla habló despectivamente de alguien llamado Jonas y de un suceso negativo al que llamó «Furia azul». Se inclinó un poco más, aunque no sabía por qué.

—¿Sabes lo que hacía Jonas cuando tenía el periodo? —preguntó Layla, sin hacer ningún esfuerzo por bajar la voz para lo que iba a ser una discusión sobre temas íntimos femeninos.

Sam se levantó de repente, retirando la silla del escritorio con tanta fuerza que chocó con la pared.

Daisy sonrió con satisfacción.

—¿Pasa algo?

—Ahora tengo un compromiso, pero no dudes que volveré mañana por la mañana para solucionar esto. —Metió uno a uno los lápices en su caja y luego agarró la bolsa de deporte.

—Si tienes que volver, trae café —le dijo Layla.

—¡Con crema doble y dos azucarillos para mí! —gritó Daisy—. Layla toma el suyo tostado.

—¿Tostado? —Las miró por encima del hombro.

—Como sus hombres. —Daisy se rio tan fuerte que se cayó del escritorio, tirando los papeles y bolígrafos de Layla por todo el suelo. El perro ladró asustado y volcó una papelera mientras corría hacia Daisy, saltando sobre ella y lamiéndole la cara.

Sam contempló la escena que dejaba a sus espaldas: su despacho perfecto era ahora el caos en estado puro.

No podía imaginar mayor infierno.

# 4

La rutina solía calmarla.

Hacer la masa (apretar, extender, presionar y amasar) hasta que le dolían las manos y se le agarrotaban los dedos. Si la cocina estaba demasiado caliente o la masa demasiado blanda, tenía que amasar hasta veinte minutos para conseguir la firmeza adecuada. Parar a descansar no era una opción. El *roti*, un pan redondo y fino parecido a una tortilla, era una bestia implacable. Si se descuidaba, no se hinchaba en la sartén. Entonces tendría que empezar de nuevo.

Hoy, sin embargo, quería darle un puñetazo a la masa. No solo porque lo había celebrado demasiado con Daisy la noche anterior, sino porque su plan perfecto de reinvención se estaba frustrando por el corazón delicado de su padre y un buen trasero.

El olor del *tadka*, cuando las especias cayeron en el aceite humeante de la sartén de la tía Pari, la distrajo de sus pensamientos sobre el invitado que había en el despacho. No había un aroma que fuera tan indio, y le trajo recuerdos reconfortantes de cuando jugaba con Dev en la cocina tras un largo día en la escuela.

—¿Cómo está tu padre? —Daisy cortaba una cebolla en la encimera junto a Layla. Pese a su resaca, había venido a ayudar aquella mañana, junto con algunas tías, mientras Layla y su madre estaban en el hospital.

Layla se encogió de hombros.

—Está en coma inducido para recuperarse de la operación de corazón. El médico nos dijo que es rutinario, pero es doloroso verlo tan quieto.

—Es raro estar en la cocina con solo tu madre gritando —dijo Daisy—. Parece un sitio tranquilo.

Arun Shah, el veterano ayudante del chef, le pasó a Daisy otro paquete de cebollas.

—Nuestra nueva ayudante la llama a sus espaldas «señorita Gordon Ramsay».

Layla se rio por la mención al chef británico, que era conocido por gritar a su personal. Aunque en público parecía callada y tenía la voz suave, su madre gritaba mucho en la cocina y era brusca e implacable cuando estaba estresada. Esperaba mucho de su personal, pero no más de lo que esperaba de sí misma. Y, aunque podía ser dura, también era justa y amable. Como resultado, la rotación de personal era baja y muchos, como Arun, llevaban en la familia desde que El Molinillo de Especias abrió sus puertas.

—¡¿Dónde está el langostino?! —gritó la madre de Layla, ajustándose la gorra de los Giants que siempre llevaba cuando cocinaba, con su larga trenza recogida debajo. Era seguidora de los Giants desde hacía mucho tiempo y le había transmitido su amor por el equipo a Layla.

—Un minuto, chef.

—Arun, he visto caracoles más rápidos que tú. Recógelo.

—Langostino en la ventana. —Arun puso un plato en la encimera, listo para ser servido.

La madre de Layla lo probó con un tenedor.

—Demasiado hecho. ¿Qué te pasa en los ojos? ¿Te estás haciendo demasiado mayor para la cocina?

—No, chef. —Arun corrió hacia la cocina de gas—. Lo siento, chef. Tres minutos y tendré listo otro plato.

—Y tú. —La madre de Layla pinchó la masa al pasar—. Más amasar y menos apretar.

—Eso es lo que dije el fin de semana pasado en la cama —susurró Daisy.

Layla se rio mientras sus dedos se hundían en la suave y cálida masa.

—¿Con quién estabas?

—Con mi profesor de baile de Bollywood. No pude contenerme después de que nos enseñara «Dard-e-Disco». Es igualito a Shah Rukh Khan, que es el único actor de Bollywood que me gusta.

Daisy se secó una lágrima con el dorso de la mano. Había trucos para cortar cebollas y se había olvidado de usarlos.

—Tienes que venir a la próxima clase. Eres una bailarina increíble. Siempre pensé que serías la próxima tía Mehar cuando tuvieras edad para ser tía.

—¿Es eso un cumplido? —A Layla siempre le había gustado bailar al estilo Bollywood. Había aprendido su primer baile con la tía Mehar y había recibido clases durante años, lo que culminó con la interpretación de «Nagada Nagada» en un concurso de talentos de su instituto con Daisy y unas cuantas amigas—. En fin, hace siglos que no bailo.

—Es como montar en bicicleta —dijo Daisy—. ¿Te acuerdas de esto? —Dejó el cuchillo en la encimera y dio un salto, moviendo las manos de un lado a otro mientras tarareaba el estribillo de la conocida canción. Layla dejó de amasar para cantar y, por un momento, no hubo Jonas ni «Furia azul», ni un hombre sexi pero irritante en su despacho, y su padre estuvo a punto de entrar por la puerta y hacer desaparecer sus problemas con un abrazo.

—¿Esto es Bollywood o un restaurante? —La madre de Layla negó con la cabeza—. Ahora tendréis que volver a empezar. ¿Tengo que separaros como cuando erais pequeñas? Solas, sois buenas chicas. Juntas, sois unas sinvergüenzas.

Daisy bajó la cabeza fingiendo vergüenza.

—Lo siento, tía Jana.

—Hola, nena. —Danny Kapoor, el nuevo ayudante de cocina de su madre, se reunió con ellas en la encimera. Con sus grandes ojos marrones de cachorro, sus labios sensuales, su espesa y oscura cabellera y sus pómulos altos, Danny encajaba más desfilando por una pasarela que tras unos fogones, y él lo sabía. Incluso en plena preparación de la comida, llevaba la camisa abierta con un botón de más, y sus caderas se movían de un modo que solo podía ser respetable en una película de Bollywood. Layla le había visto varias veces cuando venía a casa de visita, pero nunca habían tenido una conversación de verdad.

—He oído que estás pasando por un mal momento —le dijo con una voz dulce como el caramelo líquido, mientras se interponía entre Layla y Daisy—. Solo quería que supieras que he pasado por lo mismo, y si necesitas hablar…

—Ya me tiene a mí —espetó Daisy.

—Claro que sí —dijo él con suavidad—. Solo pretendía decir que aquí estoy si quiere tener la perspectiva de un chico o si necesita más apoyo. —Le mostró su encantadora sonrisa a Daisy, que ahora estaba ocupada formando la palabra «follamigo» con rodajas de cebolla en la tabla de cortar.

Layla había tenido más de un follamigo cuando intentaba paliar el dolor por la muerte de Dev.

Eran atractivos y encantadores, pero también muy egoístas, pues no les importaba cómo afectaban sus acciones a los demás, siempre y cuando consiguieran lo que buscaban y se divirtieran mientras tanto, y estaba muy claro cuáles eran los intereses de Danny.

—Eso es muy bonito, Danny. Te lo agradezco, pero yo no…

—Todavía estás sufriendo, nena. Lo entiendo. Cuando estés lista, aquí estaré para ti.

—¿Cómo está tu novia? —preguntó Daisy en voz alta.

—Está bien. —Se apoyó en la encimera, despreocupado por que le hubiera llamado la atención—. Viaja mucho por trabajo. Creo que está en París ahora mismo, así que en mi cama hay un espacio vacío que necesita llenarse.

—¡Danny! —La madre de Layla gritó desde la cocina—. ¡No te pago para que socialices! ¡Las patatas no se van a pelar solas!

—Hasta luego, nena. —Le lanzó un beso a Layla.

Daisy fingió tener arcadas.

—Es inofensivo —dijo Layla—. Quizá sea lo que necesito para superar a Jonas. Sexo sin ninguna conexión emocional.

—Creía que eso era lo que habías tenido durante los últimos cinco años.

—¡¿Qué os traéis entre manos, chicas?! —gritó la tía Pari, con los brazos metidos hasta el codo en espinacas—. Espero que no habléis sobre hombres. Estas jóvenes de hoy en día...

La tía Charu pasó por delante con una cesta de *okra*.

—No le hagáis caso. Una ruptura inesperada puede provocar un gran malestar psicológico. El dolor afectivo se ha asociado con un riesgo veinte veces mayor de desarrollar depresión durante el año siguiente. Es importante apoyarse en la familia y los amigos. Verás que la actividad cerebral en los centros del placer se habrá reducido en unas diez semanas.

—La verdad es que ya han pasado casi dos semanas y no pienso en él para nada —replicó Layla.

—Entonces es que no estabas implicada emocionalmente en esa relación —dijo la tía Charu—. O eres una psicópata.

—Sin duda es una psicópata. —Daisy empezó a cortar con furia, destrozando la cebolla mientras las lágrimas rodaban por sus mejillas—. No sintió nada cuando robó las *pakoras* de mi fiambrera en sexto curso.

La tía Charu se recolocó la cesta sobre una cadera y se ajustó las gafas.

—Distraerse y cuidarse son importantes para prevenir un deseo intenso en el área tegmental ventral, el núcleo accumbens y la corteza orbitofrontal-prefrontal.

—Creo que está diciendo, a su complicada manera, que deberías liarte con Danny el Empotrador —dijo Daisy—. Lástima que la bestia sexi de arriba sea un pedazo de...

—*Shhh.*

No le había contado a su madre lo de Sam porque sabía que entonces tendría que dejarle el despacho a él. Pero no estaba bien. Su padre había tenido la intención de llamarlo. Y por simple decencia debía renunciar cuando el padre de alguien estaba en el hospital y su último deseo había sido que su hija trabajara allí.

Layla apretó la masa imaginando que era la cabeza de Sam. Apretar. Aporrear. Atizar. Golpear. Cualquier cosa con tal de borrarle la arrogancia de la cara. Debería haberlo echado y atenerse a las consecuencias más tarde. Después de todo, ella era la reina de las decisiones precipitadas.

—Haz lo que necesites para ser feliz. —La tía Charu le dio una palmadita en la mano.

—Pero no más novios hasta que te cases —le dijo la tía Pari.

—No se va a casar si sigue enrollando así el *roti*. —La madre de Layla pinchó la masa y suspiró—. Acuérdate de enrollarlo como un reloj. Círculos perfectos. No demasiado finos.

—Escucha a tu madre —dijo la tía Taara—. Aprende todo lo que puedas o tu futura suegra te echará una maldición si le sirves *chapattis* quemados.

—A ti te deben de maldecir todos los días —murmuró la tía Salena.

La tía Taara resopló.

—A mis hijos les encanta mi comida fusión. Anoche combiné *roti* y *pizza*. Mi hijo pequeño lo llamó *rotzza*. ¿O era *rotten**? Hay tantas palabras que suenan igual…

—Son adolescentes —dijo la tía Salena—. Se comerán cualquier cosa que les pongas delante mientras no se mueva. Y puede que hasta así lo hagan.

Layla miró por encima del hombro. Su madre estaba mezclando la masa para el pastel de té *chai* y jengibre que llevaba todos los días a la residencia de ancianos. Era uno de los muchos actos de caridad que hacían sus padres, para devolver así a la comunidad lo que habían hecho por dos inmigrantes pobres que se habían convertido en chefs con una estrella Michelin.

—Mamá, ¿te decepcionaría que no me casara?

Su madre dejó de mezclar y bajó la voz para que solo Layla pudiera oírla. Aunque con el ruido de las tías charlando, las *pakoras*

---

* Juego de palabras intraducible al español. «Rotten» significa 'podrido'. (N. de la T.)

friéndose y el tintineo general de las ollas a su alrededor, era poco probable que alguien pudiera escucharlas.

—Quiero que seas feliz, pero es bueno tener a alguien con quien compartir tu vida. Si no encuentras un buen hombre, tu padre y yo podemos ayudarte como hicimos con Dev.

—No quiero un matrimonio concertado.

—No es como en mis tiempos —dijo su madre—. Yo no tenía elección. Pensé que mi vida se había acabado cuando mis padres concertaron mi matrimonio con un hombre de Estados Unidos al que no había visto nunca, y ahora no puedo imaginarme la vida sin él. —Se le quebró la voz—. Hoy en día las cosas son diferentes. Es una presentación concertada. Hacemos un currículum matrimonial e informamos a la gente de que estás interesada en encontrar marido. Si aparece alguien que puede ser un buen partido, te lo presentamos y hablas con él por teléfono o Internet y tú misma decides si quieres conocerlo. Sin perder el tiempo con hombres que no están interesados en comprometerse. Sin romper corazones. Podemos ser el Tinderbox* del que todo el mundo habla, y si el chico no te gusta, pues no le das un «me gusta».

Layla se rio.

—Es Tinder, mamá. Y ahora mismo estoy intentando descubrir cómo puedo rehacer mi vida. Lo último que necesito es un hombre que lo estropee todo.

A veces Sam se preguntaba por qué había hecho negocios con Royce.

Después de dos horas escuchando a su socio despotricar por Skype sobre las ventajas de despedir en grupo en vez de individualmente; la emocionante perspectiva de despedir a los trabajadores *online*, y las maravillas de sustituir a los trabajadores

---

* Juego de palabras intraducible. «Tinderbox» significa, literalmente, 'polvorín'. pero se emplea en referencia a la aplicación de citas Tinder.

humanos por procesos automatizados, Sam estaba harto del desprecio que este mostraba por todo lo que no fueran los beneficios empresariales. En vez de crear puestos de trabajo, Royce los destruía. En vez de crear empresas, las saqueaba. A Royce no había nada que le gustara más que entrar en una empresa, despedir a todo el personal y venderla al mejor postor. Se necesitaba un hombre duro y despiadado para hacer ese trabajo, y nadie lo hacía tan bien como Royce.

Sam se obligó a sonreír a la pantalla. Aunque eran las tres de la madrugada en Hong Kong, Royce seguía con camisa y corbata, el cabello castaño engominado en su habitual tupé de cinco centímetros y patillas que se enroscaban alrededor de las orejas.

—¿Algo más? Tengo una reunión.

No era mentira. En cualquier momento, Layla entraría por esa puerta y él no podía negar que sentía una curiosa impaciencia. Ya había movido sus pocas pertenencias al escritorio de Eagerson y llevaba cinco horas trabajando con la expectativa de una discusión que ella perdería.

—Mañana salgo rumbo a Pekín —dijo Royce—. Si hubiera sabido que Gilder Steel quería que visitara todas sus sucursales, les habría pedido más dinero.

—Te encanta viajar —le recordó Sam—. Te estabas volviendo loco atrapado en un escritorio. Por eso me necesitabas.

—Estar atrapado doce horas en un avión tiene sus ventajas. —Royce se inclinó hacia delante, hasta que su cara ocupó toda la pantalla—. En el viaje a Hong Kong me senté junto a Peter Richards, el director general de Servicios de Salud Alfa. Acaban de hacerse cargo, en la zona de la bahía, de cinco hospitales de una organización que está en quiebra y quieren hacer una reestructuración. Uno de ellos es el Hospital St. Vincent. Cuando le dije que habías hecho allí la residencia y que acabábamos de trasladarnos a un edificio que está a pocas manzanas de su sede, me pidió que nos presentáramos para conseguir el contrato.

A Sam le dio un vuelco el corazón. Era la oportunidad que había estado esperando; una auténtica oportunidad de hacer justicia.

Si ganaban el contrato, podría acceder al historial de Ranjeet. No era ético porque existía un claro conflicto de intereses, pero si podía darle a Nisha un poco de justicia y de paso impedir que otra mujer pasara por lo mismo que ella, merecía la pena arriesgarse. Y tal vez entonces encontraría su propia salvación.

—Supongo que quieres que prepare el terreno de juego.

—Implica sentarse en un escritorio, así que sí. Te he enviado por correo electrónico los detalles.

Sam intentó quitarse la tensión de encima cuando Royce terminó la llamada. Pese a la oportunidad que representaba para él, la reestructuración significaba que muchas personas con las que había trabajado en el hospital perderían sus puestos de trabajo. No era la vida que había imaginado para él. Solo había querido curar a los demás, no ser el hombre responsable de destruir vidas.

—Has vuelto.

El dolor de cabeza desapareció cuando oyó la voz de Layla, y un escalofrío de ilusión le recorrió la espalda.

—Claro que he vuelto. Este es mi despacho. Llevo trabajando aquí desde las siete de la mañana, como hacen los hombres de negocios, no entrando a trabajar a mediodía con una caja de dónuts en una mano y una olla en la otra.

Layla se detuvo con un bufido de burla.

—Esta olla contiene el *dal* de mi madre, que es la comida más deliciosa y reconfortante del universo. Pensaba compartirlo, pero ahora me lo comeré todo yo sola. Los dónuts son para el postre, y tú no estás invitado. Y no es que sea asunto tuyo, pero a las siete de la mañana estaba en el hospital visitando a mi padre y luego he estado abajo, en la cocina, ayudando a mi madre. Está intentando llevar el restaurante ella sola, con la ayuda de algunas tías inexpertas pero bienintencionadas, y no es nada fácil.

Sam abrió la boca y volvió a cerrarla. Estaba siendo amable, cariñosa y servicial con su familia. ¡Vaya! Él no podía echar abajo un razonamiento así y conservar su autoestima.

—Estás sentado en mi escritorio. —Puso la olla en el mostrador de la recepción y se cruzó de brazos.

Sam revolvió sus papeles y los esparció por la superficie de madera sin otra razón que mantener la mirada alejada de esos pechos perfectos que tanto lo distraían.

—No he visto tu nombre en el escritorio.

—Mira tu contrato de alquiler. Lo verás escrito en la parte superior, ¿o es que no sabes leer grandes palabras como «Patel»?

—No recuerdo haber visto ningún documento de identidad —contraatacó—. Podrías haber entrado por la calle. Desde luego, no vas vestida como si dirigieras tu propia agencia de empleo.

Ella le fulminó con la mirada.

—¿Qué tiene de malo cómo voy vestida?

—Un delantal y un chándal rosa con «Juicy»* escrito en el culo no es la ropa más apropiada para dirigir una empresa, pero tampoco incitan a darle un «me gusta» en el Tinder desi**.

Sam no sabía si existía un Tinder para personas del sur de Asia que vivían en el extranjero, pero si existiera, Layla y él no habrían hecho un *match*.

Layla lanzó un gruñido de frustración.

—Te sorprendería saber que no vivo buscando la aprobación masculina. Estoy superando una ruptura, así que estoy un poco sensible. Anoche salí con Daisy y bebí demasiado, fumé algo que creí que era un cigarrillo, bailé sobre un altavoz y me caí sobre un tipo llamado Jimbo. Su novia era casualmente experta en artes marciales mixtas y no le gustó verme tirada encima de su hombre. Tuvimos un pequeño altercado físico y me echaron del bar. Luego mi conductor de Uber me dejó en la calle porque vomité en su coche. Así que hoy, simplemente, no podía preocuparme por la ropa de oficina. Se llama «autocuidado» y todos lo necesitamos de vez en cuando. A Danny no le importó.

—¿Quién es Danny? —No pudo evitar que la pregunta saliera de su boca.

---

* «Juicy Couture» es una marca de moda joven para mujer, conocida por sus chándales con el logo Juicy («jugoso») en el trasero. (N. de la T.)
** «Desi» es un término usado por las personas que viven o son originarias del subcontinente indio para referirse a ellas mismas. (N. de la T.)

—Alguien que valora todo lo que tengo —ella pasó una mano por sus generosas curvas— y no se obsesiona con tonterías como la ropa. —Se quitó el delantal y lo dejó caer sobre el mostrador de la recepción.

—Yo tampoco me preocupo por la ropa —bromeó Sam—. Cuando estoy con una mujer, prefiero que no lleve nada encima.

Ella frunció la nariz.

—Eres repugnante.

—Vete a casa, preciosa. —Sam agitó una mano con desdén—. Pon los pies en alto. Ponte algunas comedias románticas. Cómete unas tarrinas de helado. Llora a gusto. Algunos tenemos trabajo de verdad.

Layla agarró su olla y la caja de dónuts y se marchó a la pequeña cocina que había al fondo del despacho. Sam oyó el ruido de los armarios. Traqueteo de cubiertos. Murmullos de enfado y un resoplido. Unos minutos después, Layla volvió a salir con un cuenco de *dal* en una mano y dos dónuts en un dedo como si fueran anillos.

Solo cuando se sentó y empezó a comerse uno de los dónuts del dedo, él se dio cuenta de que no había hecho nada desde que ella había entrado.

—Los dónuts y el *dal* no son dos alimentos que encajen precisamente —señaló.

Layla dio un mordisco gigante y se relamió.

—¿No tienes trabajo que hacer? ¿O solo vas a sentarte ahí y estar guapo?

Él estaba a punto de reírse a carcajadas cuando vio a un hombre junto al mostrador de la recepción con un fajo de papeles en la mano.

—¿Puedo ayudarlo? —Sam fulminó con la mirada al intruso, que se había atrevido a interrumpirle cuando estaba a punto de descolmillar a la pequeña víbora que tenía delante con las palabras adecuadas.

El hombre era unos centímetros más bajo que Sam, su bronceada cara de niño estaba bien afeitada y su cabello liso y oscuro necesitaba un corte. Llevaba una chaqueta informal demasiado grande sobre una camisa azul y unos pantalones de poliéster demasiado cortos y ajustados con un cinturón de cuero desgastado bajo un barrigón.

—Busco a Layla Patel.

—A mí. —Layla se quitó los anillos de dónut y lanzó a Sam una mirada arrogante—. ¡Tengo un cliente!

No podría haber estado más emocionada de haber sido este su primer cliente. Sam no podía concebir que se pudiera tener tanto entusiasmo a lo largo del día, pero le resultaría positivo. Tal vez la había juzgado mal y tendría más éxito de lo que creía.

—Pase, por favor. —Le hizo un gesto para que se acercara—. ¿Qué puedo hacer por usted?

—Hassan Khan. —Sus labios se retrajeron en una sonrisa, que era todo encías y pequeños dientes—. Voy a ser tu nuevo marido.

# 5

—Perdona, ¿qué?

Hassan pasó junto a Layla y le tendió la mano a Sam.

—Hablé con el señor Nasir Patel la semana pasada. Me dijo que su hija necesitaba un marido enseguida y quedamos para vernos hoy. Cuando llegué al restaurante, uno de los trabajadores de la cocina me dijo que el señor Nasir estaba en el hospital, pero que Layla estaba arriba deseando reunirse conmigo.

—Voy a matar a Danny —murmuró Layla en voz baja.

—Sí, necesita a alguien que la controle —reflexionó Sam, acariciándose el labio superior—. Anoche se metió en una pelea de bar, ¿puedes creerlo? —Se inclinó hacia delante y estrechó la mano a Hassan. No tenía ni idea de lo que estaba pasando, pero por la forma en la que Layla miraba a su visita, valía la pena seguirle la corriente, aunque solo fuera para verla enfadada.

—Mis padres han dado su aprobación para que conozca a la chica —prosiguió Hassan—. Estarían encantados de tener una nuera con una formación culinaria tan excepcional.

—¿Por qué hablas con él? —estalló Layla.

—Él es el hombre.

Sam no pudo evitar sonreír cuando Layla apretó los labios y frunció el ceño. El día no hacía más que mejorar.

—Todo lo que tenga que ver conmigo, se discute conmigo —dijo con firmeza.

Desconcertado, Hassan preguntó a Sam:

—¿Lo aprobaría el señor Nasir?

—Por lo que sé de ella, creo que el señor Nasir no tendría mucho que decir al respecto. —Dejó escapar un fuerte suspiro—. Es de carácter fuerte, poco convencional y no es lo que yo llamaría «una mujer tradicional».

—Esto no tiene nada que ver contigo, Sam. No te metas. —La voz de Layla subió de tono—. Es evidente que yo no sabía que mi padre estaba intentando encontrarme un marido. Es un poco chocante.

—Pero es maravilloso —dijo Sam—. Todos nuestros problemas pueden resolverse al instante. Tú te casas con Hassan y te marchas. Yo me quedo en el despacho y me pongo a trabajar. —Se estaba pasando, lo sabía, pero no podía evitarlo. La apasionada respuesta de ella a sus burlas le ardía la sangre.

Layla alcanzó uno de sus dónuts y se lo lanzó a Sam con una velocidad y precisión que él solo había visto en los tres grandes lanzadores que habían ayudado a su equipo de béisbol favorito, los Oakland Athletics, a ganar tres títulos de la División Oeste de la Liga Americana durante sus cinco años juntos.

Sam atrapó el dónut en el aire al estilo *catcher*. ¡Qué día tan emocionante! Tal vez debería pensar en volver a cambiar de carrera. Se le vería muy bien vestido con el verde y oro de los Oakland Athletics.

—Vamos a la sala de juntas para que podamos hablar en privado. —Layla hizo un gesto a Hassan para que se acercara.

—Que tengas una buena charla. —Sam le dio un mordisco al dónut, aunque no solían gustarle los dulces horneados. El azúcar estalló en su lengua. Delicioso. Se lo había estado perdiendo. Tal vez mañana comprara una caja de rosquillas—. Me pondré a trabajar en las invitaciones de boda —dijo—. ¿Prefieres rosa o naranja?

—¿Estaremos solos? —preguntó Hassan.

—Sí, estaremos solos —dijo Layla—. Tenemos que hablar de lo que está pasando sin interrupciones. —Condujo a Hassan a la sala de juntas y cerró la puerta.

Sam se quedó mirando su pantalla. Hassan parecía un tipo muy tradicional, con ciertas expectativas e ideas preconcebidas sobre cómo debía comportarse una mujer. Incluso podría hacerse una idea equivocada por el hecho de que Layla lo invitara a reunirse con él a puerta cerrada. Pero ¿y qué? Estaba claro que Layla sabía cómo apañárselas, como demostraban las abolladuras en la pared provocadas por el material de oficina. Y él estaba fuera.

Claro que también estuvo fuera cuando Nisha sufrió el abuso del borracho de Ranjeet. Fuera y lejos. A diferencia de ahora.

¡Maldita sea!

Sam alcanzó el dónut que quedaba en el mostrador de la recepción y abrió la puerta de la sala de juntas. El vapor salía de la tetera que había en el aparador para las bebidas. Layla se agachó para agarrar un cartón de leche de la pequeña nevera. Hassan clavó la mirada en su trasero.

El instinto protector de Sam se puso en marcha. Se colocó delante de Hassan y le tapó la vista.

—¿Por qué estás aquí? —Layla cerró la nevera con suavidad.

—Pensé que necesitarías un tentempié para tu invitado.

—La sala de juntas está equipada con… —Sus palabras desaparecieron cuando posó la mirada en el dónut que él tenía en la mano y, durante unos segundos, su rostro se relajó—. ¿Has traído el dónut?

—Sí. —Le alegró irracionalmente que ella entendiera su gesto—. Creo que puede utilizarse como arma en caso de emergencia.

Él pudo ver un asomo de sonrisa en los labios de Layla antes de que se diera la vuelta para verter la leche en una taza.

—¿Cómo pasas de ser un despiadado casamentero capitalista a todo un caballero?

—Soy un hombre complejo. —Se reunió con ella en el aparador—. Pensé en quedarme por si necesitabas más aperitivos.

—Te doy permiso —dijo de forma magnánima—. Pero hablaré yo. Tú puedes fruncir el ceño para mostrarte intenso. No debería resultarte difícil, ya que parece ser tu estado natural.

Sam resopló.

—Y yo que pensaba que te estaba haciendo un favor…

—¿Quieres un poco de té?

—Si no es *chai*.

—Nadie odia el *chai*. ¿Qué clase de desi eres? —Llenó una taza de agua hirviendo y le indicó que escogiera una bolsita de té.

—De los malos. —Sus labios se curvaron en las comisuras. Había sonreído más desde que conoció a Layla que en los últimos dos años.

—Debería haberlo adivinado. —Levantó una ceja a modo de reprimenda—. Llevas escrito «chico malo» por todas partes.

—¿Qué vas a hacer con Hassan? —Escogió el té del Dragón Negro simplemente por el nombre. Todo lo que tuviera que ver con criaturas inteligentes, poderosas y que escupían fuego no podía ser malo.

—Pedirle que se vaya, claro. No estoy buscando marido.

—Entonces, ¿por qué le estás preparando té? —Añadió leche y tres azucarillos a su taza mientras ella le entregaba el té a Hassan y volvía a por el suyo.

—Me sabe mal por él. —Siguió hablando en voz baja—. Mi padre solo intentaba ayudar y está claro que ilusionó a Hassan. Pensé que sería educado charlar con él unos minutos para que no crea que lo voy a rechazar sin más.

—Pero si igualmente vas a rechazarlo, ¿para qué prolongar la agonía?

—Porque... —le dio un sorbo a su té, dejando un poco de pintalabios rosa en el borde de la taza— no puedo evitar preguntármelo: ¿y si es él? A veces pienso que mi padre me conoce mejor que yo misma. ¿Y si me ha encontrado al hombre perfecto y yo le he hecho salir por la puerta?

Sam soltó una carcajada.

—¿Crees que Hassan Khan es tu chico ideal?

Como si nada, Hassan sorbió su té tan fuerte que el sonido rebotó por toda la habitación.

—Creo que es poco probable, pero necesito asegurarme.

Se reunieron con Hassan en la mesa con sus tés y un plato de galletas. Layla colocó discretamente el dónut sobre una servilleta a su lado.

—Háblame un poco de ti, Hassan —dijo ella.

—Toda mi información está aquí. —Hassan le entregó a Sam una copia de su currículum matrimonial. Con un resoplido de fastidio, Layla le arrebató a Sam el documento antes de que pudiera mirar siquiera la primera página.

—¿Por qué no nos lo explicas? —Puso el documento sobre la mesa, pero no le dedicó ni una mirada.

—Tengo... eh... treinta y cinco años. —Hassan frunció el ceño, como si no estuviera seguro de su edad—. Vine a Estados Unidos desde Andhra Pradesh para continuar mis estudios. Tengo un título de ingeniería y voy a estudiar un máster. Para vuestro conocimiento, soy GUC.

Ahora le tocaba a Sam fruncir el ceño.

—¿GUC?

—En buenas condiciones de uso. —Layla agachó la cabeza para ocultar su sonrisa—. Es evidente que no pasas mucho tiempo en Craigslist*.

—¿Cómo estás de «usado»? —preguntó Sam, picado por la curiosidad.

—He tenido varias relaciones que no funcionaron. —Hassan negó con la cabeza—. Solo me querían por mi cuerpo.

—Te entiendo. —Sam asintió con simpatía—. Yo tengo el mismo problema.

Layla soltó un bufido. Las gotas de té salpicaron la mesa y le dieron a Hassan en el ojo. Imperturbable, se limpió la cara con la manga y sonrió como si nada hubiera pasado.

—¿Algo más que debamos saber? —Sam estaba tan intrigado por las desventuras de Hassan como juguete sexual como por la respuesta tan poco femenina de Layla.

—Entre mis aficiones está el pogo extremo.

—Vigila tu lenguaje —espetó Sam—. Hay una especie de dama presente.

---

* Sitio web de anuncios clasificados en Estados Unidos. La abreviatura «GUC» («Good Use Condition», es decir, «en buenas condiciones de uso») a la que se acaba de hacer referencia es una de las muchas utilizadas en este sitio web.

—¿Una especie de dama? —Layla entrecerró los ojos—. ¿Qué estás insinuando?

—Es un deporte —intervino Hassan—. Consiste en montar y hacer piruetas en un palo especial de pogo que puede saltar más de tres metros de altura.

Sam sintió que en su pecho burbujeaba una curiosa sensación.

—Saltas hasta tres metros en un palo gigante de pogo.

—Sí, señor. —Hassan sacó su teléfono y navegó hasta un vídeo—. Este soy yo.

Algo estuvo a punto de estallar dentro de Sam cuando vio a un desgarbado Hassan rebotando en el aire en medio del campo. Le corría el sudor por la frente mientras luchaba por dominar aquella sensación desconocida. ¿Qué demonios le pasaba?

—No te rías —susurró Layla en voz baja.

«Risas». Ahora lo recordaba. ¿Cuánto hacía que no se reía tanto?

Layla llevó una mano bajo la mesa y clavó las uñas en el muslo de Sam. Al instante, la incontrolable sensación fue sustituida por otra, esta vez conocida y potencialmente problemática si no le quitaba la mano de encima.

—Eso es… —Layla se aclaró la garganta— increíble, Hassan. ¿Hay algo más que debamos saber sobre ti?

—Soy vegano.

Sam esperó a que Hassan se explayara, pero el futuro novio se limitó a sonreír.

—Pues yo no soy vegetariana. —Las palabras de Layla salieron atropelladamente, como si hubiera olvidado cómo usar la lengua—. Me gusta la carne. De hecho, me encanta. Como carne todos los días. Me he criado en el restaurante de mis padres y sirven carne. Que me gusta comer. Cordero, pollo, ternera…

—Creo que intenta decir que es carnívora —dijo Sam, conteniendo la risa—. No te muevas de forma brusca o podría pensar que eres una presa.

Hassan abrió su tableta y se la entregó a Layla.

—Una vez terminada la parte de la entrevista, mis padres te han preparado un examen. Tendrás cinco minutos para cada sección.

Las respuestas incorrectas u omitidas se penalizan, así que podrías obtener una puntuación negativa, aunque eso no ayudaría a tu situación.

—¿Qué situación?

—Tu padre dijo que necesitabas un hombre con urgencia.

—Está desesperada. —Sam sacudió la cabeza con fingida tristeza—. Si yo no estuviera aquí, estarías en peligro. Es todo un esfuerzo retenerla en este lado de la mesa.

Layla volvió a agarrarle el muslo, con la mano demasiado cerca de la bragueta, y le clavó tanto las uñas que se le aguaron los ojos.

—¿Te gusta el peligro, Sam? Pues sigue hablando.

—No queremos tener en la familia una prole que sea inferior intelectualmente —siguió hablando Hassan—. Mis padres tienen ambos un doctorado. Mis dos hermanos son médicos y están casados con médicos. Yo tendré dos títulos académicos cuando acabe mi MBA. No queremos una cónyuge con menos inteligencia.

—Eso te descarta —le dijo Layla a Sam en voz baja.

Sam soltó una carcajada.

—No es mi tipo.

—La sección académica es la primera. —Hassan le acercó la tableta—. Para la prueba de *fitness* podemos salir y señalaré en el aparcamiento cincuenta metros para el *sprint*.

—¿*Fitness*? —La nariz de Layla se frunció con disgusto.

—Pon una caja de dónuts en la línea de meta y correrá el equivalente a un kilómetro por minuto —sugirió Sam.

Layla descargó toda su furia contra él.

—Eres un imbécil.

Sam se reclinó en su silla y se cruzó de brazos.

—Lo dices como si fuera una sorpresa.

Hassan volvió a agarrar la tableta y hizo clic en varias casillas, llenándolas de equis negras.

—¿Qué estás haciendo? —Layla observó la pantalla.

—Temperamento equilibrado. Complaciente. Actitud dulce. Sumisa. Acogedora. Tienes cinco suspensos en la sección de personalidad.

—¿En serio? —Layla balbuceó su indignación—. Nadie puede suspender una prueba de personalidad.

—Acabas de hacerlo —señaló Sam—. Y, para ser justos, se veía venir.

—Eres muy diferente a tu perfil en desilovematch.com. —Hassan levantó uno de los papeles arrugados.

—Déjame ver eso. —Sam alcanzó el documento y se puso en pie, dejándolo fuera del alcance de Layla—. Mmm. «Layla Patel. Edad: veintiséis años. Altura: 1,65 m. Peso...».

—Dame eso. —Layla saltó y se abalanzó sobre el papel. Sam lo sostuvo más alto y ella chocó con él, perdiendo el equilibrio. Él le rodeó la cintura con un brazo para mantenerla en pie, sujetando su suave cuerpo contra su pecho. La electricidad surgió entre ellos y se le calentó la sangre cuando sintió los latidos del corazón de ella.

—Imbécil. —Ella rompió el hechizo saltando para atrapar el papel. Su cuerpo se frotó arriba y abajo con el suyo. Se dio cuenta del peligro demasiado tarde.

—¿Es una técnica de venta? —le susurró al oído—. ¿Una pequeña muestra para Hassan de lo que puede esperar en la cama? ¿O es solo para mí? Porque, cariño, si no se casa contigo después de esto, lo haré yo.

Sus fosas nasales se dilataron y se apartó.

—No me casaría contigo ni aunque me lo suplicaras de rodillas.

—Cuando estoy con una mujer, no soy yo quien suplica. —Sam la mantuvo a distancia mientras observaba la foto de Layla con un *salwar kameez* color rosa chillón, el cabello recogido en un pañuelo rosa a juego, las manos con henna, la cara maquillada y el cuello y las muñecas llenas de joyas.

—Cuesta creer que seas tú —dijo—. Tienes un aspecto muy femenino con el rosa chillón. Muy distinto del tipo de mujer que maldeciría y se lanzaría como una loca sobre un inocente desconocido.

—No había nada inocente debajo de tu cinturón —dijo secamente.

Con una risita, Sam siguió leyendo el currículum matrimonial que tenía en la mano. Estaba disfrutando muchísimo de la situación.

—«Religiosa, sana, culta, obediente, educada, cumplidora, recatada, con un profundo sentido de la responsabilidad hacia la familia, respetuosa con los mayores...». —Sam sacudió la cabeza—. Me temo que esto no es cierto del todo. Soy seis años mayor que ella y me ha faltado mucho el respeto. ¿Fuerza de voluntad? Sin duda. ¿Sana? —Miró a una Layla que sacaba humo por las orejas—. Enséñame los dientes. Mi abuelo tenía caballos y siempre valoraba su salud examinándoles los dientes.

Layla maldijo en urdu con palabras que nunca había oído decir a una mujer.

—Bueno, eso no ha sido ni educado ni recatado, y no eres muy obediente porque los únicos dientes que veo son los que estás enseñando, como si quisieras atacarme y comerme para cenar. —Pasó la página—. También dice aquí que eres una buena chica. —Su voz se convirtió en un sensual ronroneo y se inclinó hacia ella—. ¿Eres una buena chica, Layla? A mí me pareces muy mala. Si necesitas un marido que te tenga a raya, tendrás que mejorar tus habilidades. —Sam podía sentir la furiosa mirada de Layla taladrándole el cráneo. No podía recordar la última vez que se había divertido tanto.

—¿Este es tu hombre? —preguntó un desconcertado Hassan, mirando de Sam a Layla.

—A duras penas. —Miró a Sam—. No es nadie. Es triste, de verdad. Parece incapaz de comprender que tiene que irse.

El cuerpo de Sam temblaba de risa contenida.

—Soy todo un hombre, cariño. Lo cual ya deberías saber tras restregarte contra mí como una gata en celo.

—¿Así que está disponible? —Hassan preguntó a Sam—. ¿Podemos acabar la prueba?

—No voy a hacer ninguna prueba. —Layla le dedicó a Hassan una tensa sonrisa—. Siento mucho el malentendido. Mi padre organizó esta reunión sin hablarlo antes conmigo. No estoy buscando marido.

—Pero eres mayor —dijo Hassan—. Y estás necesitada. ¿Quién va a casarse contigo si no soy yo?

—Alguien con quien pueda compartir intereses y que apoye mi carrera y mi independencia. La amistad es clave, así como una buena comunicación para que tengamos una relación duradera, quizás incluso amorosa.

—Pero es que no lo entiendes —insistió Hassan—. Necesito que tu familia avale un préstamo como dote para poder quedarme en el país.

¡Ah! La verdad salía a la luz. A Sam le habían advertido sobre este tipo de estafa cuando su familia buscaba marido para Nisha.

—Así que no estabas buscando una pareja para toda la vida; solo necesitabas conseguir un visado. —Se levantó tan rápido que la silla se cayó al suelo—. Lárgate de aquí antes de que te eche en VBC*.

—¿Qué es VBC? —susurró Layla mientras Hassan recogía sus papeles.

—Muy malas condiciones. —Sam gruñó, mientras Hassan corría hacia la puerta.

—Gracias por echarme una mano. —Layla se dirigió a su escritorio cuando Hassan se hubo marchado—. Tendrás que perdonarme si no te miro. Temo morirme de vergüenza. No tenía ni idea de que esto iba a pasar.

—Tal vez deberías eliminar tu perfil *online* —sugirió Sam—. Hassan podría ser el primero de muchos y yo no tengo tiempo para ocuparme de los hombres que aparezcan por aquí con la intención de meterse en tus pantalones.

—¡Qué amable!

Ella abrió el sitio web desilovematch.com. Sam parpadeó cuando llegaron a sus ojos imágenes de parejas felices vestidas con trajes de boda tradicionales sobre un fondo de color rosa y naranja chillón.

---

* «VBC» es otra de las siglas utilizadas en Craiglist y, como dice más adelante el personaje, significa «Very Bad Condition», es decir, «en muy malas condiciones». (N. de la T.)

—No puedo creer que la gente todavía tenga matrimonios concertados. —Sus labios se tensaron en señal de reproche.

—Mis padres y mi hermano tuvieron matrimonios concertados. —Layla se desplazó por la página web—. Mis padres se adoran y le encontraron a mi hermano la esposa perfecta.

—¡Qué maravilla! —No pudo evitar el sarcasmo de su voz. ¿Qué demonios estaba haciendo? Tenía una empresa que dirigir. Uno de sus clientes esperaba un análisis financiero. Un director de Recursos Humanos quería fijar las fechas para hacer unos despidos. Karen le había enviado un mensaje preguntándole si tenía un estetoscopio y un par de guantes de goma, y Royce quería hablar de un nuevo contrato. Se estaba dejando distraer por una mujer que no debería estar aquí y arrastrar a una cultura que había rechazado hacía años.

Esto tenía que acabar.

Pediría a John una opinión legal sobre el contrato.

Y, entonces, Layla se marcharía.

¿Podía empeorar más el día?

Layla dejó caer la cabeza entre las manos y suspiró. Primero, la visita al hospital, donde su padre yacía demasiado quieto y callado. Después, hacer *roti* en la cocina hasta que le dolieron los dedos. Y ahora tenía que enfrentarse a un imbécil arrogante que no tenía ningún tipo de moral y a hombres desconocidos que le hacían proposiciones de matrimonio, sabiendo que su padre había estado intentando encontrarle marido en secreto y por medio de una página web que solo la dejaba entrar con contraseña.

—¿Qué pasa? —Sam había vuelto a su escritorio y aporreaba el teclado como si hubiera hecho algo mal.

—No puedo encontrarme a mí misma.

—Eso es muy profundo. No esperaba eso de ti.

Layla gimió.

—No puedo acceder a mi perfil. Supongo que podría crear una cuenta como hombre y buscar mi perfil, pero no me siento creativa. —Dudó—. ¿Tienes una cuenta?

Él resopló por la sugerencia.

—¿Parezco un hombre que tiene problemas para conseguir mujeres?

Se mordió la lengua para no responder. Era bello, si es que podía utilizarse esa palabra para describir a un hombre. Tenía el cabello espeso, oscuro y bien cortado, y su piel bronceada hacía que sus ojos castaño claro parecieran de caramelo. Con la mandíbula fuerte y los labios carnosos, era el hombre más impresionante que había conocido.

Sam sonrió por el silencio.

—Me tomaré eso como un «no». Pero como no voy a trabajar nada con tanto suspiro, me haré una para que puedas encontrar tu perfil. —Se acercó hasta su escritorio—. ¿Quién sabe? A lo mejor hasta me toca la lotería y las mujeres tiran abajo la puerta para meterse en *mis* pantalones. ¡Oh, espera! Ya lo hacen.

Movió la silla para darle un mejor acceso al teclado y sintió un cosquilleo en el cuerpo cuando su brazo le rozó el hombro.

—Te agradezco la ayuda, pero no creas que esto significa que voy a dejarte el despacho.

—Puedes deberme un favor en vez de eso. —Él sonrió y el corazón le dio un vuelco. ¿Por qué tenía que ser tan guapo? Todo aquel atractivo alto y de piel morena, aquel cuerpo que le hacía la boca agua, aquella voz profunda que acariciaba su piel como el terciopelo… desperdiciado en un imbécil arrogante y egoísta.

—No es un juego.

—Todo es un juego.

—Tienes una visión muy cínica de la vida.

—Por un buen motivo —dijo en voz baja mientras rellenaba el formulario en la pantalla.

Se preguntó qué le habría pasado en la vida para que fuera tan pesimista. Por fuera, lo tenía todo: buen aspecto, encanto, una empresa de éxito y el tipo de confianza que ella admiraba.

Había cualidades ocultas en Sam Mehta. Lástima que no tuviera tiempo para descubrirlas. Sin embargo, podría conocer algo sobre él leyendo su formulario *online*.

*Sam Mehta*
*Edad: 32 años*
*Formación: Licenciado en Ciencias, Doctor en Medicina, MBA*

Ella lo miró, incrédula.

—¿Eres médico?

—No acabé mi residencia en cirugía. Pensé que sería más divertido ganarme la vida despidiendo a gente, así que dejé la Medicina, cursé un MBA intensivo de un año y me asocié con Royce.

Había mucho que desentrañar en esa afirmación, y no era lo menos importante el dolor que vio en sus ojos y que intentaba ocultar mirando hacia otro lado.

—Prepárate para la estampida. —Pulsó el botón «Hecho» y se reclinó en la silla—. Estoy a punto de desatar mi formidable naturaleza entre las mujeres de desilovematch.com. Se inclinó un poco más y leyó las palabras que aparecieron en la pantalla—. Estoy deseando «encontrar la felicidad con alguien nuevo».

—No te distraigas. En teoría debes encontrar la felicidad conmigo.

—Eso parece poco probable —dijo con una risa amarga—. Me gustan las mujeres recatadas, respetuosas y obedientes que no lanzan material de oficina, me insultan e intentan echarme de mi propio despacho. Y como aún no te he visto sonreír, ni siquiera he podido valorar la salud de tus dientes.

—Quizá deberías decir algo gracioso para que pudiera sonreír.

—Hemos hecho un *match*. —Señaló la pantalla—. Dada tu violenta antipatía hacia mí, no hay nada más gracioso que eso.

Layla ojeó rápidamente su perfil en Internet. No había mucho más de lo que Hassan había impreso, excepto el párrafo introductorio, que provocó que el corazón le diera un vuelco:

*Querida hija.*
*Mi Layla.*
*Hazla feliz.*
*Trátala con amabilidad y respeto.*

—Te quiere mucho —dijo Sam.

—Así es. —Le temblaba la voz—. Quería ayudarme a solucionar mis problemas y diez minutos después le dio un infarto. Fue culpa mía. Debería haberle avisado de que volvía a casa. Fue demasiado para él.

Sam le agarró la mano con fuerza. Su palma estaba cálida.

—Estoy seguro de que no es así. Si miraras su historial médico, no creo que vieras escrito: «Causa del infarto: la hija aparece con el pelo azul y amenaza con quedarse». Aunque, si piensas conocer a más pretendientes, quizá deberías replantearte tu color de pelo.

—¿Y si hubiera más?

—Tendrás que acceder a la cuenta de correo electrónico de tu padre para averiguarlo.

—Conozco su contraseña. —Se inclinó sobre él y abrió una nueva ventana para acceder al correo electrónico de su padre—. Lleva años usando la misma.

Unos instantes después se encontraba en la cuenta de correo electrónico de su padre y recorría los mensajes no leídos de su carpeta personal, muchos de ellos deseándole una pronta recuperación y otros recordándole facturas pendientes de pago. Se recordó a sí misma que debía ocuparse de ellos más tarde y pulsó en una carpeta titulada «Desilovematch». Su padre había separado el archivo en subcarpetas: «Sí», «No» y «Tal vez». Las abrió todas y se quedó boquiabierta cuando cientos de correos electrónicos llenaron la pantalla.

Sam dejó escapar un largo suspiro.

—Eres una chica popular.

—Mi madre me dijo que había estado encerrado en su despacho desde que lo llamé para contarle mi última ruptura. Ella no sabía lo que estaba haciendo. Supongo que era esto. —Abrió el calendario *online* de su padre y lo cotejó con las carpetas—. Concertó citas para conocer a los diez hombres del expediente «Sí». Hassan fue el primero.

—Diez citas a ciegas. Eres una chica con suerte.

Sintió náuseas y bebió un sorbo de agua. Su padre debía de haber examinado cientos de currículums matrimoniales para reducir la lista a esos diez nombres. Diez hombres que, en su opinión, la harían feliz y la tratarían con amabilidad y respeto, a diferencia de Jonas y de todos los hombres con los que había salido antes que él.

Layla siempre se había considerado una mujer desi moderna. Se sentía tan cómoda en sari como en vaqueros y disfrutaba tanto con las hamburguesas y las patatas fritas como con el *dal* y el curry. Su vida giraba en torno a sus amigos occidentales y a una familia extensa de inmigrantes del norte de India y Pakistán que habían traído consigo su cultura y sus creencias, una de las cuales eran las ventajas del matrimonio concertado frente al concepto occidental del amor.

Aunque Dev había tenido una relación maravillosa con Rhea y la de sus padres había sido un éxito, Layla nunca había estado interesada en un matrimonio concertado. Pese a haber tenido varios desengaños amorosos, seguía creyendo en el amor verdadero. Su alma gemela la estaba esperando. Solo tenía que abrir los ojos para verla.

—¿Estás bien? —El suave tono de Sam la sacó de sus pensamientos.

—Estaba pensando.

—No te esfuerces demasiado. Me ha parecido ver que te salía humo por las orejas.

Sam se levantó y se recolocó con cuidado la chaqueta mientras se dirigía a su escritorio. Por cómo se le ajustaba al cuerpo y el corte de la tela, parecía de calidad y muy cara. Por primera vez se fijó en el elegante reloj que llevaba en su muñeca izquierda, los gemelos de oro y la camisa planchada. Si podía permitirse vestir así, su empresa no era de poca monta.

—Gracioso. Eres un tipo gracioso, Sam.

—Puedo decir, con toda sinceridad, que nadie me había descrito nunca así. —Despejó su escritorio, guardando meticulosamente sus lápices y bolígrafos—. Me sentía más cómodo cuando maldecías como un marinero y me insultabas.

—¿Te das por vencido? —Ella trató de mantener un tono esperanzado cuando él metió el portátil en su maletín de cuero.

—Claro que no. —Sus ojos oscuros brillaron de alegría—. Tengo una reunión de negocios en media hora y esperaba dirigirla desde aquí, pero soy demasiado caballero para ver cómo pisoteas los corazones de diez hombres tristes y solitarios. Espero seguir discutiendo con usted mañana, señorita Patel. Que gane el mejor.

Cuando la puerta se cerró tras él, se sentó en su silla, rodeada de su calor y del embriagador aroma de su colonia. Conocía a los de su clase. Y los odiaba. Arrogante. Engreído. Egoísta. Supercompetitivo. Totalmente consciente de lo guapísimo que era. Todo un jugador. Ella lo habría descartado si su perfil hubiera aparecido en Tinder desi.

Entonces, ¿por qué no podía dejar de sonreír?

# 6

El club de boxeo de Joe Puglisi, encajonado entre una tienda de «todo a cien» y una destartalada casa de empeños, era el más cutre de los locales. Sam había entrenado en el club de Joe con sus amigos Evan y John tres veces a la semana desde que salió de la Facultad de Medicina, y estaba tan enganchado a las duras sesiones de entrenamiento por las mañanas como a los combates reales.

—¡¿Ya has calentado?! —Evan Archer gritó desde la zona de pesos libres. Era unos cinco centímetros más bajo que Sam y más fornido y musculoso. Evan tenía el típico cabello rubio alborotado que las mujeres siempre querían tocar y los ojos color avellana, que se oscurecían cuando se enfadaba o daba puñetazos a Sam en el *ring*. Aunque era consultor de *marketing* y luchador aficionado de artes marciales mixtas, tenía la intención de convertirse en profesional, y estaba convencido de que el ejercicio era tanto una forma de castigo como de redención física. A pesar de los moratones y las agotadoras sesiones, Sam nunca se sintió redimido, pero el dolor físico tras cada sesión de entrenamiento adormecía, por lo menos, el dolor que cargaba en el corazón.

—A Joe se le ha ocurrido que haga una serie horrible de nuevos abdominales. Dame cinco minutos y nos vemos en el *ring*.

Sam se levantó, respirando los conocidos olores a vinilo y serrín mezclados con sudor. El gimnasio era su refugio, el único lugar donde podía olvidar su sufrimiento emocional y pagar con sangre y sudor lo que le había hecho a Nisha, a su familia y a los cientos de pobres almas que despedía cada mes.

—¡Es débil! —gritó John mientras saltaba a la comba y su cabello liso y oscuro se ponía de punta. El abogado John Lee era esbelto y ni siquiera sudaba con los ejercicios de cardio de Joe, pero no podía competir con las habilidades de Sam y Evan en el *ring*—. Creo que es la edad.

—Tenemos la misma maldita edad.

Y la misma situación con las mujeres. Sam no quería comprometerse y John no podía hacerlo. Después de que su padre los abandonara, John había criado solo a su hermano pequeño mientras su madre combinaba tres trabajos para poder mantenerlos. Había estudiado Derecho y fundado su propio bufete con tres amigos, «Lee, Lee, Lee & Hershkowitz», pero no había podido superar el trauma del abandono y ninguna relación le duraba más de unos meses.

John agarró los mangos de la cuerda con una mano y empezó a saltar de un lado a otro.

—Tengo en la bolsa de deporte el documento legal que me pediste. Puedes darle a la hija de Nasir la copia impresa. Está claro que tienes derecho a instalarte. Pero ¿seguro que quieres hacerlo? Nasir es un buen tipo y su hija no tiene por qué estar mintiendo. El despacho es tuyo legalmente, pero ¿es lo correcto?

Sam sintió una extraña presión en el pecho y se echó hacia atrás para que desapareciera. Lo hacía por Nisha. Por justicia. La ubicación del despacho había sido clave para la propuesta de Servicios de Salud Alfa y no podía perder esa oportunidad.

—Sé lo que hago. Puedo con ella.

—¿Podrás conmigo cuando te noquee? —Evan dejó sus pesas en el suelo y se reunió con Sam en la lona del *ring*. Como tenía mucha más experiencia, en todos esos años nunca había perdido un combate ni con Sam ni con John.

—Dos golpes. Mi puño en tu cara. Tu cara en la lona —contraatacó Sam con una confianza que no sentía en lo más mínimo.

Evan le dio una palmadita en la espalda.

—Alguien cree que hoy es su día de suerte.

No había tenido suerte, pero por la mañana se había despertado curiosamente ilusionado. No recordaba la última vez que había empezado el día sintiendo algo que no fuese temor, así que aquella extraña alegría solo podía significar que Evan, por fin, iba a morder el polvo.

—Hoy se te ve optimista. —John le ayudó a ponerse de pie—. No eres el Sam arisco, malhumorado y reservado de siempre. ¿Es por el nuevo despacho? ¿El cambio de aires te ha ido bien?

A Sam le vino a la mente la imagen de Layla caminando por el despacho, con los vaqueros pegados a sus curvas y la horrible camiseta de Nickelback ceñida sobre sus generosos pechos. Luego recordó el material de oficina volando por los aires, el gesto testarudo de su mandíbula, el trasero «jugoso» y el horrible diván púrpura. Sin duda, una mujer muy irritante, pero cuando recordó cómo se había frotado con él al pegar un brinco para alcanzar el currículum, se le curvaron las comisuras de los labios.

—¿O es la chica?

A veces era una mierda tener un amigo abogado. John era demasiado astuto y, cuando empezaba con las preguntas, no había forma de esconderle la verdad.

—¿Qué chica? —Evan sacó dos juegos de guantes de la caja de material y le entregó un par a Sam.

—A la que piensa echar a la calle aunque su padre esté enfermo y no tenga adónde ir.

La cara de Evan se iluminó por el interés.

—Empieza a hablar.

Sam puso al día a Evan sobre lo que pasaba en el despacho, el contrato y los planes secretos de Nasir para encontrarle un marido a Layla.

—¿Qué piensa Royce de todo esto?

Evan y Royce eran amigos desde la universidad. Después de que Sam dejara la carrera de Medicina y acabara su máster, Evan lo había puesto en contacto con Royce, que buscaba un socio para su nueva empresa de consultoría.

Evan se rio entre dientes.

—¿No resolvería eso todos tus problemas? Si le encuentras un marido, estará tan ocupada organizando su boda que no tendrá tiempo de montar su agencia.

Sam negó con la cabeza mientras se ponía un guante.

—Es tozuda como el demonio, irritante, de carácter fuerte y tan competitiva que no abandonaría su proyecto solo porque alguien quisiera ponerle un anillo en el dedo. —También era la mujer más sexi que había visto en su vida, pero no estaba dispuesto a compartir esa información—. Es desorganizada, poco profesional y su gusto para los muebles es incluso peor que para sus amigos.

—Suena como mi tipo de chica.

A Sam se le encogió el estómago al imaginar a Evan con Layla. Con su buen aspecto y su encanto, Evan era el rey de las conquistas. Sam no recordaba ninguna noche en la que se hubieran ido juntos de algún bar.

—Ella no es tu tipo.

—Yo no tengo manías —replicó Evan—. Me gustan todas las mujeres. La semana pasada me lie con una chica que se había operado las orejas para parecer un elfo. Su nombre élfico era Buttorwyr. Me echó de malas maneras cuando la llamé *Butt** para abreviar.

—¡Qué sorpresa! —John no hizo ningún esfuerzo por disimular el sarcasmo de su voz.

—No se quedará el tiempo suficiente para caer rendida a tus encantos. —Sam subió por las cuerdas para reunirse con Evan en el *ring*—. John dice que la ley está de mi parte. Hoy le diré que recoja todas sus cosas. —No se lo pensó dos veces. No importaba que fuera guapa, inteligente y lo suficientemente mordaz para mantenerlo en vilo. Él no podía permitirse distracciones.

Evan le dio un puñetazo a Sam en la cara y lo hizo tambalearse contra las cuerdas. Todo empezó a girar y Sam cayó de rodillas, con un lado de la cara palpitándole de dolor.

—¡¿Qué demonios ha sido eso?! —gritó, más enfadado consigo mismo que con su amigo, que lo había atrapado desprevenido.

---

* «Butt» significa 'trasero', 'culo', en español. (N. de la T.)

Evan le ofreció una mano para que se levantara.

—Ha sido para espabilarte. No estabas prestando atención.

—¿Qué demonios ha pasado aquí? —Sam entró a trompicones en el despacho, apartando cajas medio vacías de platos, cestas de zapatos, mantas suaves, bolsas llenas de ropa, marcos de fotos, peluches, botes de champú y rollos de tela de colores.

—Veo que madrugar no es lo tuyo. —Layla levantó la vista del escritorio de palisandro. Había sacado todas sus pertenencias y las había esparcido por el Eagerson—. Llevo despierta desde las cinco *de la mañana*. He estado dos horas en la cocina con mi madre, he ido a ver a mi padre al hospital y he llegado aquí justo cuando llegaban los de la mudanza con las cosas que dejé en Nueva York.

Sam miró atónito el desorden. No había forma de que pudiera trabajar con semejante caos. ¿Cómo iban a pasar sus clientes por la puerta?

—¿Por qué has enviado tus pertenencias a tu despacho en vez de a tu apartamento?

—En primer lugar, estoy viviendo con mis padres mientras decido qué voy a hacer con mi vida. Segundo, estas no son mis pertenencias, sino lo que tenía en mi despacho. —Se echó hacia atrás en la silla y cruzó los brazos bajo el pecho, dirigiendo la atención de Sam a la blusa blanca y vaporosa que llevaba desabrochada lo suficiente como para mostrar la curva de sus pechos.

Se obligó a levantar la mirada y entonces se percató de que llevaba el pelo suelto y que este le caía en ondas gruesas, oscuras y brillantes sobre los hombros. ¿Cómo demonios iba a concentrarse si tenía que verla todo el día? ¿Por qué no podía llevar algo ancho y horrible? Quizás una camiseta de One Direction o un gorro de lana…

Sam levantó un trozo de tela.

—¿Para qué sirve esto en una agencia de empleo?

—Lo encontré de rebajas en una tiendecita de telas a la hora de comer, lo guardé debajo del escritorio y me olvidé por completo de él. ¿A que es bonito? Voy a pedirle a la tía Nira que me haga un *salwar kameez*. Tiene una tienda de ropa en El Camino Real.

—Este es un lugar de trabajo. —Sam lanzó el rollo de tela a la caja más cercana—. No un almacén. —Tiró su maletín sobre el caótico escritorio, sintiendo escalofríos ante el desorden.

—Cálmate, Sam. Estás demasiado tenso. Ordenaré todo y ni te enterarás de que está aquí. —Layla agarró una taza de café de su escritorio y le regaló la vista con su trasero perfecto, moldeado por una falda negra ajustada, mientras caminaba hacia la cocina del despacho, con sus zapatos negros taconeando suavemente por el suelo de madera.

Gruñó en voz baja. Era una guerra de lo más traicionera. Se acomodó en su silla, maldiciendo su nuevo traje entallado. Estaba claro que el sastre no tenía que lidiar con mujeres sexis con faldas ajustadas y tacones, o habría dejado un poco más de espacio para una inesperada reacción sexual.

—Si estuviera tenso, os habría echado a ti y a tu diván el primer día. —Metió una mano en el maletín y sacó el documento legal.

—¡Te he oído! —gritó Layla desde la cocina—. Y si ya has acabado de odiar mis muebles, puedes venir aquí y servirte café y desayunar algo. He comprado dónuts y mi madre ha hecho unos *dal parathas* con las sobras de ayer.

—¿Dónuts y *dal* otra vez? Eres la personificación de la confusión cultural.

Layla se encogió de hombros al salir de la cocina, con el café y los alimentos en la mano.

—El *dal* me reconforta. Sigo deprimida por mi ruptura. Los dónuts forman parte del plan de recorrerme todas las panaderías de la ciudad ahora que he vuelto. Puedes acompañarme o ver cómo se me ensanchan las caderas.

Sus caderas eran maravillosas tal y como estaban. Aunque ni loco se lo diría. Ya estaba teniendo suficientes problemas con su entrepierna.

Inspiró el delicioso aroma del café y se maldijo por haber renunciado a su expreso matutino para intentar llegar antes que ella al despacho. No funcionaba bien sin su chute de cafeína, pero ni por asomo iba a aceptar ahora un café cuando ella le había restregado que había llegado antes.

—Nada de café.

—Tengo *chai* si lo prefieres. —Sus labios se curvaron en una sonrisa burlona, pero Sam no mordió el anzuelo.

—Te lo dije, no toco esas cosas. —De todos los alimentos tradicionales a los que había renunciado, el que más echaba de menos era el *chai*. Su madre había hecho el té aromatizado preparando té negro con su propia mezcla de especias y hierbas aromáticas indias. Era su bebida reconfortante. Pero ya no se permitía esos lujos.

—¿Qué te parece el agua? Veo muchas charlas TED sobre ciencia. Tu cuerpo es un sesenta y cinco por ciento agua, así que debes de haber tomado un vaso o dos en toda tu vida.

Demasiada charla. Demasiado temprano. Dada la naturaleza hostil de su trabajo, Sam prefería empezar sus jornadas laborales en paz.

—¿Estás pensando en envenenarme? ¿Por eso insistes tanto con las bebidas?

—Intentaba ser educada. Pero está claro que mis esfuerzos no sirven de nada contigo. —Sus pechos rebotaron suavemente bajo la vaporosa blusa mientras volvía a su mesa. Aunque hubiera querido ese café, no había forma de que ahora pudiera levantarse y entregarle el documento legal. Iba a necesitar, al menos, diez minutos leyendo informes bursátiles para poder pensar siquiera en moverse de su escritorio.

Sam sacó una bebida isotónica de su bolsa de deporte. Ya había tomado su desayuno habitual después de entrenar: dos claras de huevo, dos tostadas integrales con mantequilla de cacahuete, un vaso de leche desnatada y un plátano, pero la combinación de los aromas del café y los *dal parathas* le hacían la boca agua.

—Agua carbonatada. Debería haberlo adivinado. —Le dedicó una pícara sonrisa mientras se acomodaba en la silla—. Menos mal que has traído tu propia bebida. Se me pasó por la cabeza añadir un laxante o una cucharada de jarabe de ipecacuana al café, pero solo hay un baño y tendré que arreglarme para mis clientes.

Menuda desalmada. Ni siquiera le avergonzaba admitir que había pensado en incapacitarlo.

—¡Oh, Dios! —soltó, con la mirada fija en la pantalla—. Otro tipo de desilovematch.com ha confirmado una cita para ver a mi padre. ¿Qué voy a hacer?

Estuvo a punto de decirle que eligiera a uno y se casara, y lo dejara a él tranquilo en el despacho, pero entonces pensó en Nisha. Si hubiera sabido entonces lo fácil que podía resultarle a un depredador esconderse tras un título universitario y una sonrisa encantadora, habría roto todos los currículums matrimoniales que sus padres recibieron cuando tuvo la oportunidad.

—Dile que se vaya por dónde ha venido.

Ella le dio un sorbo a su café, con el ceño fruncido por la preocupación.

—Iba a ponerme en contacto con ellos anoche, pero entonces me puse a pensar en todo el trabajo que había hecho mi padre para encontrarlos. Escribió ese perfil tan bonito, revisó cientos de currículums, habló con ellos por teléfono y organizó las reuniones... Y todo el tiempo estuvo pensando en mí; en qué tipo de persona era yo y quién podría hacerme feliz.

—¿No podías descubrirlo por ti misma? —Se encogió por dentro tras pronunciar esas duras palabras. ¿Quién era él para criticar? Había renunciado a buscar la felicidad hacía mucho tiempo.

En vez de ofenderse, Layla se limitó a encogerse de hombros.

—He pasado de una relación desastrosa a otra. La última se acabó cuando encontré a mi novio, Jonas, esnifando cocaína del cuerpo de dos modelos desnudas en nuestra propia cama. Lo peor fue que me pidió que me uniera a ellos, como si fuera su amiga en vez de su novia. Y esa no fue la primera vez...

Los ojos de Sam se abrieron de par en par. Esta mujer era una caja de sorpresas.

—¿Has encontrado a otros novios en la cama con modelos?

—No. —Dio un sorbo al café y en su delgada garganta se formó un nudo al tragar—. Pero después de la muerte de mi hermano, Dev, me deprimí mucho y tomé decisiones muy malas, sobre todo con los hombres. Lo echaba mucho de menos. Solía cuidarme cuando mis padres estaban trabajando en el restaurante. Era un buen hermano mayor; siempre estaba ahí para resolver mis problemas…

—No sabía que habías perdido a tu hermano. —Dejó caer el documento legal sobre su escritorio—. Si he dicho algo inapropiado…

—No pasa nada. —Levantó una mano con desdén—. Fue hace cinco años. Ya lo he superado.

Sam no estaba tan seguro. Tenía la mirada fija en el teclado, con la taza de café suspendida en el aire. Aunque fueran rivales deseó volver a hacerla sonreír.

—Tu exnovio es un idiota —le dijo—. Pero tú tampoco eres fácil.

Ella levantó la cabeza y sus ojos brillaron con fastidio.

—Me lo apuntaré en un pósit y lo pegaré en mi pantalla. Cuando tenga un mal día, podré leer «Tú tampoco eres fácil» y me sentiré mucho mejor.

—¿Buscas cumplidos? —Juntó los papeles y los colocó en varias filas ordenadas—. No parece tu estilo.

—Tienes razón. —Dejó la taza en el escritorio—. Mi estilo son los vaqueros y las camisetas, aunque de vez en cuando me vuelvo loca por un par de botas.

—Era unas buenas botas.

—Contrólate, fiera, estamos hablando de maridos, no de botas. —Dio unos giros con su silla.

—Es verdad —refunfuñó—. Me olvidé que estabas planteándote seriamente participar en el juego del matrimonio.

—¿No te parece bien?

—¿Los matrimonios concertados? No. Es imposible conocer a alguien con solo leer su currículum y verlo una o dos veces con toda la familia presente. Es una tradición anticuada y retrógrada que habría que ilegalizar. Aparece un tipo con un montón de títulos y una buena cuenta bancaria, se gana a la familia con encanto y falsas promesas, y lo siguiente que sabes es que tu hermana está en manos de un monstruo. —No se percató de que había levantado la voz hasta que sus palabras resonaron en la habitación.

Silencio.

—¿Hablamos de alguien que conoces o de la gente en general? —Ella lo observó con tanta atención que él se preguntó si podría ver su alma.

—He visto que puede salir muy mal. —No iba a permitir que una mujer tan llena de vida como Layla pasara por lo mismo que Nisha.

—Y yo he visto que puede salir bien. —Caminó hasta su escritorio, sorteando cajas, perchas y una curiosa oveja disecada para llegar hasta él—. No hablo de matrimonios forzados. Hablo de una presentación consensuada. Así fue con mi hermano y su mujer. Dev estaba ocupado con su carrera, así que pidió ayuda a mis padres para encontrar pareja. Publicaron su perfil. La familia de Rhea respondió porque ella también estaba muy ocupada con su carrera y no tenía tiempo para citas. Nuestras familias se conocieron. Dev y Rhea congeniaron. Tuvieron varias citas. Tres meses después se casaron. Si no hubiera funcionado, cualquiera de los dos podría haberse ido.

—¿Así que quieres ser como él? ¿Es eso? —preguntó Sam con amargura—. ¿Tus padres le encontraron una esposa a tu hermano y tú quieres lo mismo?

—Sam —ella apoyó las manos en el escritorio, con las fosas nasales dilatadas—, ponte serio, si es que puedes. No había pensado en un matrimonio concertado hasta ahora. Siempre he creído en el amor verdadero, como en *La princesa prometida*. Siempre pensé que mi Westley estaba ahí fuera. Solo tenía que encontrarlo.

«¿Ponerme serio?». No recordaba ningún día desde el accidente en que no hubiera sido serio. La carga del dolor por Nisha lastraba su alma y llenaba su mundo de sombras. ¿Cómo podía Layla confundir sus punzantes comentarios con humor?

—Entonces, ¿cuál es el problema? Siéntate y espera a que ese tal Westley entre por la puerta.

—¿Ese tal Westley? —Ella le lanzó una mirada incrédula—. ¿No has visto *La princesa prometida*? Es la mejor película de todos los tiempos. Westley era el hombre perfecto. Era un pobre granjero que haría cualquier cosa que le pidiera la princesa Buttercup porque la amaba.

—A mí me parece un idiota —dijo Sam—. ¿Qué clase de hombre se deja mandar por una mujer? ¿Acaso no tenía amor propio?

—Tenía amor verdadero. Y nunca dejó de amarla, ni cuando tuvo que dejarla, ni cuando volvió años después y descubrió que un príncipe malvado intentaba obligarla a casarse.

—Eso es todo un «no» a la autoestima. —Sam alineó sus bolígrafos junto a sus lápices—. Si la hubiera amado de verdad, no se habría marchado, sobre todo con príncipes malvados revoloteando alrededor de ella.

—No tenía nada que ofrecerle, así que se marchó en busca de fortuna. Quería ser digno de ella.

Sam no veía muchas películas, menos aún de princesas y amor verdadero, pero que el granjero quisiera demostrar su valía le resultaba familiar. Él perdió la suya el día que Nisha le confesó los problemas de Ranjeet con la bebida y su temperamento violento, así como sus sospechas de que él era el responsable de su accidente.

—¿Ese tal Westley encontró lo que buscaba?

—Se hizo pirata, amasó una fortuna, la libró del matrimonio forzado y vivieron felices para siempre.

—No hay un «felices para siempre». —Ojalá él se hubiera hecho pirata y librado a Nisha de Ranjeet para que hubiera tenido su final feliz.

—No lo sé, Sam.

Ella se sentó en el borde de su escritorio y empezó a balancear las piernas, como si hubieran llegado a esa etapa de toda relación en que se podía entrar en el espacio personal del otro.

Sam dio la vuelta al documento legal y lo apoyó sobre su regazo porque el seductor aroma de su perfume y las suaves curvas que tenía a escasos centímetros le estaban creando problemas ahí abajo.

—¿Y si mi padre no lo consigue? —Le temblaba la voz—. ¿Y si esto es lo último que puede hacer por mí? Estoy cansada de tener malas relaciones. Quiero volver a casa cada día y compartir mi vida con alguien que esté tan comprometido con la relación como yo. He vuelto a casa para solucionar las cosas, para reinventarme. Nueva vida. Nuevo trabajo. Nueva perspectiva. Entonces, ¿por qué no hacer lo mismo con las relaciones? ¿Por qué no conocer a los hombres que escogió mi padre? No pueden ser peores que los que yo misma he escogido. Han publicado sus perfiles *online* porque quieren casarse. No van a engañarme y romperme el corazón. El amor está fuera de la ecuación.

—Hay otras opciones —dijo él de repente—. No dejes en manos de tus padres una decisión que afectará al resto de tu vida. Eres guapa, inteligente y ambiciosa. No necesitas ayuda para encontrar pareja… —Su voz se quebró cuando vio la sorpresa en su cara—. ¿Qué pasa?

—Pensaba que me odiabas.

—Odio que no quieras irte de mi despacho —dijo rápidamente, tratando de ocultar su error—. No te conozco tanto para odiarte, aunque si pones laxante en mi café las cosas irán cuesta abajo muy rápido.

Su suave risa le reconfortó el corazón.

—Sé que estás en contra de los matrimonios concertados, pero me has convencido para intentarlo. ¿Qué diferencia habría con Tinder si no fuera porque mi padre escogió a los candidatos? Así no tendré que tratar con culturistas tonificados de metro ochenta que en realidad son unos raritos de metro sesenta que viven en el sótano de su madre.

Sam descubrió que su indiferencia se esfumaba con desconcertante rapidez cuando pensaba en Layla con culturistas tonificados de desilovematch.com.

—¿Cómo vas a llevar tu agencia con todas esas citas a ciegas? —protestó—. Hay diez nombres en esa lista. Es una locura.

—Me reuniré con ellos en la sala de juntas —dijo—. Ni siquiera sabrás que estamos aquí.

Pero sí lo sabría. Los miraría y se preguntaría si había un monstruo escondido bajo la máscara esperando a tenerla sola y lejos de su familia para poder abusar de ella. Y se preocuparía, como se había preocupado cuando ella llevó a Hassan a la sala de juntas y cerró la puerta.

Echó un vistazo al diván de brocado color púrpura con trenzado dorado e intrincada estructura de palisandro, mientras le daba vueltas a una nueva táctica.

—Si respondieron al perfil que publicó tu padre, es probable que sean muy tradicionales. Se harán una idea equivocada si no vas con un pariente masculino. —No podía creer las palabras que salían de su boca. ¿Desde cuándo le importaban las tradiciones o el decoro? ¿O esa mujer que estaba empeñada en robarle el despacho?

—No necesito a un hombre para encontrar a otro hombre —replicó—. Además, no puedo dejar que nadie de mi familia lo sepa. Si pensaran que estoy en el mercado matrimonial, se volverían locos.

—Hassan te estaba mirando el trasero cuando entré. ¿Qué habría pasado si yo no hubiera estado allí?

—Si hubiera intentado algo, le habría dado una patada entre las piernas y le habría roto la nariz. —Dio un puñetazo al aire y su puño silbó junto a su oreja, lanzando un torrente de adrenalina por sus venas—. Hice *krav magá** en Nueva York porque mis padres estaban convencidos de que la ciudad estaba llena de criminales a punto de atacarme.

—Así que el despacho se va a convertir tanto en un club de lucha como en un burdel. —Cerró con fuerza un puño bajo el escritorio por la frustración—. Me aseguraré de decirles a mis clientes que traigan dinero en efectivo cuando vengan a las reuniones.

---

* Disciplina compuesta por defensa personal y combate cuerpo a cuerpo. Es el sistema oficial de lucha y defensa personal del ejército israelí. (N. de la T.)

—De acuerdo. Me reuniré con ellos en otro sitio. —Ella inclinó la cabeza hacia un lado, lanzándole una mirada sensual que levantó los papeles de su regazo otro centímetro—. A menos que...

—¿A menos que qué? —Se le erizaron los vellos de la nuca en señal de advertencia.

—A menos que me hagas de carabina.

—No seas ridícula —balbuceó—. No soy una niñera. Y tampoco podrías pagarme.

—Tal vez podría pagarte de otra manera...

El corazón le dio un vuelco y, por un instante, pensó que su fantasía erótica de verla desnuda con esas botas sobre su escritorio se haría realidad.

—Soy todo oídos, preciosa. Y un montón de algo más.

—Eso no —gimió ella—. Si haces ver en las entrevistas que eres mi pariente masculino, no te echaré del despacho. Podemos compartirlo.

—Es mi despacho.

—Eso es discutible.

Ya no. Se quedó mirando los papeles que tenía en el regazo. ¿Realmente quería que se fuera? ¿Sobre todo ahora que sabía que ella conocería a sus pretendientes y se lanzaría a un matrimonio concertado con un desconocido? Acudieron a su mente imágenes de Nisha. Alarmas que no había oído antes. Señales que había pasado por alto. ¿Cómo iba a dejar que otra mujer pasara por lo mismo que su hermana? ¿Y si alguno de los hombres de la lista de Layla era como Ranjeet?

Sam resopló.

—¿Me estás pidiendo que sea tu chulo? ¿Cómo voy a conseguir mi cuarenta por ciento?

—Te estoy pidiendo que utilices tus increíbles habilidades para la selección de personal para eliminar a los inútiles de la lista de mi padre mientras proteges mi honor. A cambio compartiremos el despacho de forma pacífica. —Alcanzó una bocina de fiesta de una caja y la hizo sonar con fuerza, con lo que casi le estallaron los oídos.

—¡¿Qué demonios?!

—Fiesta de Navidad de 2017. Tengo una caja llena.

En esas circunstancias era imposible tener paz en el despacho. Tampoco había paz cuando Daisy y su perro venían de visita. Layla atraía el caos y él se había pasado los años transcurridos desde el accidente de Nisha intentando tenerlo todo bajo control. Lo último que necesitaba era complicarse la vida ayudando a una mujer obcecada con encontrar marido.

Y, sin embargo, en los últimos tres días se había sentido más vivo que en los últimos cuatro años.

—Investigaré a tus clientes —dijo, mientras pensaba con rapidez—. Pero cuando las citas a ciegas se acaben tendrás que marcharte. El despacho será mío.

Silencio.

«Di que sí». El corazón le retumbaba en el pecho. Por primera vez en mucho tiempo, se sentía lleno de energía.

—No puedes llamarles «clientes» —dijo finalmente.

Sam respiró aliviado.

—Quieren sexo. Seguro, habitual y disponible. Por eso se inscribieron.

—Tienes una visión muy cínica del matrimonio.

—Prefiero pensar que es realista. —Se relamió los labios por la expectativa—. ¿Estás de acuerdo con mis condiciones?

Layla se mordisqueó la uña del pulgar.

—Yo también tengo mis condiciones. Si no encuentro marido, serás tú quien se vaya.

A Sam se le aceleró el pulso. Se había estado perdiendo esto. Una negociación trepidante. Un oponente digno. Un premio que valía la pena. Y que su adversaria fuera una mujer guapa con la que quería acostarse solo lo hacía más interesante.

—Lo tienes todo bajo control. Podrías rechazarlos a todos para ganar.

—Yo siempre gano. —Ella alcanzó uno de sus lápices y lo hizo girar entre sus dedos, un truco que él nunca había podido dominar—. O consigo el despacho o encuentro marido. Pero estoy dispuesta a marcharme si mi padre me encuentra la pareja adecuada. El despacho es tu incentivo, no el mío.

¿Confiaba en ella? Sí, ella era tan auténtica como la que más, y su integridad le hizo aún más consciente de sus fallos al respecto. Le cegaron tanto las puertas que Ranjeet le estaba abriendo que no vio las señales de que ocultaba un terrible secreto.

Esta era la oportunidad que siempre había esperado para enmendar los errores del pasado, ser un hombre digno y, al mismo tiempo, descubrir la verdad.

—De acuerdo.

—Y contratamos a Daisy como recepcionista y jefa del despacho —añadió Layla—. Vamos a tener que trabajar con tus clientes, los míos y diez pretendientes. Es ingeniera informática, pero ahora no tiene trabajo. Es increíble con los números y la organización. Sé que parece un poco estrafalaria, pero...

—La loca de Daisy, no. Escoge a otra.

Layla frunció los labios y echó un vistazo al despacho, pensativa.

—Puedes quedarte con el escritorio de palisandro.

—¡Que empiece el juego del matrimonio!

Una sonrisa iluminó su rostro.

—Y que gane el mejor.

# 7

—¿Contratado, despedido o deseado? —La voz de Daisy llenó el despacho y atrajo la atención de Layla hacia el hombre de la recepción.

—Yo... —Él se pasó la mano por su abundante cabello oscuro—. No estoy seguro.

Daisy suspiró.

—¿Estás buscando trabajo, planeando despedir a todos tus empleados como un frío y despiadado imbécil capitalista, o buscando esposa?

—¡Daisy! —Layla se dirigió apresuradamente hacia la recepción. Se arrepentía de haberle contado a Daisy lo del juego, sobre todo porque su prima no la apoyaba demasiado, pero si Daisy iba a ocuparse de sus visitas, tenía que conocer los hechos—. Te lo dije antes. Nada de palabrotas.

El mensajero mostró su tableta.

—Tengo un paquete para Sam Mehta. Necesito una firma.

—¡Qué decepción! —Daisy garabateó su nombre en el bloc de notas electrónico—. ¿Seguro que no estás buscando esposa? Tenemos una consultora de selección de personal soltera, un poco desesperada, de veintiséis años. Es inteligente, ambiciosa, agradable a la vista y hace un buen *rogan josh*.

—¡Daisy!

—¿No haces un buen *rogan josh*? —Se burló con una mirada inocente mientras el mensajero se alejaba a toda prisa—. Porque la última vez que te visité en Nueva York, mis papilas gustativas explotaron de placer.

—¿Dónde está Sam? —Layla comprobó su teléfono—. Se supone que tiene que estar aquí a las doce.

—Tenía unas reuniones con clientes esta mañana. No te preocupes. Llegará a tiempo para reunirse con el Soltero n.° 2. —Daisy se alisó la falda blanca con un estampado de cerezas de los años cincuenta y se acomodó en la silla.

Layla gimió.

—No puedes referirte a ellos así.

—¿Por qué no? Son todos solteros. Es el número dos de la lista. Dijiste que estabas participando en un juego. Es una forma perfecta de identificarlos. «Concursante» no me parecía bien porque eso sugeriría que eres un premio, y aunque lo eres en un sentido metafórico, no me gustaría cosificarte de ninguna manera.

Layla tamborileó con los dedos sobre el escritorio de Daisy.

—¿Qué hora es? Hemos quedado con el tipo para comer y necesitamos llegar a tiempo.

—Relájate. —Daisy cubrió la mano de Layla con la suya para tranquilizarla—. Sam no ha llegado tarde un solo día desde que trabajamos juntos. Y eso no es normal. Creo que podría ser un androide. Desde luego, no actúa como un ser humano.

—Solo es un maniático del control. —Layla respiró hondo para calmarse—. Creo que es bastante adorable.

Sam había estado entrando y saliendo del despacho toda la semana, pero habían tenido algunas conversaciones civilizadas (y algunas no tan civilizadas). Layla también se había entretenido llegando temprano para desordenar sus papeles y desalinear sus bolígrafos. Una mañana, incluso había girado su mesa cinco grados para ver si él se daba cuenta, y así fue.

—¿Te pones de su lado? —El volumen de voz de Daisy asustó al pobre Max, que ladró justo cuando Sam entraba por la puerta.

—Disculpad. —La voz de Sam era fría como el hielo—. Pensaba que esto era un despacho, no un zoológico.

—Max es un perro de apoyo emocional —explicó Layla—. Daisy lo necesita.

—No ha necesitado apoyo emocional en toda la semana. ¿Por qué ahora?

—¿Tú te has mirado en un espejo? —Daisy levantó a Max y le dio un abrazo—. Una semana contigo y ya necesito todo el apoyo posible.

—Ha intentado trabajar sin él, pero como le costaba le dije que podía traerlo. Se ha portado muy bien —le aseguró Layla—. No se ha meado en nada…

—Eso es poner el listón muy bajo.

—Hoy estás muy alegre —dijo Daisy con un tono de voz que sugería que no lo pensaba en absoluto—. ¿Has despedido a mucha gente esta mañana? ¿Te sientes bien? ¿Te gusta destruir vidas? Supongo que saldrás a celebrarlo llenando los bolsillos de los accionistas después del trabajo. Puedes pedir una botella de Dom Pérignon y caviar y brindar por las pobres almas que esta noche harán cola en el banco de alimentos.

Sam dirigió su mirada a Daisy.

—Estoy deseando que llegue el día en que odies tanto mi empresa que tu conciencia te impida seguir trabajando aquí.

—Estoy deseando que llegue el día en que tengas conciencia, respetes los deseos de mi tío Nasir y te largues —replicó Daisy.

—Felicidades por tener un vocabulario tan creativo.

A continuación, él ordenó su correspondencia. Sus fuertes manos clasificaban los sobres con destreza. Layla sintió un cosquilleo en la piel al pensar en esas manos tocándola, sujetándola y acariciándola hasta dejarla sin aliento.

—No te imaginas los idiomas que tuve que aprender para sacarme el título de ingeniera de *software*. —La voz de Daisy la sacó de su imaginación y sus mejillas se sonrojaron. ¿Qué le pasaba? Se trataba de Sam, la persona que menos le gustaba a Daisy del mundo.

Sam dirigió su mirada a la camiseta Riot Grrrl de Daisy.

—Veo que el inglés no fue uno de ellos.

La mirada de Daisy se endureció.

—¿Qué titulación obtuviste para aplastar almas?

—Te lo diré cuando aplaste la tuya —dijo Sam, con una media sonrisa curvando sus labios.

—¡Eres sexi cuando me amenazas! —gritó Daisy mientras se dirigía a su escritorio—. En realidad, eres sexi cuando no lo haces, pero me gusta ese extra amenazante.

—¿Por qué sigues burlándote de él? —preguntó Layla.

—No puedo evitarlo. —Daisy acarició a Max, que había acabado de mordisquear el brazo de la silla y ahora buscaba algo que comer—. Hay algo en él… ¿Quién no aprovecha que todos los días tengamos comida de El Molinillo de Especias en la cocina? ¿Quién bebe té inglés cuando tenemos una tetera del *chai* casero de tu madre? ¿Quién no quiere oír «Badtameez Dil» para animarse por la mañana? ¿O «Mundian Tu Bach Ke» al final del día? Me dijo que si quería escuchar ese tipo de música, simplemente me pusiera «Despacito».

—A todo el mundo no le gusta el *curry* y Bollywood. —Le ofreció a Max una *pakora* de la bolsa que había traído del restaurante, y él la olisqueó con curiosidad.

—Es de piel morena. Lo lleva en la sangre. —Daisy sacó su teléfono y tomó una foto de Max con la *pakora* entre sus patas.

Layla dirigió su mirada a Sam. Sin duda era un misterio. La minuciosa observación de la última semana había arrojado que hacía ejercicio casi todas las mañanas, comía sano (aunque aburrido), tenía adicción al café y estaba muy concentrado cuando trabajaba.

—Quizá sea alérgico.

—¿A la música de Bollywood? —Daisy levantó su teléfono—. Pongamos «Mr. India», a ver si le sale urticaria.

—¿Te gusta? ¿Se trata de eso? —Layla sintió una curiosa punzada de celos al pensar en Daisy y Sam juntos. No tenía sentido. Ella había acabado con las citas y estaba decidida a conseguir un matrimonio concertado sin los riesgos que tenía el amor.

—¿Me tomas el pelo? —Daisy resopló—. ¿Él y yo? Cinco minutos a solas y uno de los dos estaría en el suelo con un cuchillo de carne atravesándole el corazón. Yo soy un pájaro libre, amiga mía. Aún intento averiguar qué voy a hacer con mi vida, y un hombre tan estirado sería la jaula definitiva.

En eso no se equivocaba. Todas las noches, Sam vaciaba su escritorio y lo limpiaba con desinfectante. Cada mañana sacaba sus lápices y bolígrafos, y los colocaba en una fila ordenada junto a los archivos, apilados a la perfección, que tenía detrás del portátil. Siempre iba vestido de forma impecable, con la corbata perfectamente anudada y el cabello bien peinado. Su atención al detalle era desconcertante para alguien que nunca había ordenado nada en toda su vida.

—¿Nos has enviado copias de...? —Layla odiaba usar las abreviaturas de Daisy, pero los números tenían sentido—. ¿... el currículum matrimonial del Soltero n.º 2?

Daisy asintió.

—Y del Soltero n.º 3. Para ser sincera, creo que deberías pasar del Soltero n.º 2 porque el Soltero n.º 3 es bombero y la foto que ha enviado... —Se abanicó con una mano mientras con la otra le enseñaba la foto de su teléfono—. Me encantan los hombres de uniforme. Y tiene una buena manguera. Me pongo cachonda solo con mirarla.

—¡Puedo oíros! —gritó Sam—. Esto es un despacho. Por favor, discutid a un nivel de control parental.

—¿Qué tal si te guardas tus sucios pensamientos para mayores de dieciocho años? —replicó Daisy—. Estamos viendo la foto de un bombero sujetando una manguera para refrescar a la gente en un caluroso día de verano. Desde mi inocencia, no puedo imaginar lo que estabas pensando.

—Pensé que estabas usando una metáfora —dijo Sam—. Pero está claro que no debería suponer tanto...

Layla miró la foto. El bombero iba con el torso desnudo excepto por los tirantes que sujetaban sus pantalones de bombero. Estos estaban desabrochados de una forma que sugería que no se dirigía precisamente a un incendio.

—Eso es... una manguera.

—Todavía puedo oírte.

—Está celoso —susurró Daisy—. Desearía tener una buena manguera para mojar a las mujeres.

Layla se acercó al escritorio de Sam, que ya estaba ocupado con su portátil.

—¿Estás listo para irnos? Le pregunté a Dilip Sandhu dónde quería quedar y me sugirió el nuevo restaurante *pop-up* que hay al final de la manzana. Dijo que, como tradicionalmente paga la familia de la mujer, quería ir a un sitio que no pudiera permitirse.

—¡Qué tipo más vulgar!

—Se llama Espacio. —Intentó no mirarle las manos mientras acababa de teclear, pero con la fantasía erótica aún fresca en su mente, era una batalla perdida—. Es muy exclusivo. Solo conseguí mesa porque el jefe de cocina conoce a mi padre. Tienen veinticuatro sesiones de una hora cada día, con una sola mesa por sesión.

Sam gimió mientras cerraba su portátil.

—Será mejor que agarre unos bocadillos. Suena como el tipo de sitio donde solo te dan dos guisantes y una rodaja de espárrago en un trozo de lechuga de mantequilla cultivada en el pico más alto de Nepal y regada con lágrimas de ángeles.

—¿No te gusta la alta cocina? —Lo siguió escaleras abajo y salieron al sol radiante.

—Me gusta la comida. Mucha. —Se detuvo en la cafetería más cercana y pidió tres sándwiches de carne, dos ensaladas de pollo y tres botellas de agua.

—¿Quieres algo? —preguntó después de hacer su pedido.

Layla miró con anhelo mientras el camarero le entregaba su banquete.

—No quiero quitarme el apetito. —Señaló el expositor de bollería—. Te has olvidado del postre.

—No consumo azúcar.

—Entonces la comida se desperdicia. —Abrió el bolso para mostrar su escondite secreto—. Siempre llevo conmigo postres de emergencia: ositos de gominola, chocolate con caramelo salado, dónuts glaseados con chocolate…, o al menos eso creo que eran, y esta mañana me las he apañado para tomar un pequeño recipiente de *besan laddu* y algunos *gulab jamun*.

—¿Esperas una época de hambruna? —Sam sacó uno de sus bocadillos y comió mientras caminaban.

—Nunca se sabe cuándo vas a necesitar un poco de energía. —Levantó su teléfono y hojeó el currículum matrimonial del hombre que estaban a punto de conocer—. Te informaré mientras te atiborras de camino al restaurante.

—Yo no me «atiborro» —dijo con un altivo resoplido—. Pero agradezco la oferta.

—Dilip Sandhu. Edad: treinta y cinco. Metro sesenta de alto. Sin cicatrices visibles. Sesenta kilos. Nacido en San Diego. Sus padres emigraron de Bombay. Padre contable. Madre costurera. No tiene hermanos. Trabaja en una empresa de consultoría tecnológica como gestor de pesos y medidas, y es responsable de la prestación y aplicación de servicios relacionados con la comprobación, la calibración y la certificación de dispositivos de pesaje y medición. Le gusta bailar, bucear en cuevas y el teatro musical.

Sam se acabó el bocadillo y sacó otro.

—Este tipo es perfecto para ti, aunque tendrás que llevar zapatos planos cuando estés con él. Y quizás encorvarte un poco. No te interesa ser demasiado alta si vas a pasar la luna de miel en una cueva.

—¿Cómo sabes que es perfecto? No sabes lo que estoy buscando.

—Eso, ¿qué buscas en un hombre? Tengo curiosidad. —Le dio un mordisco al bocadillo y a Layla le rugió el estómago.

Nunca había pensado en su hombre ideal, pero sabía lo que no quería: alguien como Jonas o como los hombres que hubo antes que él. Sacó un dónut del bolso y le quitó las servilletas de papel.

—Tiene que respetarme y tratarme con igualdad. Apoyar mi deseo de dirigir mi propia empresa y no esperar que acepte los roles tradicionales.

Sam torció la boca hacia un lado, como si estuviera sumido en sus pensamientos.

—Entonces, nada de misionero.

—¿Naciste así o has asistido a clases para ser un imbécil integral?

Una pequeña sonrisa se dibujó en sus labios.

—El misionero es la postura tradicional.

—Si no vas a tomarte esto en serio...

Él dirigió su mirada a su boca.

—Me lo estoy tomando tan en serio como tú estás lamiendo ese dónut. No creo que quede ya ni una pizca de glaseado. Deberíamos decirle a Dilip que tienes un talento increíble con la lengua.

«¡Qué desperdicio de hombre impresionante!».

—No te atrevas a decir nada sobre mi lengua. —Se detuvo frente a una puerta azul chillón que había en un edificio de hormigón en la esquina de la calle—. Soy golosa y no me avergüenzo. Eso es todo. No hace falta mencionar los dónuts.

—¿Y los bollos?

Miró por encima del hombro y lo sorprendió mirándole el trasero. Llevaba una falda negra ajustada por la extraña necesidad de sentirse sexi después de que Hassan la hundiera el otro día. Entró en el restaurante contoneándose y fue recompensada con el sonido de su agitada respiración.

—¿Layla?

—¿Sí? —Se giró en el umbral de la puerta y esbozó una sonrisa pícara.

—A mí también me gustan las cosas dulces.

---

—Esto no es lo que esperaba. —Dilip cortó con cuidado un trozo minúsculo de *pommes dauphines* deconstruidas y servidas con un chorro de reducción de habas del tamaño de un céntimo. Pasó su mirada de Sam a Layla y otra vez a Sam desde el otro lado de la mesa de madera.

El espacio consistía en una gigantesca habitación de hormigón con una bombilla colgando. Sin ventanas, cuadros ni decoración de ningún tipo, y aún menos comida de lo que Sam había previsto, era el lugar perfecto para un interrogatorio, pero para una cita a ciegas con un posible cónyuge, no tanto.

—Pensé que me reuniría con el señor Patel y la señorita Layla.

—Solo Layla. —Sam intervino rápidamente para impedir que el almuerzo acabara antes de tiempo. Habían pasado cinco minutos de entrevista y ya sabía que tendría que esforzarse mucho para que este tipo no se fuera.

—Solo señorita Layla. —Dilip sonrió. Uno de sus grandes dientes delanteros estaba astillado y torcido, y con su cara redonda, su abundante cabello liso y oscuro, y su corpulencia, a Sam le recordaba a un castor demente.

—Quiere decir que puedes llamarme Layla. —Ella miró su plato vacío con un suspiro. Había pedido pepinos de mar silvestres de Alaska, espolvoreados con cardo mariano artesanal recogido al atardecer en Springdale Farms y servido en un mar de puré de ortigas. Al menos Sam pensó que era eso. Se había comido toda la rodaja de pepino de un bocado.

—¿Está seguro de que no le apetece nada, señor? —El camarero, vestido con un saco que tenía unos agujeros para la cabeza y los brazos, se cernió sobre el hombro de Sam.

—No, gracias. —Sam se frotó la barriga y dejó escapar un pequeño eructo—. No debería haberme comido ese segundo sándwich de carne por el camino. O tal vez fue la ensalada de pollo. Estoy tan lleno que no podría ni con un *amuse-bouche* de espuma de sardina fermentada o un consomé de monóxido de dihidrógeno.

Layla le dio una patada debajo de la mesa. Con fuerza. Pero el moratón que le haría la puntiaguda punta de su zapato merecía la pena.

—Al señor Patel le habría gustado venir, pero como está enfermo, yo me encargo —explicó Sam.

Por desgracia Dilip, encargado de pesas y medidas, no creyó que su respuesta estuviera a la altura.

—¿Eres su primo?

—No.

—¿Tío?

—No.

—¿Sobrino?

—No.

—¿Abuelo?

—¿Me tomas el pelo? —Sam balbuceó—. No tengo ni una sola cana.

—¿Hermano?

—Mi hermano falleció hace cinco años —intervino Layla.

—¿Hermana? —Dilip no se rendía.

Sam resopló ofendido.

—¿Parezco la hermana de alguien?

—Son tiempos modernos —dijo Dilip—. Podrías haber pasado por un cambio de sexo.

—Soy todo un hombre. —Sam se reclinó en la silla y abrió las piernas—. En cada maldita parte.

—Creo que se siente amenazado —le dijo Layla a Dilip con una sonrisa de disculpa—. Solo dice palabrotas antes de las diez de la mañana.

—Que sepas que estoy muy seguro de mi masculinidad. —Sam hinchó el pecho—. Tengo una camisa amarilla en mi armario, y una vez hasta me la puse fuera de casa. Aunque, para ser sincero, eran las dos de la madrugada y se me había olvidado sacar la basura.

—Sam es un amigo de la familia —sugirió Layla.

—¿Un amigo casado?

—No —dijo Sam.

—¿Comprometido?

—No.

—¿En una relación seria?

—¿Qué tal si le damos a Layla la oportunidad de contestar a *sus* veinte preguntas? —sugirió Sam. El tipo era como un perro con un hueso.

—¿Qué fantaseas con tu relación de pareja? —preguntó Layla.

Dilip se atragantó con su reducción de habas y miró a Sam con pánico.

—Creo que está preguntando qué buscas en una esposa. —Sam se volvió hacia Layla, sin hacer ningún esfuerzo por ocultar su sonrisa burlona—. ¿O lo he entendido mal?

—No. Has entendido bien.

—Lástima —murmuró en voz baja—. Esperaba que tuvieras un lado pervertido en secreto. Si alguna vez quieres saber con qué fantaseo, estaré encantado de compartirlo.

Layla gimió.

—No me interesan tus aspiraciones de ser bailarín en la obra de Broadway *A chorus line*.

—Quiero a alguien que cocine y limpie, cuide de mis padres y administre la casa —intervino Dilip—. También debe estar dispuesta a cumplir sus deberes de esposa y tener hijos.

—¿Deberes de esposa? —Layla bufó—. Hay tantas cosas malas en esas palabras que no sé por dónde empezar.

Sam suspiró. Esto no iba nada bien. Si quería casarla y sacarla del despacho, tendría que hacer que la entrevista avanzara.

—Está bromeando. —Le hizo un gesto con la cabeza a Dilip para que le siguiera el juego—. Son cosas de hombres. Nos gustan los eufemismos. Podría haber dicho también «echar un polvo», «hacer el guarro», «mojar el churro», «desenfundar el sable», «echar un casquete», «lanzar el misil de carne», «liberar al kraken»… —Se interrumpió al ver sus expresiones de asombro—. O sexo —añadió—. Podría haber dicho solo eso.

—No me extraña que no tengas novia. —Layla lo fulminó con la mirada—. No me imagino una mujer a la que, después de una buena cena, le dijeras: «Oye, nena, vamos a lanzar el misil de carne» o, mi favorito, «Vamos a liberar al kraken».

—No he dicho que usara esos eufemismos. —Sam se aflojó el cuello de la camisa. ¿Por qué hacía tanto calor en el restaurante?

—Los conoces. Ya es lo bastante malo.

Dilip inclinó la cabeza hacia un lado.

—¿Qué es un kraken?

—Es lo que le voy a hacer a la cabeza de Sam en unos tres segundos —dijo Layla.

Sam sonrió satisfecho.

—Un kraken es un *enorme* monstruo marino mitológico.

—¿Estamos en secundaria? —Layla miró alrededor de la habitación con fingida confusión—. Porque juraría que estabas hablando del tamaño de tu...

—¿Qué tal los deportes? —preguntó Sam a Dilip. Era hora de poner las cosas en su sitio antes de que Layla cumpliera su amenaza. Por las miradas rabiosas que le lanzaba, Sam no dudaba de que podría romperle la cabeza—. Creo que todo el mundo tiene aquí la misma pregunta. ¿Dónde está la cueva más cercana para que podamos ver una demostración?

—Ignóralo —dijo Layla—. Solo está celoso porque no hace nada emocionante. Pero a mi familia le gustan los deportes. A mi madre y a mí nos encanta el béisbol. Somos muy fanáticos de los Giants. Nunca nos perdemos un partido en casa.

—¿Los Giants de San Francisco? —Soltó una carcajada—. No son un equipo de verdad. Esa cantera de niños ricos lleva años agotándose.

Layla echó la cabeza hacia atrás y se quedó mirando el techo.

—No me digas que apoyas a los pobres Oakland Athletics, en el lado peligroso de las vías del tren y con un estadio que huele a cloaca.

—Se trata del juego, cariño, de la habilidad. No necesitamos un estadio lujoso en la bahía para patear el trasero de los Giants. Hemos ganado sesenta y tres partidos en la Batalla de la Bahía frente a sus penosos cincuenta y siete.

—¿A quién le importa la Batalla de la Bahía? —replicó—. Los Giants ganaron las Series Mundiales en 2010 contra los Texas Rangers; en 2012 contra los Detroit Tigers, y en 2014 contra los Kansas City Royals. Si cuentas sus victorias cuando empezaron en Nueva York, tienen un total de ocho títulos de las Series Mundiales.

Impresionante. Conocía a su equipo de verdad. No era una seguidora de pega.

—¿Dos mil catorce? —Sam se rascó la cabeza, incapaz de resistirse a tomarle el pelo—. ¿Fue *esa* su última gran victoria? Sé que perdieron noventa y ocho partidos la temporada pasada. Creo que es una especie de récord.

Layla gruñó tan bajo que él no lo habría oído si no hubiera estado sentado a su lado en el banco.

¡Qué adorable! Lástima que su equipo fuera una porquería.

—Fue un mal año. —Se incorporó y lo miró con odio—. No voy a abandonar a mi equipo por un mal año tras décadas de éxito. Todo el mundo merece una oportunidad, ya sea encontrando trabajo o jugando a la pelota.

—Parece que tienes debilidad por los desvalidos. —Miró a Dilip Sandhu, el «rey de los desvalidos», que interrogaba a uno de los camareros sobre el postre.

—Y a ti te falta fe en los demás. —Layla se desabrochó el botón superior de la blusa y se abanicó la camisa como si acabara de realizar una actividad que le diera calor. Sam miró a Dilip para asegurarse de que no le lanzaba miradas inapropiadas, pero el tipo estaba totalmente enfrascado en su conversación.

—Soy realista —continuó Sam—. Las apariencias engañan. Bajo la apariencia de un hombre tranquilo puede esconderse un villano. Me he propuesto erradicar a ese tipo de personas de todas las empresas con las que trabajo para que estas funcionen.

A Layla se le curvaron las comisuras de los labios.

—O para que los accionistas obtengan más dinero a costa de trabajadores que lo hacen lo mejor que pueden. Nadie es perfecto, Sam. Una vez me llevé unos clips de la oficina y alargué unos minutos mi hora para comer. ¿Soy una mala persona por eso? Si hubieras venido a mi empresa, ¿me habrías despedido?

«Sí». Pero tuvo la sensatez de no compartir una visión del mundo que había perdido el color y ahora era en blanco y negro.

—¿Cuáles son tus ambiciones en la vida, Dilip? —preguntó Sam cuando el camarero hubo tomado el pedido de Dilip.

—Quiero ser director mundial de pesas y medidas. —Dilip hablaba con cuidado, como si hubiera ensayado sus palabras—. Tendré que viajar mucho, pero con mi mujer en casa cuidando de mis padres y de nuestros hijos, creo que tengo muchas posibilidades.

Silencio.

Bueno, excepto por el sonido de la esperanza esfumándose hasta desaparecer.

—Eso es... admirable —dijo Sam, tratando de continuar la entrevista—. Quieres dominar el mundo. ¿Acaso se puede ser más ambicioso?

Layla le tendió la mano.

—Gracias por venir, Dilip. Ha sido un placer conocerte, pero no creo que funcione.

—Pero sé bailar. —Dilip pegó un brinco antes de que Sam pudiera detenerlo—. He estado aprendiendo «Khaike Paan Banaraswala».

Se movió junto a ellos tratando de repetir el famoso baile de Shah Rukh Khan de la película *Don*, de Bollywood, con su famoso final escupiendo en el suelo.

—Dame un abrazo. —El camarero descalzo y barbudo con el uniforme de tela de saco depositó un arándano en la mesa y luego rodeó con sus brazos a un sudoroso Dilip.

—Pensaría que estabas teniendo algún tipo de episodio epiléptico —dijo Sam cuando Dilip lo miró confundido—. Síguele la corriente. No creo que reciba mucho amor en la cama.

Layla le dio otra patada. En el mismo sitio que la última vez. Todavía valía la pena.

Cuando Dilip se hubo acabado el postre (una tarta artesanal de arándanos con corteza de dioxígeno) y Sam perdido una discusión con Layla por la astronómica cuenta, se despidieron cariñosamente de Dilip y regresaron al despacho por la concurrida acera.

—Toma esto. —Sam le dio a Layla la bolsa de papel de la cafetería—. Debes de tener hambre después de semejante festín.

Agarró la bolsa. Dudó.

—¿Está envenenado?

—No.

—¿Aplastada?

—No.

—¿Has metido una araña en la bolsa? Porque, si es así, tendré que quemarla entera.

—No hay ningún tipo de insecto.

—¿Esquirlas de vidrio? ¿Chiles picantes?

—Tú tampoco has contestado a las veinte preguntas. —Sam la condujo hasta un banco a la sombra—. Te lo doy de buena fe. Ahora, cómetelo antes de que te desmayes.

—Gracias. —Layla se sentó a su lado y sacó el sándwich de carne—. ¿Quieres ositos de gominola? —Ella le ofreció su bolso.

—Prefiero comer bolas de bisonte amasadas con sorpresa de *kraut* fermentado.

Layla se rio, una auténtica carcajada que acabó en un bufido. Era el mejor sonido del mundo. ¿Por qué tenía que venir de la mujer que más le enfadaba?

—Pobre Dilip. Lo siento por él. —Le dio un mordisco al bocadillo y gimió—. ¡Qué bueno!

Sam sintió aquel gemido como una punzada en la ingle. ¿Habían puesto algo en el puré de agua antártica? En todo caso, ella debería gustarle menos después del almuerzo. Apoyaba a un equipo rival.

—Aún no es tarde para volver a llamarlo —dijo Sam—. Tú, Dilip, sus padres y tus seis hijos podríais formar vuestro propio grupo de baile de Bollywood.

—Déjalo —murmuró en voz baja.

—Nunca me rindo —dijo Sam—. Es mi mayor fortaleza.

—¿Cómo sabes que no es tu mayor debilidad? Quizás hay veces que deberías rendirte y simplemente no puedes. Intenté ser tan buena como Dev, pero nunca lo fui. Intenté que mis relaciones funcionaran, pero no pude. Así que he renunciado a mi Westley para casarme con alguien a quien no ame para no tener todo ese drama. La terquedad no siempre es una cualidad positiva. —Se limpió la boca con una servilleta y Sam sintió un repentino deseo de saber lo suaves que eran sus labios y a qué sabrían con esa mostaza en una comisura.

—Lo es si lo llamas «tenacidad». —Había probado todas las vías para conseguir justicia para Nisha, y ahora que se había abierto una puerta, iba a hacer todo lo que estuviera en su mano para conseguir ese contrato. Nada iba a detenerlo.

Ella inclinó la cabeza hacia un lado.

—Eso ha sido muy perspicaz.

—Pareces sorprendida.

—No era lo que esperaba de un hombre que conoce tantas formas distintas de decir «sexo».

Sam se pavoneó.

—Eso no es nada comparado con la cantidad de formas que conozco de *tener* sexo.

—Menos mal que no eres un seguidor de los Giants —bromeó—. No podría controlarme.

—Sí —dijo él mientras ella se relamía la mostaza de los labios—. ¡Menos mal!

# 8

—¡*Beta!* Hemos traído comida.

A Layla el corazón le dio un vuelco cuando oyó la voz de la tía Taara en el pasillo. Salió disparada de su escritorio y corrió hacia Daisy.

—Sam volverá en cualquier momento. No pueden saber que estoy trabajando en el mismo despacho con un hombre guapo y soltero.

—Si no hubieras rechazado al Soltero n.º 3, eso no sería un problema —dijo Daisy—. Estarías prometida a Tarak el Bombero y escribiendo invitaciones de boda a todos sus amigos bomberos solteros para que yo pudiera echar un polvo.

—Apareció en chándal y con una camiseta de rugby, y estaba obsesionado con los deportes. —A Layla se le aceleró el pulso mientras pensaba en cómo evitar a sus tías—. Dijo que tiene una tele en cada habitación de su casa, incluidos los baños, para no perderse ni un segundo del partido si tiene que levantarse del sofá. Quería que le enviara un borrador de los menús que pensaba preparar para sus celebraciones de los campeonatos deportivos: la Super Bowl, la Stanley Cup, la Copa del Mundo… Se jactó de todos los jugadores famosos que conoce y se ofreció a regalarme balones con autógrafos.

—Pues a mí me gustaría recibir pelotas con autógrafos. —Daisy soltó una risita.

—¡*Beta!* —El sonido de los *chappals* repiqueteando en el suelo de madera se intensificó. Las zapatillas indias de cuero hechas a mano servían tanto para caminar como para impartir disciplina, aunque hacía años que sus padres no la amenazaban con un *chappal* volador.

Su corazón latía con fuerza. No podía hacer nada. Ellas sabían que estaba aquí. Solo tenía que sacarlas antes de que Sam regresara.

Max corrió hacia la puerta ladrando con nerviosismo. Sabía que la tía Taara siempre aparecía con generosas raciones de comida para él.

—Aquí estás. ¡Y Daisy también! —La tía Taara apareció con un táper gigante—. Menos mal que he hecho suficiente para compartir.

La tía Salena fue la siguiente y, después de ella, la tía Lakshmi. Layla las abrazó. Alegraron el despacho con sus trajes *salwar* de los colores de las piedras preciosas.

—Me alegro mucho de veros. Aunque me temo que no tengo mucho tiempo. Tengo que…

—Ir a por un cubo, espero —le susurró la tía Salena al oído—. Esa cosa es tóxica. Me tomé una cucharada esta mañana y ahora acabo de salir del baño.

—Nunca había subido aquí. —La tía Taara las esquivó y entró en el despacho—. Bonito y luminoso. Muy moderno. ¿Cuál es tu escritorio?

—Ese. —Señaló al Eagerson.

—¿Y quién trabaja en el otro?

—Mmm…

—Yo lo hago. —Una sonrisa pícara se dibujó en el rostro de Daisy—. Estaba sentada en la recepción por si entraba algún cliente. —Agarró a Max y lo llevó al escritorio de Sam—. Pero aquí estoy ahora, en mi escritorio con sus pulcras hileras de lápices y sus ordenados montoncitos de papel y sus archivos perfectamente organizados.

A Layla se le erizó la piel en señal de advertencia.

—Daisy…, quizá no deberías…

—Pero ¿en qué estaba pensando? —Daisy agarró los lápices y los esparció por el escritorio—. Está demasiado ordenado. No puedo trabajar así. —Con otro barrido, esparció los papeles y carpetas, tirando algunos por el suelo. Max ladró con nerviosismo y ella lo dejó jugar en medio del desorden.

—¿Cómo va el negocio? —La tía Lakshmi colocó una pecera sobre el escritorio de Layla. Dos pececillos de colores entraban y salían de un castillo rosa y unas cuantas plantas de plástico.

—No demasiado bien. —Layla suspiró—. Estoy recibiendo muchas llamadas de gente que busca trabajo, gracias a que la familia corrió la voz, pero no hay interés por parte de las empresas para contratarlos. He estado llamando a puerta fría todos los días, pero o bien utilizan servicios *online* o trabajan con otras agencias. Solo han pasado dos semanas, pero pensaba que las cosas irían mejor.

—¿Les dices quién eres? —preguntó la tía Taara—. ¿Quién no querría contratar a la hija de dos chefs con una estrella Michelin?

—A veces lo menciono, pero no ha servido de nada.

La tía Lakshmi le dio una palmadita en el brazo.

—No llames los martes, los jueves ni los sábados. Son días de mala suerte. Y lleva un hilo negro en la muñeca cuando lo hagas.

—Supersticiones. —La tía Salena sacudió la cabeza—. ¿Cómo va a llevar su propia agencia si solo puede hacer llamadas la mitad de la semana?

La tía Lakshmi se encogió de hombros.

—Yo no hice las reglas, pero le traje un par de peces para la buena suerte.

—Gracias, tía-ji. —Se inclinó para darle un beso a su tía.

—¡Tienes que probar mi nuevo plato fusión! —gritó la tía Taara desde la cocina—. Lo llamo «Ambrosía masala». En vez de los garbanzos del *channa masala*, usé malvaviscos y añadí mandarinas y piña a las cebollas, como en el postre estadounidense.

Layla y sus tías se dirigieron a la cocina, donde la tía Taara estaba llenando un cuenco con su nuevo postre. A Layla se le revolvió el estómago cuando el aroma le llegó a la nariz.

—Me encantaría probarlo, pero tengo un cliente…

—¿Qué demonios está pasando? —La voz enfadada de Sam resonó en todo el despacho.

—¡Oh! Aquí está. —Salió corriendo para encontrarse con Sam frunciéndole el ceño a Daisy, que tenía los pies sobre su escritorio. Se giró para mirarla.

—Mira lo que le ha hecho a mi...

—Señor Mehta, me alegro de verlo. —Layla le dio la mano y se la estrechó con fuerza—. Por favor, sígueme la corriente —susurró—. Mis tías están en la cocina. Una de ellas está obsesionada con buscarme pareja. Si te ve...

—¡¿Quién ha llegado?! —gritó la tía Salena.

—Solo un cliente. —Layla empujó a Sam hacia la sala de juntas, manteniéndolo de espaldas a la cocina para que sus tías no pudieran verle la cara—. Me temo que tengo que ir a una reunión. Muchas gracias por venir.

—¿Está soltero?

—Trabaja en las artes escénicas —dijo Daisy—. Teatro musical. Los trabajos escasean, así que espera que Layla le encuentre uno nuevo. Estuvo en *Annie* hace unos meses. Puede que la hayas visto. Era el que llevaba la peluca rizada y el bonito vestido rojo.

—Oh. —La tía Salena lanzó un suspiro de decepción—. Artes escénicas.

Layla metió a Sam en la sala de juntas y cerró la puerta.

—Por favor, Sam. —Se puso de espaldas a la puerta y le puso las manos contra el pecho por si intentaba escapar—. Quédate aquí hasta que se vayan. Sé que está mal, pero tú no sabes cómo son. Están desesperadas por casarme, y no quiero que el hijo del primo tercero del marido de alguien aparezca en el despacho con su madre porque estaban (hizo unas comillas con los dedos) por el barrio. O porque somos compatibles porque a los dos nos gustan las uvas y nacimos un miércoles. Quiero hacerlo yo misma.

Levantó la vista por entre las pestañas y vio que Sam la observaba con atención. De pronto se dio cuenta de la dureza de su pecho bajo la camisa, de que sus anchos hombros tapaban la habitación, de que podía sentir el rápido latido de su corazón bajo las palmas de sus manos y el calor de su aliento en la frente. Respiró hondo e inhaló el penetrante y agradable aroma de su colonia.

Él era mucho más grande que ella, tan fuerte... Si quería pasar por delante de ella, no le costaría nada apartarla. De hecho, habría podido impedir muy fácilmente que lo metiera en la sala de juntas...

—Por favor, por favor, por favor —susurró.

Los ojos de Sam se volvieron oscuros y ardientes. Saltaron chispas entre ellos. Ella sintió el impulso de inclinarse y besarlo. No tenía sentido. Era Sam. El hombre al que le encantaba odiar.

—El perro se va. —Su voz profunda retumbó en su pecho, rompiendo el hechizo.

—¿Qué?

—El perro se va o salgo por esa puerta y les digo la verdad.

Sus mejillas estallaron en llamas cuando entendió sus palabras. Por supuesto, tenía que haber una negociación.

—¿Estás hablando de Max?

—¿Hay otros perros corriendo por el despacho? —Respiraba de forma entrecortada—. Aquí venimos a trabajar. No puede haber un animal ladrando cada vez que me muevo. No es profesional.

—Quizá si no le gruñeras, podríais ser amigos. —Ella se estremeció, quitándose de encima el deseo que había sentido.

Sam se acercó a la puerta y ella volvió a atraerlo hacia su pecho.

—Vale. Vale. Hablaré con Daisy. Pero realmente es un perro de apoyo emocional. Ha estado sola con su padre y hermano desde que su madre los abandonó para hacer carrera en Nueva York. Max la ayudó a superar una época muy difícil.

—¿Quieres que sienta pena por ella?

Layla se encogió de hombros.

—Ella odiaría algo así, pero la verdad es que no ha superado el abandono de su madre. Cuando mi familia se enteró de que su padre estaba luchando por salir adelante, decidió ayudarlos (cuidar los unos de los otros es lo que hace mi familia), pero no era lo mismo que tener a su madre. Recogí a Max de un refugio cuando ella estaba muy deprimida. Están juntos desde entonces.

—La mayoría de mis parientes están en India —dijo Sam—. Y a los pocos que están aquí, casi nunca los veo.

—Suena muy solitario. Yo no puedo ir a ningún sitio sin que aparezca un tío, una tía o un primo. Y siempre tienen comida. La otra tarde, Daisy y yo fuimos al cine y, no es mentira, la tía Pari estaba allí con sus hijos y una bolsa de la compra llena de Magic Masala y Kurkure que se había traído de su último viaje a India. Ella estaba en plan «Come, come» y yo estaba en plan «Vale, vale» porque nadie tiene que pedirme dos veces que coma patatas fritas Magic Masala.

Sam frunció el ceño.

—¿Ves películas por la tarde?

—No me juzgues —pidió ella—. He emprendido un negocio que no funciona y soy una fanática del cine. Y no digas «servicios de *streaming*», porque algunas cosas hay que verlas en la pantalla grande. —Respiró hondo. Cuando estaba cerca de Sam no podía dejar de hablar. Un día se quedaría sin aire—. ¿Cómo te diviertes tú?

—Boxeo.

—No me refería a patadas literales.

Le temblaban las comisuras de los labios, como si estuviera conteniendo una sonrisa.

—Entreno en un gimnasio de artes marciales mixtas cinco veces a la semana. Es una buena forma de liberar el estrés.

—Parece intenso, pero está bien. ¿Alguna vez lo has empleado fuera del gimnasio?

—No —dijo tras una larga pausa—. Pero una vez estuve muy muy tentado.

Desconcertada por el dolor de su voz, se mordió la lengua para no contestar.

—Si te sirve de algo, por lo que sé de ti, es probable que el tipo se lo mereciera.

—Sí, se lo merecía. —Su voz era fría como el hielo.

Un súbito calor la envolvió. La idea de que Sam aplicara justicia al estilo de *El club de la lucha* hizo que su cuerpo se volviera papilla.

Verlo vulnerable, aunque solo fuera por un instante, le hizo preguntarse qué secretos ocultaba bajo aquel duro caparazón.

—¡Todo despejado! —gritó Daisy desde fuera.

Layla retrocedió dando tumbos cuando la puerta se abrió de repente tras ella. Perdió el equilibrio y agitó las manos hasta que agarró la corbata de Sam. Su pie chocó con algo duro. Sam gruñó y se inclinó hacia delante. Incapaz de luchar contra la gravedad, Layla cayó y se llevó a Sam con ella. Cayeron al suelo en un revoltijo de miembros.

Daisy miró desde arriba.

—¡Vaya! ¡Se os ve muy cómodos!

Max ladró y lamió la cara de Layla, calmando el ardor de sus mejillas con su pequeña lengua.

Layla giró la cabeza y vio dos pares de zapatos, dos de color negro y unas Converse rosas decoradas con piedrecitas brillantes. Por suerte, no había *chappals*.

—Pero ¿qué demonios, Layla? —balbuceó Sam—. ¡Era una corbata de doscientos dólares!

—Suéltame. No es culpa mía. Daisy debería habernos avisado de que iba a abrir la puerta. —Ella se contoneó debajo de Sam pero su cuerpo duro y pesado era imposible de mover, y cuanto más se retorcía, más dura parecía ponerse cierta parte de él.

—Creí que habías dicho que nada de misionero —susurró.

—¡Oh, Dios mío! —dijo enfadada pero en voz baja—. ¿Te estás excitando con esto?

—Soy un hombre. Te me estás restregando. ¿Qué pensabas que pasaría?

—Creía que lo tuyo era el autocontrol. —Algo de lo que parecía carecer en ese momento. El fuego le lamió entre los muslos. Y el calor… Sentía como si lava fundida corriera por sus venas.

—No si estoy cerca de ti. —Se levantó sin el menor esfuerzo y le tendió una mano para ayudarla, como si lo que acababa de decir no necesitara ninguna explicación—. Déjame ayudarte.

—No, gracias. —Se tapó los ojos con el antebrazo para esconderse del mundo—. Prefiero quedarme aquí y morir de humillación.

—Nadie ha muerto nunca de humillación —dijo Sam, con voz divertida.

—¿Cómo lo sabes? —espetó—. ¿Has leído los certificados de defunción de todas las personas del planeta? Estoy segura de que, entre miles de millones de personas, ha habido al menos una muerte por humillación.

—Tú debes de ser la hija de Nasir, Layla. —El desconocido tenía una voz grave y un agudo sentido de la observación.

Layla, que seguía tirada en el suelo, apartó el brazo. Los zapatos de la visita estaban limpios y lustrados, y sus pantalones de vestir tenían un corte elegante. Llevaba unos calcetines de rombos estampados que le recordaron a los que Dev había llevado en su graduación del instituto.

Sam se agachó y la levantó con las dos manos.

—¿Te has hecho daño?

—¡Qué amable por tu parte preguntar por mi bienestar *después* de preocuparte por tu corbata de doscientos dólares! —Aun así, aceptó su ayuda porque no había forma de levantarse con elegancia con falda y tacones.

—Layla Patel, te presento a mi amigo John Lee —dijo Sam—. Es abogado en el bufete de arriba. Él fue quien me habló del alquiler de este despacho.

—Llevas unos calcetines bonitos, John Lee. —Layla le estrechó la mano.

—Gracias.

John era un tipo apuesto, de cara alargada y angulosa, y con unas gafas de montura metálica. Iba algo desarreglado, con las mangas de la camisa arremangadas y la corbata de rayas rosas y azules torcida, por lo que parecía más un profesor universitario que cualquier abogado que ella conociera.

—¿Qué Lee de Lee, Lee, Lee & Hershkowitz eres tú? —preguntó Daisy.

—El segundo.

John se inclinó para acariciar a Max, que absorbió el amor frotando su cabeza bajo la gran palma de John.

—Bonito perro. Siento que tenga que irse —dijo John—. Me hubiera gustado conocerlo mejor.

Daisy frunció el ceño.

—¿Por qué tiene que irse?

Sam lanzó a John una elocuente mirada de advertencia y luego hizo la señal de degüello.

—Sam no lo quiere en el despacho —sugirió Layla—. Cree que es poco profesional.

—Te pedí que no le dijeras que Max se había meado en su silla. —Daisy levantó a Max y lo abrazó contra su pecho—. Lo limpiaré la semana que viene.

John miró a Sam con desconcierto.

—Pensé que eran les…

—No lo son.

—¿No le diste el…?

—No.

—¿No somos qué? ¿Darme qué? —Layla no tenía un buen presentimiento sobre esta conversación. Estaba pasando algo que Sam no quería que supiera.

Sam le dio una palmada en el hombro a John y lo condujo hacia la puerta.

—Todo va bien. El despacho funciona. Yo estoy trabajando en una presentación importante y Layla está poniendo en marcha su propia agencia. Le está costando encontrar clientes corporativos, pero creo que solo necesita una estrategia de *marketing*.

—¿Sí?

—Deberías darle la tarjeta de Evan —dijo John—. Es genial en este tipo de cosas. Y si tengo algún cliente que busque personal, se lo enviaré.

—¿Quién es Evan? —Layla los siguió llena de curiosidad.

—Y Daisy está haciendo un trabajo fantástico en la recepción —continuó Sam—. Así que creo que aquí estamos todos listos.

—¿Fantástico? —Daisy entrecerró los ojos—. ¿Qué estabais fumando ahí dentro?

—¡Adiós, John! —gritó Layla mientras cerraba la puerta—. Pásate cuando quieras. Siempre nos sobra comida del restaurante. Ven y sírvete lo que más te guste.

—Buena idea —dijo Daisy—. Atraerlo con comida para que vuelva. Siempre he querido meterme en los calzoncillos de un abogado.

Layla siguió a Sam hasta su mesa.

—¿Es que te has dado un golpe en la cabeza? ¿Por qué has echado a tu amigo del despacho? ¿Y qué has insinuado con lo de mi «estrategia de *marketing*»?

—No sabía que te estuvieras esforzando tanto. —Sam sacó su teléfono y envió un mensaje de texto mientras hablaba—. No creía que tuvieras problemas para encontrar empleados, pero ellos no pagan las facturas, sino las empresas. Y no saben que existes.

—Gracias por explicarme mi trabajo. —Lástima que los clientes de Sam estuvieran relacionados con los despidos. Con las conexiones empresariales que él tenía y su creciente cartera de demandantes de empleo, podrían haber formado un buen equipo—. El problema no es que no sepa quién paga las facturas, sino que no sé venderme. Nunca tuve que buscar clientes en Nueva York. Glenlyon Morrell es una de las mayores agencias de empleo de la Costa Este. Los clientes venían a nosotros.

—Por eso necesitas una marca. —Su teléfono zumbó y miró el mensaje.

—Ya tienen mi nombre —protestó ella—. Mi exnovio Jonas es toda una estrella de las redes sociales y usa su propio nombre, Jonas Jameson.

—Las redes sociales son diferentes. —Sam olfateó su silla, llevando el aire hacia su nariz—. Él no busca atraer clientes corporativos. El nombre de una empresa da sensación de estabilidad y genera confianza cuando se relaciona con otras. Te hace parecer serio y profesional. Todo el mundo que entra aquí menciona «la hija de Nasir Patel» o «la hija de los propietarios de El Molinillo de Especias». Estás utilizando la marca de tus padres. Tienes que averiguar quién eres y qué valores puedes aportar para que tu agencia destaque en un mercado saturado. Fue una de las primeras cosas que Royce y yo hicimos cuando empezamos a trabajar juntos y marcó la diferencia.

Aunque no le gustaba que le dijeran cómo debía dirigir su empresa (después de todo, era licenciada en Administración de Empresas), todo lo que él decía tenía sentido. Recordaba vagamente haber estudiado *branding* en uno de sus cursos, pero no había prestado demasiada atención porque estaba más interesada en los Recursos Humanos. Pero ¿por qué la estaba ayudando? ¿Dónde estaba el sarcasmo? ¿Y los comentarios cortantes? ¿Cuál era su punto de vista?

Sam se agachó para recoger sus papeles del suelo. Layla se agachó para ayudarlo. Puede que no siempre se llevaran bien, pero Daisy se había pasado de la raya metiéndose en su espacio personal, y se sentía mal por que él tuviera que limpiar el desastre que había dejado.

—¿Y si no sé quién soy ni lo que quiero realmente?

—Entonces no tendré que acompañarte en diez citas a ciegas porque no necesitarás un despacho.

Layla parpadeó y se dio cuenta de que hablaba en serio.

—Eso apesta a discurso de autoayuda.

—Tengo uno mejor, pero solo lo uso cuando alguien pierde su trabajo. —Se levantó al mismo tiempo que Layla y sus cabezas chocaron, haciéndola perder el equilibrio y caerse al suelo—. ¡Por Dios! Tendré suerte si hoy salgo vivo del despacho. —Sam se frotó la cabeza—. Eres la mujer más peligrosa que he conocido nunca.

—No ha sido del todo culpa mía. —Aturdida, sacudió la cabeza para intentar librarse de las estrellas que bailaban frente a sus ojos y detener el zumbido de sus oídos.

Él suspiró.

—Te ayudaré a levantarte.

—Estoy levantada.

—No, estás en el suelo. Otra vez. —Se arrodilló frente a ella, enmarcando su cara con sus suaves manos—. Estoy comprobando si tienes una conmoción cerebral. Mírame a los ojos.

Se quedó mirando fijamente sus cálidos ojos marrones, que parecían flotar en un mar de chocolate.

—¿Estás intentando hipnotizarme? Porque tengo que decirte que soy muy fácil de sugestionar. Daisy y yo fuimos a ver *El increíble Simbad* en el Beacon Theatre de Nueva York. Él me convenció en el escenario de que estaba desnuda, grité e intenté taparme con un programa para después salir corriendo a la calle. Daisy tuvo que llevarme de vuelta para que pudiera deshipnotizarme, pero sigo llevando dos capas de ropa cuando voy al teatro en vivo.

—Eres todo un personaje.

—¿Eso es bueno o malo?

—Aún no lo he decidido. —Sus largas pestañas se movieron hacia abajo cuando parpadeó. Nunca había visto a un hombre con las pestañas tan largas, pero tampoco había mirado nunca a un hombre a los ojos durante tanto tiempo.

—Tienes unas pestañas bonitas —dijo—. Sexis.

A Sam se le formó un nudo en la garganta.

—Hasta ahora nadie me había felicitado por mis pestañas. —Sentía sus manos calientes sobre las mejillas mientras le inclinaba la cabeza de un lado a otro—. Creo que estás bien. ¿Visión borrosa? ¿Náuseas? ¿Mareos?

Tal vez tenía una lesión en la cabeza. No podía ver con claridad si el hombre que se preocupaba por ella era el mismo que había estado tan preocupado por su corbata.

—No.

Él le soltó la cara para pasarle suavemente los dedos por la frente.

—Ya noto que te ha salido un chichón. Tenemos que ponerle hielo.

—Tú tienes la cabeza dura.

—Mi padre solía decir que tenía un cráneo resistente, pero eso era cuando me ponía cabezota.

No podía imaginarse a Sam de niño. No había nada de inocente o despreocupado en él. Pero le gustó darle un pequeño vistazo a su pasado.

—Creo que estoy bien para levantarme. —Ella aceptó su ayuda y él le acercó su silla.

—Me sentaré en la mía. Daisy no mentía sobre el accidente de Max. —Cruzó el despacho y se sentó en su escritorio—. Estaba marcando su territorio. Sois los dos únicos machos aquí y quería que supieras quién manda.

—Se acabó. Está claro que se ha ido. Aquí solo puede haber un alfa.

Layla sonrió con diversión. Sam era encantador cuando se enfadaba.

—La tía Lakshmi dice que el número tres trae mala suerte. Si Max se va, tendremos mala suerte y ninguno de nuestros proyectos tendrá éxito.

Sam suspiró.

—No me digas que eres supersticiosa.

—Voy a quedarme con el pez de la buena suerte que acaba de regalarme mi tía y no haré más llamadas los martes y los jueves, si te refieres a eso.

—Asegúrate de decírselo a mi amigo Evan cuando lo llames. —Rodeó su escritorio y le entregó una tarjeta—. Es asesor de relaciones públicas y *marketing*. Podrá darte buenos consejos para crear una marca. —Vaciló—. He quedado con él para tomar una copa mañana por la noche. Puedes reunirte con nosotros si quieres y aprender de él gratis.

Sintió náuseas y no era por su herida en la cabeza. Ella había sido cruel y, a cambio, él intentaba ayudarla.

—Ahora me siento fatal. Me encantaría conocerlo. Siento mucho lo del golpe en la cabeza y no haberte dicho lo de Max.

—Yo no. —Sam sonrió mientras se acomodaba en su silla—. Intercambié nuestras sillas.

# 9

Sam echó unos dólares en el bote de las propinas para el camarero del Red Rock, un bar deportivo exclusivo del Design District de San Francisco. ¿En qué demonios estaba pensando cuando invitó a Layla a salir esa noche? Evan estaba ahora soltero y desesperado por echar un polvo.

—Descríbete en tres palabras. —Evan echó hacia atrás su despeinado pelo de surfista y le dedicó a Layla una sonrisa sensual.

—Apasionada. Cariñosa. Impulsiva.

Sam habría añadido «sexi» e «inteligente» a la lista, pero no iba a compartir su opinión con Evan, que no había dejado de agobiarla desde que llegaron. Su mirada se dirigió al reloj que había sobre la barra de madera, apenas visible entre el revoltijo de fotos de deportes y parafernalia que cubría las paredes. ¿Cuánto tiempo debía esperar para inventar una excusa y sacarla de allí? Evan le estaba dando algunos consejos útiles, pero también estaba listo para hacer su jugada maestra.

—¿Algo más? —Evan dio un sorbo a su cerveza, mientras la observaba como un depredador a su presa. Sam tuvo que reprimir su enfado. Sabía que su amigo era todo un jugador. ¿Por qué había esperado que Evan se comportara de otra manera después de presentarle a la mujer más guapa del bar?

—Competitiva. —Dirigió su mirada a Sam—. Tuve un hermano mayor que era perfecto: notas de sobresaliente, deportista, becas, ingeniero… ¡Ah! Y además era un buen hijo. Me di cabezazos contra ese muro toda mi vida. —Se encogió de hombros—. Sam lo entiende. Es algo típicamente desi.

Sam apartó la mirada, con el estómago revuelto tras recordar su fracaso como hermano y como hijo. Esta noche no había ningún partido que pudiera distraerlo, pero el camarero estaba aceptando peticiones de vídeos de YouTube y los reproducía en las cinco pantallas colocadas alrededor de la barra. Lástima lo de los vídeos de gatos. A Sam no le gustaban los gatos. Si tuviera una mascota, sería un perro; grande, fuerte, protector y dispuesto a ahuyentar a intrusos como Evan, que estaba todo el tiempo encima de Layla.

—No me gusta la idea de que esta preciosa cabeza se haga daño. —Evan le acarició la frente con un dedo, desviando la atención de Sam de los gatos.

Sam se tragó la cerveza por el lado equivocado y empezó a toser. ¿Qué demonios le pasaba esta noche? Sus motivos para invitar a Layla eran totalmente egoístas. Incluso sin el juego que habían empezado, ella estaría más dispuesta a dejar el despacho si su agencia iba bien y podía permitirse un alquiler. Entonces, ¿por qué deseaba darle un puñetazo a Evan en toda la cara?

—Si me disculpáis, tengo que hacerle una llamada rápida a mi madre. —Layla se levantó del taburete y se alejó de las manos de Evan—. Esta noche le falta personal en el restaurante y quiero asegurarme de que todo va bien.

Cuando se hubo marchado, Sam miró a su amigo.

—Te la he traído como potencial cliente, no para que coquetearas con ella.

—Es dulce, sexi y tiene un trasero perfecto. Haré lo de los clientes mañana. —Evan dudó—. A menos que tú…

—No. —Sam negó con la cabeza—. Esta mujer es el caos en estado puro. El despacho es un desastre. Es como si nunca hubiera oído hablar de un espacio de trabajo donde no haya papeles. Tenemos una recepcionista excéntrica y descarada que parece que siempre entra a una tienda de ropa de segunda mano de camino al trabajo; un diván de terciopelo púrpura con patas de león; grupos de tías correteando por el despacho, y ahora John y sus socios vendrán todos los días a por bocadillos gratis.

—Me gusta que estén un poco locas —dijo Evan, mirándola hablar por teléfono al otro lado de la barra—. Son más divertidas en la cama.

Sam cerró un puño con fuerza. No quería tener esa imagen en la cabeza. Después de varios años en el sector de los recortes de plantilla, había aprendido a controlar sus emociones. ¿Qué tenía Layla que lo ponía tan nervioso? No tenían nada en común. Si ella estuviera interesada en Evan, no habría motivo para que él se interpusiera entre ellos. Y, sin embargo, eso era exactamente lo que estaba a punto de hacer. Evan no las amaba y luego las dejaba. Se las tiraba y salía corriendo. Por primera vez, Sam se preguntó por qué llamaba siquiera «amigo» a ese tipo.

—Hazme un favor y ayúdala con su *branding* —dijo Sam—. No lo saques del terreno profesional.

—De acuerdo. —Suspiró Evan—. Para empezar, tendrá que quitarse las mechas azules del pelo si busca clientes corporativos. ¿Por qué va así?

—Quizá sea normal en Nueva York. Allí trabajaba en una agencia de empleo importante, Glenlyon Morell.

—He oído hablar de ellos —dijo Evan—. Son muy conservadores. De ninguna manera aceptarían un pelo azul.

Un tipo moderno con Doc Martens, vaqueros pitillo rotos y una falsa camiseta vintage desteñida miraba a Layla desde el otro lado del bar. Le dio un codazo a su barbudo amigo y ambos bebieron un sorbo de sus tarros de cristal mientras le miraban el trasero.

—Tal vez se lo tiñó después de que rompiera con su novio y volviera a la Costa Oeste —dijo Sam distraídamente, apretujando su vaso con la mano mientras observaba a los dos hombres que miraban a Layla—. Es una estrella de las redes sociales. Jonas James… O algo así.

—Jonas Jameson. —Evan empezó a pulsar en su pantalla—. He oído hablar de él. Tiene un canal sobre estilo de vida.

Uno de los tipos se echó el extremo de su bufanda a cuadros por encima del hombro y vació su jarra. Sam se tensó mientras el hombre caminaba en dirección a Layla.

—Jameson es una buena pieza. —Evan se desplazó por el canal de Jonas—. Tiene las mismas mechas azules en el pelo que Layla. ¿Ha salido con ella en alguno de sus vídeos? Si está intentando captar clientes corporativos, debería pedirle que los retire.

—No lo sé. Nunca he hablado con ella de eso. —De repente el tipo giró y puso su tarro de cristal en el cubo de reciclaje. Sam lanzó un suspiro de alivio.

—Creo que esta podría ser ella. —Evan observaba un vídeo en su teléfono—. Aunque no puedo asegurarlo porque mi teléfono está roto. Es la tercera vez que rompo la pantalla. Se lo enviaré al camarero para que podamos verlo en la tele. A lo mejor está dando consejos sobre maquillaje o tintes del pelo. Podríamos aprender algo.

—Déjame comprobarlo primero. —Sam agarró el teléfono.

Demasiado tarde.

Para cuando Sam pudo hacerse a la idea de que Layla era la mujer del vídeo «Furia azul», con el cabello y la cara manchados de azul, gritando y tirando ropa desde el balcón de un tercer piso a un patio con hierba, ya se había acabado.

—No puedo creerme que fuera ella —dijo Evan después de que «Furia azul» fuera sustituido por otro vídeo de gatos—. Eso ha sido impresionante.

—Estaba dolida. No intentaba montar un espectáculo. —Layla le había contado que había encontrado a su novio engañándola. Era una mujer apasionada y muy leal a las personas que le importaban. Sin duda esperaba que su pareja fuera igual que ella—. Solo espero que no lo haya visto.

—Tiene más de cinco millones de visitas en YouTube, amigo. Todo el mundo lo ha visto.

Todos incluyendo a Layla.

Su expresión de asombro mientras se acercaba a la mesa le dijo todo lo que necesitaba saber.

—¿Qué has hecho? —le preguntó, con una mirada furiosa clavada en Sam.

—Nada. No ha sido…

—No me dijiste que eras famosa, nena. —Evan le dio un codazo—. «Furia azul». Tengo que decir que una mujer que se deja llevar así es muy sexi.

—Me voy. —Layla agarró su abrigo. Su cara era una máscara carente de expresión.

—Layla, espera. —Sam fue tras ella, pero levantó una mano para advertirle de que se alejara.

—¿Cómo has podido hacer algo así? —Respiraba de forma entrecortada—. Pensé que estabas haciendo algo bueno. Pero esto no es más que un juego para ti. —Se llevó la palma de la mano a los labios—. ¿Tú y Evan habéis preparado esto? ¿Crees que me voy a ir del despacho porque me hayas humillado?

—No. Claro que no. No sabía lo del vídeo. Tan solo mencioné que habías sido novia de Jonas. Evan estaba revisando su canal cuando vio el vídeo…

—Bueno, ¿adivina qué? —Le cortó como si no estuviera hablando—. Ya he tocado fondo y ya solo puedo ir hacia arriba. No necesito ayuda. Ni de ti ni de Evan. Voy a tener la mejor maldita agencia de empleo de la ciudad y lo haré yo sola.

—¡Maldición, Evan! —gritó Sam cuando hubo salido por la puerta—. ¿En qué estabas pensando?

—¡Vamos! Ha sido divertidísimo. —Evan se pasó una mano por el cabello revuelto—. ¿A quién no le gusta verse en la gran pantalla? ¿Tiene cinco millones de visitas y se preocupa por cincuenta personas en un bar?

—Eres un imbécil. —Sam le lanzó un puñetazo a Evan que le alcanzó la mandíbula y lo tiró del taburete.

—¿Qué demonios ha sido eso?

—No me estabas prestando atención.

Evan se levantó de un salto y movió el cuello a un lado y a otro, haciéndolo crujir. Este combate no iba a acabar con un puñetazo.

—Pues ahora te la voy a prestar, ¡maldita sea!

—¡Layla! —Sam corría por el barrio de SoMa con sangre goteándole de la nariz. Le había propinado a Evan el primer puñetazo, pero este había vuelto a demostrar que era el mejor boxeador cuando le hizo sangrar antes de que fueran expulsados del bar.

¿Por qué cometía el mismo error una y otra vez? ¿Por qué no podía proteger a la gente que le importaba? Sabía cómo era Evan. En cuanto se tomaba un par de copas, empezaba a pensar con el pene.

Sam sacó su teléfono y escribió un mensaje tras otro. Si pudiera volver a tenerlo todo bajo control…

Pero era muy difícil concentrarse cuando no sabía si Layla estaba bien. ¿Se la había presentado a Evan por sus propios intereses o porque realmente quería echarle una mano?

¿Dónde estás?

SoMa no es seguro por la noche.

Aléjate de la 6ª a la 11ª.

¿Estás conduciendo?

No contestes. No es seguro enviar mensajes de texto mientras conduces.

Dime que estás bien.

Se detuvo frente a una cafetería al estilo de los años cincuenta para taponarse la sangre con el borde de la camisa. Aunque no se había roto la nariz, iba a quedar muy magullado.

Su teléfono vibró y consultó la pantalla.

Te odio.

Eres un imbécil.

P.D.: Estoy bien.

P.P.D.: ¿Qué te ha pasado en la cara?

Sam levantó la cabeza y miró a su alrededor. Ella podía verlo. Un golpecito en el ventanal llamó su atención. Layla estaba dentro de la cafetería, sentada en un taburete frente al ventanal, comiendo patatas fritas y sorbiendo un batido de un vaso gigante de *parfait*.

Sam se abrió paso por el bullicioso restaurante con un suspiro de alivio. La decoración era la clásica de los años cincuenta, con un suelo de tablero de ajedrez rojo y blanco. Unos taburetes plateados se alineaban en un mostrador curvilíneo por donde los camareros patinaban y entraban en una cocina semiabierta. De las paredes de azulejos blancos colgaban unos carteles de películas antiguas y fotos firmadas por las grandes estrellas de la época, sobre los reservados de vinilo rojo y sus mesitas. Alguien había metido unas monedas en la gramola y «Jailhouse Rock» de Elvis se colaba entre el ruido.

—Ya he pedido. —Apenas lo miró cuando se sentó en el taburete que había vacío a su lado—. Cuando estoy estresada necesito comer.

—Me alegro de que estés bien.

—¿Y tú? —Ella levantó la vista de su bebida y se encontró con su mirada.

—¿Yo qué?

—¿Comes cuando estás estresado?

Sam no sabía por qué estaban teniendo una conversación sobre comida, pero se sentía agradecido por que ella le hablara.

—Solo como cuando tengo hambre.

—Algo más que no tenemos en común. —Sorbió con fuerza la pajita, estrechando las mejillas y apretando los labios. La sangre se le agolpó a él en la entrepierna y trató de apartar de su vista la sensual imagen. Pero cuando ella soltó la pajita y se lamió la cremosa bebida de los labios, él dejó escapar un gemido.

—Estás herido. —Ella le tendió una servilleta y él la usó para secarse el sudor de la frente.

—No es nada.

—Estás goteando sangre en mis patatas fritas. Parece kétchup. —Acercó el plato a ella—. ¿Qué ha pasado?

—Le pegué a Evan. Él me devolvió el puñetazo. —Esas dos frases ni siquiera empezaban a describir la pelea que habían tenido en el bar. Pegarse en la vida real no tenía nada que ver con los puñetazos que se daban en el *ring*. No habían respetado ninguna regla, ni dejado sin volcar ningún mueble, ni tenido ningún miramiento hacia las personas que estaban presentes; tan solo fue una lucha desesperada por sobrevivir.

Ella inclinó la cabeza hacia un lado.

—¿Por mi culpa?

—Estaba enfadado conmigo mismo por no haberle parado los pies.

Su expresión se relajó un poco.

—¿Ha quedado tan mal como tú?

Sam se encogió de hombros.

—Ni por asomo. Es semiprofesional. Lleva más de quince años boxeando. No le he ganado ni un solo combate. Le di el primer puñetazo porque no se lo esperaba. Después me dio una paliza.

—Creo que deberías limpiarte en el baño. Voy a por hielo. Intenta no mirar a ningún niño por el camino. Seguramente no hayan visto *La mujer y el monstruo*.

Sam vaciló, todavía inquieto por la aparente despreocupación que ella mostraba. ¿No acababa de salir angustiada del bar? ¿No acababa de escribirle que lo odiaba? Tal vez se trataba de una estratagema para quitárselo de encima y volver a desaparecer.

—¿Estarás aquí cuando vuelva?

—¿Estás bromeando? Están a punto de traerme mi hamburguesa.

Cuando regresó, su comida había llegado junto con una bolsa de hielo. Sam se la puso en la cara mientras Layla se comía la hamburguesa. Le gustaba que ella disfrutara de la comida. Siempre había querido una novia que no le robara el postre.

Excepto que ella no era su novia y nunca lo sería.

—Siento lo de esta noche. —Cerró los ojos mientras el frío le calmaba la piel—. Debería haber organizado una reunión de negocios normal, pero, para ser sincero, no creí que él fuera a agobiarte tanto.

Hizo una pausa.

—¿Por qué? ¿Es un criminal violento?

—No puede resistirse a una mujer guapa.

Layla frunció el ceño.

—¿Esto forma parte del juego? Aparecer aquí, fingir que defiendes mi honor, decir cosas bonitas…

Abrió la boca para responder, pero no supo qué decir.

—No estoy jugando. Eres preciosa, Layla.

Layla sacudió un poco la cabeza.

—No me sentí guapa cuando vi a las mujeres que Jonas había traído a nuestra cama. No me malinterpretes. No quiero estar tan delgada. Me gustan mis curvas. Pero era como si yo tuviera algo malo y eso me enfadaba aún más porque tenía razón.

Atacó la hamburguesa sin piedad. ¿De verdad no veía su propia belleza? Evan había hecho todo lo posible por llevársela a la cama, y los tipos de los tarros de cerveza no eran los únicos que se habían fijado en ella en el bar.

—¿Qué crees que te pasa?

—¿Quieres que te haga una lista? —Dio otro mordisco a su hamburguesa—. Desde que Dev murió, no puedo estar tranquila. Estaba tan deprimida que me acosté con casi todos los chicos de mi clase de la universidad y luego, cuando me marché a Nueva York para cambiar de aires, no conseguí que mis relaciones funcionaran. Jonas fue la gota que colmó el vaso. No lo amaba, pero quería amarlo, como a los demás perdedores con los que me había liado. Creo que por eso perdí la cabeza cuando descubrí que me había traicionado.

—No puedo ni imaginar el dolor de perder a un hermano.

Ella se quedó mirando por la ventana durante un largo instante y luego suspiró.

—Pero puedes imaginar por qué un matrimonio concertado es mi mejor opción. No tengo que enfrentarme al amor o al compromiso emocional. Es un simple contrato. Dos personas que desean la mutua compañía y una familia sin los sinsabores que eso conlleva.

Sam se estremeció por dentro.

—Nada te garantiza que estés mejor que ahora.

—Es verdad, pero mi padre me conoce mejor que nadie. Él no me juntaría con alguien repugnante.

Sam esperaba que así fuera. Sus padres habían hecho todo lo posible por rechazar a los malos pretendientes y, aun así, Ranjeet se había colado. Tal vez las cosas serían diferentes para Layla. Se merecía ser feliz. Con todo lo que le había pasado, ella seguía siendo optimista y no tenía los remordimientos que deslucían su vida.

—¿Y si tu padre no te conoce tan bien como crees?

—¿Quién te conoce a ti, Sam? —Le acarició con un dedo la hinchada mandíbula. En vez de dolerle, la electricidad le recorrió el cuerpo y le calentó el corazón.

—Soy un lobo solitario.

—Tienes un aspecto bastante salvaje ahora mismo. —Le dio un beso en la mejilla herida—. Vi un documental sobre lobos. Son animales de manada. Sus posibilidades de supervivencia disminuyen cuando no tienen familia.

—Tengo una familia. —Se llevó la mano a la mejilla donde ella le había besado. Todavía podía sentir la presión de sus labios contra la piel—. Solo que no paso mucho tiempo con ellos. El trabajo me mantiene ocupado.

—Debe de ser muy duro para ellos. Mis padres me llamaban o mandaban mensajes todos los días cuando estaba en Nueva York, y una vez a la semana Daisy les organizaba un videochat. Solo querían estar en contacto.

A Sam se le formó un nudo en la garganta. Nunca había pensado en el efecto que sus actos tenían en sus padres ni en cómo se sentían cuando su hijo los apartaba de su vida. Tan solo sabía que la culpa era tan profunda que debía apartar todo aquello que los hiciera responsables. ¿Por qué querrían tenerlo cerca? Les había fallado. No merecía ser su hijo.

—¿Estás bien?

—Sí. —Se quitó de encima la mala sensación—. Aparte de los moretones, estoy bien.

Hablaron de béisbol, de los cambios que se habían producido en la ciudad mientras ella había estado en Nueva York y de su amor compartido por la música de los años cincuenta que sonaba en la gramola. No hubo comentarios desagradables ni sarcásticos. Ella era reflexiva, inteligente y conocedora de todo, desde la política india hasta el calentamiento global. No recordaba la última vez que había tenido una conversación tan animada e interesante.

Después de que ella acabara de comer y amenazara con romperle la magullada nariz cuando él se ofreció a pagar la cuenta, la acompañó hasta su coche, vigilando en todo momento la calle. Le encantaba la zona, pero no siempre era segura por la noche.

—Gracias por venir a darme explicaciones —dijo ella cuando llegaron a su todoterreno—. Estaba planeando hacerte mañana todo tipo de cosas desagradables.

—¿Por qué no me sorprende?

Le dio un rápido abrazo.

—Ve a casa y cuídate esos moretones.

Sin poder contenerse, la rodeó con sus brazos y se abrazaron en silencio en la quietud de la noche.

—¿Sam? —Ella lo miró, con sus ojos oscuros brillando bajo las farolas de la calle.

Posó la mirada en su boca, en esos labios carnosos que lo reclamaban en silencio.

—¿Sí? —Él bajó la cabeza, con el corazón latiéndole al ritmo de su acelerada respiración.

—Antes de que nos viéramos le envié un mensaje a Daisy. —Ella se apartó y le dedicó una sonrisa triste—. Si yo fuera tú, no tomaría café durante las próximas semanas.

# 10

—Faroz Jalal. Edad: treinta y ocho.

—Es demasiado mayor para ti. —Sam abrió la puerta de la concurrida cafetería del Embarcadero y le indicó a Layla que entrara.

Desconcertada por su galante comportamiento, Layla cruzó la puerta, imaginándose a sí misma como una versión desi de Scarlett O'Hara con una dosis extra de bronceado.

—¿Te has dado un golpe en la cabeza por el camino? —preguntó por encima del hombro—. Estás bateando para el equipo equivocado. Deberías decirme que la edad no es ningún problema. Me gusta la idea de estar con alguien maduro y centrado. Significa que yo podría ser divertida y alocada. Podría bailar y cantar, y él me miraría con una sonrisa antes de dejarme sin aliento con todas las habilidades eróticas que habría aprendido en los años que me lleva.

Sam resopló.

—Sería un problema cuando tú estuvieras en tu pico sexual y él tuviera que tomar Viagra.

—Es una forma muy deprimente de ver el matrimonio. —Miró a su alrededor en busca de una mesa en la cafetería grande, diáfana y de estilo industrial donde Faroz había sugerido que se vieran—. Muy tú. ¿Estás tan deprimido por tener la cara llena de moratones? Ahora tienen peor aspecto que el sábado por la noche.

Aún no podía creerse que Sam se hubiera peleado con su amigo por el vídeo de «Furia azul» hacía cuatro noches. Nunca en su vida se había imaginado a sí misma como una mujer fatal, ni podía hacerse a la idea de que Sam fuera el bueno en ninguna circunstancia.

Con los cortes y moratones que tenía en la cara, hoy tenía aspecto de tipo duro, y odiaba admitir lo mucho que eso la excitaba.

—Simplemente soy realista —replicó Sam—. No me hago ilusiones sobre los efectos físicos o mentales del envejecimiento.

—¿Ahora quién suena como si tuviera edad para tomar drogas que mejoran el rendimiento?

Sam soltó un bufido por la afrenta.

—Nunca he...

—Solo estoy bromeando, Sam. —Movió los dedos en el aire—. Siempre estás tan serio que te conviertes en un blanco fácil.

Su mandíbula se tensó y luego carraspeó.

—Cuéntame más sobre Faroz.

Layla volvió a comprobar el currículum en su teléfono.

—Vive en casa...

—¡Maldición! ¿Es que nadie tiene su propio espacio?

—Por favor, no digas palabrotas —le dijo por encima del hombro—. Y, si lo haces, utiliza el urdu para que nadie lo entienda. No todo el mundo tiene dinero para vivir solo.

—Tiene treinta y ocho años, no puede encontrar una mujer por su cuenta y vive en casa de sus padres. Eso es sinónimo de perdedor —dijo Sam—. ¿Por qué pierdes el tiempo? Quiero que te cases y salgas del despacho, pero es imposible que este tipo sea un buen candidato. ¿Por qué has aceptado verlo siquiera?

—Porque tiene un trabajo interesante. Está en la CIA.

Sam maldijo en urdu, utilizando unas palabras que Layla no había oído antes.

—Los agentes de la CIA no le dicen a la gente que están en la CIA. Va en contra de ser un agente secreto.

—No hay nada que me guste más que un hombre misterioso. —Puso su bolso en una mesa vacía—. Puede que lo haya hecho, precisamente, por ese motivo. Crees que no puede estar en la CIA porque ha dicho que está en la CIA. Es la tapadera perfecta. Piénsalo, Sam. Podría casarme con un agente secreto.

—No puedo pensar. Me duele la cabeza intentando seguir tu lógica.

—No todos podemos ser tan listos. —Lo agarró del brazo cuando él acercó una silla para sentarse a su lado—. No te sientes. Tendrás que buscar otra mesa.

—¿Por qué?

—No quiero herir tus sentimientos, pero estropeaste un poco la última cita. Pareces un poco intimidante y antipático, sobre todo cuando frunces el ceño y miras a la gente, como haces ahora, y no ayuda que parezca que has estado en una pelea de bar.

—Estuve en una pelea de bar. —Su frente se arrugó—. Y no tengo el ceño fruncido.

—Bueno, pues entonces estás sonriendo al revés. —Señaló una mesa cercana—. Puedes sentarte ahí. Está lo bastante cerca para que todo sea respetable, pero lo bastante lejos para que no se asuste.

—No me gusta. —Se quitó la chaqueta y la colgó con cuidado en el respaldo de la silla más cercana.

Layla sintió un repentino arrebato de envidia por la camisa de fino algodón y manga larga que cubría sus anchos hombros y su musculoso pecho. Cuando él se ajustó la corbata, la camisa se tensó alrededor de unos bíceps bien definidos, y ella dejó escapar un suspiro. Cuatro días antes, sus labios estaban a escasos centímetros de aquel pecho y sus cuerpos se habían apretado el uno contra el otro. Ella había sentido algo. Y él también. En más de un sentido.

—¿Pasa algo? —Sus labios esbozaron una sonrisa de complicidad.

—No. —Bajó la mirada y se obligó a observar la pátina algo desgastada de la oscura mesa circular—. Estaba soltando aire para respirar hondo y calmar los nervios.

—Soy Faroz. —Un tipo alto con traje oscuro, gafas de sol y una camisa blanca impecable puso dos tazas de café sobre la mesa—. Me estabas esperando.

—Él es Sam. Ya se iba.

—No, no me iba. —Sam se sentó a su lado.

—Me he tomado la libertad de traerte el café para ahorrar tiempo. —Faroz se sentó frente a ella—. Un *venti* triple, con leche de almendras y extra de chantilly. El cruasán de chocolate caliente está a punto de llegar.

—¿Cómo...? —Ella respiró de forma agitada y luego miró asustada a Sam. Él hizo un elocuente gesto de «Te lo dije» con la mano que no solo no la tranquilizó, sino que aumentó su estrés.

—Clasificado.

Layla se rio.

—¿Es una de esas cosas de «Si te lo digo, tendré que matarte»? Faroz no sonrió.

—Sí.

Sam acercó tanto su silla a la de Layla que casi se tocaban.

—Pensé que ibas a por un café —dijo Layla—. Y habíamos acordado que te sentarías en otro sitio.

A él se le desencajó la mandíbula.

—No acordamos nada.

—No le hagas caso —le dijo a Faroz—. Es inofensivo.

—No soy inofensivo. Estuve en una pelea. —Sam se señaló la cara—. No me gustó cómo la miraba el último tipo.

Gruñó en voz baja, como si fuera un perro guardián en vez de un acompañante. O quizás estaba haciendo de Edward, el vampiro sobreprotector de *Crepúsculo*, para Bella. ¿Eso convertía a Faroz en Jacob? Nunca le había gustado el hombre lobo de cabello negro. Siempre había sido del equipo Edward.

—Basta. —Miró a Sam—. Me estás molestando; por eso te dije que te sentaras en otro sitio.

—Entonces no tendría la oportunidad de conocer bien a Faroz. —Sam sacó su teléfono, con la mirada fija en el hombre del otro lado de la mesa—. Daisy me envió una copia de tu currículum. No has dado demasiada información personal, aunque es bueno saber que tienes... —leyó en su pantalla— «excelentes dotes analíticas, capacidad para pensar de forma creativa, dominio de varios idiomas, conocimiento de otros países tras vivir en el extranjero, capacidad para redactar textos claros y concisos, fuertes habilidades interpersonales y capacidad para trabajar con plazos estrictos».

—Todo es una tapadera —dijo Faroz.

Layla enarcó una ceja.

—¿No tienes «capacidad para redactar textos claros y concisos, fuertes habilidades interpersonales y capacidad para trabajar con plazos estrictos»?

—No soy quien crees que soy.

Faroz se quitó las gafas de sol y ella se quedó mirando unas pupilas tan grandes que sus ojos parecían negros.

Sam se inclinó hacia delante, con el ceño fruncido.

—Te diré exactamente quién creo que eres.

—Sam. No. Sé amable. —Layla le ofreció a Faroz una sonrisa de disculpa—. Tiene un problema de sobreprotección.

—No tienes que preocuparte —dijo Faroz—. Conmigo estás a salvo. Nunca te pondría en peligro. Estoy armado y entrenado en diecisiete disciplinas de lucha. —Se apartó la chaqueta para mostrar un arma enfundada en el pecho.

A Layla se le aceleró el pulso y agarró la mano de Sam por debajo de la mesa.

—Tiene un arma oculta —le susurró a Sam, aunque Faroz podía oírlos fácilmente.

—Ya lo veo. —Sam entrelazó sus dedos con los de ella y le estrechó la mano. Su piel era cálida y su tacto firme pero suave. Era difícil concentrarse en Faroz cuando tenía la sensación de que corrientes de electricidad le recorrían la piel. Aun con las garantías que le ofrecía Faroz, era Sam quien la hacía sentir segura.

Layla tragó saliva.

—¿Esperas tener problemas en la cafetería?

Faroz miró a un lado y a otro.

—Tengo muchos enemigos. Nunca soy demasiado cuidadoso, especialmente cuando hay civiles de por medio.

—¡Por Dios! —Sam le agarró la mano con fuerza—. Es un chiflado.

—¡Sam!

Sam volvió a maldecir en urdu, esta vez haciendo referencia a la madre de Faroz, a su dudoso parentesco, a cosas que necesitarían eliminarse por el alcantarillado y a varios animales.

—Eso está mejor —dijo—. Pero sigue sin estar bien insultar a la gente.

Faroz se recostó y dio un sorbo a su café.

—Cuando me hicieron prisionero y fui torturado por insurgentes enemigos extranjeros, los nombres que me pusieron te harían sangrar los oídos.

—Me imagino que ser insultado sería la menor de tus preocupaciones si te torturaban soldados enemigos —dijo Sam, con la voz cargada de sarcasmo—. A menos que tengas la piel muy fina.

Layla se inclinó hacia delante y bajó el tono de voz.

—Deberías saber que soy una persona muy cobarde. No me gustaría que me dispararan o secuestraran cuando intentara quedar contigo. Y, si hay tortura de por medio, soy un auténtico bebé. Les contaría mis secretos y los de otras personas. Mi amiga Jenny, por ejemplo, tiene el tatuaje de una llama en la nalga izquierda, y Sam...

—Así que sobre todo ese asunto del agente secreto... —Sam levantó su taza y tomó un sorbo de su café frío, arrugando la nariz al tragar.

—Clasificado.

Sam volvió a comprobar su teléfono.

—¿Cuán clasificado puede ser cuando, en el currículum matrimonial que colgaste en Internet, escribiste: «Empleo: CIA»?

—También clasificado.

Layla negó con la cabeza.

—Creo que todo eso de «clasificado» puede ser un problema para mí. La comunicación es la clave del éxito de un matrimonio. ¿Qué pasaría si te preguntara cómo te ha ido el día, o si quieres samosas para la cena, o un rapidito en la ducha, y me contestaras «clasificado»? No funcionaría.

Sam emitió un sonido que era en parte ahogo y en parte tos.

—¿Estás bien?

—Estoy bien. —Sam se aclaró la garganta—. Es solo que no estaba preparado para tu último comentario y el café entró por el lado equivocado. —Señaló a Faroz, que tenía el rostro pétreo al otro lado de la mesa—. No todo el mundo tiene tus ideas liberales, así que deberías mantener los comentarios sexuales al mínimo.

Layla se rio.

—Si crees que hacerlo en la ducha es liberal, nunca te contaré lo que hice cuando encontré un bote de nata montada de un metro de altura en el supermercado y le pedí al equipo masculino de waterpolo New York Blue Fins que me ayudara a llevarlo a casa.

—No quiero saberlo. —La mandíbula de Sam se tensó—. Y sospecho que Faroz tampoco.

—Estoy bromeando, Sam. Relájate. En mi apartamento no cabían todos a la vez.

Faroz volvió a ponerse las gafas de sol, como si aquella corta visión sin filtro de Layla hubiera sido suficiente.

—He visto cosas que te harían sacar las tripas por la boca.

—Con nata montada y un equipo de waterpolo me basta —murmuró Sam en voz baja.

Todavía divertida por la reacción de Sam, Layla volvió a centrar su atención en Faroz.

—¿Qué clase de cosas has visto que me harían sacar las tripas por la boca? Lo pregunto por mi madre. Le encanta el gore.

—No te lo dirá —dijo Sam—. Es clasificado. Aunque eso plantea una pregunta interesante. Creía que a los agentes de la CIA no se les permitía operar en suelo estadounidense.

Faroz asintió.

—Estoy infiltrado.

—¿Como qué?

—Está claro que es un agente secreto —dijo Layla.

Sam soltó una carcajada.

—Si es un agente secreto, ¿cómo puede estar infiltrado como agente secreto?

—¿No has visto *Quantico*? —Ella sorbió su café, que ya estaba frío y demasiado dulce—. Priyanka Chopra interpretaba a una agente de la CIA que estaba infiltrada en el FBI y luego estaba infiltrada infiltrada y luego infiltrada infiltrada en una organización secreta. O quizá me haya equivocado en alguna doble infiltración. En cualquier caso, es algo que existe.

Los labios de Faroz subieron ligeramente en su perpetua línea recta, en lo que Layla supuso que era una sonrisa.

—Eres muy perspicaz.

—Es una adicta al cine y a la televisión —dijo Sam—. Me sorprende que tenga tiempo para trabajar.

—No veo películas de terror. Me asusto con facilidad.

Sam la miró, incrédulo.

—¿No has visto *El resplandor*?

—No.

—¿*Psicosis*?

—No.

—¿*El Exorcista*? ¿*Pesadilla en Elm Street*? ¿*La matanza de Texas*?

—¿Qué parte de «No veo películas de terror» no has entendido?

—Pero son clásicos —protestó Sam—. ¿Cómo puedes llamarte «cinéfila» si no has visto algunas de las mejores películas de la historia?

—¿De verdad estás comparando *La matanza de Texas* con *Una rubia muy legal*?

—En el extranjero he visto cosas horribles que te harían gritar como una niña —dijo Faroz.

Sam echó la cabeza hacia atrás y gimió.

—¡Oh, por Dios!

—Soy una chica —señaló Layla—. Bueno, soy una mujer. Y esta mujer no quiere gritar. No quiere sacar las tripas por la boca ni tener que presenciar lo peor que puede ofrecer la humanidad. Soy alegre y optimista, y quiero seguir siéndolo.

—Los personajes de las películas de terror no siempre son humanos. —Sam reflexionó mientras se acariciaba el labio inferior—. Tienes tus demonios, espíritus malignos, zombis, fantasmas malévolos… *Raat* ha sido la mejor película de terror que se ha hecho en Bollywood. Si quieres tener miedo, miedo de verdad, de ese que te deja empapado en sudor…

—Yo no sudo —espetó Layla—. Yo brillo. Lo que sí quiero averiguar es qué busca Faroz en una esposa. —Sonrió a su cita, intentando ver a través de sus gafas tintadas—. Parece que estás muy ocupado con tu emocionante y peligrosa vida de agente infiltrado. ¿No sería mejor que buscaras en Tinder Espía a alguien que realmente entienda tu tipo de trabajo y pueda apoyarte de la forma en que un espía necesita ser apoyado? Suena como si necesitaras una relación tipo *Sr. y Sra. Smith*, en la que ambos seáis espías fingiendo vivir una vida normal.

—Necesito una tapadera —dijo Faroz—. Una bonita familia normal. Una mujer de aspecto normal. Dos hijos. Casa en las afueras. Perro. Monovolumen.

—¿Una mujer de aspecto normal? —resopló Layla—. Excepto por unos centímetros y un par de kilos, la única diferencia entre Angelina Jolie, que protagonizó esa película junto a Brad Pitt, y yo es el color de mi piel. De hecho, el otro día alguien se me acercó y me dijo: «Oye, Ange, ¿te has bronceado?».

—Eres perfecta —dijo Faroz—. La CIA puede organizar una boda donde quieras. Si necesitas invitados, podemos contratar a algunos...

—¿Podemos tener elefantes?

—De acuerdo. Ya está. Nos vamos de aquí. —Sam se levantó de repente, tirando de Layla para que se pusiera en pie—. Nada de elefantes. Nada de boda falsa. Ni falso agente de la CIA. Lo más probable es que sea un friki informático de Silicon Valley que solo sale de su cubículo una vez al año.

—No pasa nada. Lo entiendo. —Faroz levantó una mano conciliadora—. Es mucho que asimilar. Lo sé. Pocas personas entienden los sacrificios que hay que hacer para proteger nuestro gran país.

—Vámonos. —Sam tiró de ella—. Este no es el tipo que andas buscando.

Layla soltó una risita.

—Si actúas a lo Jedi, debes mover una mano por delante de su cara y luego bajar la voz.

Sam la miró por encima del hombro.

—¿Hay alguna película que no hayas visto?

—No se me ocurre ninguna ahora mismo, pero debo admitir que las películas resultan muy útiles a la hora de manejar circunstancias extraordinarias, como cuando conoces a un agente de la CIA que está infiltrado y quiere casarse contigo para ocultar sus actividades de espía. Si no hubiera visto todas las películas de James Bond, las de *Misión imposible* y la serie de Bourne, me habría asustado y habría montado una escena, que es lo que intenta evitar precisamente. Quizá me habrían secuestrado porque, por supuesto, un hombre irresistible como él tendría una novia sexi como yo y sabrían que vendría a rescatarme aunque tuviera que arriesgar su vida y revelar secretos de Estado para recuperarme.

Sam se quedó helado.

—¿Qué insinúas con lo de «irresistible»?

—Tengo una cápsula de arsénico en un diente —dijo Faroz—. Moriría antes que traicionar a mi país.

—Y… nos vamos de aquí.

—Espera. —Layla miró alrededor de Sam—. Me interesa saber cómo consiguió Faroz semejante trabajo. No creo que haya muchos espías desi.

—Afirmativo —dijo Faroz—. Me reclutaron cuando tenía nueve años.

—Es un *Spy kid** —dijo Layla, encantada. Esas eran sus películas favoritas cuando era niña—. ¿Te has cruzado con el señor Lisp?

—No.

—¿Con Sebastian el Juguetero? ¿Con el Cronometrador?

—¿Son personajes ficticios?

—Son tan reales como tú. —El tono de Sam destilaba sarcasmo.

Faroz se levantó y se alisó la corbata.

---

* *Spy kids* es una serie de películas de acción y aventuras sobre espías estadounidense para toda la familia. (N. de la T.)

—¿Tan real como un juego para encontrarle un marido a Layla y así poder tener el despacho para ti solo?

Layla se quedó helada, con la respiración entrecortada.

—¿Cómo sabes eso?

—Clasificado.

Sam se puso serio y todo su cuerpo se quedó inmóvil.

—Voy a clasificar tu trasero.

—Ha sido un placer conocerte en persona. —Faroz besó la mejilla de Layla—. Si cambias de opinión, lo sabré.

—¿Le has contado lo del partido? —Con el cuerpo tenso y la mandíbula apretada, Sam vio a Faroz salir por la puerta. Él aún la agarraba de la mano y ella temía moverse por si la soltaba.

—No, claro que no. La única persona que lo sabe es Daisy, y ella no se lo diría a nadie, y menos a un desconocido. ¿Y tú? ¿A quién se lo has contado?

—A Evan. Pero ya debe de haberlo olvidado. No le interesa la vida de otras personas. Y John, pero es abogado. Sus labios siempre están sellados.

—No había nadie más en el despacho. —Redujo su voz a un susurro—. ¿Crees que ha puesto micrófonos en los teléfonos? Eso explicaría que supiera cómo pedí los cafés.

—Si lo hiciera, significaría que creo que es un agente de la CIA, y lo dudo mucho.

—Pues yo creo que deberíamos irnos —dijo Layla—. Llevamos aquí tanto tiempo que la gente empieza a mirarnos, y puede que algunos de ellos sean sus amigos espías, o peor aún, sus enemigos espías. Quizá piensan que él y yo congeniamos, y que me voy a casar con él, y entonces me secuestrarán el día de la boda y huiremos en un coche, y mi *lehenga*\* saldrá por la ventanilla y yo gritaré «¡Sam! ¡Sam! ¡Sálvame!». Todo será muy dramático y, cuando todo haya acabado, harán una película con Priyanka Chopra

---

\* Atuendo tradicional indio femenino que se utiliza en diversas ocasiones. Para las bodas se borda en algodón de gran calidad y se complementa con joyas y zapatos a juego. (N. de la T.)

como protagonista. Tendrá que engordar diez o quince kilos, pero lo hará porque es una gran actriz y querrá meterse de verdad en el papel.

Sam la miró fijamente durante tanto tiempo que empezó a sentirse mareada.

—¿Va todo bien?

—¿Por qué me llamaste a mí para que te salvara? —La llevó fuera de la cafetería—. Eso debería ser responsabilidad de Faroz.

—No lo sé.

Miró hacia la bahía, disfrutando del suave resplandor del atardecer, ese momento mágico, romántico y fugaz que se producía entre la luz del día y el crepúsculo, cuando el sol empezaba a ocultarse bajo el horizonte, envolviéndolo todo en un dorado resplandeciente.

—Creo que quizá sea porque me hiciste sentir segura cuando Faroz enseñaba su pistola y nos contaba historias sobre torturas. Mi subconsciente debe de haber pensado que eras mi mejor opción para tener un final feliz de Bollywood.

—¿Crees que podría protegerte?

Parecía tan desconcertado que Layla tuvo que reírse.

—Claro que sí. Así eres tú. Puede que intentes echarme del despacho, pero llevas protegiéndome desde que nos conocimos.

# 11

—¿Qué hace la gente después de escapar de la CIA? —preguntó Layla cuando salieron a la calle.

—No creo que mucha gente escape. —La verdad es que Sam no quería escapar ahora. Estaba nervioso porque Faroz supiera algo que solo les había dicho a sus amigos más íntimos y abrumado por el impulso de tenerla cerca y protegerla.

—El muelle está precioso de noche. —Layla miró la ciudad más allá de la bahía, con las luces parpadeando en la oscuridad—. Muy romántico.

—Pensé que habías renunciado al amor y al romance. —Se puso a su lado muy consciente de su cuerpo, que estaba peligrosamente cerca del suyo.

—Sigo creyendo en ellos. Solo que no son para mí.

A Sam se le formó un nudo en la garganta. Le parecía mal que una mujer tan divertida, cariñosa y espontánea como Layla se resignara a una vida sin amor.

—Quizás el amor llegue más tarde. Mis padres tuvieron un matrimonio concertado y les ocurrió algo así. —Sus padres no eran almas gemelas en ningún sentido de la palabra, pero no había nada que no hicieran el uno por el otro.

—A los míos también. Y a Dev y Rhea. —Ella suspiró—. Es como si Dev me hubiera quitado eso cuando murió. No me imagino teniendo una relación porque no quiero volver a enamorarme y luego perder a esa persona. Si no me hubiera marchado a Nueva York, me habría contentado con tener sexo esporádico.

¿Quiénes eran los perdedores que se habían aprovechado de una mujer afligida? A Sam se le encendió el instinto de protección y tuvo que obligarse a no preguntarle sus nombres. Confundido por sus sentimientos, se apartó.

—¿Dónde has aparcado? Te acompaño al coche.

—Está al otro lado de la plaza Justin Herman. Esta tarde he asistido a un taller de *marketing* y *branding* en el Centro de Negocios para Mujeres. Me han dado unas ideas estupendas. —Habló del seminario mientras caminaban por la acera, esquivando turistas y paseadores de perros, corredores y parejas que salían a dar un paseo nocturno.

—¿Por dónde? —Se detuvo en la intersección.

—Pasemos por delante de la fuente Vaillancourt. A lo mejor la han encendido y puedo bailar en ella como Anita Ekberg en *La dolce vita*, en uno de los momentos más románticos de la historia del cine.

A Sam no le interesaban las películas antiguas, pero la idea de Layla chapoteando en la fuente le atraía bastante.

—No hay nada romántico en bailar en una fuente oxidada de acero y hormigón —dijo mientras giraban en dirección a la plaza.

—¿Eso es todo lo que ves en esa escultura? —preguntó—. Yo me imaginaba que era un parque acuático y que podía tirarme por los toboganes. Incluso con el agua apagada sigo sintiendo la magia.

—Yo miro ese montón de tuberías oxidadas y formas angulosas y lo veo como una metáfora de la vida.

Una multitud de turistas se acercó a ellos y él le puso una mano en la espalda para alejarla. La piel de ella estaba caliente bajo la camisa y su espalda se curvaba con gracia bajo su palma.

Caminaron en silencio por la plaza y se detuvieron junto a la fuente seca.

—Es hora de abrir los ojos, Sam. Hay belleza en los lugares más inesperados.

Sam se quedó mirando la enorme maraña de tubos cuadrados de hormigón de más de diez metros iluminados por unas pocas luces perimetrales.

—Son incluso peor de lo que recordaba.

—Quédate ahí. —Layla esquivó a un *skater* nocturno y saltó a la pila de hormigón.

—¿Qué estás haciendo?

—Voy a bailar.

Miró rápidamente a un lado y a otro. Había unas cuantas personas haciendo fotos, una pareja sentada en el borde y unos *skaters* practicando sus saltos en la plaza.

—No hay agua.

—Ya me lo imagino. —Se dio la vuelta y quedó frente a las fauces abiertas de un tubo de hormigón—. ¿Conoces la canción «Dard-e-Disco» de *Om Shanti Om*?

—¿Acaso no soy de piel morena? —*Om Shanti Om* era una de las películas clásicas de Bollywood. Lo habían obligado a verla en innumerables ocasiones. Su madre nunca cocinaba sin una película de Bollywood en el televisor de la cocina y sus canciones estaban grabadas a fuego en su cerebro.

—Búscalo y pónmelo. Te voy a enseñar el baile. —Ella posó para él mientras él se reunía con ella en la fuente, buscando la música en su teléfono.

—Yo vigilaré.

—Necesitas experimentarlo, Sam. No puedes vivir a distancia. —Movió las caderas y bailó unos pasos, estirando las manos en el aire—. Junta los dos primeros dedos y colócalos sobre el pulgar para que tus manos parezcan unos lobitos, luego gíralos hacia arriba y conviértelos en flores. Es muy fácil. —Ella hizo el gesto—. Vamos, lobo solitario. Te lo pongo en términos de lobo varonil. Si los Khans pueden bailar, tú también.

Sam dudaba realmente de que sus habilidades estuvieran a la altura de los Khans, dos de los protagonistas más famosos de Bollywood. ¿Y cómo podía bailar él si Nisha nunca podría volver a hacerlo? ¿Cómo podía encontrar alegría en una fuente que representaba una libertad que ella nunca podría tener?

—Las flores no son masculinas —protestó él.

—De acuerdo. Quédate ahí y revuélcate en tu orgullo masculino. Pon la música para que pueda bailar. —Sus manos fluyeron de las caderas a la cintura y luego hasta los hombros mientras practicaba sus pasos. Era hermosa de un modo impresionante, pero era la luz de su rostro lo que lo atraía: una alegría que él deseaba con desesperación pero que nunca podría tener.

—Imagina el agua fluyendo por las tuberías. —Ella dibujó un círculo con un brazo y señaló con el otro el tubo abierto que tenía más cerca—. Imagina que eres un niño y estás montando las olas a través de la oscuridad y luego explotas en la luz.

Sam se imaginaba muchas cosas mientras ella se movía de forma ondulante frente a él, y ninguna de ellas implicaba ser un niño.

—¿Ves la belleza?

—Sí. —La miró hipnotizado mientras bailaba—. La veo.

—Vamos, baila conmigo. —Ella extendió los brazos y él dio un paso adelante, anhelando la libertad que Layla le ofrecía, así como la belleza y la alegría que ella podía encontrar en un instante.

—¡Sam! Cuidado. —Layla corrió hacia él y golpeó su cuerpo con tanta fuerza que se tambaleó hacia atrás. Sus brazos la rodearon para impedir que se cayera, pero justo entonces un *skater* apareció en la oscuridad. El impulso los estrelló contra una de las patas angulosas de la fuente y reverberó por toda la estructura con un zumbido.

—¡Idiota! —Sam gritó al *skater*—. ¡Mira por dónde vas! —El pulso le latía en los oídos tan fuerte que apenas podía oír.

Layla respiró entrecortadamente.

—¿Estás bien?

La acercó más a su cuerpo, disfrutando de la maravillosa sensación de tenerla entre sus brazos.

—Sí. ¿Y tú?

—Estoy bien. —Una tímida sonrisa se asomó a sus labios—. Te he salvado. Como Katniss salvó a Peeta en *Los juegos del hambre*.

—¿Así que ahora te debo la vida? ¿Es eso? —bromeó. Layla le hacía sentir cosas que no estaba preparado para sentir. Le hacía pensar en cosas que había escondido muy profundamente hacía años. Ella era la redención hecha realidad. Pero ¿merecía que lo redimieran?

—Me debes algo. —Ella le rodeó el cuello con los brazos y apretujó sus pechos contra él. Su mirada se suavizó, sus labios se entreabrieron, su cabeza se inclinó hacia atrás...

No había forma de resistirse a aquella súplica. La estrechó contra su pecho y bajó la cabeza. Sus labios se tocaron...

—¡Sam! —La voz de una mujer retumbó entre las sombras—. Reconocería ese trasero sexi en cualquier parte. ¿Por qué no me llamaste? Te he echado de menos.

A Sam se le erizó el vello de la nuca. No. No podía ser...

—No puedo hacerlo. —Layla se apartó—. Esta vez no. —Salió de la fuente y se adentró en la noche antes de que Sam pudiera detenerla.

Sam hizo ademán de seguirla, pero una mano lo agarró del brazo y lo detuvo. Olió el aroma a almizcle y se le encogió el estómago.

«Karen».

—Estoy tan contenta de haberme encontrado contigo... —dijo Karen—. Necesito tu ayuda. Me han despedido.

# 12

El salón de actos del Hospital Redwood estaba lleno. El padre de Layla estaba despierto, pero como cada visita estaba limitada a dos personas, los Patel habían alquilado la sala para que todos pudieran tomar un tentempié mientras esperaban su turno.

—Esto es un caos. —La tía Pari sacudió la cabeza—. Tantos gritos... Tan poco respeto... Aunque las hermanas de Nasir deberían verlo después, vi a Nira y a Vij escabulléndose por el pasillo.

—Creo que iban a por más platos. —Layla miró las mesas repletas de comida, los niños correteando, los primos gastándose bromas, las tías discutiendo y los tíos averiguando cómo podían seguir calentando comida. No era diferente de cualquier otra reunión familiar, excepto que su padre no podía tenerlo todo bajo control ahora.

La cabeza de la tía Pari se inclinó hacia un lado y gritó a la tía Lakshmi, que sujetaba un mechero y un puñadito de palillos.

—¡Lakshmi! Ya te lo he dicho. Nada de fuego. Me da igual que las llamas le den veinte años de buena suerte. Si saltan los aspersores, tendremos que irnos y nadie podrá ver a Nasir.

—¡Pari! Tus hijos se están peleando —dijo la tía Charu—. Acaban de volcar un tazón de *gulab jamun*. Que alguien busque una fregona. Necesitamos otra mesa para la comida. Bajad la música. Hay enfermos al final del pasillo.

A Layla se le encogió el corazón cuando vio a los chicos revolcándose por el suelo. El tío Nadal y el tío Hari intentaban separarlos. Esto nunca habría pasado si su padre hubiera estado aquí. Alguien debía tenerlo todo bajo control. Manejar a unos parientes conflictivos estaba muy lejos de su zona de confort, pero también lo estaba llevar su propia agencia y, si quería que funcionara, tendría que asumir ciertos riesgos.

—¡Silencio, por favor!

Por increíble que pareciera, el ruido cesó.

—Vengo de la habitación de mi padre —dijo Layla—. Está mejor, aunque se cansa muy pronto y aún no puede hablar. Las visitas tendrán que ser de cinco minutos y todos iréis de dos en dos. Yo repartiré los números. La tía Charu se encargará de dejar salir a la gente.

—Números uno y dos —dijo la tía Charu—. Taara, él no puede comer, así que guarda ese táper y ni se te ocurra ponérselo en la vía. Queremos que viva.

—Voy a ponerle sus canciones favoritas de Bollywood con mi teléfono —dijo la tía Mehar—. Zaina me las bajó. Es una chica tan inteligente…

—Mis hijos son los mejores de la clase —presumió la tía Pari—. Sus profesores dicen que nunca habían visto unos niños tan listos y educados.

La tía Nira levantó una ceja.

—Creía que los habían expulsado por provocar un incendio en el baño.

—Eran inocentes. —La tía Pari agitó una mano con desdén—. Pero se juntan con unos sinvergüenzas.

Layla lo sabía todo sobre gente así. Sam apenas había pisado el despacho desde su momento especial en el parque y la inoportuna llegada de su novia. O quizás era una ex. No es que a Layla le importara. Se lo había estado pasando tan bien con Sam que se había olvidado de por qué había decidido dejar de salir con hombres.

Pero la ausencia de Sam y que volviera a aparecer la angustia que la había llevado a arrojar las cosas de Jonas por el balcón reafirmaban su decisión de continuar con las citas a ciegas. Al menos un hombre de los diez de la lista podría ser un marido adecuado.

—Buen trabajo. Tu padre no podría haberlo hecho mejor. —La madre de Layla se reunió con ella en la mesa de postres. No había nada mejor en una situación estresante que un plato de dulces indios.

Layla se llevó a la boca un *laddu* de coco; un dulce a base de coco cocido con *khoya* y leche condensada, moldeado en bolitas y relleno de almendras y anacardos.

—¿Has hablado con el médico?

—Sí. Ha dicho que la operación del marcapasos ha ido bien, pero tenemos que evitar que se estrese. Le he dicho a tu padre que no se preocupe. El restaurante va bien. A ti te va bien con tu nueva agencia. Todo está en orden.

Layla abrió la boca para contarle a su madre lo de sus citas a ciegas pero volvió a cerrarla. Ya tenía bastante con lo suyo, y Layla podía manejarlo sola.

—Sí, es verdad. —Se obligó a sonreír—. Todo va bien.

—Tu padre estará pronto en casa, gritando que alguien ha quemado el *dal*. —Besó la cinta dorada para la buena suerte que llevaba en el dedo anular.

Ese tierno gesto hizo que a Layla se le encogiera el corazón. El matrimonio de sus padres había sido concertado y era uno de los más felices que conocía. Su padre le había dicho una vez que el día que conoció a su madre fue el mejor de su vida.

—¿Cuándo supiste que querías a papá? —preguntó.

—Al principio fue difícil porque no nos conocíamos —dijo su madre—. Luego nos hicimos amigos. Empezamos el restaurante juntos y, al poco tiempo de abrir, nació Dev. Cuando él tenía dos años, un día entré en la cocina y vi a tu padre enseñándole a moler especias. Dev apenas podía sostener el mortero. Tu padre era tan paciente y amable… Era una cosa muy pequeña, pero cuando levantó la vista y me sonrió, sentí algo diferente. Algo que sabía que duraría toda mi vida. El amor no siempre golpea como un rayo. A veces puede crecer silenciosamente en el fondo, hasta que un día te das cuenta de que está ahí.

—¡Zaina! ¡Vuelve con esos *jalebis*!

Layla vio movimiento por el rabillo del ojo. Zaina pasaba corriendo con un puñado de *jalebis* en la mano. Anika la perseguía.

Layla la agarró y perdió el equilibrio. Dio un traspié y se dio un golpe en una mesa, derramando un cuenco de *kheer* al caer. El arroz con leche le salpicó la ropa y luego cayó al suelo formando un charco. Sin inmutarse, se levantó de un salto y corrió tras su sobrina, dejando un rastro de arroz y pudin tras ella.

No podía tener tantas cosas bajo control. Si esto era lo mejor que podía hacer, ¿qué posibilidades tenía de sacar adelante su agencia?

—¿Qué pasa, *bhaiya*? Hoy has estado muy preocupado.

Sam salió de su ensimismamiento y se obligó a sonreír a su hermana. La había llevado al hospital para una consulta con el cirujano que la había operado de la columna. Aunque el cirujano se había mostrado satisfecho con su evolución, no pudo decirles si Nisha volvería a caminar.

—No es nada.

—No tenías que venir si tenías trabajo. Podría habérmelas apañado sola.

—Pero es que no tienes por qué hacerlo.

Sus padres estaban de boda y a él no le gustaba la idea de que Nisha tuviera que utilizar el transporte para discapacitados y tratar sola con el médico. También le daba una excusa para no ir al despacho. Layla se merecía una explicación. Pero no tenía ni idea de lo que iba a decirle.

Su cuerpo sabía lo que su cerebro estaba empezando a admitir. Había algo entre ellos que iba más allá de una amistosa rivalidad de oficina o de un juego; algo real que le hacía ver todas sus citas a ciegas como una competición. Algo peligroso para un hombre en quien no se podía confiar para proteger a las personas que amaba.

—Parece que alguien se lo está pasando bien. —Nisha sonrió cuando doblaron la esquina—. ¡Oh, Sam! ¡Están tocando «Choli Ke Peeche» de *Khalnayak*! ¿Quién daría una fiesta de Bollywood en un hospital?

—¡Alto! —gritó una mujer—. ¡Zaina, vuelve aquí!

Segundos después, una niña se abalanzó sobre Sam y le dio un golpe tan fuerte que retrocedió un paso. Los *jalebis* se desparramaron frente a la silla de ruedas de Nisha. Sam puso una mano en el hombro de la niña para que no se cayera y levantó la vista justo cuando Layla se les acercaba corriendo por el pasillo.

—¡Sam! —Ella se paró en seco, con los ojos muy abiertos. Granos de arroz y un líquido lechoso goteaban por su camiseta de Smash Mouth, y él rezó en silencio para que ella hubiera manchado el logo a propósito.

—¿Esto es tuyo? —Empujó con delicadeza a la niña hacia delante. Se las había apañado para evitar a Layla desde la noche de la fuente, programando reuniones consecutivas fuera del despacho, y sin embargo aquí estaba, de pie frente a él, cubierta de arroz.

—Sí. —Layla tomó a la niña de la mano y la acercó—. Esta es mi sobrina Zaina.

—He perdido mis *jalebis*. —Los ojos de Zaina se llenaron de lágrimas.

—Vuelve al salón. Seguro que la tía Jana te encontrará más. —Layla la envió de vuelta y luego se agachó a recoger los dulces que había por el suelo.

—¿Qué está pasando? —Sam se agachó para ayudarla.

—Mi padre está despierto y alquilamos el salón de actos para que todo el mundo pudiera verlo. —Se encogió de hombros—. Se ha convertido en el caos familiar de siempre.

Sam señaló su ropa empapada.

—Parece que te acabas de bañar en un tazón de *kheer**.

—Sí, eso es justamente lo que parece. —Se quitó unos granos de arroz de la camisa—. ¿Cómo está tu novia? Siento no haberme quedado para que me la presentaras.

—No es mi novia. Solo trabajamos juntos en un recorte de plantilla.

---

* Arroz con leche de la cocina india. (N. de la T.)

Layla levantó una ceja.

—¿Qué recortaste exactamente para que luego te quitaras los pantalones?

—*Ejem.* —Nisha tosió y él la vio observándolos, con los ojos muy abiertos por la curiosidad.

—Ella es mi hermana, Nisha. —Se sintió expuesto al mostrar su vida personal. Rara vez hablaba de su familia con sus compañeros de trabajo y amigos. John sabía de la existencia de Nisha, pero nunca la había conocido, y Royce no sabía que tenía familia—. Layla y yo compartimos despacho encima de El Molinillo de Especias.

Aunque Layla necesitaba cambiarse de ropa urgentemente, se sentó en un banco cercano para hablar con Nisha; una cortesía hacia alguien que iba en silla de ruedas que Sam no veía a menudo.

—Siempre he querido comer en El Molinillo de Especias —dijo Nisha.

—Puedes disfrutar lo mejor del restaurante aquí mismo. —Layla señaló el pasillo—. Vamos a dar una fiesta para celebrar la recuperación de mi padre. La mayor parte de la comida es del restaurante, excepto algunos platos de parientes bienintencionados, pero puedo decirte cuáles no deberías probar. —Señaló su ropa—. Y me temo que todo el *kheer* se ha acabado.

Nisha se rio y se lanzaron a una conversación sobre comida que acabó convirtiéndose en otra sobre ropa y cómo Nisha no había ido esa tarde a la boda con sus padres porque no tenía nada que ponerse (algo que no le había dicho a Sam). De repente se hicieron planes para llevar a su hermana de compras a la tienda de la tía de Layla en Sunnyvale, y antes de que Sam se diera cuenta, Layla estaba llevando a su hermana por el pasillo hasta la sala de fiestas para presentarla a los demás.

¿Qué estaba pasando? Nisha no socializaba. Iba a rehabilitación y a sus citas con el médico y luego volvía a casa. Había conservado algunas de sus viejas amistades, pero la mayoría de sus amigos habían dejado de llamarla cuando ella rechazó todas sus invitaciones.

—Esperad. —Con la cabeza todavía dándole vueltas por la velocidad de los acontecimientos, corrió tras ellas—. Lo siento, Nisha. Tengo una reunión de negocios. Tengo que llevarte a casa.

—Yo puedo llevarla —dijo Layla—. Le pediré prestado el coche a mi madre, porque mi todoterreno sería un poco complicado para su silla. No hay problema.

Sam frunció el ceño.

—¿Sabes apañártelas con una silla de ruedas?

—Mi abuela estuvo en silla de ruedas casi toda su vida. Enfermó de polio cuando era joven. Todos aprendimos a ayudarla. Estará bien. Confía en mí.

¿Cómo no iba a confiar en ella? Acababa de ver la parte más privada y valiosa de su vida y la había aceptado. En vez de limitarse a saludar educadamente a Nisha y marcharse, se había hecho amiga de ella y la había acogido en su familia.

—Estaré bien, *bhaiya*. —Nisha sonrió—. Quiero quedarme con Layla.

Y en ese momento, él también.

# 13

—El Soltero n.º 5 es Harman Babu... —Daisy leía en su teléfono mientras subían corriendo las escaleras. Llegaban tarde al despacho tras ayudar con el gentío de la hora del almuerzo en el restaurante—. Treinta años. Gerente del club de *fitness* Mundo Deportivo. Culturista profesional. Creo que tiene dos latas de refresco de más en esos abdominales. Le lamería todo el cuerpo. ¿Puedo hacerlo ya que tú estás ocupada con Sam?

Layla gimió para sus adentros, lamentando haberle contado a Daisy lo de la tentativa de beso.

—Fue un error. Lo libré de un *skater*, la adrenalina nos puso a tope, las cosas se nos fueron de las manos y entonces apareció Karen...

Daisy soltó una carcajada.

—Karen. Él no pertenece a ninguna Karen.

—Bueno, ella parecía pensar que sí y luego él no vino a por mí. Creo que eso dejó las cosas bastante claras.

Entonces, ¿por qué no podía dejar de pensar en lo segura que se había sentido en sus brazos, o en lo cálido que había sido su aliento en sus labios, o en lo cariñoso que había sido con la hermana que nunca había mencionado? Estaba deseando que llegara el fin de semana para ir de compras. Nisha había sido muy divertida y su familia la había adorado.

Sam estaba esperando en la recepción, tranquilo y despreocupado como si no la hubiera evitado durante cinco días para luego aparecer en el hospital con una hermana secreta y volver a desaparecer el resto de la semana.

—Harman quiere que nos reunamos con él en su gimnasio. Dice que han aparecido unos reclutadores y tiene miedo de irse por si quieren hablar con él. Le parece bien que yo...

—No pasa nada. No te necesito —soltó Layla, evitando recordar el beso que estuvieron a punto de darse y en lo estúpida que había sido creyendo que había significado algo más para él. Ni siquiera había intentado explicarle lo de Karen cuando se vieron en el hospital.

Sam resopló con disgusto.

—Prometí estar contigo cuando conocieras a tus pretendientes, y nunca falto a mi palabra, sobre todo si estoy en medio de un juego que quiero ganar.

Se le encogió el corazón. Claro que sí. Todavía se trataba del juego. El beso que casi se habían dado no significaba nada para él. Ella era solo otra Karen.

Layla le lanzó una mirada furiosa, pero era difícil no darse cuenta de lo guapo que estaba hoy. Llevaba una camisa blanca abierta en el cuello, lo que dejaba entrever una piel muy tonificada, y se había remangado la camisa, dejando al descubierto unos antebrazos bronceados y ligeramente cubiertos de vello. Layla nunca había pensado que los antebrazos de un hombre fueran especialmente sensuales, pero no pudo apartar la mirada cuando Sam sacó su teléfono.

—Pongámonos en marcha —dijo—. Mi todoterreno está aparcado enfrente.

—Yo conduzco. —Sam le tendió la mano.

—Es mi coche. Yo conduzco.

Sam se tensó.

—Yo soy el hombre.

—¿Y?

—El hombre conduce. Ese es el trabajo de un hombre. Igual que montar muebles, construir cosas, sacar la basura, proponer matrimonio, cortar el césped, hacer barbacoas, cargar con peso...

Layla resopló.

—Despierta. Ya no estamos en los años cincuenta. Nadie conduce el todoterreno de esta mujer —dijo señalándose—. Puedo montar sola cualquier mueble de IKEA y, si alguna vez encuentro a alguien con quien quiera casarme, se lo pediré al tipo yo misma. Pero si quieres sacar la basura o reparar el grifo que gotea en el baño, hazlo.

—¿Qué tal si Layla se lleva su todoterreno y Sam su coche, y yo prometo no decirle a nadie que los dos habéis destruido el medioambiente sin ayuda de nadie? —sugirió Daisy.

—Esto es ridículo —espetó Sam—. Vamos al mismo lugar por la misma razón. Solo necesitamos un vehículo.

—Esta es mi idea —dijo Layla—. Yo voy en mi coche. Si no puedes superar tu tradicional yo controlador, patriarcal y sexista, entonces te veré allí.

—El límite de velocidad es de cincuenta kilómetros por hora.

Sam le indicó la señal cuando Layla pisó el acelerador para adelantar a un coche que circulaba por su carril.

—Gracias. Conozco los límites de velocidad de esta parte de la ciudad. —Layla observó cómo subía el velocímetro. Era una chiquillada, pero su actitud arrogante la impelía a hacer lo contrario de lo que él decía. Una multa bien valdría la satisfacción de ver sudar al peor copiloto de la historia del universo.

—Hay una señal de *stop* más adelante —espetó—. Empieza a reducir la velocidad.

Layla sujetó con fuerza el volante.

—Cállate o te juro que paro el coche y te vas andando.

Su mano se aferró a la manilla de la puerta y los nudillos se le pusieron blancos.

—Conduces demasiado rápido. Entras y sales del tráfico. Adelantas a los que conducen por debajo del límite de velocidad. Y no paras hasta el último segundo. ¿Qué se supone que debo hacer?

—Deberías estar impresionado por que conduzca a gran velocidad un todoterreno y no tenga una sola multa, y también deberías decirme por qué estuviste a punto de besarme la otra noche.

Silencio.

Ella no sabía de dónde había sacado esa pregunta sobre el beso, y estaba claro que le había incomodado. Pero al menos ya no parloteaba en el asiento del copiloto.

Sam se aclaró la garganta.

—Fue un error.

—Me alegra que estés de acuerdo.

La verdad es que ella no estaba de acuerdo. Algo había cambiado entre ellos. Ella había sentido una chispa que no tenía nada que ver con la amistad y todo que ver con Sam siendo inteligente, divertido, protector y amable de una manera que nunca había imaginado. No es que le importara. No estaba buscando otra aventura a corto plazo y ya había perdido demasiado tiempo pensando en lo que podría haber pasado si Karen no los hubiera interrumpido. Con un suspiro, le dio un machetazo mental a su fantasía erótica de conducir a toda velocidad por la ciudad hasta el apartamento de Sam, arrancarse la ropa mutuamente en el ascensor y sucumbir a un deseo incontrolable en cuanto cruzaran la puerta.

—Además, quiero que canceles tus compras con Nisha —dijo—. Fue muy amable por tu parte invitarla, pero no tienes que fingir que eres su amiga solo porque vaya en silla de ruedas. Ya le han hecho demasiado daño.

—¡Vaya!

—¿Vaya?

Layla lo miró de reojo.

—Eres muy protector. Tu hermana me cae muy bien. Es dulce y divertida y disfruto de su compañía. No me importa que vaya en silla de ruedas. Crecí en una familia numerosa y mi abuela no era la única que utilizaba un aparato para moverse. Los Patel no tratamos a las personas de forma diferente cuando tienen necesidades especiales. Simplemente nos esforzamos más para que sepan que los queremos.

Sam se puso rígido, con los ojos fijos en la carretera y la garganta con un nudo que le impedía tragar.

—¿Estás bien? ¿He atropellado a un peatón o algo? —Se detuvo en un semáforo.

Él sacó su teléfono.

—Necesito revisar mis mensajes.

—Ayuda que lo enciendas —le dijo ella dulcemente cuando se dio cuenta de que él tenía la mirada perdida en la pantalla.

El semáforo se puso en verde y ella pisó el acelerador un poco demasiado fuerte, haciendo que el coche saliera disparado hacia delante y la cabeza de Sam se echara hacia atrás.

Se removió y se aclaró la garganta.

—¿Quieres tener hijos en tu matrimonio concertado?

Layla frunció el ceño, tratando de asimilar el repentino cambio de conversación.

—Es una pregunta muy personal. Pero sí. Quiero tener hijos. Al menos tres, para que si el primero es un niño y la segunda es una niña, esta no crea que está en una competición que nunca podrá ganar porque no tiene pene.

Sam bajó la ventanilla e inspiró una bocanada de aire.

—Te he sorprendido, ¿verdad? ¿Ha sido la palabra «pene» o decirte que quiero tener hijos con un hombre al que no amo?

—Empiezo a darme cuenta de que tienes una capacidad ilimitada para sorprenderme.

Layla sujetó con fuerza el volante.

—¿Por qué me has preguntado por los hijos? ¿Te preocupa que pueda estar embarazada tras el intento de beso de la otra noche? ¿Como una especie de inmaculada concepción?

Se le escapó una carcajada, una risita corta que desapareció casi tan rápido como había surgido.

—Harman es culturista profesional. Eso significa esteroides. El uso prolongado de esteroides anabolizantes puede tener serios efectos secundarios, como la reducción del número de espermatozoides, la infertilidad, la atrofia genital, la disfunción eréctil y el encogimiento de los testículos.

—¿Así que como yo he dicho «pene», tú me sales con un par de «testículos encogidos»? Me retiro. Tú ganas. Te nombro Maestro del Juego. —Le dio un golpecito en el brazo con los dedos, evitando imaginar esos fuertes brazos a su alrededor.

Su rostro se relajó hasta convertirse en una máscara carente de expresión.

—No tiene gracia.

—No la tiene si a él no le funciona del todo. Pero eso no lo convierte en mala persona, y tu trabajo es eliminar a los personajes de dudosa reputación, no a los impotentes.

Layla se detuvo en el aparcamiento del centro deportivo y entraron en las instalaciones. Por los altavoces sonaba música *rock* que sofocaba el murmullo de los gruñidos, los gemidos y el tintineo de las pesas. Culturistas y levantadores de pesas se afanaban en cada esquina. El aire estaba cargado de testosterona y de olor a sudor y desinfectante.

—Sam, ese es mi hombre.

Un dios caminaba hacia ellos, vistiendo unos diminutos pantalones cortos rojos de gimnasia y nada más. Con metro ochenta de altura, delgado y fibrado, el cabello corto, grueso y oscuro, abdominales marcados, dientes perfectos y una sonrisa asesina, representaba la perfección del cuerpo masculino.

—Carabina de la vieja escuela, me gusta.

Sam y Harman se chocaron los puños y se dieron un apretón de manos como si se conocieran de toda la vida.

—Ella es Layla Patel. —Sam la empujó hacia delante.

Layla abrió la boca, pero no le salieron las palabras. De cerca, Harman era aún más impresionante que en la foto. Podía ver cada músculo ondulándose mientras se movía, y unos pectorales tan duros que una moneda podría haber rebotado en su piel bronceada.

—Choca esos cinco, nena. —Harman levantó una mano.

—Deja de babear —le susurró Sam al oído—. Estás ridícula.

Ella levantó una mano y chocó la palma de Harman como una tonta.

—Ella es muy tradicional —dijo Sam—. No está acostumbrada a ver tipos con el torso desnudo.

—He visto muchos hombres sin camiseta —murmuró en voz baja—. Y también bajitos. A montones.

Sam levantó una ceja.

—¿En serio? Cuéntanos sobre eso.

Harman se rio, o al menos se lo pareció, porque sonó más como una risita de niña.

—Bueno, será mejor que se acostumbre. Es bastante difícil encontrar ropa que le quede bien a estos bíceps. —Levantó un brazo en un ángulo de noventa grados y flexionó el bíceps, que se hinchó hasta alcanzar el tamaño de un *naan* inflado.

—Te entiendo. —Sam asintió como si él también estuviera tan hinchado de esteroides que no pudiera encontrar una camisa que ponerse.

Layla resopló.

—¡Oh, por favor!

Harman los condujo a una pequeña salita con unos sofás de cuero rojo y un televisor de pantalla grande que emitía los momentos más destacados del partido de fútbol del día anterior. Mientras tomaban unos batidos de proteínas y chocolate, hablaron sobre sus respectivos trabajos e intereses. El deporte era todo el mundo de Harman. Solo viajaba para participar en competiciones, no sabía nada de política ni de lo que pasaba en el mundo y no había comido azúcar en los últimos diez años.

—¿Qué estás buscando en una esposa? —preguntó Layla—. ¿Compañía? ¿Amistad? ¿Un ama de casa? ¿El amor verdadero?

—Necesito una chica de piel morena —dijo Harman.

Layla se atragantó con su batido.

—¿Necesitas una chica de piel morena?

Él asintió.

—Quiero ser el primer desi Mr. Olympia, así que todo tiene que ver con mi marca. Piel morena. Cabello oscuro. Acento. Unos días me pongo un turbante. Otros, uso un *thawb**. Y cuando hay una ceremonia, mis relaciones públicas, Steve, y yo vamos al centro cultural de la localidad para hacernos unas fotos. Diwali. Ramadán. Vaisakhi. Los celebro todos.

—Son ceremonias de tres religiones diferentes y ropa de dos —señaló ella—. ¿No tienes una sola religión?

—No quería dejar fuera a nadie.

Layla sacudió la cabeza con incredulidad.

—¿Así que eso es todo lo que quieres de un matrimonio?

—No voy a mentirte —dijo Harman—. El culturismo es mi vida. No tengo tiempo para relaciones, pero Steve dice que hay montones de tipos que hacen lo mismo que yo. Necesito destacar. Necesito una marca. Hicimos una lluvia de ideas y se nos ocurrió «Moreno».

—¿«Moreno» es tu marca?

—Ahí lo tienes, hermana. —Hizo un gesto con la mano que era un cruce entre un puño, un dedo y un chasquido—. No hay muchos culturistas desi por ahí. Voy a ser el número uno.

—No soy tu hermana —murmuró.

—Pero podrías ser mi mujer —dijo con seriedad—. Necesito a alguien para las fotos, las entrevistas y para mantener a raya a mis seguidoras. Me hacen proposiciones constantemente y, para ser sincero, me estoy cansando de que me traten como un objeto. Quiero que la gente me vea como lo que realmente soy: un espécimen perfecto del cuerpo masculino definitivo.

Layla frunció el ceño.

—Así que *quieres* que te cosifiquen.

—Solo por mi arte —admitió—. Y por la fama y el dinero que conlleva ganar títulos. Pero no por mi alma.

—¡Por Dios! —murmuró Sam en voz baja.

—Al menos es sincero sobre quién es —espetó.

—Tendremos que tonificarte para las fotos —dijo Harman—. Puedes seguir mi dieta. Proteínas magras, grasas saludables, ver-

---

* Prenda de ropa masculina hasta los tobillos y, por lo general, con manga larga, similar a una túnica. (N. de la T.)

duras con fibra y carbohidratos de alta calidad. Es decir, nada de azúcar, fritos ni harina blanca. De cuatro a seis semanas y estarás delgada, esbelta y llena de energía.

A ella se le calentó la cara y se rodeó con los brazos en un gesto de protección.

—¿Cómo dices?

—¡Steve! —saludó a un hombre rubio y delgado que llevaba un chaleco de cuero sobre una camiseta de Twenty One Pilots y unos pantalones caqui ajustados. El tipo llevaba una gran cámara al cuello y un trípode en la mano.

—Haznos unas fotos —le dijo Harman—. A ver qué tal quedamos juntos. —Tiró de Layla para que se pusiera delante de él—. ¿Te parece bien si te rodeo con un brazo para las fotos?

—Mmm… Claro.

Harman se colocó a su espalda, con un brazo sobre su cuerpo y el otro flexionado junto a su cabeza, y las caderas contra su trasero.

—Tiene que perder unos kilos, Steve, así que haz que se vea solo una parte de ella.

—Quítale las manos de encima —gruñó Sam.

—Relájate, amigo. Solo estamos haciendo un par de tomas de prueba.

Steve hizo unas cuantas fotos. Layla tomó nota de tres cosas: primero, Sam tenía razón sobre el efecto de los esteroides en los órganos reproductores; segundo, no sentía absolutamente nada al apretujarse contra un espécimen perfecto del cuerpo masculino definitivo; y tercero, en cuanto él la soltara, le daría un puñetazo en esa nariz perfecta.

Lanzó una mirada a Sam. Tenía todos los músculos del cuerpo en tensión y observaba a Harman con evidente desprecio. Desde que se conocían, Sam nunca había criticado su aspecto. Había estado siempre tan cómoda con él que había llegado a bailar en una fuente pública y, cuando la había estrechado entre sus brazos para besarla, se había sentido realmente bien.

—Sonríe —dijo Harman—. ¿Cómo tiene los dientes, Steve? ¿Necesitará fundas o solo un blanqueamiento?

Layla se dio la vuelta y echó el puño hacia atrás, lista para atacar. Pero Sam se anticipó, agarró su mano y la llevó hacia abajo mientras le rodeaba el cuerpo con su fuerte brazo.

—No lo hagas —le advirtió en voz baja—. Su cara forma parte de su imagen. Si perjudicaras su carrera, podrías enfrentarte a una demanda que te dejaría en bancarrota. Y perderías la oportunidad de convertirte en la señora de Harman Babu.

Su cuerpo se calentó al sentir la presión de su duro pecho contra ella, el brazo que la sujetaba con fuerza, su caliente aliento en el cuello. El fuego corría por sus venas, abrasándole las terminaciones nerviosas y provocándole un cosquilleo en la piel. ¿Por qué no podía sentir esto con Harman? ¿Por qué tenía que sentirlo por el hombre que más la irritaba del mundo, el único que la hacía sentir viva?

¡Oh, Dios! Ella no quería a Harman. Quería a Sam.

—¿Estás loca? —Sam caminó rápidamente por el aparcamiento tras despedirse de Harman. Alcanzó a Layla justo cuando llegaba a su todoterreno, con el corazón latiéndole desaforado por la frustración—. ¿Por qué has aceptado salir con él? Dijo que debías adelgazar y que tenías una mala dentadura. Ibas a darle un puñetazo en la cara.

—Se disculpó. Dijo que en su mundo cualquiera con más de un cinco por ciento de grasa corporal tiene sobrepeso y que todo el mundo lleva fundas dentales. ¿Y qué hay de malo en ponerse en forma? Es mejor que cualquiera de los otros. ¿Por qué no iba a darle una segunda oportunidad?

Sam se apoyó en la puerta, impidiéndole el paso.

—¿Así que eso es lo que quieres? ¿Un juguete? —Harman había parecido un tipo fácil hasta que, de alguna manera, había maniobrado para conseguir una cita.

—¡Oh, vamos! Tienes que dejarme respirar. Nunca había visto a un hombre con un cuerpo así. Era como mirar una pintura valiosa, una flor perfecta o una gloriosa puesta de sol. Es imposible que no aprecies ese tipo de belleza.

—Podrías haberlo hecho con la boca cerrada —espetó—. No me imagino cómo serías en el Louvre. Lo más probable es que tuvieran que seguirte con un cubo y una fregona. —La sangre le corría caliente y furiosa por las venas; un potente cóctel de frustración, decepción y deseo.

—No te entiendo. —Layla lo fulminó con la mirada—. Tiene sus defectos, pero no parece mal tipo. Si acabo casándome con él, te quedas con el despacho. ¿Por qué te molesta tanto?

—No me molesta —dijo, aunque su pulso se había acelerado y le apetecía pasarse una hora en el gimnasio dándole puñetazos a un saco e imaginando que era la cara de Harman—. Si de verdad quieres malgastar tu vida con un cabeza hueca superficial y egoísta, deberías hacer las cosas como es debido. Vuestras familias deberían conocerse… —No podía creer las palabras que salían de su boca. Estaba en contra de la tradición. En todo caso, debería estar encantado de que ella hubiera encontrado pareja tan rápido. Demonios, debería estar al teléfono ahora mismo organizando una mudanza para deshacerse del diván púrpura.

—Mi padre sigue en el hospital.

—Entonces, ¿por qué tienes tanta prisa? Conoce al resto de los hombres de la lista. No te precipites con una decisión tan importante. —Respiró hondo y luego otra vez. ¿Cuándo había dejado que sus emociones anularan su sentido común? Todos los días trataba con empleados enfadados. Le insultaban, le tiraban cosas, cuestionaban la existencia de su alma. Nada le afectaba. Los muros que había construido para contener sus remordimientos y su arrepentimiento le permitían hacer su trabajo sin sucumbir al dolor. Excepto cuando se trataba de Layla.

—¿Estás…? —Ella inclinó la cabeza hacia un lado y lo miró interrogante— ¿… celoso?

—No seas ridícula. Cuando se haga mayor, toda esa piel estirada se caerá. Su cara envejecerá prematuramente y se desinflará como un globo reventado. Por no hablar de la caída del pelo y los problemas de erección.

Sus ojos se abrieron de par en par.

—Estás celoso. Pensé que estarías contento.

—Y yo que pensaba que ibas en serio con lo de encontrar la pareja adecuada, y no alguien que solo quiere que formes parte de su marca desi. —Se encogió de hombros—. Está claro que me equivoqué. Se acabó el juego. He ganado.

—¡¿Que has ganado?! —Ella empezó a gritar. Sam miró rápidamente a su alrededor para asegurarse de que no molestaban a nadie, pero estaban solos en el extremo del aparcamiento donde él había insistido aparcar para que no le rayaran el coche.

—Tú no has ganado, engreído egoísta. Voy a tener una cita, no a casarme con él.

Layla se acercó a él. Estaba a menos de un metro de distancia, sin preocuparse de que él fuera veinte centímetros más alto y pesara unos quince kilos más que ella. ¿Qué tenía Layla que le hacía bajar las defensas con tanta facilidad? Ni siquiera podía pensar con claridad. ¿No era esto lo que él quería? ¿El despacho y que Layla desapareciera?

—Lo estás alargando porque no quieres perder el juego —replicó—. Conozco a las de tu clase.

—Y yo conozco a los de la tuya. Has pasado tanto tiempo ocultando lo que sientes que no reconocerías una emoción aunque te diera un puñetazo en la cara.

Él apretó los labios y buscó el proverbial autocontrol que empleaba con los empleados enfadados. Pero estaba demasiado excitado, demasiado involucrado, demasiado consciente de la mujer que tenía delante: el calor de su cuerpo, el rubor de sus mejillas, la subida y bajada de su pecho mientras respiraba de forma entrecortada.

—Reconozco la cobardía en cuanto la veo —replicó—. Has dejado que la muerte de Dev te defina. No dejas entrar a nadie en tu vida porque tienes miedo de perderlo. Por eso has aceptado la cita con Harman. No hay ninguna posibilidad de que te enamores de él porque nunca amará a nadie más que a sí mismo.

—Tú no sabes nada. —Ella lanzó un suspiro exasperado, mirándolo a través de sus espesas pestañas. Sus pechos rozaron el suyo. Sus carnosos labios se entreabrieron.

Sus muros se derrumbaron. Sin nada que contuviera sus emociones, sucumbió al deseo.

—Cometí un error cuando dejé que te fueras la otra noche.

Y entonces la besó. El mundo que había a su alrededor se volvió borroso tras el contacto de sus labios, tan cálidos y delicados como frías y duras habían sido sus palabras. Lo único que importaba era el calor de su cuerpo y el dulce suspiro de rendición que se le escapó cuando se fundió con él.

Así que fue aún más desconcertante que le diera una bofetada en la cara.

# 14

—Pero ¿qué...? —La estupefacción de Sam habría resultado divertida si Layla no hubiera estado tan concentrada en sus carnosos labios.

—No me lo has pedido. —Agarró su camisa con ambas manos y se acercó para darle otro beso—. Y estoy enfadada contigo.

Sus bocas se encontraron. Sus lenguas se enredaron. La besó como si quisiera consumirla, devorarla viva. Besos feroces, besos rudos, besos de deseo desesperado. Sabía a chocolate y olía a pecado.

—Sam... —Ella se apartó—. No puedo respirar.

—Yo tampoco. —La rodeó con sus brazos y la atrajo hacia él para darle otro beso hambriento. Ardiente, rudo y húmedo, derritiéndola a un lado del todoterreno. Su lengua pasó por los labios de ella y se introdujo en su boca, y lo sintió en la parte más profunda de su vientre.

Sus manos se dirigieron al pecho de él, deslizándose por los pectorales y las ondulaciones abdominales que había bajo la camisa. Harman era perfecto, pero Sam era real. Su cuerpo estaba duro y sus músculos eran grandes por el entrenamiento de boxeo. Él lanzó un siseo cuando los dedos de ella rozaron la parte superior de su cinturón; su autocontrol cediendo ante la curiosidad de sus manos.

—¿Qué estamos haciendo? —murmuró él mientras se llevaba el lóbulo de su oreja a la boca, con su incipiente barba rozándole la sensible piel.

—No lo sé, pero no pares.

—Ni hablar. —Se apretujó contra ella. Su excitación era tan evidente en su entrecortada respiración como en el duro miembro que presionaba cada vez más sus caderas.

Cuando él colocó un grueso muslo entre sus piernas, ella se frotó en él desenfrenadamente por su necesidad de liberarse. Estaba ardiendo, tenía el cuerpo en llamas. Nunca había sentido nada parecido a esa combinación tóxica de rabia y lujuria que corría por sus venas. Le daba vueltas la cabeza, estaba perdiendo la razón.

—Sube al todoterreno. —Pasó la mano por su espalda y abrió la puerta del copiloto.

—¿Quieres hacerlo aquí? ¿Como en *Titanic*?

—¿Me tomas el pelo? —Su voz era ronca y grave—. Te llevo a casa, dónde puedo tenerte toda para mí.

—En ese caso… —Le dio las llaves—. Como no sé dónde vives, te dejaré conducir.

Momentos después, Sam salió del aparcamiento como si tuviera fuego en los talones. Conducía con una mano en el volante mientras la otra reposaba en el regazo de ella, con los dedos entrelazados. Ella siempre se había considerado una conductora agresiva, pero Sam rompía las calles. Cuando llegaron a la puerta de una *boutique* en la Misión, el corazón le latía tan fuerte que pensó que le rompería una costilla.

Sam la agarró cuando llegaron al vestíbulo. Antes de que él la pusiera contra la pared junto al ascensor y empezara a besarla, atisbó a ver el papel color menta de la pared, la carpintería recién pintada y el cuadro de un tranvía antiguo en colores pastel. Ella le arañó el pecho con las uñas y le arrancó un botón de la camisa justo cuando se abría la puerta del ascensor. Sam pasó las manos por sus curvas y la besó con más fuerza mientras la metía de espaldas en el ascensor y daba un manotazo al botón que cerraba la puerta.

—¿Quieres hacerlo aquí? ¿En el ascensor? —Layla estaba dispuesta a todo con tal de quitarle la ropa—. ¿Al estilo *Atracción fatal* o *Cincuenta sombras más oscuras*?

—Arriba. —Le inclinó la cabeza para besarla con más intensidad. Layla gimió en su boca, presionando las caderas contra el bulto de sus vaqueros. Sam respondió con un gemido, deslizando los dedos por debajo de su camisa para acariciarle la piel desnuda del vientre, y luego más arriba.

Desesperada, Layla se pasó la camiseta por la cabeza.

—¿Qué estás...?

Se desabrochó el sujetador y él dio un grito ahogado.

—No...

—No pasa nada. No soy tímida. —Se quitó el sujetador y lo tiró al suelo con la camiseta—. Ven a por ellas.

Sacudió sus tetas por si no captaba el mensaje.

Los ojos de Sam ardían y su mirada se posaba en sus pechos con una intensidad que la dejaba sin aliento. Pero había algo más en sus ojos.

Miedo.

«Tiene miedo de mis pechos».

El ascensor sonó. Las puertas se abrieron. Layla se giró. Su cerebro registró a una mujer de pie en la puerta. Su cuerpo se quedó congelado.

—Buenas noches, Sra. Goldberg. —Sam puso a Layla a su espalda—. ¿Cómo está?

—Buenas noches, Sam. —La voz de la Sra. Goldberg era ronca y temblorosa, pero estaba teñida de diversión—. Estoy bien, gracias.

Sam se arrastró de lado, con la camisa rota y sujetando a Layla por detrás mientras salían por la puerta.

—¿Va a dar un paseo?

—Sí, es una noche preciosa.

Layla se asomó tras el hombro de Sam y se encontró con la mirada de una mujer mayor vestida con un traje color crema entallado, una blusa color melocotón y un collar de perlas.

—Mmm... Hola.

—Y hola a ti, querida. No hace falta que te escondas. Fui enfermera durante cuarenta años. Si tienes pechos, presume de ellos, porque a mi edad necesitas una grúa para sujetarlos. —Entró en el ascensor y se agachó para recoger la ropa de Layla—. Puede que necesites esto.

—Gracias. —Layla extendió una mano por detrás de Sam para recuperar el sujetador y la camiseta.

—¡Buenas noches, señora Goldberg! —gritó Sam mientras se dirigía, marcha atrás, hacia la puerta más cercana con Layla aún escondida tras él.

—Buenas noches, Sam y amiga. Disfrutad de la velada. Intentad no hacer ruido.

—Parece simpática —dijo Layla cuando se cerró el ascensor.

Sam abrió la puerta con un gruñido y entraron dando vueltas. Él cerró la puerta y la puso contra ella antes de que Layla pudiera orientarse siquiera.

—¿Qué acaba de pasar?

Parpadeó para aclararse la vista mientras contemplaba el moderno espacio de planta abierta, con sus suelos de hormigón y su impresionante arquitectura. Los elegantes armarios y los electrodomésticos de acero inoxidable de alta gama dominaban una cocina grande con encimeras de cuarzo y una mesa de madera de estilo pícnic. La suave luz del atardecer entraba por unos ventanales que llegaban al techo y las paredes blancas estaban decoradas con láminas abstractas. Urbanita, frío y austero, el piso carecía por completo de los colores chillones, los tejidos sensuales y las tallas de madera ornamentadas que estaba acostumbrada a ver en las casas de sus parientes y amigos desi.

Sam la apretó aún más con su pecho contra la puerta.

—¿En qué estabas pensando? Has estado a punto de provocarle un infarto a la señora Goldberg. ¡Tiene noventa años!

—A mí me pareció muy vivaracha. —Layla se encogió de hombros—. Todo esto era una fantasía erótica que yo tenía: correr por las calles, quitarnos la ropa en el ascensor, entrar como locos en tu apartamento… Supongo que me dejé llevar.

La tomó por la nuca, le agarró la barbilla con el pulgar y le echó la cabeza hacia atrás, abrasándola con su ardiente mirada.

—¿Estaba yo en esa fantasía?

—Sí —susurró.

Él la recompensó con un beso increíble que le hizo flaquear las rodillas. ¿Estaba preparada para intimar con el tipo de hombre que podría romperle el corazón?

—¿Qué más ocurre en esta fantasía? —Su mano se deslizó bajo la falda y acarició con un dedo caliente el borde de sus bragas. El pulso le latía entre los muslos.

—Después de desnudarnos, tenemos sexo salvaje contra la puerta.

Sam tiró de sus bragas, dejándola casi sin piernas cuando la resistente ropa interior de algodón se mantuvo firme en su sitio.

—Lo siento. —Le costaba tragar—. No pensaba que mi fantasía se haría realidad, así que no llevo ropa interior que se pueda romper.

Con una risita, Sam desabrochó el botón de la falda y la dejó caer sobre una rodilla para deslizarla por sus piernas. Layla hizo una mueca mientras él observaba sus sencillas bragas blancas.

—Eres tan sexi… —Sam se inclinó hacia delante y le dio un beso en el vientre mientras le bajaba la ropa interior por las caderas con delicadeza. La miró como ningún otro hombre la había mirado antes, como si de verdad pensara que estaba sexi con unas bragas de algodón de cintura alta y desgastadas, con bolitas en la parte delantera y deshilachadas alrededor de los muslos.

—¿Qué pasa después de que te lo haga contra la puerta? —preguntó.

—Me llevas a la encimera de la cocina y lanzas todos los platos al suelo de un manotazo para que tengamos espacio para seguir haciéndolo.

Sus palmas cubrieron sus pechos y los apretó con suavidad mientras le acariciaba el cuello.

—Suena antihigiénico. ¿Cómo voy a darte de comer luego si no tenemos platos?

—No tendré hambre.

—Tú siempre tienes hambre. —Se inclinó para atrapar su pezón izquierdo con los dientes—. Me gusta eso de ti.

La lujuria inundó su cerebro. Respiró hondo e intentó entregarse al placer de su boca, pero en su cabeza revoloteaban imágenes de Karen.

—Mis pezones son oscuros —soltó.

Sam se rio sobre su pecho.

—Ya lo veo.

—Si Karen es tu tipo, estarás acostumbrado a los pezones de color rosa. Yo antes pensaba que me pasaba algo, pero luego me percaté de que unos pezones rosas me quedarían muy raros. Mis pechos parecerían dos bolas de helado de chocolate con unas cerezas encima.

Sam dirigió su atención al otro pecho, lamiendo y chupando su pezón hasta que se puso duro.

—No me gustan las cerezas.

—A mí tampoco. —Dudó, pensando en Karen y en su piel blanca, su cabello dorado y su figura perfecta—. ¿Te gusta el chocolate? Mi madre tiene una receta especial de *gulab jamun* de chocolate. Utiliza *khoya*, *maida*, cacao en polvo y chocolate fundido. Después de enrollar las bolas, las fríe en un *karahi* y les pone un trocito de chocolate por encima.

—¿Layla? —Él se sacó la camiseta por la cabeza y ella olvidó todo pensamiento sobre comida. Su pecho era espectacular, firme y suave. Layla dejó que sus manos vagaran por él, recorriendo cada curva esculpida de sus sexis abdominales y el profundo corte en V de sus oblicuos. Quería lamerlo entero.

—Dime, Sam.

—No hablemos de tu madre ni de cómo disfruta friendo bolas.

Su mirada se posó en el bulto que había bajo su cinturón.

—Creo que es una buena idea.

Ella le dio un suave beso en la mejilla y le lamió la marcada línea de la mandíbula y la barbilla con su pequeña hendidura en el centro. Le gustaba su barba rasposa y la erótica sensación que le provocaba en la piel cuando él lamía la sensible hendidura de entre el cuello y el hombro. También le gustaba la confianza con la que tocaba su cuerpo, el delicado recorrido que sus dedos trazaban sobre sus curvas, su lenta y metódica seducción, su atención a cada inhalación de aire. Le gustaban demasiadas cosas de Sam Mehta y lo sopesaba en una balanza frente a las razones que tenía para alejarse de él.

—¿El día que entraste en el despacho te imaginaste que acabaríamos haciendo esto alguna vez?

—¿Antes o después de que me lanzaras el material de oficina?

—Hablo en serio, Sam. Hace un mes mi único objetivo era hacer algo nuevo y no tenía ni idea de cómo empezar. Solo sabía que quería echarte de allí. Y ahora mi sueño se está haciendo realidad. Estoy empezando a crear algo importante y lo estoy haciendo por mi cuenta. Tenerte en el despacho y verte dirigir tu propia empresa me resulta inspirador. Y en vez de querer echarte... —se le encendieron las mejillas— quiero dejarte entrar.

—Yo también quiero que me dejes entrar. —Gruñó con suavidad y sus labios se deslizaron por su cuello hasta besar el hueco de la base de su garganta.

—Me gusta que hables sucio. —Su voz era jadeante, ronca, como si fuera la *femme fatale* Krishna Verma en *Ishqiya*, el objeto de deseo de todo hombre.

—Me gusta cómo respondes a mis caricias. —Su mano se deslizó por su cadera, rozando su muslo con las yemas de los dedos.

Cuando levantó la mirada, vio el ardiente deseo en sus ojos. El sudor le resbalaba por las sienes y su cuerpo se tensaba tanto que creía que se iba a salir de la piel. Se inclinó hacia delante y le dio un beso en la boca.

La rodeó con un brazo y la acercó a él.

—Este es el último lugar en el que pensé que acabaríamos cuando entraste el primer día —murmuró, mientras le acariciaba la cara con su mano grande y cálida—. Y cuando aparecieron por allí Daisy y Max y me lanzaste todas tus cosas, no estuve seguro de que fuera a sobrevivir. Estaba acostumbrado a la calma y la tranquilidad. Estaba acostumbrado a estar solo.

Ella le besó el pecho.

—Tu corazón sigue latiendo.

Le separó las piernas con un movimiento de su musculoso muslo.

—¿Quieres oír cómo late? Ábrete para mí.

«Más palabrotas». Separó los muslos, preguntándose si era posible correrse solo con unas palabras.

Él deslizó una mano entre sus piernas e introdujo los dedos en su caliente humedad. Ella se estremeció mientras él obraba su magia, mareándola de deseo.

Tenía que ser un sueño. En realidad no estaba desnuda en el apartamento de Sam Mehta, tan enloquecida por la lujuria que quería arrancarle la ropa con los dientes. En cualquier momento se despertaría en su cama y...

—¡Oh, Dios! —La habilidad de sus fuertes dedos la hacía arder, con su cálido aliento en su cuello—. Sam, para. No. No pares. No. No pares. Para. Quítate la ropa.

—Será un placer. —Una sonrisa se dibujó en su rostro y la soltó para desabrocharse el cinturón de un tirón y bajarse la ropa por las caderas—. Me gusta saber que mis caricias te vuelven loca.

—¿Qué te hacen las mías?

—Compruébalo tú misma. —Puso la mano de ella en su duro miembro y la apretó con fuerza. Layla movió su mano arriba y abajo con suavidad, soltándola solamente para que se pusiera el condón que se había sacado del bolsillo trasero.

—Me deseas.

—Con desesperación. —El suave murmullo de su voz la derritió por dentro—. Pero si quieres parar o ir más despacio...

—¿Estás de broma?

Antes de que pudiera estirar la mano para volver a tocarlo, él ya la tenía contra la puerta, sujetándola por debajo con una mano y apoyando la otra a su lado. Su boca encontró la suya y la besó lenta y profundamente. Layla se agarró a sus hombros y le rodeó la cintura con las piernas, apretujándose contra él mientras un escalofrío le recorría la espalda.

—¿Estás lista para mí? —Deslizó unos besos calientes y húmedos por su clavícula para después recorrer su garganta con la lengua, deteniéndose solo para presionar con los labios el suave hueco donde su pulso latía por la expectativa.

—Más que lista. —Se arqueó hacia él, hambrienta, y sus manos recorrieron la cálida piel de su espalda, bajando por los firmes músculos de su trasero. No recordaba haber deseado nunca tanto a un hombre.

La penetró con un fuerte empujón. Ella gimió, abrumada por la forma deliciosa en que la llenaba, por la fuerza y el poder que él irradiaba.

Los hombros de Sam se tensaron bajo sus manos.

—Es una sensación tan increíble…

«Es demasiado bueno». ¿Cuándo había sido así antes? Una conexión que iba más allá de lo físico, algo que podía sentir en el alma. Movió las caderas, atrayéndolo más profundamente. Mientras se perdían en un ritmo frenético, no había despacho, ni lista de candidatos, ni juego. En su lugar, estaba Sam, totalmente real, el deseo creciendo en su interior y el dolor del anhelo en su corazón palpitante.

Sam deslizó la mano entre ellos y encontró el punto que la llevaría al límite con una firme caricia de sus dedos. Golpeó la puerta con la cabeza y gritó cuando el placer la invadió como una ola, diciendo su nombre con un gemido gutural.

—Dilo otra vez. —Empujó fuerte y rápido, en busca del clímax—. Di mi nombre.

—Sam —susurró.

Con un gemido hundió la cara en su cuello y su cuerpo se estremeció antes de liberar la tensión.

—¿Cómo acaba la fantasía? —murmuró mientras caía hacia delante, con una mano sujetándola aún y el antebrazo apoyado en la puerta.

—No lo sé. —Pasó las manos por su suave y espeso cabello—. Siempre me despierto antes de que acabe.

—Gracias por reunirte conmigo. Espero que no estuvieras durmiendo.

Royce estrechó la mano de Sam en el aparcamiento de El Molinillo de Especias. Aunque acababa de bajarse de un avión procedente de Singapur, iba bien afeitado y vestido con una camisa de cuadros blancos y azul marino, pantalones de vestir del mismo color, perfectamente planchados, zapatillas de correr blancas y una corbata de estilo tartán en rojo y azul marino.

—Son las cinco y media de la mañana. Claro que estaba durmiendo.

Sam se pasó una mano por el cabello húmedo. Se las había apañado para ducharse, vestirse y salir del apartamento sin despertar a Layla tras recibir un mensaje de Royce para que se reunieran en el despacho. Lo que había sido una suerte, ya que no sabía cómo enfrentarse a su primera noche juntos. Nunca había dejado que una mujer se quedara a dormir. Tampoco se había acostado nunca con una mujer a la que esperaba volver a ver. No podía correr el riesgo de que le pidieran más de lo que podía dar. Pero con Layla se preguntaba si podría correr ese riesgo.

—Esto no nos llevará mucho tiempo. —Royce dio una palmadita en su bolso *satchel*—. Solo tengo seis horas de escala en mi vuelo a Londres. Había pensado echar un vistazo al nuevo despacho mientras nos ponemos al día.

Sam lo guio hasta la entrada. Podía oír a alguien gritando en la cocina, portazos, ollas golpeteando en los fogones. Sintió una pequeña punzada de culpabilidad por hacer que Layla se quedara despierta hasta tan tarde. Solía ayudar a su madre por las mañanas, aunque por la charla que resonaba en las escaleras, estaba claro que su madre no estaba sola. Le había dejado a Layla una nota sobre su reunión de primera hora de la mañana. Mientras sacara a Royce del despacho antes de que ella llegara, todo iría bien.

—Parece que el restaurante está abierto. Diles que traigan un par de expresos y un *brioche* con poca mantequilla.

—Es un restaurante indio —dijo Sam—. No hacen expreso ni *brioche*. Y todavía no han abierto.

Royce agitó una mano con desdén.

—Se dedican a la restauración. Les gusta servir. Y creía recordar que el dueño tenía problemas económicos y que por eso alquilaba el despacho. Se alegrará del dinero extra.

—Tenemos una cafetera arriba, y creo que hay algunos dónuts de sobra. Con esto tendremos bastante.

—¿No tienes una recepcionista que se ocupe de estas cosas? —Royce siguió a Sam por la escalera hasta el despacho.

—Entra a trabajar más tarde. —Durante unos brevísimos segundos, pensó en llamar a Daisy y pedirle que viniera a servirles el desayuno a él y a Royce por el mero placer de escucharla maldecir por teléfono. Y si ella venía al despacho, él tendría un asiento en primera fila para ver cómo saltaban las chispas cuando discutiera con Royce. No podía imaginarse a dos personas que encajaran menos.

—Despídela. No necesitamos ningún peso muerto.

—Es competente en su trabajo, así que de momento me la quedaré. —Se dirigió a la cocina a preparar café mientras Royce inspeccionaba el despacho. Cuando regresó con los cafés y un plato de dónuts resecos, Royce estaba sentado en el escritorio de Layla.

—Bonito escritorio. —Royce pasó una mano por la estructura metálica—. Imagino que es el mío.

Sam soltó una carcajada.

—Me encantaría que te lo quedaras.

—¿Quién lo está usando ahora? ¿Tu secretaria? —Revolvió los papeles de Layla, sin que al parecer le preocuparan conceptos como «privacidad» o «confidencialidad».

—La hija del casero. Necesitaba un lugar donde trabajar unas semanas y le dije que podía quedarse. —Se sentó en su escritorio y sorbió el café, que casi le dio arcadas por el amargor. Pese a todas sus rarezas y excentricidades, Daisy sabía preparar un buen café.

—Parece que está haciendo *branding*. —Royce mostró un colorido logo de una empresa llamada Excelentes Soluciones de Contratación—. ¿Una agencia de empleo?

—Sí. —Sam observó los dibujos. No eran tan profesionales como los logos que había diseñado Evan, pero no estaban mal del todo.

Royce se inclinó tanto hacia atrás que la silla de Layla crujió en señal de protesta.

—Asegúrate de que te pague si va a utilizarte para conseguir clientes.

Sam hizo una mueca.

—No me lo ha pedido y, aunque lo hubiera hecho, sería muy extraño que le diera su tarjeta a la gente que acabo de despedir y que cuando vinieran me encontraran aquí.

—No me planteo ese tipo de problemas morales. —Royce agitó una mano con desdén—. Pero por eso trabajamos bien juntos. —Se inclinó sobre el escritorio y se quedó mirando la pecera—. ¿Por qué hay peces?

—Supuestamente dan buena suerte.

—Pues va a necesitar mucho más que buena suerte si esto es todo lo que sabe hacer. —Alcanzó un rotulador negro del escritorio y garabateó en uno de los logos de Layla—. Menuda aficionada. Espero que no haya pagado a alguien para que se le ocurriera esto.

—Royce, deja el rotulador.

Royce sacó otro logo del montón y se rio mientras escribía en él.

—Parece un rollo de papel higiénico. Sin sentido del color ni del diseño.

—Royce… —Sam se apartó de su escritorio.

—Aburrido. —Royce escribió en otra página y pasó a la siguiente—. Poco profesional. ¿Es una agencia de empleo o una guardería? —Sacó otro—. Malísimo. Esta estrella parece que esté lisiada, como si le faltaran brazos. —Sacó otro—. ¿Y qué animal es este? Tiene unos ojos enormes. Parece como si estuviera drogado.

—Esos papeles son personales. — Salió disparado de su silla y llegó a donde él estaba con unas rápidas zancadas. Pero para cuando pudo quitarle a Royce el rotulador de la mano, su socio ya había garabateado unos comentarios mordaces en la mayoría de los logos.

—Estos otros son horribles —se burló Royce—. Hasta el nombre. Excelentes Soluciones de Contratación. Insípido como el agua del grifo. No tiene ritmo. Nada que lo haga destacar entre las docenas de agencias de empleo de la ciudad.

—Es la hija del casero —espetó Sam—. ¿Quieres que nos echen antes de que Servicios de Salud Alfa nos diga si hay trato?

Royce puso los pies sobre el escritorio y le dio un mordisco a un dónut reseco. Sus zapatos de piel los fabricaba a mano una pequeña empresa familiar de Nápoles y se los enviaba cuatro veces al año por mensajero. En cambio, Sam compraba sus zapatos de piel italiana en unos grandes almacenes. Los zapatos eran zapatos. No necesitaba que estuvieran hechos a mano. Solo tenían que hacer bien su trabajo.

—Tenemos un contrato de alquiler, o de subalquiler, para ser exactos —dijo Royce—. Estoy seguro de que dar consejos gratis sobre logos no es motivo para rescindir el contrato. Relájate, socio.

Sam agarró el rotulador y juntó todos los diseños de Layla.

—Baja los pies. Mientras ella esté en el despacho, le mostraremos la misma cortesía y respeto que a cualquier otro colega.

—¿En serio? ¿Te la estás tirando? Es una aprovechada. Nosotros somos los que pagamos el alquiler.

—Tus comentarios sobre sus logos son bastante desagradables.

—Le he hecho un favor. Debería dejarle la factura.

Sam tiró todos los papeles al cubo de reciclaje. Sería mejor para ella que pensara que el personal de limpieza los había tirado por error a leer los comentarios mordaces de Royce.

—Me gusta este sitio. —Royce se acercó a la ventana—. Es grande y luminoso. Y podría ir andando desde mi apartamento hasta mi tienda *delicatessen* favorita, que está a la vuelta de la esquina. El restaurante de la planta baja es el único inconveniente. No encaja.

—Tienen una estrella Michelin. —Sam observó la carretera, buscando alguna señal del todoterreno de Layla—. Han aparecido en *blogs* y revistas gastronómicas de todo el mundo.

—Eso estaría muy bien si el local estuviera en algún lugar pintoresco donde se reunieran los amantes de la buena cocina. Pero está en un edificio de oficinas en una calle de edificios de oficinas. Las cafeterías y tiendas de *delicatessen* encajarían aquí, pero no el tipo de restaurante en el que necesitas varias horas para comer. Me dijiste que tenían dificultades económicas. Creo que la ubicación es la mayor parte del problema. Se lo diré a ellos cuando salga.

Royce no tenía ni idea de restauración. Sam se preguntaba a veces cómo había llegado a tener tanto éxito.

—Habrán hecho una gran inversión en la reforma de la planta de abajo. No se irán porque un desconocido les diga que su restaurante está mal ubicado.

—Quizá tengamos que convencerlos si conseguimos el contrato y necesitamos más espacio.

Sam frunció el ceño.

—Entre nosotros dos y el personal que trabaja en remoto, deberíamos poder encargarnos de un hospital.

Royce agarró otro dónut de la cocina y se giró para observar el despacho.

—¿Qué tal cinco hospitales?

—¿Qué estás diciendo?

—He oído el rumor de que Servicios de Salud Alfa ha decidido reestructurar masivamente sus hospitales, empezando por la zona de la bahía. Si conseguimos el contrato, no será solo para el St. Vincent, sino para los cinco hospitales, con la posibilidad de gestionar todo el trabajo de Servicios de Salud Alfa en el estado, quizás incluso a escala nacional. Tendríamos que contratar más personal. Una planta de oficinas no sería suficiente y un restaurante étnico medio vacío no proyecta el tipo de imagen corporativa que puede convencer a Servicios de Salud Alfa de que podemos competir a nivel nacional.

—Te estás adelantando a los acontecimientos —dijo Sam—. Si necesitamos tanto espacio, siempre podemos trasladarnos a otra oficina.

—O nos quedamos en este edificio, que tiene la ventaja de estar a solo una manzana del cuartel general de Servicios de Salud Alfa y muy cerca de sus tres hospitales. —Royce se acabó el dónut en dos bocados—. Cuando vuelva de Londres, jugaré al golf con su director general en el Royal St. George's. Le hablaré de los rumores. Si son ciertos, nuestra ubicación se convertirá en un factor clave para conseguir el contrato.

—Lo único que me importa es el St. Vincent. Haz lo que sea necesario para conseguirlo.

—Siempre lo hago. —Royce olfateó en el aire. Se giró. Volvió a olfatear.

—¿Pasa algo?

—¿Tienes un animal aquí?

—Claro que no.

—Huele a pis de perro. O tal vez son los peces. Los tiraré al salir.

—Puede que sea tu chaqueta. —Sam se movió rápidamente para que Royce no alcanzara el escritorio de Layla—. Quizá te hayas derramado encima tu colonia. Deberías lavarla antes del vuelo.

—¡Maldición! —Royce se quitó la chaqueta—. Tendré que comprarme una chaqueta nueva. Hay una azafata canadiense trabajando en el vuelo directo a Londres a la que me quería ligar.

Sam lo acompañó a la puerta.

—¿Cuándo volverás a pasarte por aquí?

—Dentro de un mes, a menos que consigamos el contrato de Servicios de Salud Alfa. Si eso ocurre, volveré para que hablemos de los detalles. —Miró hacia atrás por encima del hombro mientras caminaba por el pasillo—. Y tendrás que deshacerte de la chica. No voy a compartir mi escritorio.

# 15

—Llegas tarde. El Soltero n.º 6 llegará en diez minutos. —Daisy le entregó a Layla un currículum matrimonial mientras entraba corriendo por la puerta.

Todavía nerviosa por haberse despertado sola, con un simple mensaje de Sam referente a una reunión a primera hora de la mañana y un tazón de avena fría en la cocina, Layla miró confundida el currículum.

—¿Qué es...?

—Se llama Baboo Kapoor —dijo Daisy rápidamente—. Tiene treinta y dos años. Sus padres respondieron al anuncio. Eso debería hacer saltar todas las alarmas.

—Te envié un mensaje esta mañana para que cancelaras la entrevista.

—Max me robó el teléfono anoche y no lo encuentro. —Daisy le dedicó una triste sonrisa—. Creo que lo ha enterrado en algún sitio. No tenía que haber comprado esa funda nueva para el teléfono con huesitos.

—¿Sabe Sam lo de la entrevista?

—No lo he visto.

En algún rincón de la mente de Layla empezaron a saltar las alarmas.

—Me dejó una nota esta mañana diciendo que venía al despacho para tener una reunión.

Daisy inspiró con fuerza.

—¿Qué estás insinuando con que te «dejó una nota esta mañana»?

A Layla le subió toda la sangre a la cara. Pasó junto a Daisy y se dirigió a su escritorio.

—Nada.

—Conozco esa mirada. Eso no es «nada». Eso es «Me acosté con él, ahora me arrepiento y me da vergüenza decírselo a mi prima». —Daisy la siguió hasta su escritorio—. ¿Estabas borracha? ¿Drogada? ¿Te violó? Voy a llamar a Bobby Prakash y a los gemelos Singh. Cuando hayan acabado con él...

—No me violó —dijo—. Fue consentido. De hecho, empecé yo.

Daisy jadeó.

—¿En qué demonios estabas pensando?

—No lo sé. —Se encogió de hombros—. Conocimos a Harman. Era el tipo más sexi que había visto nunca. Quería una esposa, pero le parecía bien que lleváramos vidas separadas. Era perfecto, excepto en que yo sabía que nunca estaría a gusto conmigo misma a su lado. No es culpa suya, pero me percaté de que nunca me siento mal con Sam. Es guapo y exitoso, y puede ser divertido y amable, y nunca me siento inferior cuando estoy con él. En fin, acepté salir con Harman porque es un buen candidato. A Sam no le hizo gracia. Tuvimos una discusión que tampoco fue una discusión. Le di una bofetada. Luego lo besé. Luego acabamos en su casa teniendo el mejor...

Daisy se tapó los oídos.

—No quiero saber los detalles. Podría vomitarme en la falda y se la he robado a la tía Mehar del armario. —Respiró de forma entrecortada—. Estamos hablando de Sam. El enemigo público número uno. Está tratando de robarnos el despacho. Lo odiamos. Max lo odia. —Bajó las manos para acariciarle—. ¿Verdad, Max?

Max ladró desde debajo del escritorio y luego saltó moviendo la cola.

Layla suspiró.

—Te pidió que no trajeras a Max al trabajo.

—Este es también tu despacho. A ti te gusta Max. A mí me gusta Max. A los peces les gusta Max. A Max le gusta Max. Eso hace cinco a favor de Max y uno en contra. Así que Max se queda.

—Creo que tiene razón. —Layla se acercó a su escritorio—. Aquí estamos trabajando y tenemos que dar una imagen profesional. Es decir, nada de perros ni peces, vestir ropa de oficina y dar una buena imagen corporativa. Me ha costado mucho encontrar una idea para mi marca, pero gracias a Harman he visto que en realidad es muy sencillo. Todo lo que es y todo lo que quiere conseguir se resume en la palabra «moreno».

—¿«Moreno»? —Daisy la miró atónita—. ¿Esa va a ser tu marca?

—No. Pero voy a intentar encontrar algo igual de sencillo. He estado barajando algunas ideas. Te enseñaré lo que he hecho hasta ahora.

—Te ha afectado —refunfuñó Daisy—. Te ha contaminado con su estilo estirado. Despierta. Huele el *chai*. Solo estás de subidón porque te ha echado un polvo. Sabes que no ha significado nada para él. ¿Te has despertado a su lado esta mañana?

—No.

—¿Te ha llevado el desayuno a la cama? ¿Te ha cocinado el almuerzo como Harrison Ford en *Armas de mujer*? ¿Lo estás viendo aquí reunido?

Layla tragó saliva.

—No, pero quiero darle el beneficio de la duda.

—¿Por qué? —quiso saber Daisy—. ¿Vas a volver a hacerlo? Creía que esto era exactamente lo que querías evitar encontrando marido: rollos de una noche con hombres que no están emocionalmente disponibles y que siempre acaban fatal.

—Lo sé. Es que… —Se inclinó para observar la pecera—. ¿Qué les pasa a los peces? No están tan enérgicos como de costumbre.

—Puede que hayan comido demasiado. Esta mañana les he dado un poco más de comida. El pez grande ha comido como un campeón, pero el pequeño estaba enfurruñado en el fondo de la pecera. Deberías ponerles un nombre.

—Aún no puedo ponerles un nombre. ¿Y si se mueren? He pensado esperar unos meses y ver si son tan fuertes que sobreviven. —Mientras buscaba sus logos, Layla se acercó a la impresora, donde había colocado los cubos de reciclaje para que los recogieran al día siguiente. Los papeles con sus dibujos estaban en la parte de arriba y todos habían sido pintarrajeados con palabras muy feas en rotulador negro.

Atónita, se tapó la boca y jadeó.

—¿Pasa algo?

—Parece ser que a Sam no le han gustado mis logos. —Levantó los papeles para que Daisy los viera—. Ni siquiera le pedí su opinión, pero los ha pintarrajeado igualmente y luego los ha tirado al cubo de reciclaje como si fueran basura.

A Daisy se le abrieron con rabia las fosas nasales y se crujió los nudillos.

—¿Quieres que le dé una patada en el trasero cuando venga?

—No. Yo me encargo. —Tragó saliva—. No pensé que fuera una persona tan insensible.

—¿En serio? —Daisy puso los brazos en jarra—. No quiso irse del despacho ni cuando se enteró de que tu padre estaba en el hospital. Está intentando quitarte lo que es tuyo. Te despertaste sola en su cama. ¿De verdad pensabas que era un buen tipo?

—Sí —dijo en voz baja—. Lo pensaba.

Daisy le enseñó el currículum de Baboo.

—Este sí que parece un buen tipo. Alto, guapo, no fumador, cariñoso, desea formar una familia, amante de las mascotas, psicólogo profesional, de mente abierta con fuertes valores morales… —Se interrumpió—. Si yo no tuviera una gótica dentro, intentaría robártelo, pero creo que mi descaro le echaría para atrás.

Layla creía que ella tenía razón. Daisy llevaba un gorro de lana, una camiseta negra ajustada, un cinturón de cuero negro con tachuelas, una falda de gasa negra sobre unos *leggings* y botas negras. Con un collar de perro con tachuelas y pulseras a juego, pintalabios color cereza y ojos ahumados en negro, estaba claro que no era lo que buscaban los conservadores padres de Baboo.

Agarró el currículum y hojeó la información sobre Baboo.

—Mis padres seguro que lo aprobarían. A Dev también le habría gustado.

—¿Estás de broma? Dev no te habría dejado conformarte con nadie que no fuera el gobernante de un pequeño país o un multimillonario. Nadie era lo bastante bueno para su hermana pequeña.

—Era un poco sobreprotector, pero en el buen sentido. —Una sonrisa se dibujó en los labios de Layla. No podía creer que estuvieran hablando de Dev. Era algo que había evitado hacer durante los últimos cinco años. Aunque sintió la conocida punzada de tristeza, por primera vez no sintió que fuera a echarse a llorar.

—A Dev no le habría gustado Sam —dijo Daisy.

—¿Por qué no?

—Sam se ha aprovechado de ti. Mujer soltera. Despechada. Frágil emocionalmente. Necesitada de amor. Él finge ayudarte. Te lleva a la cama con su cara bonita y su cuerpo duro como una roca. Hacéis guarrerías. Te duermes en sus brazos. Y entonces, ¡*boom!*, te despiertas sola. Me sorprende que no te haya robado el bolso.

—Éramos dos en esa cama —replicó Layla—. Quise estar allí por sexo y nada más. No estoy buscando el amor.

Metió los logos pintarrajeados bajo el currículum. Había llegado a pensar que las cosas iban mejorando, pero si sus ideas para el logo eran tan malas, ¿cómo iba a hacer funcionar una agencia… o un hombre?

—Llámame Bob.

Layla sonrió al hombre tranquilo que no se parecía en nada a un Bob y sí mucho al tío de Vij, que era profesor de economía en Berkeley. Era delgado, un par de centímetros más alto que ella e iba elegantemente vestido con una camisa de rayas, abierta por el cuello para mostrar un medallón de oro. Llevaba bien cortado el oscuro cabello. Su anodino rostro ovalado no tenía ninguna imperfección y en su proporcionada frente solo se dibujaba una arruga. Relajado y tranquilo, se sentó con las piernas cruzadas, las manos apoyadas en los brazos de la silla y la cabeza algo inclinada hacia un lado, como si esperara que ella empezara la conversación. Todo en él gritaba: «¡Comparte tus secretos más ocultos conmigo!» y ella podía imaginárselo asintiendo de forma comprensiva mientras sus pacientes se desahogaban.

—¿Qué le pasa a Baboo? —A Sam no le había hecho demasiada gracia que la reunión con el Soltero n.º 6 siguiera adelante y su conversación, desde que había llegado al despacho, había estado salpicada de comentarios sarcásticos.

—A la gente le cuesta pronunciarlo. —Bob le devolvió la sonrisa a Layla, mostrándole una dentadura blanca y perfecta.

—¿Por qué cuesta pronunciar Baboo?

Layla fulminó a Sam con la mirada. Aparte de maldecirlo cuando entró en el despacho, no le había dirigido la palabra. Estar atrapada en la sala de juntas con él, sabiendo que bajo ese atractivo exterior latía un corazón cruel e insensible, era más de lo que podía soportar.

—Bob es un nombre perfecto. También Baboo.

—Y Layla es un nombre precioso —dijo Bob—. ¿Sabías que en árabe significa «belleza oscura»? Te queda bien.

—Gracias. —Su sonrisa se esfumó cuando Sam frunció el ceño.

—Layla es un nombre trágico —dijo Sam—. Seguro que conocéis la leyenda árabe de Qays y Layla, una joven pareja que se enamoró tan apasionadamente que fue incapaz de contener su devoción mutua.

—¿Y qué significa eso? —preguntó Layla, con la esperanza de distraerlo por si Bob era tan supersticioso como la tía Lakshmi. India tenía una industria multimillonaria en torno a la superstición, la astrología, la magia negra y los falsos babas* como Ram Rahim. Tener un nombre desafortunado podía acabar con un posible matrimonio—. ¿Algo así como no poder guardarte una opinión que nadie te ha pedido?

—Estoy seguro de que todos podemos adivinar lo que significa. —Sam no contestó a su sarcástica pregunta—. Layla se aprove-

---

* Gurú o líder espiritual en India.

chó del pobre Qays por su magnífico cuerpo y solo unas horas después de dejar su cama se fue en busca de otro hombre. Eso provocó un gran escándalo en su conservadora comunidad. A Qays le negaron su mano y le impidieron volver a verla, aunque no sé por qué iba a quererla después de aquello. Angustiado, huyó al desierto mientras cantaba poemas de amor sobre su querida Layla, hasta que cayó en la locura y la muerte.

—Lo que un hombre ve como una tragedia, para otro es un romance —dijo Bob—. Siempre he considerado que *Romeo y Julieta* es una historia de amor.

—Yo también. —Layla marcó mentalmente una casilla en la columna de Bob—. Entonces, ¿crees que el amor puede aparecer en un matrimonio concertado? ¿O solo buscas compañía o una amiga?

—Creo en el amor. —Se llevó una mano al pecho—. Soy todo un romántico.

—No hay nada más romántico que encontrar a una mujer en Internet —murmuró Sam.

—Así que eres psicólogo.

Layla trató de ignorar al hombre que tenía al lado. ¿En serio? ¿Qué derecho tenía Sam a enfadarse por la entrevista? Había mostrado cuál era su verdadera cara al pintarrajear sus dibujos. ¿Y dónde demonios había estado esta mañana si no era en el despacho? ¿Había ido a ver a otra mujer?

Bob asintió.

—Sí. Estudio el comportamiento humano a través de la observación y la interpretación para ayudar a las personas a enfrentarse de forma más eficaz a sus problemas.

Sam se inclinó hacia Layla.

—Ten cuidado. Interpreta el lenguaje corporal de la gente y les dice lo que quieren oír.

—Al menos es tan valiente que puede decirle a la gente las verdades a la cara, en vez de escabullirse al amanecer y pintarrajear sus papeles personales como un niño —espetó Layla—. Y estoy segura de que no da consejos a menos que alguien le haya pedido su opinión.

—Es cierto —dijo Bob—. Nunca presumiría de ello.

Sam cruzó los brazos sobre el pecho.

—¿Sacarías conclusiones precipitadas sobre alguien sin tener antes toda la información?

—Me tomo mi tiempo para valorar cada situación antes de…

Layla dio un golpe en la mesa con el bolígrafo.

—No hables de mí como si no estuviera aquí, Sam.

—Has empezado tú.

Él hizo un gesto despectivo con la mano.

—Estaba hablando en general.

—Sobre mí.

—Si me lo permitís… —La mirada de Bob pasó de Layla a Sam y otra vez a Layla—. Has mencionado lo de interpretar el lenguaje corporal, y eso es algo que he aprendido a hacer a lo largo de mi carrera. Pero no puedo ver el interior de la mente. Cada persona es única y tengo el privilegio de ejercer una profesión en la que la gente confía tanto en mí que puede confesarme sus pensamientos más íntimos. De hecho, estoy especializado en terapia de pareja, y ayudo a la gente a romper las barreras que los separan de la intimidad. Soy un guía en su viaje a la realización personal.

—Lo siento. —Layla le dedicó una cálida sonrisa—. A diferencia de algunas personas arrogantes e insensibles que conozco, tú eres muy humilde.

—Eres muy amable. —Bob se inclinó hacia delante, observándola fijamente con sus ojos oscuros—. ¿Puedo hacerte una pregunta?

—Claro.

—¿Piensas seriamente en casarte? Si sientes algo por otra persona…

—Sí, en serio. Y no tengo sentimientos…

—¿De verdad? —interrumpió Sam con un bufido.

—No tengo sentimientos románticos por nadie en particular —continuó Layla, enfatizando cada palabra—. Sobre todo por gente que en tu cara actúa de una manera y a tus espaldas de otra.

—Yo busco una mujer que respete nuestras tradiciones, pero no una mujer tradicional —dijo Bob—. A tu edad, esperaría que hubieras tenido un novio o dos, pero si has tenido relaciones íntimas...

—No soy tan mayor. —Layla se tensó.

—Para el mercado matrimonial, sí. —Sam sonrió satisfecho—. La mayoría de las chicas que han respondido a mi perfil de desilovematch.com tienen menos de veintiún años. Podrías ser su tía. Me sorprende que tu perfil haya despertado tanto interés.

Layla entrecerró los ojos.

—¡Oh, vaya! ¿Te había pedido tu opinión? Mmm. No, no te la había pedido. Y, sin embargo, aquí estás, incapaz de aguantarte a ti mismo. Tal vez deberías ir a buscar tu rotulador negro y pintarrajear lo que realmente piensas de Bob en su currículum y luego tirarlo a la basura.

—¿Debería volver en otro momento? —preguntó Bob.

—No, claro que no. —Ella se obligó a sonreír entre dientes—. ¿Qué te parece que tu mujer trabaje? ¿Buscas una esposa que esté centrada en su carrera o alguien que se quede en casa, limpie tu desorden y coma avena fría mientras tú sales corriendo de madrugada para atender una reunión imaginaria?

Bob se rio entre dientes.

—Me gusta mi trabajo y busco a alguien que tenga una carrera satisfactoria fuera de casa, pero a quien también le guste viajar. Mi familia tiene propiedades en Sydney, Londres, Madrid y Delhi. Tengo una cocinera y una criada, así que no necesita tener esas habilidades.

—¡Qué maravilla! —Layla lanzó a Sam una mirada arrogante. Había marcado otra casilla. Bob era todo un rival. A sus padres también les gustaría. Era un tipo agradable, normal y fiable, aunque un poco soso y aburrido. Si tuviera que puntuarlo en la lista de características del hombre de sus sueños, sacaría un cero. No había misterio detrás de esa sonrisa. Ni fuego ni pasión. Bob no la pondría contra un todoterreno y la besaría hasta que le flaquearan las rodillas. No le arrancaría la ropa ni tendría sexo con ella contra una puerta. Lo que veías era lo que tenías. Y lo que tenía era una versión morena del hombre corriente.

—Tengo otra pregunta —dijo Bob.

—Claro.

—¿Eres virgen?

—¿Perdón?

Sam se apartó de la mesa y arrastró su silla por el suelo embaldosado.

—Quiero que mi mujer y yo nos pertenezcamos totalmente. —Bob le entregó una tarjeta—. Este médico es un amigo de la familia. Él puede hacerte una exploración prematrimonial. Si todo sale bien…

—No. —Percibiendo la furia de Sam, Layla le cruzó el pecho con el brazo mientras se levantaba de su silla con la fuerza de un tsunami—. Sabía que esto saldría en algún momento. Estoy segura de que no quiere ofenderme.

Sam gruñó.

—Y yo estoy seguro de que no querré hacerle daño cuando le arranque los brazos.

—La violencia no es necesaria —dijo ella, pensando con rapidez—. Estoy segura de que Bob entiende que yo exijo lo mismo de mi pareja. Puedes llevarlo al baño y hacerle su exploración prematrimonial.

Los ojos de Bob se abrieron de par en par.

—¿Perdón?

—Sam es médico. Él podrá confirmar que no te han tocado para que nos pertenezcamos totalmente. ¿No es eso lo que esperas que te diga tu amigo médico sobre mí?

—Esto es ridículo. Soy un hombre.

—¿Y yo no debería pedir el mismo requisito? ¿Es eso justo? ¿Tienes miedo de que un extraño examine y juzgue tu zona íntima? O estás diciendo que eres… —Se tapó la boca con una mano, fingiendo horror—. ¿No eres virgen?

Bob pareció sorprendido y luego ofendido.

—Soy un hombre sano de treinta y dos años que necesitaba experiencia antes del matrimonio…

—¿Así que no lo eres? —Layla se levantó de repente—. Lo siento mucho, Bob. Me temo que eso es un problema para mí.

—¿Puedo pegarle ya? —preguntó Sam, con su cuerpo temblando de rabia.

—No, pero puedes acompañarlo a la puerta. —Se sintió tranquila mientras sonreía a Bob. Hace solo unas semanas habría reaccionado de una manera muy diferente. Pero ahora dirigía su propia agencia y tomaba decisiones maduras sobre su futuro. La «Furia azul» había quedado atrás. Excepto por haber tenido sexo la noche anterior con Sam, era una mujer nueva. Podía combatir el fuego con fuego, no con furia, y no necesitaba que un hombre la salvara—. Gracias por venir. Encantada de haberte conocido.

Bob, que era un tipo tradicional pero decente, le estrechó la mano.

—Cuando vi a tu recepcionista y a su perro debería haber sabido que no éramos compatibles. Tu pasión y tu fuego se desperdiciarían conmigo, Layla. Tienes que encontrar a tus Qays.

—¿Quieres que encuentre a un hombre al que llevar a la locura y la muerte?

Bob se rio y miró a Sam.

—No creo que tengas que buscar demasiado.

# 16

Sam respiró hondo y luego otra vez, preparándose para la actividad que menos le gustaba del mundo. Cuando era niño ya temía las visitas familiares a las tiendas de El Camino Real en Sunnyvale. Siempre lo arrastraban a una tienda de ropa india y pasaban horas hasta que su madre recordaba que tenía un hijo que necesitaba comida y agua. Era una tortura peor que la muerte: colores chillones, música a todo volumen, percheros y mesas desordenados y llenos de ropa, mujeres que recorrían los pasillos en manada y se abalanzaban sobre él porque tenía la misma talla que un sobrino o un primo que se había negado, de forma muy sabia, a que le hicieran un traje de boda...

No había escapatoria.

Entonces, ¿por qué se dirigía ahora voluntariamente al infierno? ¿Estaba aquí por Nisha o para solucionar las cosas con Layla? No había podido hablar con ella tras la visita de Baboo porque, en cuanto se fue el psicólogo, ella y Daisy desaparecieron toda la tarde.

Encontró la tienda de la tía de Layla, Krishna Fashions, en un centro comercial de las afueras, en la intersección de la autopista Lawrence con El Camino Real Este. Conocida como la «Pequeña India», la zona había surgido durante el auge de Silicon Valley para satisfacer las necesidades de la población originaria del sur de Asia que vivía en South Bay. Con el mercado Bharat Bazaar a la cabeza, la zona estaba repleta de tiendas de ropa, bufés, restaurantes, cafeterías y puestos de comida.

Por todas partes le asaltaban sonidos y olores. Los escaparates de las tiendas, llenos de saris y *salwar kameez* de colores chillones, atraían a grupos de tías que salían a dar un paseo sabatino, mientras niñas con bonitos vestidos de fiesta de color rosa tiraban de sus abuelos hacia los puestos de *chaat* de la calle en busca de golosinas. Al otro lado de la calle, se había formado una cola ante la puerta del Pink Palace, famoso por sus *masala dosas*, las crujientes crepes de harina de arroz rellenas de patata y cebolla sazonadas con cúrcuma que a él le encantaban de niño.

Sam abrió la puerta de un empujón y fue golpeado por el resplandor de las luces, el estruendo de la música de Bollywood y una gran variedad de ropa, colores y estampados. Deambuló por la sección masculina mientras buscaba a Nisha y a Layla en la espaciosa tienda. Hacía años que no compraba ropa tradicional. Dudaba que su *kurta pijama* o su *sherwani* aún le quedaran bien. Aunque los pantalones le quedaban holgados, la larga túnica le apretaría el pecho tras dos años de entrenamiento diario en el gimnasio.

Su mano se deslizó sobre la suave tela de una chaqueta bordada mientras recordaba todas las bodas, ceremonias de *sangeet* y fiestas de compromiso a las que había asistido a lo largo de los años. Echaba de menos el baile, la música, la comida interminable, las tías *rishta* intentando casar a todos los solteros y solteras, los tíos borrachos y las horas que había pasado con sus amigos en el bar mirando a todas las chicas con sus preciosos vestidos. ¿Habría asistido Layla a alguna de esas bodas? De ser así, ¿por qué no se había fijado antes en ella?

—¿Busca un *sherwani*? —Una mujer vestida con un sari beige liso y el cabello gris recogido en un apretado moño se asomó a la estantería. La acompañaba una mujer algo más joven que llevaba una etiqueta con el nombre de Deepa en su *salwar kameez* naranja y rosa. Había un gran parecido entre ellas, aunque la mujer mayor tendría la misma edad que su madre.

—Aquí tenemos los nuevos estilos. —La mujer mayor señaló un estante de trajes de boda.

—Solo estoy buscando a mi hermana. Está aquí con su amiga Layla.

—Layla es la sobrina de Nira —dijo Deepa, señalando a su compañera—. Están en el vestuario probándose ropa. Les informaré de qué estás aquí.

—Esta acaba de llegar. —Nira sacó una chaqueta larga de color crema con gruesos bordados granates—. Moderna pero tradicional. Elegante y con clase. No eres un hombre al que le gusten demasiado las florituras, así que te gustará que los adornos de este *sherwani* estén solo delante y encima del pecho.

Sam observó el traje. Era exactamente lo que él habría elegido si fuera a casarse.

—Es muy bonito, tía-ji, pero no voy a ninguna boda, y menos a la mía.

—Nunca se sabe. Un buen chico como tú que cuida de su hermana, guapo y alto... —Ella puso una cinta métrica alrededor de su brazo—. Fuerte, también. —Alargó la mano para rodear el pecho de Sam con la cinta métrica—. En forma.

—Yo no...

—Es perfecto para ti. Tendré que hacer algunos arreglos, pero debería estar listo en una semana o dos.

Sam hizo una mueca.

—Gracias, pero de verdad no necesito un *sherwani*...

—¿No te gusta nuestra ropa? —Su boca se torció en una triste sonrisa.

A Sam se le formó un nudo en la garganta. No se le daba bien este juego. Era su madre la que regateaba a la hora de comprar trajes tradicionales.

—Sí, me gustan. Son preciosos, pero...

—Así que no hay problema. —Continuó midiéndolo y anotando números en el pequeño bloc de notas que había sacado de su delantal.

—No me voy a casar.

—¿No te vas a casar? —Hizo un gesto despectivo con la mano—. Por supuesto que lo harás. Un hombre como tú está hecho para sentar cabeza.

—No me voy a casar *ahora* —explicó—. Cuando lo haga (si lo hago) me compraré la ropa en el momento.

—¿En el momento? —Ella rompió la cinta métrica tras la última medición—. Te haré un precio especial. Mil dólares. Estará listo la semana que viene.

—¿Qué está pasando aquí? —Layla se acercó con un pegajoso *jalebi* naranja en una mano y un chal plateado en la otra—. ¿Te vas a casar?

—No, pero tu tía cree que sí.

Layla se rio.

—¿Qué precio te ha dado la tía Nira?

La boca de Sam se abrió y volvió a cerrarse.

—No me importa el precio. No necesito...

—¿Ves? —Nira sonrió—. No le importa el precio. Sabe que mil dólares por esta calidad es un buen trato.

—¿Por el estilo del año pasado? —Layla tocó la tela—. Esto no vale más de setecientos dólares.

Nira se dio una palmada en el pecho.

—¿Setecientos dólares? ¿Quieres que lo regale? Tendré que cerrar la tienda. Puede quedárselo por mil cien dólares. Ese es el precio final.

—¿Qué ha pasado con los mil dólares? —preguntó Sam.

—Ese era el precio antiguo. —Nira negó con la cabeza—. Deberías habértelo quedado antes de que subiera.

—Setecientos cincuenta dólares —dijo Layla—. Y tienes suerte de conseguir una oferta así, ya que está cubierto de polvo después de tanto tiempo.

Nira se quitó el *sherwani*.

—Eso no es polvo normal. Es polvo de oro puro que espolvoreamos para dar buena suerte. Solo una onza cuesta más de cien dólares.

—Mira este hilo. —Animado por la presencia de Layla, él se lanzó al juego. Negociaba con clientes y empleados todos los días. ¿Tan difícil podía ser?

—No, Sam. —Layla gimió con suavidad y sacudió la cabeza.

—Es un hilo de gran calidad. —A Nira se le curvaron las comisuras de los labios—. ¿En qué estaría pensando al ofrecértelo por mil cien dólares cuando un *sherwani* semejante cuesta mil doscientos?

—En la tienda de la calle de abajo cobran setecientos dólares por *sherwanis* que no llevan hilos —contraatacó Layla—. Tal vez deberíamos ir allí.

—Mil dólares y añado el *juti\**. —Nira sonrió. Al menos Sam pensó que era una sonrisa, o quizás estaba enseñando los dientes—. Los amigos de la familia tienen un precio especial en los zapatos.

Layla echó un vistazo a las hileras de zapatos de novia.

—Bordados. No lisos.

Sam hizo un último intento por salvar su orgullo masculino.

—Estoy comprando la ropa de mi hermana, así que no puedo pagar más de ochocientos dólares.

Nira levantó las manos.

—Por menos de novecientos cincuenta dólares es mejor que cierre mis puertas.

—No quebrarás por cincuenta dólares, tía-ji. —Layla extendió la mano—. ¿Estamos de acuerdo en novecientos dólares?

—Me duele que mi familia se aproveche de una anciana como yo. —Nira sacudió la cabeza—. Ochocientos setenta y cinco dólares.

—Incluido el pantalón —añadió Sam, señalando los pantalones que iban con el conjunto.

—Vosotros dos juntos… ¡Menudos sinvergüenzas! —Nira estrechó la mano de Sam—. Ochocientos ochenta y cinco dólares. Dinero por adelantado.

—¿Qué acaba de pasar? —Sam observó a Nira llevarse el *sherwani*.

Layla se rio.

—Hemos hecho un trato y ahora estás listo para tu boda. Solo tienes que escoger los zapatos.

---

\* Zapatos tradicionales indios hechos a mano a base de cuero y con extensos bordados en oro y plata.

—No he venido a comprar ropa, he venido a... —Se interrumpió cuando vio a Nisha riendo con Deepa junto a los probadores. Llevaba un *ghagra choli* azul regio de manga corta bordado con hilos de plata, una falda naranja a juego sobre el regazo y un chal plateado sobre los hombros. Estaba claro que no lo necesitaba. Se las apañaba bien sola, como él siempre había sabido.

—He venido a verte.

Layla se acabó el *jalebi* y se relamió los labios.

—Pues aquí estoy.

—Tenemos que hablar.

—Tengo que lavarme las manos. Iba camino al baño cuando vi que la tía Nira estaba a punto de estafarte. Me tentaba dejarte en sus manos, pero tenía ese brillo en la mirada que es señal de problemas.

—No parece una estafadora. —Siguió a Layla a través de los estantes de ropa hasta la parte trasera de la tienda.

—Está claro que no has visto *Un par de seductores* —dijo Layla—. Nadie piensa que una dulce anciana vaya a quedarse con todo su dinero.

Su pulso se aceleró cuando llegaron al baño. Esto no iba según lo planeado.

—No debería haberte dejado sola en mi apartamento —soltó—. Royce tenía una escala en su vuelo y me pidió que nos viéramos en el despacho a las cinco y media. No sabía cómo estaban las cosas entre nosotros, así que hice lo más fácil.

Layla abrió la puerta de un empujón.

—Entendí el mensaje cuando me desperté sola y luego encontré mis logos en la papelera con unos comentarios horribles. Pero así son las cosas. Tengo un extraño don para elegir a los tipos equivocados.

Sam se apoyó en el marco de la puerta mientras ella se lavaba las manos.

—No fui yo, sino Royce. Es muy bueno en todo lo que hace, pero carece de empatía y habilidades sociales. Después de ver lo que había hecho, tiré los papeles con la esperanza de que se los llevaran antes de que los vieras. No quería hacerte daño.

Ella lo observó en silencio mientras se secaba las manos.

—No sé por qué, pero te creo.

Lanzó un suspiro de alivio.

—Me alegra oírlo.

—He tenido muchas malas experiencias con los hombres. Algunos se iban justo después de acostarnos, o llamaban a un taxi para mandarme a casa antes incluso de que me pusiera la ropa.

—Tal vez escogías a esos tipos porque eran seguros —sugirió—. No había riesgo de que te encariñaras con ellos. Ninguna posibilidad de amarlos y luego perderlos como te pasó con tu hermano.

—Eso tiene sentido. Nunca lo había pensado de ese modo. —Se apoyó en la pica—. ¿Royce ha vuelto para quedarse? ¿Qué pasa con el despacho?

—No te preocupes por Royce —le prometió, aunque no tenía ni idea de lo que iba a hacer. Con un contrato de alquiler cerrado y lo conveniente que resultaba la ubicación para Servicios de Salud Alfa, no habría forma de que Royce renunciara al despacho—. Ya se me ocurrirá algo.

—¿Significa eso que seguimos jugando?

—No lo sé —dijo con sinceridad—. ¿Quieres conocer al resto de candidatos de la lista de tu padre? Ya no puedo ser objetivo. Los odiaré a todos.

Una expresión de dolor cruzó su rostro.

—Necesito el despacho, Sam. No puedo irme sin más. No gano lo suficiente para pagar un alquiler y mi padre me lo iba a dejar gratis. Si trabajo encima del restaurante también podré ayudar a mi familia cuando me necesiten. Y mis tías han estado dando esa dirección a gente que busca trabajo.

Sam también necesitaba el despacho. Por Nisha. Por justicia. Para su propia redención. Pero no quería pensar en ello ahora mismo, no quería enfrentarse a las dificultades. No le interesaba entrar en el juego si eso significaba que uno de los dos tenía que marcharse. No podía imaginarse no ver a Layla todos los días. Algo cambió para él la noche anterior. Había atisbado la vida de un hombre digno de una mujer como Layla. Quería tener la oportunidad de descubrir si era posible y no podía perder el tiempo.

Tras echar un rápido vistazo a su alrededor para asegurarse de que estaban solos, entró en el baño y cerró la puerta.

—¿Qué estás haciendo?

Sam se acercó a Layla por detrás y le pasó el cabello por encima de un hombro, dejando al descubierto su esbelto cuello.

—Te deseo —susurró.

—¿Aquí? ¿En el baño? —Se volvió hacia él.

—Aquí. —La rodeó con un brazo y tiró de ella—. Ahora. —Le mordisqueó el lóbulo de la oreja, trazando la suave curva con su lengua—. Esta noche. —Le rozó el cuello con los labios e inspiró el aroma floral de su perfume—. Mañana. —Dejó caer unos pequeños lametones y pellizcos sobre su piel desnuda—. Y al día siguiente. Y pasado mañana.

Layla dejó escapar un gemido ahogado.

—Esto no es una buena idea, Sam.

—¿De qué tienes miedo? —Le sujetó la mejilla y le echó la cabeza hacia atrás para poder mirarla a los ojos—. ¿De enamorarte de mí?

Sus ojos se cerraron y respiró entrecortadamente.

—Sí.

# 17

El corazón de Layla retumbó en su pecho. Era tan guapo y sexi... La noche que habían pasado juntos había sido increíble. Pero, cuando se despertó sola, tuvo la misma sensación desagradable de tantas otras veces. No quería saber nada más de los hombres que no podían comprometerse. Necesitaba una conexión más profunda, una relación de verdad, aunque no implicara amor. Pero no sabía si Sam podía ofrecérsela.

Sam la agarró de la nuca y le acarició la mejilla con el pulgar. Luego se inclinó hasta que sus labios quedaron a la distancia de un suspiro.

—Tú cuidas a todo el mundo. Deja que yo haga lo mismo por ti.

—¿Cómo?

Sam acunó su rostro entre sus anchas palmas. Sus labios se separaron con una fuerte inhalación y la besó con ternura.

La delicadeza del beso la tomó desprevenida. Escondidos en el baño y sin riesgo de ser descubiertos, se dejó llevar por el deseo.

Él enredó los dedos en su cabello y tiró de ella para acercarla más, profundizando el beso, deslizando la lengua en su boca con la promesa de hacer realidad todas sus fantasías eróticas referentes a un baño.

—¿Cómo te sientes? —murmuró contra sus labios.

—No quiero enamorarme de ti y perderte como perdí a Dev.

Le echó la cabeza hacia atrás, con los pulgares enmarcándole la cara.

—Confía en mí, Layla. No me voy a ir a ninguna parte. Pero no podría soportar que tuvieras más entrevistas con hombres que no te merecen. No podría controlarme tanto como hice con Baboo.

—Amenazaste con romperle los brazos.

—Quería romperle la cara.

Se rio.

—¿No crees que eres un poco exagerado?

—Un poco exagerado fue pedirme que le hiciera una exploración prematrimonial en el baño.

Le gustaba eso de Sam; su capacidad para comprender sus inseguridades y aliviarlas con un poco de humor. Deslizó las manos por sus hombros y se inclinó para volver a besarlo.

—Te deseo.

Él le recorrió la boca con la lengua, provocándole un escalofrío. Había disfrutado del sexo con otros hombres, pero nadie la había deseado tanto que se quedara sin aliento.

—Soy tuya hasta que alguien necesite hacer pis.

Él lanzó un rugido de satisfacción y le recorrió el cuerpo con las manos.

—Abre las piernas.

Y ahora, como si no estuviera ya lo bastante mojada tras unos besos y caricias que le hacían cosquillear las terminaciones nerviosas, esas sucias palabras pronunciadas con aquella voz profunda le pusieron el cuerpo a mil por hora.

Solo había un pequeño problema.

—Sam, llevo puesto…

—Por poco tiempo. —Le abrió la falda de un tirón y se la bajó por las caderas. Pero cuando sus dedos se deslizaron entre sus muslos, buscando el borde de sus bragas, no se detuvieron.

—¿Qué es esto?

Se echó hacia atrás, observando con confusión la prenda elástica que reducía la cintura, aplanaba el vientre, apretaba los muslos y levantaba el culo.

Layla tiró de la cintura elástica y la soltó con un sonoro chasquido que pellizcaba la piel.

—Lo llevo cuando voy a comprar ropa. Sujeta las cosas. —Dudó—. Y mantiene otras cosas fuera.

Sam observó la prenda.

—¿Te la corto? Tengo una navaja.

—No hace falta nada tan radical. —Bajó la mirada para ocultar su humillación—. Es una especie de rollo...

Un sonido ahogado le hizo levantar la cabeza. Sam estaba apoyado en el lavabo, sujetándose la frente con los dedos y temblando de risa.

—¿Tienes ropa interior normal?

—Claro que sí —resopló Layla—. Y deja de reírte. No tiene ninguna gracia. No esperaba que aparecieras y me sedujeras en un baño. Si no, habría llevado puestos unos pantalones que fueran fáciles de sacar.

—No se me ocurre una mejor manera de demostrarte cuánto te deseo que sacándote de esa...

—Faja —sugirió ella.

—No necesitas ropa moldeadora. Tienes curvas. Eres preciosa y cuando te veo solo puedo pensar en cuánto deseo ponerte las manos encima. —Él intentó agarrarla y ella retrocedió.

—Esto no puede quitarse de forma sexi, así que si te estás imaginando que me la quito lentamente como si fuera un *striptease*, mostrándote mi cuerpo centímetro a centímetro, olvídalo y piensa en cualquier lata con un producto embutido a presión. Todo quiere salir a la vez.

Sam se llevó el puño a la boca como si estuviera sumido en sus pensamientos o luchando contra un ataque de risa.

—¿Y si cortamos un trozo para acceder de forma estratégica?

—¿Estás de broma? ¿Sabes cuánto cuestan estas cosas? Además, aparte de que no quiero objetos punzantes en mis partes íntimas, no puedo andar el resto del día con un agujero ahí abajo. Imagina que los trabajadores del metro están trabajando bajo tierra y yo paso por encima de una rejilla.

—Entonces, ¿qué hacemos? —preguntó Sam.

—Vas a tener que darte la vuelta, fingir que no he echado a perder el momento y, cuando te dé permiso, continuar por donde lo habías dejado.

Sam se dio la vuelta con obediencia.

—No seas travieso. —Layla lo miró por el espejo—. Estás espiando. Ponte de cara a la otra pared.

—Que seas tan mandona me pone cachondo. —Sam se puso de cara a la pared.

—Me alegro, porque está claro que estas no han funcionado. —Se pasó la faja por la barriga, gruñendo al bajar el elástico por las caderas. Empezó a sudar por el esfuerzo. Era el momento más embarazoso de toda su vida.

—¿Qué está pasando por ahí? Parece que has decidido continuar tú solita.

—Si lo intentara, perdería un par de dedos por falta de circulación sanguínea. —Layla se apoyó en la pared y respiró hondo.

—¿Ese jadeo significa que te gusta mi trasero? —Su voz sonaba divertida.

Layla se frotó el sudor de la cara con el borde de la camisa.

—Tienes un buen trasero, como tu amiga Karen señaló de forma tan grosera, y estoy tan desesperada por ponerle las manos encima que me estoy replanteando mi norma contra los objetos punzantes ahí abajo. —Con otro gruñido bajó el elástico por la parte más ancha de sus caderas.

—¿Necesitas ayuda?

—Para nada. —Se bajó la ropa interior por los muslos y la empujó hasta los tobillos junto con la falda. Se apoyó en la pared y trató de limpiarse el sudor del cuerpo con la camiseta.

—¿Ya tengo mi regalo?

—Hay otro problema. —Layla se miró las sandalias—. Esto no funciona como en las películas. —Se agachó para desabrocharse las correas—. La próxima vez que decidas seducirme fuera de casa, ¿podrías avisarme con antelación? Llevaré un vestido suelto, un tanga de encaje que se pueda romper y un par de chanclas para tener sexo fácil y rápido.

—¿Significa eso que habrá una próxima vez?

Se quitó las sandalias y se desnudó.

—Todo lo que sé es que espero que haya un *ahora*, porque habré quemado unas mil calorías sacándome todo esto.

Sam se dio la vuelta y recorrió con la mirada su cuerpo semidesnudo mientras reducía la distancia que los separaba.

—Eso son curvas.

—Solo estás cachondo y desesperado por meterla. Tienes suerte porque estoy lista. Quitarme la faja han sido los preliminares.

Ella agarró el borde de su camiseta y tiró de él hacia arriba. Sus dedos se deslizaron por las ondulaciones de sus abdominales y sus duros pectorales. Con un gruñido, Sam se levantó la camiseta y se la sacó por la cabeza, mostrándole todo el pecho para su deleite.

—¡Oh, Dios! —Presionó los labios contra su piel firme y tonificada—. Tienes mejor aspecto y sabor que los *jalebis* de mi madre.

Sam refunfuñó con disgusto.

—¿Tenemos que hablar de tu madre siempre que tenemos sexo?

—¿Qué tal si no hablamos? —Ella respiró entrecortadamente cuando él pasó un dedo por su caliente humedad. Lento. Firme. Delicioso de forma agonizante.

—Estás tan mojada… —murmuró—. Es verdad que te excito.

—Claro que me excitas. —Ella se arqueó contra él, con el placer vibrando en su interior. Sam le metió otro dedo y le rozó el clítoris.

—Creía que me necesitabas, como ahora mismo. —Ella jadeó cuando él le acarició los pechos a través de la ropa.

—Primero necesito darte placer. —La atrapó con su ardiente mirada y le tensó las entrañas.

—Así que eres una bestia sexual caballerosa. —Le rodeó el cuello con los brazos y le acarició el cabello. Tenía los hombros anchos y el cuello musculoso. Pero a diferencia del físico mejorado con esteroides de Harman, el cuerpo perfecto de Sam era real.

—No me siento nada caballeroso. —Su voz era más grave de lo normal, gruesa y ronca. Le acarició el pezón hasta que se puso duro por debajo de la ropa—. Las cosas que quiero hacerte ahora mismo no son para nada caballerosas.

Y, sin embargo, estaba totalmente concentrado en su cuerpo, en su placer.

—Podrías hacer que me corriera solo con tus sucias palabras.

—Bésame —le exigió.

—Ahora eres tú el mandón.

Sus fuertes dedos llegaron hasta el fondo.

—Di mi nombre y bésame.

—Sam. —Le agarró de la cara y tiró hacia abajo, besándolo de forma febril.

Un rugido de placer vibró en su pecho.

—Dilo así cuando vayas a correrte.

—Otra vez ese ego tan grande —dijo de forma cortante.

—Ya sabes lo que dicen de un hombre con ego grande...

La risa burbujeó en su interior. ¿Cómo podía ser el sexo divertido y emocionante al mismo tiempo? ¿Se suponía que la gente debía reírse cuando se besaban? Jonas nunca se reía. Para él, el sexo era una experiencia casi religiosa que implicaba miradas intensas y letras mal citadas de sus canciones favoritas. Antes de él, sus novios habían sido torpes y aburridos, y habían desaparecido en cuanto habían consumado el acto.

—¿Que lleva unos zapatos grandes?

—Que tiene unas manos grandes. —Utilizó bien sus manos grandes, que la provocaron hasta que jadeó, no de miedo, sino de excitación por estar con un hombre que sabía lo que quería, por el peligro de ser descubierta y por puro agotamiento de quitarse la ropa interior.

—Quiero probarte. —Él se arrodilló y ella vio su deseo reflejado en sus oscuros ojos—. ¿De acuerdo?

—Claro. —Ella le enredó las manos en el cabello mientras él le besaba la cara interna de un muslo y tiraba de él hacia donde ella quería.

—Despacio, preciosa. Quiero que lo disfrutes.

La mayoría de los hombres a los que había conocido querían disfrutarlo ellos solos. Se trataba de su placer, de sus necesidades. Pero Sam se tomaba su tiempo. Su boca se dirigió al otro muslo y la excitó con el sensual roce de su áspera barba sobre su sensible piel y con el calor de su aliento sobre su carne.

—No puedo más —gimió.

Su boca se cerró sobre su parte más sensible y la lamió hasta que ella le sujetó el cabello con tanta fuerza que los nudillos se le pusieron blancos.

Escucharon unas voces a través de la puerta. Pasos. Sam le sujetó las caderas con las manos, manteniéndola en su sitio mientras su cálida y húmeda lengua hacía cosas que le convertían las rodillas en gelatina.

—Mírame —susurró.

Se encontró con su ardiente mirada y la sostuvo mientras el sonido de los pasos desaparecía y su talentosa lengua la llevaba al límite en una tormenta de sensaciones. Se tapó la boca con una mano para ahogar un grito.

Sam se levantó y se puso delante de ella con una sonrisa perezosa en los labios.

—Eres más dulce de lo que imaginaba.

—Ha sido muy excitante. Ahora te toca a ti. —Ella alcanzó su cinturón.

Sam apartó su mano con delicadeza.

—No lo he hecho por mí.

Su frente se frunció por la confusión.

—Dijiste que me deseabas. Me he *desmoldeado*, si es que esa palabra existe.

—Ver cómo te corrías ha sido lo más excitante que he visto nunca. —Le recogió la ropa—. Pero no soy como esos tipos que te han hecho daño. Puedo obtener tanto placer dándotelo a ti como centrándome en mí.

—¿Hablas en serio? —No la estaba rechazando de ninguna manera. Sí, sus habilidades con la boca eran insuperables, pero eso eran solo los preliminares. Ella estaba lista para el plato principal.

—Sí.

—¿No quieres tener sexo? —Ella miró fijamente el bulto que tenía bajo el cinturón.

Dudó, cambió el peso de pie y se aclaró la garganta.

—No he dicho eso exactamente.

—¿Sam?

Levantó una ceja con curiosidad.

—Desnúdate.

Veinte minutos después, Layla tuvo que admitir que Sam había cumplido todos sus deseos y algunos otros que ni siquiera sabía que tenía. Además, ¿quién iba a pensar que los espejos de los baños estuvieran tan bien colocados para verte teniendo sexo mientras te agarrabas con fuerza a la pica del lavabo? ¿O que el agua corriente pudiera ocultar todo tipo de sonidos, desde gemidos y quejidos hasta un pequeño grito?

Se puso la falda mientras Sam se arreglaba la ropa. De ninguna manera iba a pasar por el esfuerzo de volver a ponerse la ropa moldeadora. Podía sobrevivir unas horas sin ella.

—Supongo que esto significa que debo cancelar mi cita con Harman —dijo.

—Solo si quieres que viva. —Sam la estrechó entre sus brazos y la besó en la mejilla, la mandíbula, el cuello y, por último, la boca, encendiendo otra vez el fuego en su interior. ¿Qué tenía Sam que la hacía querer ahogarse en sus besos, en el calor de su poderoso cuerpo y en la fuerza de sus brazos?

—Será mejor que nos vayamos —dijo—. Todos se preguntarán dónde estamos.

—Me aseguraré de que no haya moros en la costa. —Sam salió, cerrando la puerta tras de sí.

Layla se apoyó en la pared con rodillas temblorosas. Había considerado su último encuentro una aventura de una noche. Solo sexo. Pero esto era diferente. Íntimo. Había emociones involucradas.

Y no solo por parte de ella. ¿Qué harían a partir de ahora? ¿Lo obligaría a seguir el juego? ¿Cancelaría el resto de las citas a ciegas y lo echaría del despacho? ¿O estaba pensando demasiado, como hacía siempre?

Sam supo que algo iba mal en cuanto salió del baño. Había una extraña tensión en el aire. Miró a su alrededor buscando a Nisha, pero no la vio.

Cuando Layla se reunió con él, le estrechó la mano. Era un pequeño placer cuidar de alguien que se ocupaba de todos los que la rodeaban, ya fuera buscando trabajo para sus clientes, ayudando a su madre en la cocina, cuidando de sus sobrinas o permitiendo a Daisy tener a Max en el despacho. Y ahora le había dado a su hermana un poco de normalidad.

—Sam. —La trémula voz de Nisha apenas se oía con la música y el parloteo, pero le erizó todos los vellos de la nuca.

—¡¿Nisha?! —gritó su nombre y arrastró a Layla entre los percheros de ropa—. ¿Dónde estás?

—¡Sam!

Se le aceleró el pulso y el corazón empezó a latirle con fuerza en el pecho. Se abrió paso entre los estantes que había cerca de la caja registradora para encontrar a Ranjeet de pie frente a su hermana.

—¡Vaya! ¡Mira quién está aquí! —La voz de Ranjeet le abrió un pozo negro de recuerdos dolorosos—. Sam, me alegra volver verte.

Las manos de Sam se cerraron en sendos puños. No había visto a ese desagradecido desde el proceso de divorcio. En contra del consejo de su abogado, Nisha había renunciado a todo lo que tenía (incluidas las joyas de su boda, su participación en el hogar conyugal y su derecho a la pensión alimentaria) para librarse de Ranjeet. El muy desgraciado incluso había intentado quedarse con los pagos del seguro para la rehabilitación y las reformas de la casa, pero la compañía de seguros lo había impedido.

Habían hecho falta tres guardias de seguridad para sacar a Sam del edificio tras firmar la documentación legal. Pero había estado esperando en la acera, dispuesto a darle su merecido a Ranjeet. Debería haber sabido que el muy cretino se escabulliría por la puerta de atrás. Nisha le había hecho prometer que no perseguiría a Ranjeet. Ella solo quería que todo acabara. Pero ahora que tenía a Ranjeet delante, la ira volvió a aparecer.

—Aléjate de ella.

Si no fuera por sus penetrantes ojos negros, el hombre que tenían delante habría pasado totalmente desapercibido. Llevaba el cabello oscuro corto, así como la barba y el bigote bien recortados. Tenía una nariz grande y aguileña, y pese a sacarle varios centímetros de altura a Sam, era de una complexión tan delgada que parecía un poco desgarbado bajo la camisa azul abotonada.

—No puedes negarme unos minutos con mi encantadora exmujer. Esperaba que se hubiera recuperado de la lesión cerebral que le provocó sus delirios.

Sam miró a Nisha y se le encogió el estómago cuando vio el miedo en su rostro.

—Si vuelves a mirarla, te romperé todos los dedos y acabaré con tu maldita carrera.

—¿Qué está pasando aquí? —Layla se puso delante de Sam con cara de preocupación—. ¿Quién es?

—Doctor Ranjeet Bedi.

Layla se volvió y el cirujano sonrió.

—Sam y yo trabajamos juntos en el St. Vincent. Era mi residente más prometedor. Y Nisha fue mi mujer. —Inclinó la cabeza hacia un lado, observando a Layla con atención—. Y tú eres…

—No es de tu maldita incumbencia. —Sam puso a Layla a su espalda.

Ranjeet suspiró, imperturbable.

—Sigues siendo tan hostil… No me extraña que la pobre Nisha no se haya recuperado. Estás alimentando sus delirios. Fue un simple accidente. Nadie tiene la culpa. Déjala seguir adelante, Sam. Tú también tienes que hacerlo.

«Una serpiente viscosa y escurridiza con lengua bífida». Si Sam no hubiera confiado tanto en su hermana, incluso él se habría dejado engañar por los modales de Ranjeet, con su aparente angustia cuando la llevaron a Urgencias y su horror cuando le dijeron que nunca volvería a caminar. El cirujano no se había derrumbado ni una vez. Desde el instante en que él entró en Urgencias hasta el día en que firmó los papeles del divorcio, había representado un papel, desde el marido preocupado hasta la víctima inocente, engañando al personal del hospital, a los trabajadores sociales, a la policía, a la aseguradora y a los abogados.

La mano de Sam se cerró con fuerza en un puño. Era su oportunidad de impartir justicia de forma visceral e inmediata. Se acabaron las peticiones de expedientes hospitalarios y las súplicas al personal de seguridad para que le dejaran ver las cintas de videovigilancia. Se acabaron las reuniones infructuosas con la policía y los peritos investigadores del seguro. Ranjeet sufriría como lo había hecho Nisha. Sentiría su dolor.

Se preparó para darle un puñetazo, pero Layla se interpuso en su camino.

—No lo hagas. —Le puso las manos en el pecho y lo empujó hacia atrás—. No lo conozco, Sam, y no sé qué ha pasado. Pero si le pegas, ¿cuáles serán las consecuencias? Este no es Evan. Está claro que no es un amigo con el que puedas reconciliarte tomando un par de copas. Podrías acabar con antecedentes penales. Incluso podrías pasar un tiempo en la cárcel. Tu empresa se vería afectada. ¿Y qué pasaría con Nisha? ¿Quién cuidaría de ella?

La rabia corría por sus venas, arrasando con todo pensamiento racional.

—Apártate de mi camino. Ya has hecho suficiente. Nisha nunca salía de casa porque temía que pasara esto. Deberías haberla dejado en paz. Si se hubiera quedado en casa, habría estado a salvo. Y si yo no hubiera estado contigo, habría podido protegerla.

Se arrepintió de sus palabras en cuanto salieron de su boca. En el fondo sabía que estaba equivocado. No era culpa de Layla. Pero Nisha merecía justicia y Layla se estaba interponiendo.

Su rostro palideció pero sus manos se mantuvieron en su pecho.

—Sam, por favor. No lo hagas.

—¿Qué está pasando aquí? —Nira llegó con Deepa tras ella.

Ranjeet sacó una tarjeta del bolsillo de su chaqueta y se la entregó.

—Doctor Ranjeet Bedi. He telefoneado antes para recoger el *sherwani* para mi boda. Sam y Nisha son viejos amigos, pero parece que no están muy contentos de verme.

¡Maldición! Se iba a volver a casar. Otra mujer sufriría.

—Claro. Es por aquí. —Nira se llevó a Ranjeet mientras Deepa revoloteaba por el pasillo, impidiéndole a Sam ir tras ellos. Layla soltó a Sam y se volvió hacia Nisha, que no se había movido en todo ese tiempo.

—¿Estás bien?

—Solo quiero irme a casa —dijo en voz baja.

—Claro. Yo te llevaré…

—Quiero que lo haga Sam —dijo—. Lo siento. Yo solo… quiero que Sam me lleve a casa.

El rostro de Layla se suavizó con empatía.

—Traeré tus maletas…

—No. —Nisha se volvió hacia la puerta—. No quiero nada. Nunca debí haber venido. Lo siento, Layla. Fuiste muy amable al traerme de compras, pero… —Se le quebró la voz—. ¡*Bhaiya*, sácame de aquí!

Atrapado en una vorágine de emociones, Sam pulsó el botón de acceso a la tienda y sacó a Nisha al frío y lluvioso atardecer.

Solo cuando se alejaba se dio cuenta de que ni siquiera se había despedido.

# 18

«Se parece tanto a Jonas...».

Layla observaba al camarero que removía un martini al otro lado de la barra. Con su cabello rubio, largo y revuelto, su complexión delgada y sus elegantes dedos, podría haber sido Jonas con un mal tinte.

—¿Puedo invitarte a otra copa?

Layla sacudió la cabeza sin mirar siquiera al hombre que acababa de sentarse en el taburete de al lado. Había rechazado a varios tipos en la hora que llevaba esperando a que Harman apareciera para su cita, y seguían llegando.

—No, gracias. —Había pedido un taxi para poder disfrutar sola de unas copas, pero era lo último que quería que supiera un desconocido.

—Una chica guapa como tú no debería beber sola. —Era unos centímetros más alto que ella y de complexión robusta; algún tipo de atleta supuso, alguien que se mantenía en forma. Llevaba el cabello castaño claro rapado y un medallón de plata sobre una camiseta naranja de los Giants.

—He quedado con alguien.

—Hola, He Quedado con Alguien. Soy Matthias. Parece que necesitas animarte.

Era un hombre atractivo. Estaba en forma. Y obviamente estaba interesado en llevarla a la cama. Exactamente el tipo de hombre con el que se habría liado en Nueva York. Pero no sintió nada cuando él sonrió. Su corazón no se desbocó. Su cuerpo no se calentó. No sintió un simple cosquilleo en la piel. Y en vez del subidón de adrenalina que tenía cuando Sam entraba por la puerta, se sintió entumecida.

De hecho, se había sentido así durante los últimos cuatro días, pero ¿a quién le importaba?

—Solo tengo un mal día. —Ella no quería darle esperanzas, pero él era seguidor de su equipo de béisbol. ¿Tan malo podía ser?

—Creo que te falta vitamina Yo —dijo Matthias.

Layla reprimió una carcajada.

—¿Esa frase funciona de verdad?

—Bueno, sigues aquí. —Se acercó más a ella y le deslizó la mano por la pierna.

—Quítame la mano de encima. —Se preparó para el ataque, repasando mentalmente los movimientos que emplearía si él no retiraba la mano. Ella no le había mentido a Sam cuando le dijo que sabía Krav Maga. La había protegido de indeseables más de una vez.

—Vamos, cariño. Relájate. Tu cita no va a venir.

—Ya la has oído. Manos fuera. ¿O quieres que lo haga yo y de paso te rompa los dedos? —Sam apareció a sus espaldas y la profundidad de su voz la derritió por dentro.

Layla hizo un gesto con la mano.

—Puedo encargarme yo, Sam.

—Yo puedo hacerlo mejor. —Sam tiró a Matthias del taburete y lo empujó a un lado.

—¿Qué demonios estás haciendo? —Matthias se volvió hacia Sam, que tenía las manos cerradas en sendos puños.

Alterada por el peligro y enfadada por que Sam hubiera pensado que ella necesitaba que la defendieran, se levantó y agarró a Matthias por la camisa, lanzando una mirada furiosa a Sam.

—Lo has tratado como si fueras un cavernícola. —Metió la rodilla entre las piernas de Matthias y él se dobló de dolor—. Yo uso la maña.

—Darle una patada a un hombre en las pelotas no es maña.

—Lo es cuando lo hago yo. —Soltó a Matthias y él cayó al suelo—. ¿Ves? Lo he dejado fuera de juego. Tú solo lo has hecho enfadar.

Dos fornidos gorilas se abrieron paso entre la multitud y agarraron a Sam por los brazos.

—Venga. Te vas de aquí ahora mismo.

—Fui yo quien empezó. —Layla lanzó un suspiro exasperado—. Si vais a echar a alguien por empezar una pelea, debería ser a mí.

—Yo la he ayudado —añadió Sam—. Lo tiré del taburete. Tendréis que echarme a mí también.

—¿Estás con ella? —Los porteros soltaron a Sam y él se alisó la camisa.

—Claro que sí. —Le rodeó los hombros con un brazo de forma posesiva—. Esta noche me tocará dormir en el sofá, pero siempre la compenso en la cama. ¿Verdad, *meri jaan*?

No era su «querida». Más bien era un grano en su trasero. Pero dudaba que los gorilas entendieran urdu, así que se obligó a sonreír. Al menos se libraría de Matthias sin romperse las uñas. Daisy se había pasado una hora pintándole unas florecitas de loto naranjas en el esmalte rojo de uñas para su gran cita.

—¿Qué estás haciendo aquí, Sam?

—¿Que qué estoy haciendo aquí? —Sam puso cara de horror—. Creía que esta noche teníamos una cita. No me digas que la niñera está en casa cuidando de nuestros seis hijos para nada.

—¿Seis hijos? —Uno de los porteros se acercó a Layla y le estrechó a Sam una mano—. Mis respetos, amigo. No parece tener más de veintiocho años.

—¿Veintiocho? —Layla resopló ofendida—. Acabo de cumplir veintiséis.

—Me casé con ella a los diecisiete y no he perdido el tiempo. —Sam le acarició la barriga—. Menos mal que no me gustan los esteroides. Esta noche vamos por el número siete.

—¿Adivina qué pelotas van a ser las siguientes en recibir si no me quitas la mano de encima? —murmuró Layla en voz baja.

El portero se rio.

—No puedo decir que envidie volver a una casa llena de niños, pero está claro que te diviertes haciéndolos.

Layla no sabía si sentirse enfadada o alegre cuando los porteros se marcharon con la advertencia de que no dieran más problemas. Por un lado, era capaz de defenderse sola de tipos pesados. Por otro, ningún hombre la había defendido antes y no pudo evitar sentirse conmovida por el gesto, incluso después de cómo se había comportado en la tienda de su tía.

—¿Seis hijos? —Se sentó en la barra y Sam lo hizo a su lado.

—Siete tras esta noche, a menos que no me perdones. He venido a disculparme. —Hizo un gesto al camarero y pidió mordedura de serpiente, recibiendo asentimientos de aprobación de todo el bar.

—¿Cómo sabías que estaba aquí? —Ella asintió cuando el camarero le ofreció otra copa. De repente, la noche se había vuelto interesante.

—Daisy me contó lo de tu cita. Revisé el Instagram de Harman para ver si había publicado algo y vi que estaba haciendo una sesión de fotos en Baker Beach. Me imaginé que te había dejado plantada, así que vine a asegurarme de que estabas bien.

—Puedo cuidarme sola.

—Ya veo.

Layla dejó su vaso.

—¿Cómo está Nisha?

—Está bien. —Sam se acabó el cóctel de un trago y pidió otro—. No debería haberte dicho lo que te dije. En cuanto vi a Ranjeet, no pude pensar con claridad. Mi hermana va en silla de ruedas por su culpa.

—Eso es horrible. —Le apretó la mano—. ¿Qué pasó? ¿Qué hizo?

Con la voz entrecortada por la emoción, Sam le habló del matrimonio concertado de Nisha y del papel que él tuvo en esa unión.

—Nadie sabía que tenía problemas con la bebida o que era un maltratador. Cuando Nisha se enteró, lo mantuvo en secreto. Pensó que podría ayudarlo, pero él era un borracho violento y en los últimos meses de matrimonio las cosas empeoraron.

Layla se llevó la mano a la boca.

—¿Le pegó?

—No. —Sam se acabó el cóctel y pidió una jarra de agua al camarero—. Pero la tenía atemorizada. Un día fue al hospital para almorzar con él. Recuerda que discutieron en la escalera trasera y lo siguiente que supo es que estaba en Urgencias con una vértebra destrozada. Estaba segura de que él la había empujado, aunque no recordaba el accidente. Ranjeet dice que él no estaba allí, que la dejó en el pasillo y que solo se enteró cuando lo llamaron de Urgencias.

El corazón se le encogió en el pecho.

—¡Pobre Nisha!

—Ranjeet convenció a todo el mundo de que ella deliraba porque había sufrido un traumatismo craneal durante la caída, pero yo conozco a Nisha. Le creo. Hice que la trasladaran al Hospital Redwood e hice todo lo posible para que el hospital empezara una investigación. Incluso contacté con la policía. Pero Ranjeet es un cirujano muy respetado, y ella es una doña nadie que ni siquiera recordaba los pormenores del accidente. Se divorció de él y el caso se cerró, pero oí rumores de que hubo encubrimiento.

—Eso es horrible.

—Llevo desde entonces intentando que se haga justicia. —Su voz se quebró—. Por desgracia, me he encontrado un muro a cada paso. Si hubo encubrimiento, fue muy bueno, porque nadie ha hablado.

—Tuvo suerte de tenerte, Sam.

Él sacudió la cabeza.

—No tuvo suerte en absoluto. Trabajé al lado de Ranjeet durante años y nunca supe qué clase de persona era. Fui yo quien los presentó y él me recompensó con privilegios que los demás residentes no tenían. Era mi mentor, y yo pensaba que además era mi amigo.

Ella le apretó la mano.

—No podías saberlo.

—Debería haberlo sabido.

—¿Él es el motivo por el que dejaste la Medicina?

Sam suspiró.

—No podía trabajar allí y verlo todos los días. Era la antítesis de todo lo que representa un médico. Nuestro principio rector es no provocar daño. También me sentía indigno de ser médico. Estaba tan cegado por la ambición y por todo lo que Ranjeet se ofreció hacer por mi carrera, que no protegí a Nisha como debía.

—Llevas una carga muy pesada —comentó Layla con delicadeza—. Y que no te corresponde a ti.

Se le quebró la voz.

—Le fallé como hermano y le fallé a mi familia como hijo. Ya no podía formar parte de esa cultura, ni aceptar las tradiciones que habían permitido algo así. —Se sirvió otro vaso de agua y se lo bebió de un trago.

—La única persona que le falló fue Ranjeet —dijo Layla con firmeza—. La cultura y la tradición no tienen nada que ver con lo que pasó. Aunque lo hubiera conocido en una cafetería y hubieran salido antes de casarse, él habría sido la misma persona. Incluso habría tenido menos información sobre él que concertando el matrimonio. Mira a los hombres que hemos entrevistado. Mi padre los investigó y no sabía que Hassan era un estafador, Dilip un bailarín o que Bob quería una mujer virgen. Hicieron falta dos personas para conseguir esa información, y se trataba de secretos que quisieron contarnos. El único que fue sincero fue el agente de la CIA.

—¿No resulta irónico? —La tensión desapareció de los hombros de Sam.

Layla se rio.

—Quizá debería elegirlo a él. Podía conseguirme unos elefantes.

Él giró la mano para que quedaran palma con palma y le apretó los dedos.

—Creo que deberías sopesar tus alternativas.

—¿Qué alternativas?

—A mí.

Ella inclinó la cabeza hacia abajo para ocultar su sonrisa.

—No estás en la lista.

—No me importa la maldita lista y no me importa el juego. Te quiero a ti, Layla. Y si tengo que dejar el despacho...

—No quiero que te vayas del despacho —se sinceró con delicadeza—. Me gusta compartir espacio contigo. Me gusta estar contigo. Me gusta que seas cariñoso y protector. Me gusta que alinees tus lápices y ordenes por colores tus archivos, y que tus zapatos estén siempre brillantes y tus corbatas perfectamente anudadas. Me gusta que seas divertido y sarcástico, y algunos de los mejores momentos que he pasado han sido entrevistando a estos hombres contigo. Me gusta que seas una persona leal, aunque apoyes al equipo de béisbol equivocado. Me gusta que finjas que no conoces ninguna película, cuando puedes enumerar casi todas las películas de terror de la historia. Y me gusta cómo besas.

Su rostro se suavizó y lanzó un rugido de satisfacción.

—Te gustan mis besos.

—Mucho.

—¿Qué más te gusta?

Layla se relamió los labios.

—Llévame a tu casa y te lo enseñaré.

Sam arrojó dinero sobre la barra y la levantó del taburete.

—Vámonos.

—¿Qué coche tienes? —Ella medio caminaba, medio corría para seguirle el ritmo.

—Un BMW M2. Pagué la primera cuota cuando me convertí en médico residente y lo llevé a casa para enseñárselo a mi padre. Estaba muy orgulloso.

—No está mal.

Sam resopló.

—Puede ir de cero a noventa kilómetros por hora en menos de cuatro malditos segundos. Si tienes tiempo para un desvío, puedo enseñarte lo que puede hacer en la autopista 101.

—¿Puedo conducir yo?

—¿Estás loca?

Una sonrisa se dibujó en su rostro.

—Quizás un poco.

—Fue divertido mientras duró. —Una despeinada Layla subió a la grúa y se deslizó hasta el asiento del medio.

Sam se sentó a su lado, haciendo un gesto de dolor cuando apoyó su peso en la muñeca izquierda.

—Los accidentes de coche no son divertidos.

—Bueno, no he acabado herida gracias a tus buenos reflejos.

—Cuando me metiste la mano en los pantalones dejé de pensar. —Apretó los dientes para evadir el deseo. Incluso después de un accidente de coche, el recuerdo de sus traviesas caricias conseguía excitarlo.

—Lo siento. —Sonrió sin mostrar el más mínimo remordimiento—. Pero me pareció justo, ya que tu mano estaba bajo mi falda.

Él sacudió la cabeza.

—No debería haberte llevado por la autopista 101 de noche. No lo llaman «el anillo de la muerte» por nada.

—¿Anillo de la muerte? —Soltó una carcajada—. Un ciervo saltando a la carretera no lo convierte en el Triángulo de las Bermudas.

—¿No viste el tamaño de ese animal? —Miró por encima del hombro a la parte delantera de su coche, totalmente destrozada—. Debía pesar más de cien kilos.

—Como para no verlo. Me estaba mirando fijamente a los ojos. Todavía no puedo creer que se marchara. Lástima que no haya policías ciervos que puedan capturarlo y hacerle pagar por su crimen.

—No es gracioso, Layla.

Su sonrisa se esfumó.

—Tienes razón. Te pido disculpas. Solo intentaba animarte. Me siento como si estuviera colocada ahora mismo. —Dejó caer la mano sobre su regazo—. ¿Qué tal si empezamos por donde lo dejamos?

—Estoy seguro de que al conductor le encantaría.

Le tembló un poco la mano cuando la apartó, y algo le rondó a Sam por la cabeza.

—Todo listo para irnos. —El conductor de la grúa subió y se sentó junto a ellos. Era un hombre corpulento, de al menos metro ochenta, con un pecho como un tonel y unos muslos gruesos que abarcaban todo el asiento y rozaban la pierna de Layla.

Eso no estaba pasando.

—Vente para aquí. Déjale espacio. —Sam tiró de su manga con la mano derecha, atrayéndola hacia él para rodearla con un brazo. Ella se sentó cerca de él y su calor calmó sus crispados nervios y relajó sus pulmones para que pudiera volver a respirar.

*Toc. Toc. Toc.*

Sam bajó la ventanilla para el agente de policía que los había atendido.

—¿Va todo bien?

—Odio hacer esto porque sé que tu coche ha quedado destrozado. —El policía le entregó su carné y una multa por exceso de velocidad—. Pero ibas a ochenta y cinco en una zona de setenta.

—¿Ajay Pataudi? ¿Eres tú? —Layla se inclinó, mirando en la penumbra—. No te he visto desde la boda de Mansoor.

—¡Layla! —El oficial Pataudi se acercó para estrecharle la mano—. ¿Cómo está tu padre? Oí que estaba en el hospital.

—Está mejorando. Todavía no puede hablar, pero ya da órdenes a la gente. ¿Cómo está Ayesha?

—Embarazada de nuestro tercer hijo.

Sam se aclaró la garganta y Layla levantó la cabeza como si se hubiera olvidado de que estaba allí.

—Ajay, este es mi amigo Sam. ¿Podrías darle un respiro con la multa? Compró ese coche con su primer sueldo como médico residente y lo condujo hasta su casa para demostrarle a su padre que todos los sacrificios que había hecho por él habían valido la pena. Un minuto él era un desi orgulloso y al siguiente, Bambi se venga al estilo de Tambor.

—Nunca me gustó esa película —dijo el oficial Pataudi.

—Claro que no, porque tienes corazón. Lo sientes por el pequeñín, por todos los Bambis que perdieron a sus madres y por todos los inmigrantes que vinieron en busca del sueño americano para ser luego aplastados por los crueles ciervos del destino.

—Te pareces tanto a tu padre… —El oficial Pataudi se rio mientras rompía la multa—. Por Bambi.

—Gracias, Ajay. —Layla sonrió—. Nos vemos en la próxima boda. Dale un beso a Ayesha de mi parte.

—¿Qué demonios acaba de pasar? —preguntó Sam mientras el policía se alejaba.

—Familia. Él es el sobrino del primo del marido de la hermana de mi padre.

—¿Dónde has encontrado a esta polvorilla? —preguntó el conductor mientras se alejaban.

Sam apretó el brazo a su alrededor.

—Yo no la encontré. Ella me encontró a mí.

—Deja de lloriquear. Sé lo que estoy haciendo. —Layla envolvió la muñeca de Sam con el vendaje tensor. Después de dejar el coche en el garaje más cercano, habían vuelto en taxi al despacho para que Layla pudiera cerrar y Sam buscara los papeles del seguro. Cuando acabó de hacer las últimas comprobaciones, ella había insistido en vendarle la muñeca y lo había arrastrado hasta el despacho trasero, donde estaba el botiquín.

Sam se estremeció cuando le apretó la venda, pero el dolor no le incomodó tanto como los persistentes olores de la cocina (el cardamomo, el comino, el estragón y la intensa fragancia del incienso), que le resultaban tan familiares que sintió una punzada de arrepentimiento por haberle dado la espalda a una cultura que había amado tanto. Ni siquiera en el despacho trasero, lejos de la cocina, había escapatoria.

—Yo soy el médico. Si digo que está demasiado apretado, es que está demasiado apretado —refunfuñó él, irritado no con ella, sino con el desastre de noche y la nostalgia, que le impedían quedarse quieto.

Sentada frente a él en una silla de escritorio negra y desgastada, Layla se quedó paralizada.

—Creía que habías dejado la Medicina por el placer de ganarte la vida despidiendo a gente.

—No les digo «Estáis despedidos» y luego los acompaño a la puerta. Les doy un discurso motivador sobre las nuevas oportunidades que ahora tienen a su alcance.

—¿Tú, Sam Mehta, les das un discurso motivador? —Sus ojos se abrieron de par en par con incredulidad—. ¿Consiste en gruñidos o en palabras de verdad?

—Es un buen discurso. Lo valoran.

—¿Cómo sabes que lo valoran?

Ella se acercó, haciendo rodar la silla entre sus piernas abiertas. La sangre se le agolpó en la ingle al recordar que la había abrazado con fuerza para asegurarse de que estaba a salvo. Él la había protegido esa noche. Cuando el ciervo saltó frente a ellos, él reaccionó a la velocidad del rayo, saliéndose de la carretera y cayendo entre unos arbustos. Los daños del coche no se debían a su falta de reflejos, sino al posicionamiento del tronco de un árbol.

Sam se encogió de hombros.

—Dicen «gracias».

—Tal vez dicen «gracias» porque están en estado de *shock*. —Su voz vaciló un poco—. No saben qué decir o hacer. Sus mentes van a mil por hora pensando en el alquiler, las mensualidades del coche, los préstamos estudiantiles y en cómo ayudarán a sus padres. A lo mejor es el cumpleaños de un amigo y ella tiene que comprar una tarta y un montón de globos para una fiesta sorpresa. De repente, la idea de gastar tanto dinero le pone enferma. No puede creer lo que está pasando. Quizás el jefe cometió un error y mañana volverá a la máquina de café con una caja de dónuts y una historia sobre un tipo que el jefe contrató para despedirla y darle una charla motivacional después de destrozarle la vida.

Sorprendido por su arrebato, frunció el ceño.

—¿Son personas hipotéticas o estás hablando de ti?

—¿Por qué iba a hablar por mí? Me despidieron, pero no me afectó. Acababa de perder a mi novio, mi apartamento, mi libertad y mi reputación, pero me mantuve optimista. Intenté verlo como una oportunidad. Fui a la fiesta, me lo pasé genial, llené mi bolso de canapés porque no sabía de dónde iba a sacar mi próxima comida, bebí un montón de alcohol gratis para no sentir el dolor y vomité en el suelo del baño de mi amiga. Había un tipo en toda esa mezcla de cosas, pero solo recuerdo de él que se fue antes del amanecer.

Volvió la señal de alarma. Observó las líneas de preocupación de su frente y la dilatación de sus pupilas.

—Creo que estás en *shock*. Debería haberlo notado.

—No estoy en estado de *shock*. —Levantó una mano y le apartó el cabello del corte que acababa de curarle, con una caricia tan suave como una pluma sobre la piel—. Tú eres el que conducía y acabó lesionado. Si alguien está en estado de *shock*, eres tú.

Sam le sujetó la cara entre las manos, manteniéndosela quieta.

—Tus pupilas están dilatadas.

—Es un defecto de diseño. Ocurre cuando los hombres sexis se acercan demasiado.

Una sonrisa se dibujó en sus labios.

—¿Crees que soy sexi?

—Lo eres cuando me hablas con esa voz baja y profunda, te sientas tan cerca que puedo sentir el calor de tu cuerpo, te pones esa colonia que me vuelve loca y me acunas la cara como si fuera una flor delicada. —Ella se lamió los carnosos labios y él posó la mirada en ellos. Era una invitación que no podía ignorar.

—Has olvidado la parte en que intento matarte chocando con un ciervo a gran velocidad —sugirió, por si acaso estaba malinterpretando las señales.

—Intento no recordarlo porque hiciste unas maniobras muy hábiles para evitar que nos cayéramos por el precipicio. No hay nada más sexi que un hombre que mantiene la calma en un momento de crisis y salva a una chica para que la puedan despedir de nuevo. Tú, Sam Mehta, eres un héroe.

Ella pensó que él valía la pena. Era un bálsamo para su alma.

Cuando estuvo tranquilo, deslizó una mano por debajo de su cabello para acariciarle la nuca.

—Estás temblando. Es otro signo de conmoción cerebral.

—Tengo frío. Me vestí para probar a Harman, no para hacer una visita nocturna a una zanja.

—Entonces será mejor que te caliente. —Se acercó y le apartó el cabello para acariciarle la suave piel del cuello.

—La mayoría de los hombres ofrecerían un jersey o una manta. Quizás una taza de té. —Ella inclinó la cabeza hacia un lado para darle un mejor acceso, deslizando sus manos entre ellos para colocarlas en su pecho.

—No soy como la mayoría de los hombres.

—Está claro que no. Tu técnica de seducción es insuperable. Estoy caliente por todas partes excepto en mis labios. Todavía están fríos. —Ella dudó por un instante—. Podrías calentarlos también.

—Con mucho gusto.

Le pasó la mano por entre el cabello y le echó la cabeza hacia atrás. La besó con delicadeza, deslizando la lengua sobre la suya. Sabía dulce y picante, con un toque de especias.

—No está mal —susurró—. Pero creo que tenemos que volver a centrarnos en tus lesiones. ¿Dónde más te has hecho daño?

—Creo que me he dado un golpe en la cabeza. —La levantó de la silla y la subió a su regazo, incapaz de resistirse por más tiempo al deseo.

Riendo, le besó la sien.

—¿En algún otro sitio?

—Aquí. —Señaló su boca.

—Eso no es fácil de solucionar —susurró—. Los labios necesitan mucha atención.

—Entonces será mejor que empieces.

Su cerebro sufrió un cortocircuito cuando ella lo besó y se dejó llevar por la oleada de emociones que había estado conteniendo desde el accidente. La besó con fuerza y ferocidad. Su lengua tocó, saboreó y se adueñó de cada centímetro de su deliciosa boca.

Ella gimió y le agarró el hombro con una mano mientras él hundía la cara en su cuello y le lamía la piel. Estaba duro como el acero bajo la bragueta y su cuerpo palpitaba de necesidad. Todo en ella despertaba sus instintos más básicos: protegerla, reclamarla, abrazarla, poseerla. La deseaba con una necesidad feroz y urgente que no comprendía del todo, pero si su entusiasta respuesta a sus ásperos besos era un indicio, ella también lo deseaba del mismo modo.

—Si estabas planeando —se aclaró la garganta, incapaz de preguntarle a qué se refería con lo de «probar a Harman»— tener una cita esta noche, ¿llevas ropa interior de fácil acceso?

—Quizá deberías quitarme la ropa y averiguarlo.

Se relamió los labios por lo que estaba por llegar y tiró de su falda.

—¿*Beta*? —Se escuchó la voz de una mujer en el pasillo—. ¿Estás aquí?

# 19

—¿*Beta*?

Layla se quedó helada cuando escuchó la voz de su madre.

—¿Dónde estás? Estoy aquí con Mehar.

—¡Oh, Dios! —Layla se levantó de un salto y se arregló la ropa—. No deberían estar aquí. —Con manos temblorosas, miró a su alrededor en busca de escapatoria—. La tía Mehar puede oler a los hombres. Tenemos que sacarte de aquí.

Sam se abrochó los vaqueros.

—No me avergüenza estar contigo.

—¿Hablas en serio? —Ella lanzó un suspiro exasperado—. No es lo mismo para las mujeres, y lo sabes. Estaré castigada el resto de mi vida.

—Tienes veintiséis años.

—Vivo con mis padres. Aún no he encontrado mi propio apartamento. —Ella le hizo retroceder—. Métete en el armario y quédate callado.

Él resopló indignado.

—No voy a esconderme en un armario. Soy el director general de una consultoría empresarial muy importante.

—Tienes que hacerlo. —Ella le volvió a empujar y le cortó el paso—. No puedo estar aquí sola de noche con un extraño. Pensarán que estábamos haciendo algo malo.

Sam sonrió satisfecho.

—No estábamos haciendo nada bueno, al menos hasta que nos han interrumpido.

—Sam, por favor. No lo entiendes. Será un problemón para mí. Ella hará sus suposiciones… —Intentando una nueva táctica, se inclinó y lo besó—. ¡Si te metes en el armario, prometo contarte la fantasía erótica que tuve contigo y el escritorio Eagerson!

Sam se agachó tras las camisas de recambio de su padre.

—¿Hay esposas de por medio?

—No hay esposas.

—¿Cuerda?

—No.

—¿Cadenas?

—No eran *Cincuenta sombras deli*, así que no te excites.

Ella cerró la puerta, dejándola abierta solo una rendija para que él pudiera respirar.

Solo un segundo después, su madre y la tía Mehar entraban en el despacho.

—¿Qué hacéis aquí? —Enderezó la silla del escritorio, comprobando con disimulo si había pruebas de sus actividades ilícitas—. Pensé que me tocaba cerrar esta noche.

—Taara no recordaba si se había dejado encendido el gas. —Su madre negó con la cabeza—. Como no contestabas al teléfono, vine para comprobarlo tras recoger a Mehar de su *sangeet\**. Vi tu todoterreno fuera y…

—Huelo a hombre. —La tía Mehar olfateó el aire.

—Seguro que esta noche había muchos hombres en el restaurante. —Layla se inclinó sobre el escritorio y agarró una pila de sobres—. Pensé en revisar el correo y ordenar las facturas. Se han ido acumulando desde que papá ingresó en el hospital y el contable vendrá dentro de unos días.

—No. —Su madre le quitó los sobres de la mano—. Tú no debes preocuparte de esto. Yo me encargo.

—¿Seguro? Tienes tanto que hacer… —Sus ojos se abrieron de par en par cuando vio a la tía Mehar olfateando en dirección al armario, como un perro que ha captado un olor.

—Tu *salwar kameez* es precioso, tía-ji. —Se interpuso entre su tía y la puerta del armario—. Me encanta el bordado en rojo y

---

\* «Sangeet» significa 'música', pero también se utiliza para describir un evento musical durante una celebración, como una boda india.

naranja chillón. Muy Bollywood. ¿Lo compraste en la tienda de la tía Nira?

—Acaba de recibirlos. —La tía Mehar sonrió—. Mira esta pedrería. Pensé que era demasiado bonito para llevarlo como invitada, pero ella me dijo que sería bueno para las ventas que saliera con él a la pista de baile. —Dio unos pasos de «You are my Soniya» de *Kabhi Khushi Kabhie Gham*, cantando mientras dibujaba amplios círculos con los brazos y se daba palmadas en su amplio trasero.

Layla oyó un bufido desde el armario y se movió para ocultar a Sam de su vista.

—Estoy segura de que fuiste todo un éxito.

La tía Mehar pasó a una parte más vigorosa del baile, agachándose para sacudir los pechos.

—Tendrías que haberme visto en la pista de baile. Los hombres no notaban la diferencia entre Kareena Kapoor y yo, aunque soy veinte años mayor.

—Ya me lo imagino. —La tía Mehar protagonizaba todos los *sangeet*, ocupando el centro del escenario con bailes coreografiados que practicaba en casa y que completaba con cambios de vestuario.

Layla oyó una risa ahogada y tosió con fuerza, intentando ocultar el sonido.

—Ven, *beta*. —La tía Mehar se secó el sudor de la frente—. Baila conmigo.

—No hay suficiente espacio. —Retrocedió hasta el armario mientras su tía daba vueltas agitando los brazos en el aire—. Y la falda me aprieta demasiado.

—Tendrías que haber visto lo que llevaban las chicas jóvenes —continuó la tía Mehar—. Estas jóvenes de hoy en día… Todo está cortado demasiado bajo o demasiado alto y enseña demasiada piel. Les dije que un buen hombre no quiere a una mujer que intenta llevárselo a la cama antes de casarse.

—Exacto. Eres muy sabia. —A Layla se le aceleró el pulso cuando su madre la miró con seriedad. Conocía esa mirada.

Layla tragó saliva.

—Aunque los tiempos han cambiado.

—Eso es verdad. —La tía Mehar hizo una pausa para tomar aliento—. Todo el mundo tenía lo que llaman «un nombre de cafetería». En vez de Noopur, la chica es Natalie. En vez de Tarick, el chico es Ricky. Y Hardik quiere que le llamen Harry porque los estadounidenses relacionan su nombre con las películas porno. —Dudó y frunció el ceño—. ¿Tú tienes un nombre de cafetería?

—No, tía-ji.

—Eres una buena chica. —La tía Mehar le dio unas palmaditas en el brazo—. Pero necesitas un marido. —Se volvió hacia la madre de Layla, que fruncía el ceño en la puerta del armario—. Tenemos que encontrarle un marido, Jana. Quizá cuando Nasir salga del hospital puedas empezar a buscar.

La madre de Layla levantó una ceja.

—No creo que necesite nuestra ayuda.

Layla sintió el mismo pinchazo que sentía de niña cuando la sorprendían haciendo una travesura.

—Debes de estar cansada, mamá. No dejes que te entretenga. Acabo de ordenar aquí y nos vemos en casa.

La tía Mehar se fue a arrancar el coche y Layla siguió a su madre al restaurante.

—Vamos a hacer una cena familiar el jueves para celebrar que tu padre vuelve a casa —le dijo su madre—. Todo el mundo está invitado, incluido el hombre del armario.

Layla se quedó pálida. Ni siquiera intentó mentir.

—Tuvo un accidente de coche. Lo estaba curando. No quería que te hicieras una idea equivocada.

—Ya tengo una idea equivocada, pero si crees que es un buen hombre y se preocupa por ti, entonces vendrá a conocer a la familia y nos dirá cuáles son sus intenciones.

Layla abrió la boca para decirle a su madre que Sam no comía comida india y la volvió a cerrar. Su madre no lo entendería. De hecho, nadie que ella conociera lo entendería. La familia lo era todo. Las tradiciones eran importantes. No importaba lo mal que fueran las cosas, nunca las dejabas de lado.

—Allí estará —dijo con una convicción que no sentía en absoluto.

—Creía que ya no salías con nadie —dijo su madre—. No más novios inmaduros y egoístas. No más dolor. Tu padre y yo íbamos a encontrarte un buen hombre, alguien serio y estable que fuera un buen marido y un buen padre.

—Lo sé. Encontré la lista de papá.

Su madre frunció el ceño.

—¿Qué lista?

—Publicó mi currículum matrimonial en Internet y elaboró una lista de diez candidatos tras analizar todas las respuestas. Me he reunido con ellos. —Le sentó bien quitarse el secreto de encima, pero a su madre no parecía gustarle que hubiera estado intentando encontrar marido de la forma tradicional.

—¿Y el hombre del armario? ¿Es uno de ellos?

—No. —Tragó saliva—. Él comparte el despacho de arriba conmigo. Es el tipo al que papá se lo había alquilado. Dirige su propia empresa de consultoría.

Su madre le dio unas palmaditas en la mano.

—Conoce a los otros hombres. Si tu padre los eligió, entonces serán buenos chicos.

—Sam es agradable —dijo a la defensiva—. Es divertido, protector, amable…

—Está escondido en el armario.

—Eso es porque yo lo metí allí y le pedí que se quedara. —Miró a su alrededor en busca de la tía Mehar, incómoda con el giro de la conversación.

Su madre suspiró.

—En todos los años que he pasado con tu padre, ni una sola vez he querido esconderlo. Estaba orgullosa de decir que era mi marido. Deberías sentirte orgullosa del hombre con el que eliges casarte.

—No me voy a casar con él. —Jugueteó con el borde de su camisa—. Solo estamos… No sé lo que estamos haciendo. Hubo un problema con el despacho y empezamos a jugar a algo…

—No me gusta cómo suena eso. —Su madre abrió la puerta principal de un empujón—. Y no me gusta que no sepas qué clase de relación tienes, o que tengas la necesidad de ocultarlo. Si es solo un hombre de una noche…

—Rollo de una noche —corrigió Layla, aunque no sabía por qué—. Y no, no es eso.

Sam era mucho más que un ligue, pero ¿qué lugar ocupaba en el espectro de las citas? De repente se dio cuenta de que nunca habían hablado seriamente de su relación, ni de lo que significaba para ella buscar marido, ni siquiera de qué iban a hacer con el despacho cuando Royce regresara. Ahora que su madre le hacía las preguntas difíciles, no podía creer que hubiera convertido su búsqueda de marido en un juego. Había cuestiones más importantes que considerar quién se quedaba con el despacho. Buscaba a alguien con quien compartir el resto de su vida.

—La familia lo conocerá y te dirá lo que piensa.

Layla no tenía que llevar a Sam a cenar para saber lo que pensarían. Su madre ya tenía una mala impresión de él. Y si no comía con ellos, la familia pensaría que era irrespetuoso. No solo eso, en cuanto se enteraran de la lista de su padre, le dirían que se olvidara de Sam y eligiera a uno de los hombres que su padre quería que conociera.

—No olvides por qué volviste a casa —le dijo su madre por encima del hombro—. No fue para volver a trabajos que te hacían infeliz y a hombres que no podían comprometerse. Viniste a rehacer tu vida y dejar atrás el pasado. Eso no ocurrirá si pierdes de vista tus objetivos.

—Me gusta, mamá. —Siguió a su madre hasta el aparcamiento—. Es diferente a todos los que he conocido.

—Entonces tráelo a cenar el jueves —dijo su madre—. Y veamos si es digno de mi Layla.

—¡Sacad el champán!

Ajeno al hecho de que hubiera otras personas entrenando en el gimnasio, Royce gritó el nombre de Sam mientras se abría paso entre los sacos de boxeo, los pesos libres y las máquinas de cardio hasta el *ring* donde Sam estaba haciendo de sparring con Evan. Fuera de lugar con su traje a rayas, camisa rosa, corbata de lunares rosas y azul marino, y un par de zapatos de cuero marrón de punta afilada, Royce sujetaba una botella de champán en una mano y dos copas en la otra, también ajeno al hecho de que fueran las siete de la *mañana*.

—¿Qué haces aquí? —El momento de distracción de Sam le costó un buen puñetazo en la mandíbula y se tambaleó contra las cuerdas.

—¿Qué demonios estás haciendo? —Se enderezó y miró a Evan—. Estaba hablando con Royce.

—Cuando estás en el *ring*, estás en el *ring*. Juego limpio. A menos que quieras darme un puñetazo, y entonces yo gano.

Lo último que Sam quería era que Evan ganara. Por primera vez en su vida, le había sacado ventaja en un combate y casi podía saborear la victoria que se le había resistido durante tantos años.

—Dame un minuto, Royce. —Sacudió la cabeza para detener el zumbido de sus oídos.

—¡Estamos en la lista de finalistas para el contrato de Servicios de Salud Alfa! —Royce no daba un respiro. Todo giraba en torno a él.

Sam inspiró con fuerza. Lo que antes parecía un objetivo inalcanzable ahora estaba a la vista. Lanzó un puñetazo de victoria que Evan esquivó con facilidad.

—Y eso no es todo —dijo Royce, apoyándose contra las cuerdas—. Los rumores eran ciertos. La lista de finalistas es para los cinco hospitales. Tu presentación más mis conexiones, un par de *malos* golpes en el campo de golf y una mentira piadosa dan como resultado un equipo de narices.

—¿Qué mentira piadosa? —Sam oyó el silbido del aire. El dolor estalló en su mejilla. Cayó de golpe en la colchoneta mientras veía las estrellas. ¿O eran signos de dólar?

—Has vuelto a perder, amigo. —Evan se agachó para ayudar a Sam a levantarse—. ¿Quieres otra ronda?

—¿Estás bromeando? —dijo Royce—. No tiene tiempo para boxear. Tenemos que idear un plan. Todos los que están en la lista de finalistas tratarán de impresionar al consejo de administración. Tenemos que destacar entre la multitud. —Descorchó la botella y sirvió el espumoso—. Evan, viejo amigo, busca un par de copas para ti y… —hizo un gesto con la mano hacia John— este tipo, quienquiera que sea.

—Este es John Lee —dijo Sam—. Es abogado en el bufete de la última planta de nuestro edificio.

—Hola y adiós, John Lee. —Royce se sirvió champán en una de las copas de plástico que Evan había conseguido—. Cuando nos hayamos metido a Servicios de Salud Alfa en el bolsillo, necesitaremos tu despacho para expandirnos.

John se cruzó de brazos.

—Tenemos un contrato de alquiler de diez años con el actual propietario. No vamos a irnos a ninguna parte.

—¿El restaurante de abajo tiene el mismo contrato? —Royce llenó la última copa, salpicando el felpudo con champán.

—No lo he visto, así que no conozco las condiciones. Pero sí puedo decirte que están ahí a largo plazo. Su hijo, Dev, era amigo mío. Compró el edificio con unos amigos como inversión y alquilaron la planta superior a mi bufete y las dos plantas inferiores a sus padres para que pudieran trasladar su restaurante de Sunnyvale a la ciudad. Se gastaron una pequeña fortuna en reformas.

—Mmm. —Royce torció la boca hacia un lado—. Un pequeño contratiempo, pero no insuperable. Le prometí a Sam que haría lo que hiciera falta para conseguir ese contrato, y eso es exactamente lo que voy a hacer. —Repartió las copas—. Y ahora que la triste historia ha terminado, brindemos por el éxito de Bentley Mehta Multinacional. No te detengas. He enviado más casos al despacho.

A Sam se le encogió el corazón.

—¿Has vuelto a la ciudad?

—¿Estás de broma? Eres muy bueno en los negocios, pero el don de gentes no es tu fuerte. Tú hiciste la presentación y yo voy a llevar el trato de vuelta a casa. —Royce chocó su copa con la de Sam—. ¡Salud!

—Sam. —Daisy lo fulminó con la mirada cuando entró en el despacho después de su entrenamiento. Se había teñido el cabello de un rojo chillón que hacía juego con el pintalabios, y con la camiseta de *heavy metal* y los brazaletes de tachuelas en los brazos y en el cuello parecía el «Demonio del Infierno» que su camiseta proclamaba que era.

—Daisy. —La saludó con la cabeza, sin saber qué había hecho hoy para enfadarla, pero decidido a evitar que le pusiera de mal humor. Esta noche iba a volver a aceptar su lado indio. Ahora que su empresa estaba en la lista de finalistas de Servicios de Salud Alfa, podía empezar a mirar hacia delante, no hacia atrás. La cena familiar de los Patel era la oportunidad perfecta para dejar atrás el pasado y mostrarle a Layla su verdadero yo. Sentía algo por ella que nunca había sentido y quería que todo el mundo lo supiera.

El despacho era lo único que se interponía entre ellos. Ya se había puesto en contacto con un agente inmobiliario y le había pedido que le buscara urgentemente un nuevo local en la misma zona. Si ganaban el contrato de Servicios de Salud Alfa, tendrían que trasladarse aunque ahora tuvieran una ubicación privilegiada. Y si no lo conseguían, debería convencer a Royce de las ventajas de trasladarse igualmente, porque no iba a perder a Layla por un estúpido juego.

—He dejado algunos contratos en tu mesa —dijo ella con firmeza—. Y he reprogramado las reuniones con los Solteros n.º 7 al n.º 10. Ese es tu calendario.

Sam frunció el ceño con perplejidad.

—Estoy bastante seguro de que Layla habrá cancelado el resto de las citas a ciegas.

—Me dijo que las reprogramara. —Los labios de Daisy se curvaron en una sonrisa—. Es posible que desee cambiarse de ropa para su cita con el Soltero n°. 10. Es instructor de yoga. Tus pantalones ajustados podrían romperse cuando hagas la postura de la luciérnaga. Recuerda no ir en plan comando.

A Sam se le formó un nudo en la garganta. ¿Por qué Layla seguía buscando marido? Él se sinceró anoche en el bar. Desnudó su alma. No recordaba la última vez que le había dicho a alguien que quería algo más que sexo ocasional. Recordando el resto de la noche, se percató de que ella había estado inusualmente callada tras hablar con su madre. Había rechazado su proposición de pasar juntos la noche, diciéndole que necesitaba revisar el papeleo del despacho de su padre. Tal vez fuera verdad. O tal vez se lo pensó mejor cuando él le mostró sus defectos y casi estrelló el coche. Quizás ella creía que él no valía la pena después de todo.

Daisy dejó escapar un suspiro exasperado.

—¿Necesitas que haga algo hoy o, simplemente, debo verte ahí de pie mirando al infinito?

Finalmente se atrevió a hablar.

—¿Pasa algo malo?

—Que vengas a una cena familiar esta noche está muy mal, pero aparte de eso todo va de maravilla. —Sacó una golosina de su bolso y se la ofreció a Max, que estaba acurrucado en su cesta junto a su escritorio.

Sam respiró hondo para tranquilizarse y retrocedió mentalmente al feliz momento en que aún no había entrado por la puerta.

—Esta mañana nos hemos enterado de que nos han preseleccionado para el contrato de Servicios de Salud Alfa. Royce está en la ciudad y quiere agasajar a los clientes. ¿Podrías encontrar un buen restaurante que acepte a un grupo grande con poca antelación? Habla con Royce sobre fechas y lugares. Seguro que tiene algunas ideas.

—Claro, jefe.

A Sam no se le ocurría nada más divertido que ver a Royce y Daisy peleándose, pero tenía que sacar a Layla del despacho por si Royce se pasaba por allí. Royce no sería muy comprensivo si la veía en su mesa, y lo último que Sam quería era que volvieran a hacerle daño a Layla.

# 20

—¿Estás listo para esta noche? —Layla alargó la mano para frotar los hombros de Sam como si fuera un boxeador, deslizándolas por sus brazos y apretando los músculos que se ceñían a la chaqueta del traje. El aroma de su loción de afeitar se mezclaba con el del jabón que habían usado juntos en la ducha, y tuvo la tentación de arrastrarlo al dormitorio y volver a tenerlo solo para ella.

—Estoy listo. —Se enderezó la corbata, haciendo un nudo perfecto.

—Ha sido una forma muy pervertida de celebrar que os hayan preseleccionado para ese contrato. Ojalá tuviera más tiempo, pero mi madre me necesita para preparar la cena. —Se inclinó para besarle la mejilla. Sam la había sacado del despacho con el pretexto de ir a tomar un café, pero en vez de eso la había llevado a su casa y habían pasado toda la tarde en la cama.

—Para mí es mucho más que un contrato. —Se volvió y la rodeó con los brazos—. Uno de los hospitales que se está reestructurando es el St. Vincent, donde trabaja Ranjeet. Si conseguimos el contrato, tendré acceso a su expediente laboral. Podré averiguar qué pasó realmente en esa escalera y, si hubo encubrimiento, podré sacarlo a la luz. Nisha recibirá justicia.

En la mente de Layla empezaron a saltar las alarmas.

—¿Es eso ético? ¿No tienes que declarar un conflicto de intereses?

—Haré lo que haga falta para que Nisha reciba la justicia que merece.

—Seguro que la merece, pero ¿es lo que quiere? —Layla escogió sus palabras con cuidado—. No creo que fuera feliz si acabaras en la cárcel o perdieras tu trabajo por algo que es solo una posibilidad. Parece que quiere continuar con su vida, no desenterrar el pasado.

Sam se tensó.

—Mi trabajo es protegerla. Le fallé y no volverá a ocurrir.

—¿Esto es por Nisha o por ti? Parece que aún te culpas por lo que pasó.

Se puso rígido y se apartó.

—Pensé que tú serías la única persona que lo entendería.

Layla se estremeció al oír su duro tono de voz. Lo había presionado demasiado. Quizás era una verdad que no estaba preparado para afrontar. No serviría para nada toda la justicia del mundo si no podía perdonarse a sí mismo.

—Lo siento. Solo quiero que seáis felices.

Cuando acabaron de vestirse, subieron al todoterreno de Layla. Sam seguía esperando a que su aseguradora decidiera si merecía la pena arreglar su coche y ella se había ofrecido a llevarlo.

—¿De verdad vas a hacerlo? —preguntó Layla mientras encendía el motor—. ¿Comer platos indios? ¿Si pongo «Tattad Tattad» te levantarás y empezarás a dar unos pasos de Bollywood? —Le encantaba el enérgico número de baile de Ranveer Singh en *Goliyon Ki Rasleela Ram-Leela,* una versión de Bollywood de *Romeo y Julieta.*

—Espero estar tan lleno que no pueda moverme.

—¿Cuál es tu comida favorita? No puedo creer que no te lo haya preguntado antes.

—Las *masala dosas* sin ninguna duda.

Layla hizo una mueca de dolor al salir del aparcamiento. Su madre tenía una receta especial de *masala dosas* que consistía en fermentar la masa de las sabrosas crepes durante ocho horas. Pero el verdadero truco consistía en cocinarlas para que fueran gruesas y tuvieran una corteza dorada. Era una habilidad que nunca había dominado. Pero esta era la primera comida india de Sam en muchos años y la primera vez que conocía a su familia. Lo menos que podía hacer era tratar de hacerle su plato favorito.

—Me aseguraré de que las puedas comer.

—Lo estoy deseando.

—Yo también. —Se obligó a sonreír. Todo lo que tenía que hacer era ganarse a su familia. ¿Tan difícil podía ser?

—Prueba otra vez, *beta*. —El padre de Layla raspó la *dosa* quemada de la gran sartén de hierro fundido. Su madre se había traído la sartén de India, que le había regalado su propia madre cuando se marchó de casa.

—¿Por qué es tan difícil? —Layla se secó el sudor de la frente con la manga. Era la tercera *dosa* que estropeaba y se sentía mal por desperdiciar la masa que su madre había preparado ese mismo día.

—Todo tiene que estar perfecto. —Él limpió la sartén y volvió a sazonarla—. Temperatura, condimento y extender una capa ligera. Quieres que quede crujiente por fuera pero húmedo por dentro. —Se sentó pesadamente en el taburete que su madre había traído a la cocina para él. Hacía apenas unos días que había salido del hospital, se cansaba con facilidad y estaba más delgado de lo que ella le había visto en su vida.

—¿Te encuentras bien? ¿Es el marcapasos? ¿Tenemos que volver al hospital?

—Deja de preocuparte, *beta*. Todo va bien. Lo más probable es que sea solo el cuerpo adaptándose a algo nuevo, o tal vez el corazón sintiéndose feliz por haber vuelto a mi cocina con mi familia. —Miró la sartén—. Ahora añade la masa.

Layla vertió la masa en la sartén, dibujando círculos con el dorso de un vaso para crear una gran crepe.

—He hecho *chutney* de coco, *chutney* verde y *chutney* rojo para acompañarlo, así como *sambar*. —Señaló el caldo, que era una de sus guarniciones favoritas para las *masala dosas*. El viaje a través de las salsas, con su toque salado, picante, ácido y especiado, era lo que las hacía especiales.

—Espero que Sam aprecie tu esfuerzo. —Se inclinó para mirar la crepe—. Me gustó cuando nos conocimos. Era muy educado, inteligente, directo y serio.

Layla se rio. Le había contado a su padre su experiencia con su lista de candidatos y cómo le había interesado Sam. A él no pareció importarle que a ella no le hubiera gustado ninguno de sus candidatos, pese al tiempo que le había llevado reducir una lista de cientos de hombres a solo diez.

—Parece que sea un tipo aburrido.

—No es aburrido, pero se guarda sus emociones, a diferencia de nosotros, los Patel, que las dejamos salir todas. —Volvió a mirar la sartén y gritó—: ¡Ahora! ¡Viérte ahora!

—Cálmate, Nasir. —La madre de Layla apareció, acercándose a comprobar la *dosa*—. No te pongas nervioso.

—Entonces, será mejor que salgas de la cocina porque cada vez que te veo, se me desboca el corazón. —Tiró de la madre de Layla y le dio un beso. Ella se mantuvo rígida, aunque una sonrisa se dibujó en sus labios.

—Esto no es apropiado, Nasir.

—Lo que no es apropiado es tener que pasarme semanas durmiendo solo en una cama de hospital. No había nadie que me robara las mantas. Siempre estaba muerto de calor.

—¡Nasir! —Ella se apartó, no sin que antes Layla oyera un asomo de risa—. El personal puede vernos.

—Bien. Así todos pensarán que «Nasir ha vuelto fuerte y viril y tendremos que dejar de holgazanear a espaldas de Jana». —Miró a Danny y frunció el ceño—. Como este. Siempre te sorprendo mirando a Layla. Ella tiene un hombre y vamos a conocerlo esta noche, así que pon tu atención en otra parte.

—¿No te importa que salga con alguien que no está en tu lista? —Layla vertió otra cucharada de masa.

—Quiero que seas feliz —le dijo su padre—. Si él te hace feliz, entonces me gusta; si te hace desgraciada, entonces yo...

—No harás nada —dijo la madre de Layla—. Estás enfermo. Deberías estar en la cama, no en la cocina haciendo *dosas* y dando problemas.

Salió humo de la sartén y Layla miró hacia abajo consternada.

—¡He quemado otra!

—No pasa nada, *beta*. —Su padre agarró la sartén y le dio un abrazo—. La única manera de hacer algo bien es hacer muchas cosas mal. Los Patel no se rinden cuando queman sus *dosas*. Ahora, volvamos a empezar…

Para Sam, una «pequeña» cena Patel no era muy diferente de una boda india.

Desde la ventana de su despacho, había contado más de treinta personas que llegaban al restaurante con todo tipo de atuendos, desde saris de colores chillones hasta camisas floreadas y boas de plumas, y hasta un hombre de mediana edad iba con pantalones de cuero ajustados. Se alisó la camisa y se ajustó los puños. ¿Qué pensarían de él?

Le rugió el estómago. No había comido nada desde el desayuno y los aromas que venían de la cocina le recordaban a la caja de *masala* que le preparaba su madre, repleta de las especias que utilizaba para preparar las comidas: comino picante, canela, aromáticas hojas de laurel, granos de mostaza, pimienta en grano, *garam masala* y chiles picantes… Todo lo relacionaba con el hogar.

Se puso la chaqueta y se alisó la corbata. Daisy ya había bajado. Era hora de que conociera a la familia de Layla. Nunca había estado tan nervioso.

—¡Eh, amigo! ¡Que empiece la fiesta! —Royce irrumpió en el despacho, abriendo de golpe la puerta de cristal con una caja de champán entre los brazos. Tras él entraron cinco mujeres ceñidas con unos vestidos diminutos, grandes pelucas y tacones altos; una de ellas incluso traía una larga barra metálica. Evan iba en la retaguardia con una mujer alta y morena bajo un brazo y una caja de cerveza bajo el otro.

—¿Qué está pasando?

—Así es como se gana el contrato. —Evan dejó caer la caja sobre el mostrador de la recepción de Daisy—. A Royce y a mí se nos ocurrió un plan esta mañana que el consejo de administración de Servicios de Salud Alfa no olvidará. Estas señoritas vienen directamente del Platinum Club, el mejor club de *striptease* de la ciudad. Incluso hemos traído a Tiffany, su mejor bailarina de *pole dance*, para tener a nuestros clientes entretenidos.

—Gracias a los contactos de Evan que están metidos en las relaciones públicas hemos podido organizarlo con tan poca antelación. —Royce apartó los papeles de Layla y colocó la caja de champán sobre su escritorio—. Por eso le invité a venir. Le dije al consejo de administración que era una fiesta muy privada y exclusiva. Solo miembros del consejo, algunos altos ejecutivos y el director general. Tenemos suerte de que todos sean hombres. Ahora mismo vienen en limusina con un par de ángeles muy especiales y el mejor polvo de ángel que se puede conseguir.

—¿Vas a traer *strippers* y drogas? —Sam miró atónito a Royce—. Hay niños abajo. Es un restaurante familiar. ¿Y qué pasa con John y sus socios? Llevan un bufete de abogados.

—Evan les envió una invitación. Dijo que es la mejor manera de evitar que los vecinos se quejen de que haya una fiesta. Y no te preocupes por el restaurante. Ya nos hemos ocupado de ello. Les envié una pequeña sorpresa para tenerlos ocupados.

Royce sacó una botella de champán y la descorchó. El líquido espumoso se esparció por toda la habitación, salpicando el escritorio de Layla y la pecera, y provocando el pánico entre los peces de colores.

—¡Por Dios, Royce! Para. Hay gente que trabaja aquí.

—Nuestra gente. A menos que no te deshicieras de la hija del casero…

Una de las mujeres colocó dos altavoces junto a la impresora y «Don't Stop the Music» de Rihanna empezó a sonar a todo volumen en la sala, haciendo temblar las paredes y zarandear la pecera.

—Royce, cariño, llevas demasiada ropa. —Una mujer con el cabello rosa chillón y un minivestido de lentejuelas plateadas tiró a Royce de la corbata y lo acercó al escritorio de Sam. Con un guiño de sus pestañas extralargas, limpió la superficie con un manotazo, esparciendo bolígrafos y lápices por el suelo.

—Oh, oh. Ginger ha sido una niña traviesa. —Se inclinó sobre el escritorio de Sam y meneó el trasero.

Royce se rio y se subió las mangas.

—Peter dijo que eres un tipo listo.

—¿Quién ha pedido el alcohol? —Dos repartidores aparecieron en la puerta con un carrito cargado con seis cajas.

—¡Tira esa cesta afuera y ponlas ahí! —gritó Royce—. Que alguien le dé propina a estos tipos. O un par de copas. O chicas…

—Esa es la cesta de Max.

Sam se abalanzó sobre ella demasiado tarde. El repartidor agarró la cesta de Max y la lanzó al pasillo, haciendo volar los juguetes de goma del perro.

—Toma, amigo. —Evan le entregó una copa de champán—. Necesitas relajarte.

—No puedo relajarme —espetó Sam—. He quedado con la familia de Layla para cenar en cinco minutos.

—No puedes irte —dijo Royce, dejando de observar el trasero de Ginger—. Somos los anfitriones de la fiesta. Los que están en la lista de finalistas harán todo lo posible por convencer a Servicios de Salud Alfa de que los elijan a ellos. Ahora mismo todos se estarán peleando por reservar una mesa en algún restaurante de lujo, pero nadie va a hacer algo así. Evan es un maldito genio. Si esto no nos consigue ese contrato, nada podrá hacerlo. Les vamos a hacer pasar un buen rato.

—Esta no es mi idea de pasar un buen rato. —Conocer a la alocada familia de Layla, comer *masala dosas* y hacer públicos sus sentimientos por la mujer que lo había aceptado pese a sus defectos sí era su idea de pasar un buen rato. Como también lo era tenerla entre sus brazos mientras el sol de la tarde se filtraba por las rendijas de sus cortinas. O levantar la vista de su escritorio y verla mordisqueando la punta de un lápiz, sumida en sus pensamientos, mientras tenía al lado un montón de dónuts sin empezar.

—Pues va a tener que serlo —dijo Royce levantando la voz—. ¿O no quieres el contrato?

—Claro que lo quiero. Más que nada en el mundo.

—Entonces aflójate la maldita corbata. Tómate una copa. Besa a un par de chicas y ponte los zapatos de baile. Nuestros posibles clientes van a venir al edificio donde se va a producir la magia.

—¿No te refieres al despacho?

—Entrega de cristalería —dijo un repartidor—. Necesito una firma.

—Me refiero al edificio. —Royce hizo un gesto hacia los vasos—. Es nuestro. Todo el maldito edificio. Yo lo compré, o para ser exactos, lo compró nuestra empresa. Un trato en efectivo. Una semana para que cierren el restaurante. Me dijiste que hiciera todo lo necesario para asegurar el contrato y es lo que hice.

Sam dejó escapar un suspiro tembloroso.

—¿Has comprado el edificio?

—Todo es cuestión de ubicación, ubicación y ubicación. —Royce sonrió—. Una de las razones por las que nos incluyeron en la lista fue nuestra proximidad a los hospitales y a la sede central de Servicios de Salud Alfa. La semana pasada me llamó Peter Richards, el director general de Servicios de Salud Alfa. Le preocupaba que no fuéramos lo bastante grandes para hacer frente a una reestructuración de cinco hospitales, así que le conté la mentirijilla de que éramos los propietarios del edificio y que teníamos espacio para adaptarlo a sus necesidades. Luego tuve que hacerlo realidad. No fue fácil conseguir la financiación a corto plazo, pero lo logré. El trato se ha cerrado hoy.

Esto no podía estar pasando. No ahora.

—¿Cómo hiciste una compra de ese calibre sin mi firma?

Royce formó una hilera de copas y las llenó de champán.

—Aparte de tener tu consentimiento (me dijiste que hiciera todo lo necesario), me quedé con la mayoría de las participaciones de la sociedad cuando te incorporaste a la empresa. No puedes equivocarte si inviertes en bienes inmuebles. Todos salimos ganando.

La bilis le subió a Sam por la garganta.

—¿Qué pasa con los inquilinos?

Royce descorchó otra botella, derramando champán sobre el escritorio de Daisy.

—Me dijiste que los dueños del restaurante tenían problemas económicos y por eso se me ocurrió la idea de comprar el edificio. Esta mañana, después de hablar con tu amigo John, llamé a mi abogado y me dijo que el alquiler no sería un problema. Durante el proceso, descubrieron que los Patel estaban incumpliendo su contrato de arrendamiento al no pagar el alquiler. ¡Es perfecto! Esta noche les entregaremos una notificación. Si en tres días no pagan, iniciaremos el proceso de desalojo. Para cuando Servicios de Salud Alfa tome la decisión final, estaremos en posesión de todo excepto de la última planta.

A Sam le flaquearon las rodillas y tuvo que agarrarse al mostrador.

—¿Y si no conseguimos el contrato? Tendremos un edificio que no necesitamos, nos habremos quedado sin reservas financieras y los Patel habrán perdido su restaurante.

—La verdad es que les estaríamos haciendo un favor —dijo Royce con una sonrisa de satisfacción—. Nunca he visto el restaurante lleno. Buena comida. Mala ubicación. Fácil de solucionar. Me lo agradecerán dentro de seis meses. Y después de esta fiesta, el contrato será nuestro y no tendremos que volver a preocuparnos por el dinero. —Royce le ofreció una copa—. No entiendo por qué no estás contento. Esto es lo que querías. Ahora dale la vuelta a ese ceño fruncido. Nuestros invitados acaban de llegar y esperan que les hagamos pasar el mejor rato de sus vidas.

Sam levantó la vista justo cuando Peter Richards y seis hombres de mediana edad vestidos con trajes oscuros entraban por la puerta, acompañados de tres mujeres que vestían unos pantalones diminutos y *tops* con el logo de Platinum.

—¡Oh, cariño! No estés tan triste. Te sentirás mejor cuando te dejes llevar. Deja que te ayude con la corbata. —Una mujer muy maquillada y con el cabello castaño hasta la cintura desanudó la corbata de Sam y se la quitó del cuello, dejándola caer en la papelera que había junto al escritorio de Daisy—. Ya está. ¿No te sientes mejor?

—No siento nada en absoluto. —Lanzando una última mirada por la ventana, Sam envió un rápido mensaje a Layla diciéndole que tenía una emergencia de trabajo, y fue a saludar a sus clientes.

Estaba haciendo esto por Nisha. Por justicia. Por la mujer desconocida que no sabía que estaba a punto de casarse con un monstruo.

Entonces, ¿por qué se sentía tan mal?

# 21

Layla volcó su *dosa* en el plato.

—¡Lo he conseguido! Ha quedado perfecta. ¡Y ya van dos!

—Bien hecho. —Su padre se inclinó y le dio un beso en la frente—. Sabía que lo conseguirías.

Layla emplató la *dosa* y añadió el *chutney* y el *sambar* a la bandeja unos segundos antes de que le sonara el teléfono en el bolsillo. Bajó la cabeza y cerró los ojos cuando leyó el mensaje de Sam.

—¿Qué pasa, *beta*?

—Sam dice que tiene una emergencia de trabajo y no está seguro de cuándo podrá bajar. Dice que empecemos sin él.

Su padre se levantó.

—Entonces subiremos para darle la *dosa* mientras aún está caliente. Así se la podrá comer como tentempié. Un hombre trabajador es un buen hombre. Seguro que está tan decepcionado como tú por no poder venir.

—Iré yo, papá. —Recogió el plato—. No quiero que te canses.

—No estoy cansado. El médico dijo que no levantara cosas pesadas. No dijo que me pasara el día sentado como un paquete. Quiero ver lo que has hecho con el despacho y conocer a Sam antes de que llegue la familia.

Layla cerró los ojos y respiró hondo.

—Anoche decidí que me iré del despacho. Sam tiene un socio y tú se lo ofreciste primero. —Vaciló, temerosa de herir el orgullo de su padre—. Además, cuando revisé tus facturas en tu despacho entendí que necesitas el dinero del alquiler. Yo no podría pagar ese despacho, así que si quiero dirigir mi propia agencia, necesito encontrar un alquiler que me pueda permitir.

Su padre frunció el ceño.

—No tienes que preocuparte por nosotros. Ya hemos pasado por momentos difíciles. Eres nuestra hija. Si quieres ese despacho...

—Papá, estás teniendo pérdidas. —Su voz subió de volumen—. Los amigos de Dev están siendo muy comprensivos, pero les debéis casi un año de alquiler. ¿Qué haréis si no pueden fiaros más?

—¡Eso no es asunto tuyo! —El grito airado de su padre atrajo a su madre hacia los fogones. Era un hombre orgulloso que se tomaba muy en serio sus responsabilidades como cabeza de familia. Él no pedía ayuda, sino que la ofrecía. Cuando había un problema, lo solucionaba. Y cuando algo iba mal, se lo callaba y sufría en silencio.

—Nasir —la madre de Layla le puso una mano en el hombro—, cálmate. El médico dijo que nada de estrés.

—No estoy estresado —dijo furioso—. ¿Por qué dejaste que Layla entrara en mi despacho? Nuestra situación financiera no es asunto suyo. Ella tiene sus propios problemas. No necesita cargar con los nuestros.

—Es una mujer adulta. Solo intentaba ayudar. Pero quizás ha llegado el momento de que sepa lo que está pasando.

—Vete. —Su padre le hizo un gesto con la mano a Layla para que se fuera—. Llévale la *dosa* a Sam mientras está caliente. Tu madre y yo tenemos que hablar.

La madre de Layla levantó una ceja.

—¿No viene a cenar?

—Tiene una emergencia de trabajo —explicó Layla—. Bajará en cuanto termine.

—Mmm. —Su madre apretó los labios y se volvió hacia los fogones.

—No seas así, mamá. Él y su socio llevan solos su propia empresa. ¿Y cuántos indios llegan puntuales a algo? Llegará elegantemente tarde.

—Tu padre y yo dirigimos solos el restaurante y ni una sola vez hemos llegado tarde a un compromiso. —Su tono duro y cortante mostraba cuánto le disgustaba la situación, y Layla se dirigió rápidamente hacia la puerta.

—Veré si puedo meterle prisa.

—Hola, nena. Deja que te ayude. —Danny se le adelantó cuando ella intentaba abrir la puerta trasera haciendo equilibrio con la bandeja—. Estás arrasando con ese vestido, por cierto. —Señaló el vestido verde esmeralda que se había puesto para la cena—. Estás más rica que el *gulab jamun* que acabo de preparar.

Ella suspiró exasperada.

—¿Coqueteas conmigo delante de mis padres?

—No quería dejar pasar la oportunidad. —Sonrió—. Quizás así te sentirías en deuda conmigo.

—¿Por abrirme la puerta?

—Se han acostado conmigo por menos.

Layla entró en el callejón y subió las escaleras hasta la segunda planta para acceder al despacho. Había música a todo volumen y reconoció el estribillo de «Break Your Heart» de Taio Cruz.

—¿Tú también estás invitada a la fiesta? —John salió del ascensor con una botella de vino en la mano.

—No sabía que hubiera una fiesta. —El corazón le dio un vuelco cuando vio la cesta de Max en medio del pasillo; su manta y sus juguetes de goma estaban esparcidos por la moqueta.

—¿Sam? —Empujó la puerta de cristal esmerilado del despacho y se quedó helada cuando presenció la escena.

El escritorio de Daisy estaba repleto de botellas y latas, junto con una bandeja de embutidos medio vacía, un plato de lo que parecía caviar y una fuente de canapés. Una mujer con un minivestido rojo estaba sentada a horcajadas en el diván púrpura sobre un hombre con traje azul, y otra mujer con un bikini de colores chillones daba vueltas alrededor de un poste que se había colocado entre las dos mesas. El despacho estaba a reventar, pero excepto dos abogados del bufete de John, no reconoció a nadie.

—¿Qué está pasando aquí? —Se quedó mirando aquel caos totalmente atónita.

—Evan me dijo que había una fiesta. Pero no me esperaba... —John pasó la mirada de la mujer que bailaba sobre el escritorio de Layla al hombre que le metía dinero en el tanga— esto.

—¿Dónde está Sam? —Pensó que lo había susurrado, pero la mujer que estaba en el diván la miró y sonrió.

—Está en la sala de juntas con Tiffany. —Ella guiñó un ojo—. No creo que quieran que los molesten.

—¡Dios mío! —Le temblaron las manos y el *sambar* se cayó de la bandeja.

—¿Quién ha pedido comida india? —Un hombre con una camisa de rayas azules y rosas y una corbata de lunares le ofreció a Layla un billete de veinte dólares—. Quédate el cambio. No tengo nada más pequeño.

—Ella trabaja aquí, Royce. —John le apartó la mano.

—¡Vaya! ¡Pero si es la chica de los malos diseños! —Royce recogió las *dosas* y Layla dio un paso atrás—. Tienes que centrarte en lo que haces bien, y no son los logos. Te deseo más suerte la próxima vez.

—¿Qué estás insinuando?

Royce parecía desconcertado.

—Que te deseo suerte con tu proyecto, sea donde sea. Aunque te recomiendo que no te instales encima del restaurante de tus padres, si deciden continuar con el negocio. Da mala imagen.

¿Se había caído por una madriguera? ¿Entrado en otra dimensión? ¿Quizás estaba en un universo alternativo? ¿Danny había puesto algo en su *chai*?

—Mis padres no se van a ninguna parte.

—Claro que sí. —Royce rechazó las *dosas* y se sirvió caviar en una galletita salada—. Esta tarde les entregaremos el aviso para que paguen el alquiler pendiente en tres días. Si no lo hacen, iniciaremos el procedimiento de desalojo.

Layla se quedó sin aliento y retrocedió tambaleándose. Se habría caído de no ser por la fuerte mano que John había puesto en su hombro.

—No te hagas la sorprendida —dijo Royce—. Tu padre le dijo a Sam que estaban pasando apuros económicos. ¿Qué esperabas? ¿Que los caseros les fiaran para siempre? Pensé que eras empresaria. Así es como funciona. Despierta y huele los beneficios.

—Es una locura. —Agarró la bandeja con fuerza—. Los propietarios del edificio son amigos de mi difunto hermano. Nunca desahuciarían a mis padres. Jamás.

Royce mordisqueó su galletita con caviar.

—Pero ahora el edificio es mío. Bueno, en teoría pertenece a Bentley Mehta Multinacional, pero...

—¡Sam! —Esta vez gritó su nombre tan alto que pudo oírse pese a la música.

Instantes después, la puerta de la sala de juntas se abrió y Sam apareció tambaleándose, con una morena alta y curvilínea bajo un brazo y una botella de *whisky* medio vacía en la otra mano. Llevaba el cabello revuelto y la camisa abierta por el cuello, sin corbata y con las mangas arremangadas mostrando los antebrazos que una vez fueron objeto de sus fantasías eróticas. Nunca lo había visto tan desaliñado.

Él pasó su mirada de Layla a John y otra vez a Layla. Su rostro se suavizó hasta convertirse en una máscara carente de expresión.

—¿Qué está pasando? —preguntó Layla, con voz vacilante—. ¿Quién es esta mujer?

—Esta es Amber. —Ella le susurró algo al oído y le dio un beso en la mejilla antes de acercarse al poste—. Estamos de fiesta —dijo con voz plana mientras levantaba la botella—. Por Servicios de Salud Alfa. Estamos en la lista y vamos a hacerles pasar un buen rato.

Layla empezó a respirar de forma entrecortada, tratando de contener su turbación.

—Royce dice que vuestra empresa ha comprado el edificio y que vais a desalojar a mis padres.

—Lo sé.

—¿Lo sabes? —Su voz subía de tono a medida que la desolación se convertía en ira—. ¿Eso es todo lo que puedes decir? ¿Por qué no me lo habías dicho? ¿Por qué no haces algo? El restaurante es todo lo que tienen. Es todo lo que nos queda de Dev.

Sam dio un largo trago a la botella y se limpió la boca con el dorso de la mano.

—No puedo hacer nada.

—¿No puedes o no quieres? —Su cuerpo se sacudió por la ira—. También es tu empresa. ¿O siempre habías planeado echarlos? ¿Y nuestro juego? ¿De qué iba todo eso? ¿Te estabas divirtiendo a mi costa mientras ponías en marcha tu plan? Royce dice que mi padre te había confesado sus problemas financieros. ¿Has utilizado esa información para hacerles daño?

—Tú no lo entiendes… —Se estremeció—. Le dije a Royce que hiciera todo lo necesario para conseguir el contrato, y necesitábamos más espacio.

—¿Y de dónde creías que iba a salir ese espacio? —espetó—. Conoces a Royce. Trabajas con él todos los días. Mira lo que hizo con mis logos. No tiene empatía. Solo le interesan los beneficios. Deberías haberlo previsto. Pero está claro que lo único que te importaba era ese estúpido contrato.

Sam abrió la boca para contestar, pero a ella no le interesaba nada de lo que pudiera decir. Con la sangre corriéndole tan rápido por las venas que apenas podía pensar, alzó la voz y llamó la atención de todos los presentes.

—¿Les has dicho a tus clientes por qué quieres realmente el contrato? ¿Les has contado tu plan para acceder a la base de datos del hospital y leer los expedientes del personal para encontrar pruebas de lo que le ocurrió a tu hermana? Quizá deberían saber la clase de persona que eres. —Se arrepintió de sus palabras en cuanto salieron de su boca, pero ya era demasiado tarde. Bajo el fuerte ritmo de la música, un silencio incómodo llenó la sala.

En el rostro de Sam se reflejaron el asombro y la preocupación. Es cierto que ella había ido demasiado lejos, pero esto era mucho peor que descubrir la traición de Jonas. Ella no había amado a Jonas. No se había vuelto a abrir tras la muerte de Dev para que le rompieran el corazón de nuevo. Y Jonas solo le había hecho daño a ella.

Uno de los hombres de traje azul frunció el ceño.

—Sam, ¿está diciendo la verdad?

—No la escuches, Peter. —Royce le ofreció una copa de champán—. Está loca. Se metió en nuestro despacho e intentó crear una agencia de empleo llamada «Excelentes Soluciones de Contratación». Ese era el nombre. *Excelentes*. ¿Te lo puedes creer? Y su logo parecía un mapache drogado. No ha sido más que una broma.

—No sé… —Peter se rascó la cabeza.

—¿Has visto bailar a Tiffany? —Royce lo arrastró por la habitación—. Siéntate en ese escritorio para que haga un espectáculo para ti solo. —Le hizo unas señas frenéticas a una mujer con un minivestido plateado mientras Peter caminaba a trompicones. Con pies inestables, Peter tropezó con una botella y cayó pesadamente sobre el escritorio de Layla. La pecera se tambaleó y cayó al suelo, haciéndose añicos.

Layla se llevó una mano a la boca.

—¡Mis peces!

—¡No te preocupes! —gritó Royce—. Ya estaban muertos. Habían bebido demasiado champán.

—Espero que estés contento —dijo Layla con amargura y la mirada clavada en el rostro impasible de Sam—. Espero que haya merecido la pena. Conseguiste todo lo que querías: el contrato, el despacho, el edificio…

—Te quiero a ti.

—Nunca me quisiste. —Respiró de forma entrecortada—. Eres igual que todos los hombres que he conocido. Creía que había conseguido cambiar de vida, pero es más de lo mismo. He vuelto a perderlo todo, pero esta vez no he tocado fondo yo sola. Ahora me llevo a mi familia conmigo.

—Es lo mejor —dijo Sam, con voz lastimera—. Esta no es una buena ubicación para un restaurante. Necesitan trasladarse a un lugar más pequeño, más cerca de sus clientes potenciales...

—¡No me lances tu estúpido discurso motivacional! —gritó—. El restaurante era el sueño de Dev. Él compró este edificio para ellos y organizó las reformas. Ellos pusieron todo el dinero. Luego murió y esto es todo lo que les queda. No podrán seguir adelante. No es tan fácil.

—Nisha lo necesita —suplicó.

—No creo que Nisha lo necesite en absoluto. —Le tembló la voz—. Está tan sobreprotegida que tiene miedo de ser independiente. Cuando tú no estás es una persona diferente. Es divertida, extrovertida y totalmente capaz de cuidar de sí misma. Quería ir de compras y hacer lo que hacen las mujeres de su edad, pero necesitaba un empujón emocional, no físico. Necesitaba apoyo y ánimo, no protección. Tu culpa la está ahogando.

Respiró hondo. Sus manos temblaban tanto bajo la bandeja que los recipientes de salsa se habían volcado.

—No se trata de Nisha. Se trata de ti. Quieres justicia para no sentirte culpable nunca más, pero no funciona así, Sam. Aunque la policía encierre a Ranjeet de por vida, nada cambiará. Nisha seguirá necesitando una silla de ruedas y tú seguirás siendo el hermano que cree que le falló.

—No sabes nada de mi familia.

—Y está claro que tú no conoces a la mía —replicó—. Esto es todo lo que nos queda de Dev. No vamos a renunciar tan fácilmente.

—Lo siento, Layla. —Tragó con fuerza—. Ya lo has hecho.

—Salgamos de aquí. —John le apretó el hombro—. Este tampoco es mi tipo de fiesta.

Las manos de Layla se agarraron con fuerza a la bandeja. Las *dosas* se habían resecado ahora que estaban frías, y solo el *chutney* verde permanecía intacto.

—Hice *dosas masala* para ti —le dijo a Sam—. Era mi primera vez. Usé casi toda la masa de mi madre para hacerlas bien. También hice los *chutneys* y el *sambar*. Me llevó horas. Mi padre se sentó a mi lado todo el tiempo, como hacía cuando yo era pequeña, porque sabía lo importante que era para mí que salieran perfectas.

—Layla… —Una expresión de dolor cruzó su rostro y ella tembló. El impulso de arrojarle la bandeja era tan intenso que tuvo que luchar contra él.

—No merecías el esfuerzo —dijo finalmente—. No mereces el desperdicio si te los tiro ahora y no mereces la pérdida de mi autoestima. —Lo miró fijamente mientras John abría la puerta del despacho—. Y, desde luego, no me mereces a mí.

# 22

—Creí que no te atreverías a presentarte en el gimnasio. —John empezó a dar puñetazos en la pera de boxeo, con los labios apretados en una tensa línea—. ¿Has venido para desalojar también a mi bufete de abogados? Porque te puedo decir ahora mismo que mis socios y yo hemos analizado el contrato de alquiler y no puedes echarnos de allí.

—He venido a entrenar con Evan. No sabía si estarías o no. —Sam lanzó un suspiro y se sentó en un banco de pesas cercano. No había ido al gimnasio para evitar a John, pero tras un fin de semana en que le había sido imposible relajarse, se dio por vencido.

—Ojalá no hubiera venido —espetó John.

Sam se pasó una mano por el pelo.

—No sabía que Royce había comprado el edificio ni que pensaba desalojar a los Patel.

John detuvo la pera de boxeo.

—Pero tampoco has detenido el desahucio, ¿verdad? No has hecho nada para acabar con esta horrible situación, cuando legalmente tienes derecho a hacerlo.

—Royce nos puso en una situación muy difícil. —Se retorció las manos entre las piernas abiertas—. Conseguimos el contrato por nuestra ubicación y porque tendríamos espacio para el personal necesario.

—No. —John lo miró fijamente—. No le eches la culpa a Royce. Todo esto es culpa tuya.

—Tranquilo, hermano —dijo Evan, acercándose a ellos—. Dale un respiro a Sam. Han sido simples negocios. Si los Patel hubieran pagado el alquiler, no habría pasado esto. Sam hizo lo que tenía que hacer. Deberíamos felicitarlo por el contrato y por tener la posibilidad de acabar con el sinvergüenza que hizo daño a su hermana.

—Todavía no. —John se volvió hacia la pera de boxeo y continuó golpeándola—. No apruebo que se haga daño a gente inocente por un objetivo personal, y tampoco me trago esa patraña de los negocios. Podrías haber solucionado lo de la ubicación. Pero simplemente no quisiste.

—No es nada personal —dijo Sam de forma sombría—. Lo hago por Nisha.

—¿Estás seguro? ¿Alguna vez le has preguntado a ella lo que opina? —John perdió el ritmo en la pera de boxeo y se echó hacia atrás cuando esta le golpeó la barbilla—. ¿Se lo has preguntado a Layla?

—Layla no es inocente en este asunto —dijo Evan. Que apoyara a Sam solo significaba que había cruzado una línea roja. Era tan despreciable como Royce. Puede que incluso más—. Estuvo a punto de echar a perder el contrato hablando sobre Sam delante de los jefazos de Servicios de Salud Alfa. Eso no estuvo bien.

—¿La estás culpando? —John volvió a arremeter contra la pera de boxeo y luego posó su mirada en Sam—. Se pasó toda la tarde preparando tu plato favorito y su familia estaba abajo esperando a conocerte, con su padre recién salido del hospital. Y, cuando subió al despacho, no solo se encontró la fiesta de fraternidad del siglo y a su novio borracho con *strippers*, sino que también se enteró de que la estabas desalojando a ella y a su familia. Si hubiera sido yo, te habría tirado la comida a la cara, habría llamado a la policía y habría prendido fuego al maldito despacho. En mi opinión se contuvo muchísimo.

Sam nunca había visto a John tan enfadado. No solo había perdido a Layla; estaba claro que también a su amigo.

—Esto se está volviendo muy aburrido. —Evan subió al *ring*—. Vamos. No tengo todo el día.

—¡Hazlo entrar en razón! —gritó John—. Está arruinando su vida y la de quienes le importan porque no acepta que no es responsable de todo lo malo que pasa en el mundo.

Evan se rio.

—Yo seré responsable de todo lo malo que le pase en cuanto suba su trasero al *ring*.

Sam alcanzó sus guantes y se puso uno.

—Siento haberles hecho daño, pero es por una buena causa. Ranjeet se va a volver a casar. Si descubro que tiró a Nisha por las escaleras y el hospital lo encubrió, podré impedir que a otra mujer le pase lo mismo.

—Sigues echándote encima una culpa que no es tuya —dijo John mientras le ayudaba a ceñirse los guantes—. Tienes que solucionar las cosas con Layla y su familia. —Ayudó a Sam con el otro guante y lo metió en el *ring*.

—Ella tiene que solucionar las cosas conmigo —replicó Sam—. Estuvimos a punto de perder el contrato por su culpa. Y en cuanto a Nasir, ¿qué puedo decir? Llevaban más de un año incumpliendo el contrato y teníamos derecho a desahuciarlos.

—No puedo creer que esté diciendo esto, pero que sea legal no lo hace correcto —espetó John—. Llevas tanto tiempo persiguiendo a un monstruo que tú mismo te has convertido en uno. —Abrió las cuerdas para que Sam pudiera pasar y subió tras él.

—¿Qué está pasando aquí? —Evan pasó su mirada de John a Sam y de vuelta a John.

—Hoy tengo ganas de pegarle a Sam, así que te voy a pedir que te apartes. —John extendió una mano para pedirle a Evan los guantes.

Sam inclinó el cuello de un lado a otro mientras Evan ayudaba a John a ceñirse los guantes.

—No lo hagas. Nunca me has ganado un combate. No quiero hacerte daño.

—Tú has hecho daño a los demás. —John se puso en posición de lucha—. Es hora de que sepas lo que se siente.

Un segundo después, el puño de John cayó sobre la nariz de Sam y este se derrumbó viendo las estrellas.

—Tráeme otro. —Layla le hizo señas a Danny para que se acercara tras cerrar la puerta del restaurante. Con un padre aún convaleciente y una agencia que ya no tenía despacho propio, había estado poniendo toda su energía en el restaurante, trabajando noche y día junto a su madre. No tenían dinero para pagar el alquiler atrasado y evitar el desalojo, pero haría todo lo posible para que salieran del local con la cabeza bien alta.

—Creo que ya has bebido suficiente. —Se reunió con ella en la barra—. Te has pasado los últimos días bebiendo en el restaurante a deshoras. ¿No crees que deberías ahogar tus penas de otra forma?

—¿Qué más puedo hacer? —Arrastró las palabras mientras los ojos se le llenaban de lágrimas—. Pensé que había tocado fondo en Nueva York, pero ni por asomo fue así. Ahora, no solo no tengo trabajo, tampoco tengo despacho, apartamento, novio o marido. Me abrí al amor, me han vuelto a hacer daño y van a desahuciar a mis padres. Excepto por que no acabo de salir de la cárcel, estoy peor que cuando volví a casa.

Danny inspiró con fuerza.

—¿Estuviste en la cárcel?

—Dos horas de condena en el banquillo de la comisaría. —Se estremeció al recordarlo—. Esposada. Fue horrible. Y no me encerraron porque le había encontrado trabajo al hermano del administrador del edificio, Louie «el Hacha» Moretti, que había decidido dejar la mafia. Estaba casado con la sobrina del marido de la hermana del primo de mi padre. Tiró de algunos hilos con sus amigos policías y me dejaron libre. Menos mal que Jonas me engañó un sábado por la noche, porque Louie había muerto el domingo y no pude volver a casa hasta que fui al funeral. —Se pasó un dedo por la garganta—. Corbata italiana.

—Esto me pone cachondísimo. —Se relamió los labios—. Eres una exconvicta.

Ella le dio su bol.

—Llénalo. Y ponle más guindilla. No quiero sentirme la lengua.

—No puedes comer tanto *dal*. —Danny le quitó el bol—. ¿Por qué no te tomas unas copas? Puedo prepararte un gin-tonic. Es lo que hace la mayoría de la gente cuando está deprimida.

—No las buenas chicas desi. Nosotras queremos engullir nuestra comida favorita. Le eché un vistazo a la olla cuando entré. Todavía queda un montón.

—Te has comido ya cuatro boles, y una pila entera de *roti*...

—Trae también más *roti*. Asegúrate de que estén tan calientes que me quemen los dedos. Necesito que el dolor me recuerde que aún estoy viva. Me han roto el corazón demasiadas veces.

Danny se desató el delantal y se sentó junto a ella.

—Eres un poco melodramática, ¿no crees?

—Tú también deberías comer *dal*. —Ella se apoyó en su hombro, demasiado angustiada para preocuparse por el decoro—. El restaurante cerrará. Perderás tu empleo.

Danny le pasó un brazo por los hombros y lanzó un suspiro.

—Tu madre me dijo que no me preocupara, así que no lo hago. Solo estoy haciendo mi trabajo: cocinando y apoyando a las personas con problemas emocionales.

Layla levantó la vista, resoplando tras sollozar durante una hora.

—Tengo angustia emocional.

—Puedo verlo —dijo en voz baja.

—¿Por qué siempre me traicionan las personas a las que quiero? Morgan dijo que me quería, pero resultó que solo quería que le ayudara a pagar el alquiler de su apartamento. Y luego estaba Adam, que contrató a un actor para que hiciera de sí mismo, y cuando me enamoré de él y le pedí que se mudara conmigo, apareció en mi puerta un calvo cuarentón con dos maletas, tres gatos y el ukelele de su abuela.

—Toma un poco más de *dal*. —Danny le pasó la cuchara y ella raspó el fondo del bol.

—Y luego estaba Quentin...

—Ya no me gusta —dijo Danny—. ¿Qué clase de tipo se llama Quentin?

—Un profesor de Filosofía que rompió conmigo a los tres meses por carta. Dijo que, en términos filosóficos, éramos básicamente incompatibles. Dijo que él era Sartre, que creía en las aventuras amorosas, y yo era Kierkegaard, que creía en las relaciones comprometidas.

—Te engañó.

—Filosóficamente hablando. —Se metió la última cucharada de *dal* en la boca. Su estómago gruñó en señal de protesta—. Luego estaba Chris. —Suspiró—. Rompió conmigo, pero no podía decirme por qué, dado que lloraba mucho. Luego, de vez en cuando aparecía y me pedía…

—No parecen buenos tipos —interrumpió Danny—. ¿Los amabas de verdad?

—Creía que sí. —Ella dudó—. Quería hacerlo. Pero ahora sé cómo es el amor de verdad. Así que no, no los quería en absoluto.

—Creo que el amor está sobrevalorado. —Él le dio un abrazo amistoso. Ella no se había dado cuenta hasta entonces de lo bien que olía; una mezcla de *roti* quemado y pepinillo encurtido al mango.

—¿Sabes qué necesitas para olvidarte de Sam?

—¿*Gulab jamun*? Tal vez necesito unos dulces.

—Un masaje. —Bajó la mano por su espalda y la movió en pequeños círculos a lo largo de su columna vertebral—. ¿Te gusta?

«¡Qué relajante!». Si su estómago no hubiera estado tan hinchado por el *dal*, le habría pedido que le diera un masaje mientras se tumbaba en una mesa.

—Sí. —Ella suspiró—. Me gusta.

—Puedo hacer que te sientas tan bien que te olvides de todo lo que te hace sentir mal. —Su mano bajó hasta la curva de su trasero. Los masajes en la espalda eran buenos. Los masajes en el trasero dados por ligones, no tanto, a menos que hubiera caído tan bajo que quisiera seguir por ese camino.

—No me gusta sentirme mal —dijo, pensativa—. Me provoca dolor de estómago.

—No tienes por qué sentirte mal. —Danny la puso de pie—. Mi novia está fuera de la ciudad, así que soy todo tuyo para darte placer, nena. Quiero ver esa bonita sonrisa de nuevo.

«Claro. ¿Por qué no?». Si esta iba a ser su vida a partir de ahora, era mejor que empezara cuanto antes a disfrutar de ligues ocasionales en restaurantes cerrados y tras los setos en bodas en las que siempre sería la dama de honor y nunca la novia.

—Cariño —sonrió, mostrando un diente de oro—, ¿por qué no vamos al despacho de atrás y hago que te olvides de Chris, Quentin, Adam, Morgan, Jonas y...

—Sam. —Se le quebró la voz—. Quiero olvidarme de Sam. Quiero olvidarme de cuánto me hacía reír, y de lo guapo que es, y de cuánto me protegía cuando conocía a un chico nuevo, y de lo cariñoso que es con su hermana, y de cómo me molestaba que me robara el escritorio y me organizara los lápices, y de cómo nunca pensé que me enamoraría de un seguidor de los Oakland Athletics. Y, aun así, no es mejor que cualquiera de los que me rompieron el corazón.

Danny la rodeó con los brazos y apretó su erección contra su vientre.

—Tengo todo el amor que necesitas justo aquí.

El estómago de Layla protestó por la presión con un sonoro gruñido.

—¡Uy! Creo que tenías razón sobre el *dal*.

—Está bien, nena. —La apretó con más fuerza, clavándole los dedos en el trasero como pequeñas garras—. No oiré nada más con tus gemidos de placer.

—Será mejor que no me aprietes tanto.

Intentó apartarse para reducir la presión.

—Quiero que sepas lo que me provocas, lo mucho que deseo tu sexi trasero de exconvicta. —Tiró de ella con más fuerza, apretando las caderas contra las suyas.

La bilis le subió a la garganta y se le hizo la boca agua, aunque no en el buen sentido.

—La verdad es que siento algo más... Creo que deberías...

Lo apartó de un empujón y, solo un segundo después, vació todo el contenido de su estómago en el suelo embaldosado.

—¡Oh, Dios! —Cayó de rodillas y volvió a vomitar—. Cada vez que creo haber tocado fondo, descubro un nuevo nivel en el infierno.

—No te preocupes —dijo—. Tengo otro cepillo de dientes.

Volvió a vomitar.

—O puede que no. —Consultó su reloj—. ¡Mira qué hora es! He quedado con alguien… en algún sitio. ¿Estás bien para cerrar?

—Claro. —Se desplomó en el suelo, asqueada por lo patética que se había vuelto. Si hasta Danny salía corriendo, es que había tocado fondo. Tenía que aceptar que todo había acabado: el juego, el despacho, la agencia y Sam.

# 23

—Lo siento. GenSys Medical ha decidido rescindir su contrato.

Sam solo pudo sentir lástima por el tipo que había al otro lado de la mesa. Se había convertido en un imbécil al que no aguantaba ni su mejor amigo. Así que más le valía estar a la altura de su reputación.

—No. —Jordan dio un puñetazo en la mesa con una mano regordeta—. Debe de haber algún error. Vuelve a comprobarlo. —Con su metro noventa de estatura y sus ochenta kilos de peso, Jordan parecía más un boxeador profesional que un genetista con dos doctorados que se había pasado los últimos quince años en un laboratorio sin ventanas.

Claire Watson, directora de Recursos Humanos de GenSys, ni siquiera parpadeó ante tal arrebato. Karen era fría y dura, pero Claire lo había llevado a otro nivel. Tenía una aplicación con la que controlaba las reacciones de sus empleados y hasta ahora había ganado diecinueve estrellas por hacerles llorar.

—Solo necesito una más para ganar —le susurró a Sam antes de decirle a Jordan los pormenores de su indemnización por despido.

—No tienes corazón. —Jordan siguió a Sam hasta la puerta, donde dos guardias de seguridad lo esperaban para acompañarlo fuera de las oficinas. Sam detestaba que se despidiera los días laborables por lo desagradable que resultaba, pero hoy le daba igual—. No tienes alma —continuó Jordan—. ¿Cómo puedes hacerle esto a gente honrada y trabajadora? ¿Qué te he hecho yo? Esto no está bien.

Sam se estremeció al imaginar la voz de Nasir en vez de la de Jordan. ¿Qué le habían hecho los Patel? ¿Cuándo había dejado de sentir compasión por la gente cuyas vidas arruinaba? ¿Tenía razón John? ¿Se había acabado convirtiendo en el monstruo que perseguía? ¿Era mejor que Ranjeet?

—No es nada personal —dijo, más para convencerse a sí mismo que al angustiado hombre que tenía al lado—. A veces hay que hacer sacrificios por el bien común. Nadie tendría trabajo si no echáramos a algunos.

—Pero ¿por qué yo? —La voz de Jordan se quebró—. Nunca en mi vida me han llamado la atención.

¿Por qué Nasir? ¿Por qué Layla? ¿Por qué tenían que sufrir para que él pudiera vengar a Nisha? Sam sabía en el fondo que no estaba bien. ¿Cuándo había perdido de vista lo que era realmente importante?

—Sé que ahora estás en *shock*… —Sam comenzó su discurso sin el preámbulo habitual— pero podría ser lo mejor que te haya pasado nunca. Cuando dejas atrás el pasado, el cielo es el límite.

—No me vengas con esa mierda —le espetó Jordan—. Si no te lo crees ni tú, ¿por qué tendría que creérmelo yo?

¿Se creía él su propio discurso? ¿Arruinarle la vida a los demás era lo mejor que sabía hacer? El accidente de Nisha lo había alejado de su sueño de ser médico y lo había puesto en este camino. No le hacía feliz ser socio de Royce, pero le pagaba las facturas y le ayudaba a aliviar la culpa que ahogaba su corazón. Pero aun así no había dejado atrás el pasado. Lo revivía cada día y lo había arrastrado a una oscuridad de la que parecía imposible escapar. Hasta que conoció a Layla.

Los guardias de seguridad llegaron antes de que pudiera responder y se llevaron al científico.

—¿Qué tal si cenamos en mi casa esta noche? —sugirió Claire cuando regresó a la sala de juntas—. No soy muy buena cocinera, pero tampoco te estoy invitando a comer. —Se relamió los labios—. No comida, al menos.

Se libró de tener que rechazarla cuando el siguiente empleado llamó a la puerta. Puede que Layla no lo quisiera, pero él no quería a ninguna otra mujer.

—Shari Patel —susurró Claire mientras le entregaba una copia de su expediente—. Ella y Jordan trabajaron juntos en el mismo laboratorio. Si llora, me darán una corona de oro.

«¿Patel?». Un escalofrío le recorrió el cuerpo cuando entró la siguiente empleada. Era más baja que Layla, su cara más suave y redonda, y el cabello oscuro le caía recto hasta los hombros. No podía ver ningún parecido, pero necesitaba estar seguro.

—¿Eres pariente de los Patel, los dueños de El Molinillo de Especias? —le espetó cuando ella se hubo sentado.

—Somos otros Patel. —Le dedicó una cálida sonrisa—. Aunque estoy segura de que si miras en el árbol genealógico, descubrirás que todos estamos emparentados de alguna manera. ¿Conoces a Jana y a Nasir?

—Conozco a Nasir y a su hija, Layla. —Su nombre se le atascó en la garganta, y el recuerdo del dolor que mostró su rostro cuando entró en la fiesta le atravesó el corazón como una daga. Cada vez le resultaba más difícil sentirse indignado por su intento de desenmascararlo en la fiesta.

—He oído que van a cerrar El Molinillo de Especias —dijo—. Es una pena. Cuando era pequeña iba al restaurante de Sunnyvale. Hacían las mejores *dosas masala*…

Sam se estremeció. Incluso esas palabras lo ponían enfermo.

—¿Qué tal si dejamos ese viaje por los recuerdos para otro momento y continuamos con lo que hemos venido a hacer? —dijo Claire con impaciencia—. Por desgracia, tu contrato en GenSys queda rescindido a partir de hoy…

Sam informó a Shari sobre la necesidad de hacer una reestructuración, los sacrificios por el equipo, que podía aceptar el dinero ahora o después de consultarlo con un abogado…

Shari firmó el documento y aceptó el cheque sin decir ni una sola palabra.

—¿Tienes alguna pregunta? —Claire no ganaba puntos con los empleados que firmaban en silencio y luego salían por la puerta.

—No. —Shari se levantó para irse—. Lo veía venir. Ya he corrido la voz de que estoy buscando trabajo. Estoy segura de que pronto surgirá algo. —Sonrió a Sam—. Ya sabes cómo es esto.

Sí, él sabía cómo era para los Patel. Los lazos que los unían eran tan fuertes que podían capear cualquier tormenta. Los lobos solitarios, en cambio, cojeaban a ciegas por el desierto, hambrientos y vulnerables sin su manada.

—Gracias por tus servicios —dijo Sam, desconcertado por lo serena que había aceptado la situación.

—De nada.

Lanzando una desconcertada mirada a Claire, Sam acompañó a Shari a la puerta.

—Sé que ahora estás en *shock*, pero… —Se interrumpió, sintiéndose de repente como un estafador—. Tenía un discurso preparado, pero no puedo darte consejos que ni siquiera yo sigo. Lo siento. Siento mucho que te haya pasado esto.

—No pasa nada. —Le estrechó la mano—. Sé que solo haces tu trabajo. Estás perdonado.

«Estás perdonado».

Esas dos palabras lo dejaron paralizado, aunque no sabía bien por qué. Algo en su interior se desmoronó. No había pedido perdón, pero ahora se preguntaba si era lo que siempre había estado buscando.

Sam abrió de un empujón la puerta del despacho de El Molinillo de Especias y encendió la luz. Se quedó atónito cuando vio el desorden. Era evidente que nadie había entrado desde el día de la fiesta. Todas las superficies estaban repletas de botellas y latas vacías. La fruta y los canapés se pudrían en las bandejas. Alguien había derramado vino tinto sobre el diván de Layla y una enorme mancha negra se había extendido por la tapicería.

Dejó el material de limpieza en la recepción y agarró una escoba para despejar el camino hasta el despacho. La barra de *pole dance* estaba tirada en el suelo junto con la pecera rota y los dos peces muertos.

«Ya no voy a tener buena suerte».

—Así que destruir tu vida tiene este aspecto.

Nisha miró alrededor en el camino que él acababa de abrirle. Cuando se fue de GenSys condujo directamente hasta casa de sus padres y se lo contó todo, desde el contrato de Servicios de Salud Alfa hasta el juego de Layla. En vez de juzgarlo, ella había insistido en acompañarlo al despacho para ayudarlo a limpiar.

—No creía que las cosas pudieran ir a peor, pero he perdido a Layla, posiblemente el contrato, y le he dado motivos a Nasir para rescindir el subalquiler, aunque tampoco iba a ser mi casero por mucho tiempo. Royce no responde a mis mensajes ni a mis llamadas, así que puede que tenga que dejar la sociedad, y no he hablado con John desde que me noqueó en el gimnasio.

—Y todo por mi culpa.

—No, por la mía.

Nisha se inclinó para recoger una botella de champán vacía.

—No sabía que te sintieras tan culpable ni que pudieras hacer algo así para llevar a Ranjeet ante la justicia. Estaba tan contenta de volver a ser libre que no me importaba lo que le pasara.

—¿No quieres justicia? —Sam le hizo la pregunta que debería haberle hecho hacía años.

—No a cualquier precio. Mi objetivo es volver a vivir. Quiero mirar hacia delante, no hacia atrás. Te agradezco que intentaras ayudarme, Sam, pero a veces hay que olvidar el pasado.

Su hermana pequeña ya no era tan pequeña. Pese a sus heridas, había conseguido superar la rabia y el rencor que habían impedido a Sam disfrutar de la vida.

Nisha se giró cuando la puerta se abrió.

—¿Quién es?

Sam siguió su mirada y se le encogió el estómago cuando vio a John en la puerta agitando una mano delante de su nariz.

—¿Qué es ese olor?

—Caviar podrido. —A Sam se le formó un nudo en la garganta a medida que su amigo se iba acercando—. Hemos venido a limpiar. ¿Qué estás haciendo aquí?

—Oí voces y esperaba que fuera Layla con algo de picar del restaurante, pero solo eres tú. —Dirigió su mirada a Nisha y le sonrió—. John Lee de Lee, Lee, Lee & Hershkowitz, a su servicio.

Sam hizo las presentaciones. John se quedó embobado mirando a su hermana. Y tartamudeó tanto en una conversación banal sobre el tiempo que parecía imposible que pudiera defender un caso ante un tribunal.

—En serio, amigo. —Sam se puso delante de Nisha para ocultarla de la vista de John—. Es mi hermana.

—Sí, es tu hermana. —Nisha salió con la silla de detrás de su espalda—. Y no quiere que la interrumpas mientras habla con tu amigo.

—Es él quien nos ha interrumpido —protestó Sam.

Nisha resopló.

—Estábamos hablando de que la gente debe ocuparse de sus propios asuntos. ¿No estabas prestando atención?

—Si te preocupa que su silla de ruedas sea un problema —dijo John—, te recuerdo que tu problema de *personalidad* no ha impedido que seamos amigos.

Sam frunció el ceño con perplejidad.

—¿De qué problema estás hablando?

—De tu problema para ver lo que tienes delante.

Nisha se rio a carcajadas y la mirada que compartió con John mostró un interés que iba más allá de una simple amistad.

—Lo único que veo ahora es este desastre en el despacho —dijo Sam en un intento por acabar con la incómoda conversación.

—Pues manos a la obra.

John agarró una bolsa de basura.

—¿Vas a ayudarnos?

John recogió un montón de latas vacías con la escoba y las metió en la bolsa.

—En el gimnasio dije lo que tenía que decir, y aunque tengo que admitir que me sentí mal por noquearte, nunca dejaré que lo olvides. Pero parece que ya estás entrando en razón. Es entonces cuando necesitas a tus amigos.

—Es todo un jodido desastre.

—Entonces lo haremos poco a poco. —John levantó un tanga rosa chillón—. ¡Que empiece la fiesta de la limpieza!

—¿Qué has estado haciendo desde que dejaste Glenlyon Morrell en Nueva York? —Miles Fanshaw, director ejecutivo de City Staffing Solutions, se reclinó en su lujoso sillón de cuero mientras sorbía su café matutino.

Layla siempre había deseado tener un despacho así. Ventanas enormes. Una vista increíble. Un escritorio gigante. Alfombra gruesa. Obras de arte enmarcadas en la pared... ¿Qué era ese cuadro? La verdad es que no era nada. Solo un garabato de colores al azar. Desordenado. Sin sentido. Caótico. Sam lo habría odiado.

—Pensé en montar mi propia agencia de contratación, pero no funcionó —se sinceró—. Mis padres tienen su propio negocio y lo hacen parecer fácil, pero yo no estoy hecha para trabajar por mi cuenta. Prefiero la estabilidad y la seguridad de trabajar en una empresa consolidada, donde puedo aprender de gente como usted, que ha llegado a lo más alto de su profesión.

No solo eso, necesitaba el dinero para ayudar a sus padres. Tocó fondo la otra noche en el restaurante con Danny. Tras despertarse en el frío suelo embaldosado junto a un charco de su propio vómito, había decidido que ya era suficiente. Ya se había recuperado antes y podía volver a hacerlo. Era una Patel, y las Patel no se rendían.

Miles sonrió satisfecho.

—La estabilidad es tu debilidad. ¿Tienes problemas para controlar tus emociones? Sé que muchas mujeres los tienen.

«Maldito misógino».

—Igual que muchos hombres —dijo ella con firmeza—. Sin embargo, yo soy una profesional y actúo en todo momento como tal.

—Puede que no siempre. —Le entregó su tableta con el vídeo «Furia azul» reproduciéndose en la pantalla—. Antes de nuestra entrevista hablé con tu último jefe. Me contó por qué te habías marchado.

A Layla se le encogió el estómago. ¿Es que nunca podría dejar atrás su pasado?

—Ya no soy esa mujer.

Miles se rio.

—La gente no cambia. Una persona conservadora y con poca experiencia no emprendería en un sector tan competitivo. —La observó con atención—. Necesitamos mujeres como tú, Layla. Sexis, guapas, apasionadas y dispuestas a pensar de forma original… —Sonrió satisfecho—. Solo debemos mantenerte alejada del balcón.

—No creo que mi aspecto sea…

—Aquí podrías desarrollar una carrera muy exitosa —la interrumpió—. Por supuesto, tendrías que empezar desde abajo y demostrarnos que puedes mantener esas emociones bajo control, pero en unos años podrías ser mi ayudante…

Layla no lo escuchaba mientras le explicaba el largo camino que había que recorrer para convertirse en socia y lo que tendría que hacer para ascender en la empresa. ¿Era esto lo que realmente quería? ¿Empezar desde abajo otra vez? ¿Sacrificar la autoestima por el éxito? Puede que su agencia no hubiera empezado con buen pie, pero era *su* agencia. La había dirigido como *ella* quería. No había respondido ante nadie. Incluso Sam, que tenía mucha más experiencia dirigiendo su propia empresa, nunca la había tratado como si fuera inferior.

Y Miles estaba equivocado. Ella había cambiado. Sam le había hecho mucho daño, pero ella no le había lanzado las *dosas* a la cara. Había mantenido la cabeza bien alta y se había marchado aunque tenía el corazón roto.

Era precisamente su corazón lo que la hacía diferente. Se preocupaba por las personas a las que conseguía un puesto de trabajo. Todo el mundo le había dicho que se enfocara en los clientes corporativos, pero si se forjaba una buena reputación con contrataciones a largo plazo con personal de calidad, sin duda acudirían a Layla Patel en busca de personal.

«Personal Patel». El nombre la fulminó como un rayo. Demasiado perfecto. Demasiado tarde.

¿O no?

—Gracias por su tiempo. No creo que este puesto sea adecuado para mí.

Layla se levantó rápidamente. Si iba a volver a tener un trabajo normal, al menos debería trabajar para alguien a quien respetara. Y si decidía ser su propia jefa, tenía que dejar atrás el pasado y averiguar quién era ella y qué tipo de agencia quería dirigir.

—Estás cometiendo un error —dijo Miles—. Uno muy grande. Nadie te va a contratar.

Layla sonrió mientras salía por la puerta.

—Tal vez sea eso lo que necesito.

# 24

El sudor le resbalaba a Sam por la nuca mientras dudaba si entrar en El Molinillo de Especias. Había evitado hablar con Nasir desde el día de la fiesta, pero no podía posponerlo más.

—Lo siento. Abrimos a las cinco. —Una mujer de mediana edad con el cabello corto levantó la vista. Su sonrisa se esfumó al verlo—. ¡Oh! Es usted el de arriba. Salga o le lanzo un zapato.

Sam tenía el vago recuerdo de haberla visto entrar y salir del restaurante, pero nunca se había molestado en preguntarle el nombre.

—No estoy aquí para dar problemas, tía-ji. He venido a ver al señor Patel.

—¿No crees que ya has hecho suficiente? —Sus ojos se entrecerraron—. ¿Sabes el daño que les has provocado? Con el trabajo que les costó tener todo esto. Y tú los echas a la calle sin más.

—¡Déjale entrar, Pari! —gritó Nasir desde la puerta de la cocina—. Quiero saber a qué ha venido.

Sam entró al restaurante vacío. Aún no habían abierto para las cenas y un hombre mayor alisaba los manteles dorados sobre unas robustas mesas de madera. La decoración era de estilo hindú con toques modernos, colorida y con exagerados ornamentos.

Nasir le hizo señas para que entrara a la cocina, donde un joven cocinero lo observaba mientras removía una olla gigante de *rogan josh*. El delicioso aroma le hizo a Sam la boca agua.

—No estaba seguro de que quisieras verme.

—Ambos somos empresarios —dijo Nasir—. Así son los negocios. Debemos el alquiler de varios meses. Sabía que vivíamos de prestado. Los amigos de mi hijo no tuvieron valor para echarnos, pero les hemos estado causando un gran problema.

—Todavía quiero disculparme por lo que ha pasado. —Las palabras salieron en un torrente—. Mi socio y yo intentábamos conseguir un contrato importante y la ubicación era primordial para nuestros clientes. Le dije que hiciera lo necesario para cerrar el trato. No lo estoy culpando. La culpa es toda mía. Debería haber previsto las consecuencias.

—¿Alguna vez le has quitado las espinas a un pescado?

Sam se quedó boquiabierto ante el repentino giro de la conversación.

—No. Mi madre no me dejaba hacer nada en la cocina.

—Lávate las manos. Ponte un delantal. Nunca es tarde para aprender.

Sam no iba a decirle que no a Nasir, sobre todo cuando tenía un cuchillo en la mano. Se lavó y se reunió con él en la encimera de acero inoxidable.

—Haz lo mismo que yo. —Nasir rajó con un diestro giro de muñeca el pescado que tenía delante.

Sam imitó sus movimientos y trabajaron en silencio hasta que ambos pescados estuvieron fileteados y sin espinas.

—Eres bueno con el cuchillo —dijo Nasir.

—Era cirujano. Pero no funcionó. —Sam agarró otro pescado y le abrió el vientre.

—¿Fracasaste?

—No. Lo dejé.

—Abandonar es peor que fracasar. —Las manos de Nasir agarraron otro pescado y le quitaron las espinas en la mitad de tiempo. Sam se percató de que se había estado conteniendo. Ahora empezaba la verdadera competición.

—Fracasar significa que lo intentaste y no lo conseguiste —continuó Nasir—. Abandonar significa que te rendiste.

—Un cirujano del hospital donde trabajaba le hizo daño a mi hermana —se sinceró Sam—. Nunca lo castigaron. Yo no podía trabajar más allí. No podía ser médico cuando no me había dado cuenta de la clase de hombre que era. Que estuviera en libertad era también una burla a nuestro juramento hipocrático.

—¡Qué egoísta! —murmuró Nasir para sí mismo—. Me llevé otra impresión cuando nos conocimos…

—¿Egoísta? —La voz de Sam subió de tono. Lanzó una mirada de disculpa al enfadado chef y a los otros dos cocineros que los vigilaban mientras trabajaban—. Me he pasado los últimos cuatro años tratando de llevarlo ante la justicia. Lo he sacrificado todo para tener esta oportunidad.

—Has privado al mundo de un buen cirujano. —Nasir se detuvo y se apoyó en la encimera mientras respiraba cansinamente—. La de vidas que podrías haber salvado. Pero solo te preocupaste por una…

—Mi hermana lo es todo para mí. Él destruyó su vida. Lo menos que puedo hacer es reparar la injusticia.

—¿Te pidió que la vengaras?

John le había hecho la misma pregunta. Nisha nunca se lo había pedido. Ella solo quería divorciarse de Ranjeet y continuar con su vida.

Nasir buscó a ciegas el taburete que tenía detrás. Asustado, Sam le ayudó a sentarse. Sin pensarlo dos veces, agarró la muñeca de Nasir y le tomó el pulso.

—Estoy bien. —Nasir le hizo un gesto con la mano—. Solo me estoy acostumbrando al marcapasos.

—Tu ritmo cardíaco es alto. Necesitas descansar. Acabaré esto mientras hablamos. —Volvió a lavarse las manos y agarró el cuchillo de filetear, intentando recordar las posibles complicaciones de un marcapasos. ¿Se había esforzado demasiado Nasir? ¿La incisión estaba infectada? No parecía tener fiebre. No estaba sudando. No tenía las pupilas dilatadas. Las manos no le temblaban.

—Así que lo hiciste por ti —dijo Nasir—. Para quitarte la culpa de encima. Para volver a sentirte un hombre.

Y ahí estaba todo en pocas palabras. Sí, la culpa le había estado destrozando. Había querido volver atrás en el tiempo y ser el chico que había dado una paliza a unos matones por lanzarle una piedra a Nisha en el patio. El adolescente que la había recogido de las fiestas. El hermano con el que podía contar. No el ambicioso médico residente que no había podido reconocer a un monstruo que veía todos los días.

Nasir se levantó y Sam negó con la cabeza.

—Deberías sentarte al menos diez minutos para bajar el ritmo cardíaco. Descansa un poco.

—Ya me he quitado veinte kilos de encima —refunfuñó Nasir—. La gente pensará que no sé cocinar. Dirán: «¡Mirad a Nasir! Está tan delgado… No se come su propia comida. ¿Por qué deberíamos ir a su restaurante cuando Manoj Gawli, del restaurante Tamarind, está gordo y sano?».

Sam se rio entre dientes.

—No conozco a nadie que escoja un restaurante por la barriga del dueño.

—No estás en el sector de la gastronomía —Nasir se acomodó en su taburete—, sino en el de la consultoría empresarial. ¿Cómo sabes si un restaurante funciona?

—He venido para ayudarte a salvar el restaurante. —Sam deslizó el cuchillo por el pescado. Sus manos empezaban a recordar cómo se cortaba la carne con delicadeza—. He encontrado una oficina a pocas manzanas que se ajusta a las necesidades de nuestro cliente y he retirado el procedimiento de desalojo. Si aceptáis que seamos vuestros caseros, estoy seguro de que podré convencer a mi socio de que nos traslademos.

—Quédatelo. —Nasir sacudió la cabeza con energía—. No lo quiero.

Sam no podía creer lo que estaba oyendo.

—¿Qué?

—Es hora de cambiar —dijo Nasir—. De hacer realidad nuestros propios sueños.

—¿Este no era vuestro sueño?

—Este era el sueño de mi hijo. —Nasir suspiró—. Todo más grande. Todo más elegante. Quería algo más que un restaurante.

Quería una gran empresa para la familia Patel: comidas preparadas para los supermercados, productos y especias de la marca
Patel, libros de cocina, programas de televisión… —Respiró con
cansancio—. Todo se iba a dirigir desde el despacho de arriba. Él
mismo lo decoró. «Moderno y luminoso», dijo. «Dejad las tuberías y las vigas a la vista, no tapéis el ladrillo…». —Nasir levantó
una mano—. Lo único que era mío era el escritorio. De bonita
madera de palisandro. Sólido y resistente. Un escritorio así dura
toda la vida.

—Es un escritorio magnífico.

—Lo traje del antiguo restaurante. —Nasir le dedicó una sonrisa melancólica—. Estuvimos allí veinte años. Pequeño pero acogedor. Todas las noches estaba lleno. La gente hacía cola en la
puerta, hablando y riendo. Jana repartía *jalebis* entre los niños. Y
estaba cerca de casa. Pero para Dev no era suficiente. Quería más
clientes. Convertirnos en una gran marca. Compró este edificio
junto con sus amigos para que pudiéramos trasladarnos. ¿Cómo
podía decirle que no? Era mi hijo.

—Quería lo mejor para ti.

—Lo quería para él. Pero no se daba cuenta porque no se conocía bien a sí mismo. —Nasir señaló la pila de pescado que Sam
acababa de filetear—. Mira eso. Yo no habría podido hacerlo mejor
y llevo toda la vida en el negocio. Tus manos están hechas para
esto. Yo me sentía mal y enseguida me tomaste el pulso. Eres médico y estás desperdiciando tu don.

—No soy digno de ese don. —Sam bajó su cuchillo—. Le fallé
a todos los que me importaban.

—Te fallaste a ti mismo revolcándote en la culpa —dijo Nasir—.
No puedes estar en la cabeza de todo el mundo, adivinando qué
van a hacer. La valía de un hombre se conoce en los malos momentos, no en los buenos.

—Estoy intentando solucionarlo.

—No podrás solucionar nada hasta que te soluciones a ti mismo.

—¿Y tú? —preguntó Sam, intentando alejar la conversación de
sus defectos—. ¿Qué harás si dejas este edificio?

—Volveremos al antiguo local. —Nasir sonrió—. Seguimos siendo los propietarios del edificio. Ya he avisado al inquilino. Lo renovaremos, nos llevaremos algo del nuevo equipamiento y volveré a ser un cocinero en vez de un chef famoso. Mi médico cree que es una buena idea. Menos estrés. Menos trabajo. Y menos desplazamientos.

A Sam se le formó un nudo en la garganta. Había imaginado que todo seguiría igual. Layla se quedaría con el despacho. Nasir estaría abajo. Royce y él se trasladarían a pocas manzanas. Ya no estaría con Layla, pero no podía imaginársela en otro sitio.

—Hice un contrato de alquiler para Layla. —Sacó el documento—. ¿Crees que volvería a instalarse?

—Eso no depende de mí. Depende de ti.

Layla revisó todo el despacho, comprobando con sumo cuidado cada rincón en busca de pruebas de la disparatada fiesta de Royce. Quienquiera que hubiera limpiado había hecho un buen trabajo. No quedaba ni rastro. El escritorio estaba ordenado, las fotografías en sus marcos y los adornos en un rincón, y solo quedaba una marca circular donde había estado la pecera.

Solo que el escritorio de Sam no era el mismo. Estaba limpio y no tenía aquellos papeles bien apilados ni las filas de lápices afilados. Estaba tan vacío como el agujero que se había abierto en su pecho.

Daisy y ella habían vuelto al despacho para recoger sus cosas, pero ahora que había vuelto, le resultaba difícil marcharse. No solo por los agridulces recuerdos, sino también porque había encontrado un nombre para su agencia.

«Personal Patel».

Tenía todo lo que Royce y Evan le habían sugerido: era pegadizo y tenía mensaje. Pero, además, era ella misma. ¿Habría conseguido que la agencia funcionara si se le hubiera ocurrido antes ese nombre? ¿O había otro secreto para el éxito?

—Había veintisiete mensajes en el buzón de voz —dijo Daisy—. Y no son solo de gente que busca trabajo. También de empresas. Muchas. ¿Qué quieres que haga?

A Layla se le formó un nudo en la garganta.

—No sé. He estado haciendo entrevistas de trabajo, pero…

—¿Estás loca? —Daisy la cortó con un suspiro exasperado—. No puedes trabajar para otros. Toda esa gente te quiere a ti, no a una agencia de renombre a la que le importan un bledo. ¿Qué ha pasado con todo lo que decía tu padre? «A los Patel les gusta ser su propio jefe»; «Los Patel perseveran»; «Los Patel y los Pakora están hechos para estar juntos, sobre todo a la hora de comer, cuando Daisy tiene hambre».

—Los Patel también son realistas. Yo lo intenté y no funcionó. Pensé que podría volver a amar y me hicieron daño. Pensé que podría volver a empezar y he regresado a la casilla de salida.

—¿Me estás tomando el pelo? —La voz de Daisy subió de volumen—. No te pareces en nada a la mujer que se fue a Nueva York. Esa mujer tenía miedo a vivir. Salió con tipos a los que sabía que no amaría y aceptó un trabajo que sabía que no le gustaría para que no le volvieran a hacer daño. Pero mírate ahora. No te gustaba cómo funcionaban la mayoría de las agencias de empleo, así que montaste la tuya. Querías una relación seria, así que tuviste citas con desconocidos y te enamoraste del hombre más raro de todos.

La risa burbujeó en el pecho de Layla.

—Sam no es raro.

—Sí lo es. Créeme. Todo ese asunto de los lápices… y las pilas ordenadas de papel… Y no me hagas hablar del *chai*. —Suspiró—. Y luego estaba todo eso de vengar a su hermana. ¿Quién hace ese tipo de cosas?

—Todos los protagonistas de las películas de venganza. —Layla las enumeró con los dedos—. *Kill Bill, El cuervo, Venganza, V de Vendetta, Payback, Vengador, Valor de ley, Braveheart, John Wick, Sin perdón…*

—Ahora solo estás presumiendo.

—Da igual —dijo Layla—. No puedo amar a quien destruye el negocio de mis padres y el mío propio. Nunca debí empezar ese estúpido juego. Si lo hubiera echado el día que nos conocimos, nada de esto habría pasado.

Daisy daba vueltas en su silla.

—Ese juego nunca tuvo nada que ver con el despacho. Se trataba de él. Si hubieras querido, lo habrías echado.

—Eso no tiene sentido. Si hubiera estado interesada en él, ¿por qué habría conocido a los hombres de la lista de mi padre?

—Por Jonas y por todos los hombres que hubo antes que él —dijo Daisy—. Y por Dev. Porque sabías que podías ir en serio con Sam y eso te asustaba. Las citas a ciegas eran la opción segura y con el juego podías tener cerca a Sam.

A Layla se le encogió el corazón en el pecho.

—Bueno, Sam ya no está. Y, aunque pudiera quedarme aquí, no quiero hacerlo.

—¿Y qué? No necesitas este despacho para triunfar. —Daisy se puso de pie y empezó a gesticular—. Puedes llevar tu agencia desde cualquier sitio: una cafetería, un despacho compartido o incluso el garaje de mis padres, si no te importa compartirlo con Max.

Max ladró al oír su nombre. Quienquiera que hubiera limpiado el despacho también había ordenado su cesta y recogido sus juguetes, pero Max se había negado a acercarse desde que habían entrado.

—Pero no va a pasar si te rindes —continuó Daisy—. Te has liado con un tipo que te gustaba y lo has perdido. Tienes que trabajar en otro despacho. Pues muy bien. Nunca habrías corrido esos riesgos en Nueva York. Tenías demasiado miedo a que te hicieran daño. Pero ahora eres más fuerte. Lo que más miedo te daba se hizo realidad y no te has muerto.

Layla esbozó una sonrisa.

—¿Dónde estabas con este discurso motivador cuando me fui a Nueva York?

—Aquí mismo, esperando a que entraras en razón y volvieras a casa.

Layla se apoyó en su escritorio y empezó a juguetear con la taza de los lápices.

—Esta semana he ido a tres entrevistas con agencias de empleo y no me veo en ninguna de ellas. La idea de volver a empezar desde abajo, tener que rendir cuentas a alguien, complacer a clientes corporativos y jugar a las intrigas de oficina no me atrae nada después de llevar las cosas por mi cuenta. Esta agencia era un sueño que nunca pensé que se haría realidad. —Sacó el trozo de papel que había escrito después de la entrevista y se lo entregó a Daisy—. Y ahora, se me ha ocurrido un nombre... Personal Patel. La tía Lakshmi diría que es una señal.

—Es impresionante. Me encanta.

La puerta se abrió y el padre de Layla apareció en el despacho. Ella se acercó para ayudarlo, pero él lo rechazó con un gesto.

—Estoy bien, *beta*. Esta vez he subido en ascensor. No he tenido ocasión de ver tu nuevo despacho, así que he venido mientras estás aquí. —Dirigió su mirada al diván púrpura—. ¿Te lo ha regalado la tía Deepa?

—Sí. Y la mesa de elefante y la lámpara de cuentas de colores.

—Nunca tuvo buen gusto.

—¿Hay *pakoras* frescas en la cocina, tío Nasir? —Daisy ya tenía una bolsa en la mano.

—Aparté un plato para ti, y también hay un regalo especial para Max. Será mejor que te des prisa antes de que se acaben.

Max movió la colita y siguió a Daisy hasta la puerta. Layla se sentó junto a su padre en el diván mientras él miraba a su alrededor.

—La verdad es que no hemos hecho demasiados cambios —dijo Layla—. Pensábamos que alguno tendría que irse.

—Dev decoró este despacho. —Su padre le dio unas palmaditas en la rodilla—. Se suponía que sería el corazón de nuestro negocio familiar.

—Lo recuerdo —dijo con delicadeza—. Tenía grandes sueños y podríamos haberlos hecho realidad de no ser por Sam y su socio.

Su padre se echó hacia atrás, estirando las piernas bajo la mesa de elefante.

—Sam ha detenido el desalojo y nos ha ofrecido un alquiler con mejores condiciones.

—Eso es estupendo, papá. —La inundó una oleada de alivio—. Ya no tienes que irte.

—Le dije que no —dijo su padre—. Un gran restaurante, la empresa Patel… Ese nunca fue nuestro sueño.

—Pero ¿qué vas a hacer? —Antes de que Dev naciera sus padres ya tenían el restaurante. Ella no podía imaginarlos haciendo otra cosa.

—Vamos a trasladar el restaurante a Sunnyvale. Ahí es donde pertenecemos. Vinimos aquí por Dev y nos quedamos por su memoria. Pero ha llegado el momento de irnos. Con mi enfermedad me he dado cuenta de que no podemos aferrarnos al pasado. Esta ubicación no es la ideal para un restaurante familiar, y yo no necesito una gran empresa para ser feliz. Necesito a mi hija y a mi mujer, a mi familia y a mis amigos, y un pequeño restaurante en el corazón de nuestra comunidad donde las mesas estén siempre llenas y la gente se pase a tomar una taza de *chai* para pasar el rato con nosotros. El desalojo ha sido el empujón que necesitábamos para volver a empezar. Se lo dije a Sam para que no se sintiera tan mal.

—No me puedo creer que hayas hablado con él después de lo que nos ha hecho.

Su padre sonrió.

—Es más fácil perdonar cuando llegas a mi edad. Sus intenciones eran buenas. Sus métodos, no tanto.

—Me mintió, papá. —Sus manos se retorcieron en su regazo—. Me traicionó. Destrozó el despacho. Te hizo daño y me lo hizo a mí. Tuvo que elegir y se equivocó. —Su sangre corría furiosa por sus venas—. No es mejor que Jonas.

—Me pidió que te diera esto. —Le tendió el sobre que llevaba en la mano desde que llegó—. Sam se ha ofrecido a alquilarte el despacho en las mismas condiciones que me dio a mí.

Layla hojeó el documento.

—No lo quiero. Está intentando sobornarme, igual que intentó sobornar a sus clientes con la fiesta. No me interesa tenerlo como casero. Es arrogante, testarudo y un maniático del control. No podía empezar a trabajar hasta que sus lápices estaban perfectamente ordenados y nunca se iba del despacho sin antes limpiar su escritorio. La única vez que lo vi con un pelo fuera de lugar fue la noche de la fiesta. No estábamos de acuerdo en nada. Y apoya a los Oakland Athletics. Eso lo dice todo.

—Eres tan orgullosa como tu madre. Una vez se negó a que entrara en el restaurante un crítico famoso porque había escrito que a su *dal* le faltaba sofisticación.

Layla se rio.

—Muy propio de mamá.

Su padre hizo un esfuerzo para ponerse en pie.

—¿Sabes por qué tu madre y yo llevamos juntos tanto tiempo?

—¿Por qué fuisteis amigos primero?

—No —dijo—. Porque nunca estábamos de acuerdo. A ella le gustaba su *dal* como una sopa y a mí me gusta espeso. Ella quería añadir cúrcuma a un guiso y yo quería comino. Ella quería ponerte samosas en el almuerzo y yo quería darte comida estadounidense. Nunca sé qué nos deparará el día. Entrar en la cocina cada mañana es como entrar en un campo de batalla. Ella me desafía. Me hace mejor persona. Soy un hombre apasionado y tu madre acelera mi corazón. Tal vez por eso necesitaba uno nuevo. Para poder seguir discutiendo con ella los próximos veinte años.

Layla tragó saliva y se le formó un nudo en la garganta.

—Esperaba que hubiera alguien así para mí en tu lista. Pero no conocí a nadie con quien pudiera verme tan feliz como tú lo eres con mamá.

—Quizá porque te veías feliz con otra persona —sugirió.

—Aunque lo hubiera hecho, ya se acabó.

—Entonces, ¿por qué no conoces al resto de los hombres que seleccioné? —sugirió—. Acaba lo que empezaste. Cuando volviste de Nueva York dijiste que querías rehacer tu vida con una carrera satisfactoria y una relación estable. Ya tienes tu propia agencia. Quizás el hombre que buscas siga ahí fuera. ¿Qué tienes que perder?

# 25

Sam se sentó junto a Royce en la sala de juntas de la sede central de Servicios de Salud Alfa. No era de extrañar que Royce hubiera hecho todo lo posible en la fiesta. Todo estaba diseñado para impresionar; desde los mullidos asientos de cuero hasta las carísimas obras de arte, y desde la espectacular mesa de cerezo con adornos en cobre hasta las esculturas de cristal de Chihuly que había en el aparador a lo largo de la pared.

—¿Quieren tomar algo? —La asistente les entregó una carta encuadernada en piel en la que aparecían treinta tés diferentes y una gran selección de café y otras bebidas—. El especial del día es el *chai*.

—Nada para mí. —Era tan poco digno de su comida tradicional como de la relación que había destruido.

—Un expreso doble y un *brioche* —dijo Royce—. Con poca mantequilla. —Se recostó en su sillón de cuero Eames y sonrió—. Podría acostumbrarme a esto, así que no lo estropees. Si no hubiera convencido a Peter de que tu novia estaba loca, habríamos perdido el contrato por lo que pasó en la fiesta.

—Creo que conseguir el contrato tuvo menos que ver con tus dotes de persuasión y más con que estuviera colocado de polvo de ángel y champán y no recordara ni su nombre.

Peter Richards apareció unos instantes después con los responsables de Recursos Humanos de los cinco hospitales que estaban a punto de reestructurarse. Royce y Sam se levantaron para saludarlos.

—Claire, Julie, Paul, Andrew y…

—Karen. —Sam estrechó la mano de Karen. Por supuesto que había caído de pie. Las Karen siempre lo hacían—. Ya nos conocemos.

—Sam. —Una sonrisa se dibujó en su rostro—. ¡No sabía que habías conseguido el contrato de Servicios de Salud Alfa! Te felicito. Me alegro mucho de haberte encontrado en la fuente la otra noche. Cuando dijiste que esta empresa podría estar buscando personal de Recursos Humanos, envié mi currículum y ¡aquí estoy! Estoy en deuda contigo. —Le apretó la mano. Con fuerza. Le hizo saber exactamente cómo quería saldar su deuda.

Sam distribuyó el papeleo que había preparado. Después de que Nasir lo llamara para comunicarle que Layla había rechazado su oferta, Sam había vuelto al despacho, pero ya no era lo mismo. Echaba de menos sus bromas sarcásticas y su sonrisa burlona. Echaba de menos el olor del *chai* que Layla preparaba cada mañana, las cajas de dónuts que él se comía cuando ella no miraba y las citas a ciegas que le habían enseñado más sobre ella misma que sobre aquellos hombres. Incluso echaba de menos el diván púrpura.

—Hemos revisado toda la información financiera —dijo Sam—. Recomendamos recortar unos seiscientos puestos de trabajo como parte de la reorganización. Eso supone un cinco por ciento de la plantilla de trece mil quinientas personas del Área de la Bahía, repartidas entre cinco hospitales y ciento ochenta clínicas. Cada hospital será responsable de decidir qué empleados serán despedidos. Trabajaremos con el director de Recursos Humanos de cada hospital para asegurarnos de que no haya problemas legales con los despidos y ayudaremos en las reuniones.

En el St. Vincent se iban a eliminar más de cien puestos de trabajo, y muchos de ellos serían de personas que habían ayudado a Sam durante su residencia. Pero Servicios de Salud Alfa tenía unas pérdidas de mil millones de dólares y, si no se reestructuraba, todos los hospitales y clínicas tendrían que cerrar. No solo el personal, sino también los pacientes, sufrirían las consecuencias.

—El consejo de administración ha decidido que los despidos no afectarán al personal sanitario —afirmó Peter—. Cirujanos, médicos y enfermeros estarán exentos, así que no los incluyáis en vuestras evaluaciones. No queremos perder a nuestros mejores talentos.

Sam se estremeció. Su principal incentivo para conseguir el contrato había sido acceder al expediente laboral de Ranjeet. Había dejado pasar otras oportunidades. Había perdido a Layla. ¿Y ahora no podría vengar a Nisha? ¿Podía ser la vida tan injusta?

—Yo no haría ninguna excepción —se apresuró a decir Royce—. Es la oportunidad perfecta para deshacerse de los empleados con bajo rendimiento o con problemas disciplinarios, y de los que puedan convertirse en una carga económica más adelante.

Sam le dirigió una mirada de agradecimiento. Royce no lo había juzgado cuando habían hablado después de la fiesta, aunque tampoco entendía la sed de justicia de Sam. La vida era muy simple para Royce. Todo giraba en torno al dinero. Y como no había ninguna ventaja económica en buscar la verdad, pensaba que era una pérdida de tiempo.

—Si te parece bien, se lo comentaré al consejo de administración. Tendré una respuesta en los próximos días.

—Hazlo —dijo Royce—. Tenemos que acabar con algunos contratos de reestructuración, así que el calendario nos viene bien. Y dile a tu personal de hostelería que pruebe con el *brioche* de Chez Michel. Este está muy seco.

—¿Estás segura de que es aquí?

Layla observó el desgastado letrero TANDOOR EN LLAMAS que había sobre el portal del destartalado edificio de la calle Geary mientras Daisy tecleaba en el ordenador al otro lado del teléfono.

—Sí, es ahí —dijo Daisy—. No sé por qué aceptaste verte con él en el Tenderloin*.

---

* El Tenderloin es el barrio más diverso y pobre de San Francisco. (N. de la T.)

—A veces la mejor comida se encuentra en los peores barrios. —Respiró de forma entrecortada. Esta era la primera vez que iba a entrevistar a un soltero sin Sam, pero si iba a dirigir su propia agencia y continuar con su vida, necesitaba saber que podía encargarse sola de cualquier cosa. Esto incluía acabar con la lista de su padre, al menos para asegurarse de que su alma gemela no estaba todavía ahí fuera.

—De acuerdo. —Daisy suspiró—. El Soltero n.º 7 es Salman Khan. Treinta y tres años. Es dueño del restaurante Tandoor en Llamas. Tiene cuatro críticas. Todas malas. Los comentarios incluyen: «¿Es posible dar estrellas negativas?»; «Querida policía: ¿Adivinan dónde se esconde la pandilla juvenil Chicos de India?»; «Cinco días en el retrete. Lo eché todo por los dos extremos». Y «Zorra, te encontraré».

—Eso no suena demasiado bien.

—No. —Daisy se mordió el labio inferior—. Voy a arriesgarme y a decir que no creo que este sea tu Westley.

—Pues acaba de verme por la ventana, así que ahora no puedo echarme atrás. —Saludó con la mano al hombre que se acercaba a la puerta—. Rápido. ¿Qué más necesito saber sobre él?

—Mmm. Licenciado en Química por la USC. Si eso no hace saltar las alarmas…

—He visto *Breaking Bad*.

—Padres fallecidos. Tres hermanos. Uno vive en San Rafael, otro en Folsom y otro en Crescent City. —Inspiró con fuerza—. ¿Te das cuenta de que algunas de las peores prisiones se encuentran *casualmente* en esas tres ciudades?

—Casi he llegado a la puerta.

—Le gusta el béisbol, las películas de Bollywood, los espectáculos de Broadway, los coches deportivos y pasar tiempo con sus amigos. Hace *tai-chi* en su tiempo libre y recibe clases de cerámica. Dile que necesito una taza de café nueva. Alguien ha roto la mía.

Layla se acercó a la puerta.

—Voy a entrar. Si no envío un mensaje en media hora, envía a la policía.

—Bienvenida. Tú debes de ser Layla. Soy Salman Khan. No el actor. —Salman estrechó la mano de Layla y le dedicó una amplia sonrisa, deslumbrándola con dos resplandecientes colmillos de oro.

—No es el actor con el que te habría confundido. —Layla lo siguió por el diminuto restaurante hasta una desgastada mesa de madera cerca de la cocina. Los carteles descoloridos de Bollywood, la moqueta raída y el fuerte olor a especias rancias daban al restaurante un aire deprimente.

—¿A quién crees que me parezco? —Le hizo un gesto para que se sentara.

—A Shoaib Khan en *Érase una vez en Mumbai.* —Sacudió la cabeza en dirección a los tres hombres de traje oscuro que había sentados en una mesa cercana—. Hasta tienes guardaespaldas.

Salman se rio.

—No les hagas caso. Son como mis hermanos.

«Excepto que estos no están en la cárcel». Casi podía oír a Sam murmurar a su lado y se sintió reconfortada por su presencia imaginaria.

Observó al hombre del otro lado de la mesa mientras les servían dos vasos de agua. Era casi tan alto como Sam, tenía la cara cuadrada, los ojos muy juntos y el cabello negro. Su bigote bien peinado se extendía hasta la base de sus gruesos labios y algo de barba rellenaba la hendidura de su barbilla. Bajo un traje de chaqueta negro llevaba una camisa blanca abierta por el cuello que dejaba ver una gruesa cadena de oro.

—La comida no será tan buena como estás acostumbrada —dijo Salman con una sonrisa de disculpa—. Aquí tenemos un restaurante sencillo. Solo lo básico.

—Estoy segura de que será encantador.

«Cinco días en el retrete», susurró Sam el Imaginario.

—¡Freida! —gritó Salman por encima del hombro—. Trae la comida. Asegúrate de que los *roti* estén calientes.

Layla se sobresaltó.

—¿Es dura de oído?

—En absoluto.

—Tienes unos tatuajes interesantes. —Señaló los dedos de Salman, cada uno de los cuales tenía una letra negra con intrincada caligrafía que formaban la palabra Chcs D India cuando juntaba las manos—. ¿Estuviste en una pandilla juvenil?

«Querida policía: ¿Adivinan dónde se esconde la pandilla juvenil Chicos de India?».

Se imaginó mirando a Sam. Ya se habría levantado de la silla o habría puesto un brazo alrededor de sus hombros. Estaría dando fin a la cita de alguna manera.

La sonrisa de Salman se esfumó.

—¡Ah! Una locura de juventud. He pasado a hacer cosas mejores y más grandes.

Layla miró a los tres hombres, que solo tenían delante unos vasos de agua.

—Creía que tenías que borrarte la tinta cuando dejabas una pandilla. O tal vez eso solo pasa en los clubes de motociclistas. Yo era muy fan de *Sons of Anarchy*.

—No sabría decirte —dijo Salman con firmeza—. Solo veo películas. Sobre todo las adaptaciones de Bollywood de películas de Hollywood. ¿Has visto *Chachi 420*?

—¿La nueva versión de *Mrs. Doubtfire*? —Layla se animó—. La he visto, aunque me gusta más la original porque no era tan obscena. Sin cocineros lujuriosos ni escenas de sexo en el baño.

—Esas eran las mejores partes —protestó Salman—. ¿Y los osos bailarines creados por ordenador de *Ta Ra Rum Pum*, la adaptación de *Talladega Nights*?

—¡Acaba con un asesinato! —dijo Layla con fingido horror—. Fue una locura.

«Hablando de asesinatos...». Sam el Imaginario había vuelto. ¿O era su conciencia?

—No tan loco como *Bichhoo*, la nueva versión de *Léon*. —Sonrió, cegándola casi con sus destellos dorados—. En la última escena había dieciocho muertos, y el tipo voló cuando se produjo la explosión. Como Superman.

—Excepto que con mucho más gore —añadió Layla.

«Hablando de recuentos de muertes...». Sam el Imaginario volvió a interrumpir. Estaba claro que quería que se marchara, pero no era habitual hablar con alguien que conociera las películas de Bollywood tan bien como ella.

—Eso me recuerda... —Salman apartó la silla—. Tengo que ir a la cocina para ver qué ha pasado con nuestra comida. Se suponía que estaría lista para cuando llegaras. —Caminó a paso ligero hacia la cocina, seguido por dos de los hombres trajeados. El tercero giró su silla para mirar hacia donde estaba ella.

—¡Zorra! ¡Te vas a enterar! —Salman gritó tan fuerte que el agua del vaso de Layla vibró—. ¡¿Dónde demonios está la maldita comida?!

Unas ollas se estrellaron contra el suelo. Se rompieron unos cristales. Una mujer gritó. Hubo un ruido sordo y un fuerte chasquido. Y luego el silencio.

«Y nos vamos de aquí». Sam el Imaginario no necesitó tirar de su brazo porque Layla ya se había levantado de la silla.

—¡Cielos! ¡Pero qué tarde es! Por favor, discúlpame ante Salman. Olvidé que tengo que...

—No le faltes al respeto al señor Khan marchándote sin despedirte. —Moviéndose a una velocidad que no encajaba con su pesado cuerpo, el guardaespaldas le bloqueó la salida, con las manos cruzadas sobre su enorme pecho—. Le gustas. Quiere que te quedes.

El corazón le latía con fuerza en el pecho.

—¿Y si no le gustara?

—Te pediría que te fueras.

Layla tragó saliva.

—¿Cómo se ha ido Freida?

—Freida está bien. Le encanta el drama. —Le hizo un gesto hacia la mesa y ella se sentó a regañadientes. No es que estuvieran en una casa particular. El restaurante estaba abierto y la ventana daba a una calle muy transitada. Si ella podía ver hacia fuera, la gente podía ver hacia dentro.

Aun así, no estaba interesada en un antiguo miembro de una pandilla que gritaba a su personal. Su única posibilidad de acabar con esa situación sin ofender a nadie era hacerse lo menos atractiva posible. Y la mejor manera de hacerlo era mostrar la pasión que había intentado ocultar. Antes de su primera entrevista se había teñido el cabello para disimular las mechas azules, pero esa parte de ella seguía ahí: cruda, emocional y real.

«"Furia azul", ¡allá voy!».

—Perdón. —Salman volvió a sentarse con ella a la mesa con voz suave, como si no se hubiera roto una costilla gritándole a Freida antes de asesinarla probablemente y tirar su cuerpo en el callejón trasero—. Solo ha habido un pequeño problema en la cocina.

—¿Dónde está mi comida? —Layla dio un puñetazo en la mesa y gritó—: ¡Tengo hambre! —Pasó una mano por encima del mantel, tirando al suelo los cubiertos manchados y las servilletas de papel.

Salman y sus guardaespaldas la miraron atónitos. Y entonces Salman sonrió.

—Me gustan las mujeres apasionadas. —Señaló al guardaespaldas más cercano—. Tú. Ve a la cocina. Trae *poppadums* y samosas. Dile a Freida que tendrá que cocinar con una mano, y asegúrate de que no manche de sangre la comida.

Incapaz de contener el horror, Layla inspiró con fuerza y abrió mucho los ojos.

—¿Sangre?

—Solo estoy bromeando. —Salman le dio una palmadita en la mano—. La comida estará lista en breve. ¿Puedo traerte algo de beber?

—Tomaré una pinta de lo que tengáis de barril. —Layla subió una pierna a la silla de al lado y pasó el brazo por el respaldo de la silla de Sam el Imaginario—. Y tú. —Señaló al guardaespaldas más cercano—. Enciende la televisión. Los Padres juegan contra los Diamondbacks. Quiero ver el marcador. Ambos están igualando a los Giants ahora mismo en victorias.

—Haz lo que te pide la señorita —dijo Salman al guardaespaldas—. Pon el partido y tráele una cerveza. Parece que Layla y yo tenemos algo más en común.

«No. No. No». Se imaginaba a Sam sonriendo en la silla de al lado. Preparándose para el relámpago que caería cuando traicionara a su amado equipo, respiró hondo y se hundió en lo más bajo.

—La verdad es que soy seguidora de los Oakland Athletics. —Dio un puñetazo al aire—. ¡Vamos, A´s!

Salman se levantó tan rápido que su silla volcó.

—Lo siento. Tendrás que irte. No puedo estar con una seguidora de los Oakland Athletics. Cuando cumplía mi condena en San Quintín, fueron los hinchas de los A´s quienes… —Se tiró del cuello de la camisa, como si no pudiera tomar suficiente aire—. Digamos que llevaron la rivalidad a un nuevo nivel.

—Así que… —Layla luchó por ocultar su alegría—. ¿No me quieres?

—No. —Sacudió la cabeza, apartándose como si ella fuera un mal olor—. Por favor, vete.

Layla escapó rápidamente y le envió un mensaje a Daisy para que supiera que estaba bien.

«Nunca te dejaré vivir así». Sam el Imaginario sonrió satisfecho.

—Te echo de menos, Sam —susurró—. Las citas a ciegas no son tan divertidas sin ti.

# 26

—Me temo que vamos a dejarte ir, Diane. En nombre del Hospital St. Vincent, gracias por tus servicios.

Sam entregó a la desconcertada mujer un cheque con su indemnización. El Hospital St. Vincent fue el primer centro de Servicios de Salud Alfa que se enfrentó a los despidos. La empresa los había iniciado justo después de la publicación del comunicado de prensa y Sam se encontraba ahora en la incómoda situación de tener que despedir a algunos viejos colegas y amigos.

—Pero si soy la empleada más antigua —protestó mientras se echaba hacia atrás el cabello rubio platino—. Fui la primera cocinera que contrataron. Conozco a todo el mundo. Incluso me acuerdo de ti, Sam. Me acaban de dar el pin de los treinta años. ¿Quién va a querer a alguien de mi edad?

Karen le dedicó una tensa sonrisa. La habían destinado al Hospital St. Vincent y estaba encantada de volver a trabajar con Sam.

—Se han producido muchos cambios en treinta años, Diane. Cambios que han permitido al hospital ser más eficiente y que pueda atender mejor las necesidades de sus pacientes. La automatización del restaurante es solo otra forma de ahorrar costes y repercutirlos en la atención a los pacientes. Quieres lo mejor para los enfermos, ¿verdad?

—Sí, pero…

—Y sé que no querrías interponerte al progreso…

Sam tenía que reconocer que Karen tenía esa rara habilidad de parecer simpática y ser brutal al mismo tiempo. A Royce le habría encantado su técnica.

—Bueno, no… Pero…

Sam intentó desentenderse de la situación, pero sus trucos habituales no funcionaron. Los muros que levantó para protegerse habían caído. Sentía una profunda pena por aquella mujer que había intentado animarlo en los días más duros de su residencia, y no podía ocultar su compasión tras tópicos y mentiras.

Karen pasó al papeleo y le entregó a Diane el último cheque y la rescisión del contrato. Le explicó los pormenores y miró a Sam con expectación.

Sam abrió la boca, pero no le salió ni una sola palabra. ¿Cómo iba a decirle cómo solucionar su vida cuando él no había descubierto cómo solucionar la suya?

—Sam quiere darte un pequeño discurso —le animó Karen.

—La verdad es que no.

Karen se rio.

—Deberías decirle que lo vea como una oportunidad, que pruebe algo nuevo, que deje atrás el pasado… *Bla, bla, bla.*

«Bla. Bla. Bla». Karen había dado en el clavo. Su discurso no era más que aire.

Sam le entregó a Diane una tarjeta de «Excelentes Soluciones de Contratación» de Layla. Ella las había dejado en el cubo de la basura cuando recogió sus cosas del despacho. No estaba seguro de si eso significaba que había decidido cerrar su agencia o si estaba empezando un nuevo proyecto, pero él se había metido algunas en la cartera simplemente porque le gustaba ver su nombre.

—Si buscas trabajo, prueba con Layla Patel. Es la mejor. Es muy atenta y comprensiva. Tiene una buena lista de empresas que buscan personal y se asegurará de que encuentres algo digno de tu talento. Puede que ya no esté en esta dirección, pero sus redes sociales y su teléfono son los mismos.

—Has perdido facultades —dijo Karen cuando volvió de acompañar a Diane.

—Tengo muchas cosas en la cabeza.

—Pues será mejor que te centres, porque el consejo de administración está de acuerdo con incluir a los médicos en los despidos.

Enfrentarse a cirujanos que se creen dioses es un juego totalmente distinto.

—No será problema.

—¡Ah! Casi se me olvida darte esto. —Le entregó un *token* de acceso al ordenador—. Royce le dijo a Peter que necesitarías acceso a la base de datos de los empleados para señalar a los de alto perfil que pudieran darnos problemas si los despedimos. Nadie quiere una demanda o salir en los periódicos.

La mano de Sam tembló cuando agarró el *token*. O Royce se sentía culpable por lo que les había hecho a los Patel o había comprendido que necesitaba vengar a su hermana. En cualquier caso, por fin tenía en sus manos la llave de su redención.

—¿Estás bien? —preguntó Karen—. Me recuerdas a Charlie cuando encontró el billete dorado en *Charlie y la fábrica de chocolate*.

Cuando Sam la miró perplejo, ella negó con la cabeza.

—Olvídalo. Tú no tienes hijos.

—¿Cuándo es nuestra próxima reunión?

—Después de comer. —Se relamió los labios—. ¿Quieres estrenar la sala de juntas a nuestra manera?

Aunque no hubiera tenido el billete dorado en la mano, la habría rechazado. Solo quería a una mujer, y estar con cualquier otra le parecía una traición.

—Ve a por un bocadillo. Creo que me pondré al día con el trabajo. Te veré aquí dentro de una hora.

Por si acaso ella no captaba el mensaje, abrió el portátil y empezó a teclear.

Con un suspiro de decepción, Karen salió de la sala de juntas, dejándolo felizmente solo.

Él apenas tardó unos minutos en conectarse y encontrar el expediente de Ranjeet. Y entonces se perdió en un mar de quejas relacionadas con el problema de Ranjeet con el alcohol, que incluían abusos sexuales y verbales al personal, comportamiento inapropiado y el desempeño de sus funciones (incluidas las cirugías) en estado de embriaguez. Los gestores del hospital habían barrido la mayoría de las quejas bajo la alfombra. No había nada sobre Nisha o el accidente en el expediente.

—¿Es el tipo de hombre que a ti y a Royce os preocupa que pueda dar problemas? —preguntó Karen a su espalda.

Sam se quedó helado con las manos en el teclado. Había estado tan absorto en el archivo que ni siquiera había oído entrar a Karen. Ahora que había leído la pantalla, mentir no era una opción.

—Sí.

—Es bastante normal —dijo ella, sentándose a su lado—. Los cirujanos tienen mucho poder en el hospital, sobre todo los que ganan mucho dinero. El hospital hará todo lo posible por protegerlos para que no se vayan a la competencia. Apuesto a que ni siquiera hay una nota disciplinaria en el expediente.

—¿Y si fuera algo más serio? —Se desplazó por la página—. ¿Y si un médico cometiera un delito y el hospital lo encubriera? ¿Habría algún registro?

Karen torció la boca hacia un lado.

—Si el hospital tiene alguna responsabilidad en un problema grave, interviene el departamento legal. Suele ordenar que se borre el expediente y solo permite conocer los pormenores a personal de alto nivel. —Lo miró, pensativa—. A los expedientes jurídicos solo puede acceder el departamento legal.

—¿Qué hay de las antiguas grabaciones de seguridad? —Ya no le importaba que Karen supiera lo que buscaba. Ya había cruzado una línea roja al acceder al archivo.

—Se almacenan fuera de las instalaciones y es difícil acceder a ellas. —Frunció el ceño—. Lo más probable es que solo tengas acceso informático a los archivos de Recursos Humanos, Finanzas y Administración.

—Así que ya está. Él gana. —La esperanza se marchitó y murió en su pecho. Había soñado con este momento durante tanto tiempo, que no podía creer que todos sus esfuerzos y sacrificios no hubieran servido para nada. No había respuestas, no había justicia y no habría redención.

—¿Qué hizo? —preguntó Karen en voz baja.

—Tiró a mi hermana por las escaleras de este hospital y le rompió la espalda. Ahora va en silla de ruedas.

—¡Oh, Dios, Sam! —Se llevó la mano a la boca—. ¿Y el hospital lo encubrió?

—Mi hermana cree que sí, y yo estoy de acuerdo. Quería demostrar lo que pasó para que se hiciera justicia.

Karen tocó la pantalla.

—Y está en algún sitio ahí dentro.

—O en una cinta de vídeo de seguridad o en la declaración de un testigo... Quizás alguien sabe lo que pasó y ha tenido miedo de contarlo, como dijiste. O quizá no había nadie más en esa escalera y solo ellos dos saben lo que pasó realmente.

—Es indignante. —Frunció los labios—. Tenemos que hablar con alguien.

—No. —Sam negó con la cabeza—. No puedo seguir con esto. Me pasé cuatro años tratando de encontrar la verdad y lo perdí todo. Me he culpado durante demasiado tiempo. Pensé que debería haber visto qué clase de hombre era. Pensé que mi familia debería haberlo investigado más a fondo. Pero está claro que era muy bueno ocultando su alcoholismo y, lo que no podía ocultar, el hospital lo encubría.

Y siempre sería igual a menos que alguien diera un paso al frente. No podía volver atrás en el tiempo por Nisha y tampoco podía darle la justicia o las respuestas que había esperado, pero podía ayudar a cambiar el sistema volviendo a la Medicina.

—Si necesitas decirle a tu jefe que tengo un conflicto de intereses o que estaba mirando este expediente...

—No —dijo Karen con firmeza—. ¿Sabes por qué me quedé con los niños tras el divorcio? Porque mi ex era como este tipo. Era un borracho violento y yo sabía que si no lo dejaba volcaría su ira en los niños. Solo intentabas ayudar a tu hermana, y siento que no encontraras lo que estabas buscando.

—He encontrado algo —dijo—. Una forma de perdonarme y seguir adelante con mi vida.

Karen sacó sus llaves.

—Tenemos tiempo antes de que llegue el próximo empleado…

—En otro momento habría dicho que sí. —Sam le dedicó una cálida sonrisa—. Pero una de las cosas que perdí fue a la mujer que amo y ahora necesito solucionarlo.

—Sunil Singh. Gestor de fondos de inversión. Treinta y cinco años. Fundador de Sunkey Capital. Emplea a ochenta profesionales en cuatro países y gestiona el capital de fundaciones y de particulares con un gran patrimonio.

Layla oía ladrar a Max al otro lado del teléfono. Personal Patel funcionaba en un despacho compartido en Bernal Heights, donde aceptaban perros, mientras buscaban otra oficina.

—¿Qué le pasa a Max?

—Quiere comer las *pakoras* de tu madre. No sé qué voy a hacer cuando tus padres trasladen el restaurante a Sunnyvale. Ha desarrollado gustos de estrella Michelin.

—El ascensor acaba de llegar a la recepción —le dijo Layla—. Voy a entrar.

—Tal vez sea el elegido.

—Lo dudo. —Layla contempló los sofás blancos de cuero sin respaldo, el suelo de mosaico de vidrio y el cuadro de una montaña nevada hecho con bolas de algodón—. Su despacho parece el palacio de hielo de Elsa en *Frozen*.

Layla se anunció en la recepción y empezó a hurgar en los algodones hasta que llegó la asistente de Sunil, vestida con un traje azul hielo y el cabello largo y rubio trenzado a la espalda, para acompañarla a su despacho.

Cuando la asistente abrió la puerta, Layla levantó una mano para protegerse del sol que entraba por dos ventanales que llegaban al techo. Entrecerró los ojos y pudo distinguir la silueta de un hombre en un escritorio.

—Sunil Singh. Es un placer conocerte.

—¿Podrías bajar las persianas? —Layla buscó la silla y se sentó mientras la puerta se cerraba tras ella—. Necesito ver al hombre con el que podría casarme.

—¡Vaya! Creo que tu padre ha malinterpretado mi pregunta. —Sunil pulsó un botón y las persianas se cerraron, dejando la habitación en penumbra.

Layla parpadeó mientras sus ojos se adaptaban a la luz y enfocaban a Sunil. Era flaco y tenía una cabeza grande y en forma de piruleta que estaba coronada por una brillante mata de pelo. Sus dedos largos y delgados tenían un aspecto esquelético y, aunque era de piel morena, parecía que se hubiera bañado en pasta de azafrán o en una de las muchas cremas para aclarar la piel que las tías mayores recomendaban para atrapar a un buen marido.

—Este es el trato. —Sunil se inclinó hacia delante—. No puedo casarme contigo porque no eres Singh.

Layla se dejó caer en la silla y fingió decepción.

—Siento oír eso. Pero creía que conocías ese *defecto* porque mi apellido aparece muy claro en mi perfil de desilovematch.com.

—Te he invitado a venir porque me pareciste sexi en tu foto —continuó Sunil como si ella no hubiera dicho nada—. Me atraes, así que estoy dispuesto a acostarme contigo.

—¿Cómo dices?

—Sexo. —Hizo un gesto lascivo con las manos—. Tú y yo. Quiero hacerlo.

Ella lo miró con horror.

—Mi padre no publicó mi perfil porque pensara que estoy desesperada por echar un polvo.

Sunil era exactamente el tipo de hombre al que se había enganchado tras la muerte de Dev. Superficial, narcisista e interesado en una sola cosa. Podría tener sexo con él sin temor a conectar emocionalmente. Podría ahogar el dolor de perder a Sam en unos estúpidos momentos de placer, como había hecho después de lo de Dev.

Excepto que ella no quería olvidar. Quería conservar sus recuerdos de Sam, desde el día en que le tiró material de oficina a la cabeza hasta la última tarde que habían pasado juntos. Él le había demostrado que era correcto volver a amar y que podría sobrevivir si su corazón volvía a romperse.

—Pero estás desesperada —dijo—. Lo sé por cómo me has mirado al entrar. Me deseas. Mucho.

—¿Debería estarte agradecida por que quieras acostarte conmigo?

La impaciencia vibraba a su alrededor.

—Sí.

De forma inesperada, pensó en enviarle un mensaje de texto a Sam. Había disfrutado conociendo gente nueva con él, no solo por el hecho de encontrar marido, sino porque en esos momentos había descubierto que le encantaban las películas de terror y los dónuts, que apoyaba al equipo equivocado y que protegía ferozmente a las personas que le importaban.

—Pues yo creo que no. —En su imaginación, oyó un gruñido y el estruendo de unos pies acercándose. La puerta se abrió de golpe y Sam entró en la habitación, agarró a Sunil por el cuello y lo estampó contra el cristal.

Excepto que no era Sam agarrando a Sunil. Era ella. Abriendo la puerta y alejándose. Y, maldita sea, se sentía muy bien por ello.

Llamó a Daisy desde el ascensor.

—Ha sido un fracaso total. ¿Quién es el siguiente?

—Akhil Jones. Está esperando al otro lado de la carretera, en una cafetería. Estudia Ingeniería en la USC. Le gustan los largos paseos por la playa, los pícnics en el parque y los domingos perezosos en la cama de su casa, donde aún vive con sus padres. Sus influencias musicales son R5, Paramore, Panic! at the Disco y Sleeping with Sirens. —Suspiró al teléfono—. Parece un sueño. Si no lo quieres, a mí no me importaría convertirme en una asaltacunas por un hombre que no tiene miedo de enviar una foto suya gritando en una atracción acuática en Disneyland.

Cuando Daisy acabó de alabar las virtudes de los hombres jóvenes, Layla ya había cruzado la calle y entraba en la cafetería.

Reconoció a Akhil enseguida por su mochila de Transformers y por ser la única persona en la cafetería que bebía zumo.

—¿Akhil? Soy Layla. —Extendió la mano y sonrió a un chico delgado con amplia frente.

—Encantado de conocerla, señora.

—Ja, ja. No. —Ella le dedicó una tensa sonrisa—. Voy a ser breve, Akhil. Estoy buscando a alguien un poco más... maduro.

Quería a alguien con voz profunda, hombros anchos y un sarcástico sentido del humor. Un amigo y compañero que la hiciera sonreír en los peores momentos y reír en los mejores. Alguien que la tratara con igualdad y la hiciera sentir como una princesa. Alguien que la quisiera tanto si llevaba unas bragas de algodón como si no llevaba nada.

—Lo siento, señora.

—No pasa nada, Akhil. —Se dio la vuelta—. Tu Buttercup está ahí fuera. Solo tienes que encontrarla.

# 27

Sam no supo a dónde se dirigía hasta que estuvo frente a la casa de sus padres. Llevaba conduciendo desde que recibió un mensaje de Nisha diciéndole que no necesitaba que la llevara a casa después de la rehabilitación. Sam no sabía si se había enterado de lo de Layla y no quería verlo, o si realmente iba a salir con alguna amiga, pero como nunca había tenido un lunes por la tarde libre desde el accidente, no sabía cómo pasar el rato.

Podía ver el parpadeo de la televisión a través de la ventanilla. Aunque su madre se había acostumbrado a los servicios de *streaming* (seguramente porque le ofrecían un catálogo inagotable de películas de terror), su padre se negaba a ver nada que no fuera televisión por cable.

Le dolió el corazón cuando vio movimiento tras las cortinas. No recordaba la última vez que había tenido una conversación de verdad con sus padres. Excepto por los saludos de rigor y las discusiones sobre el bienestar de Nisha, no habían compartido más tiempo juntos, y lo único que sabía de ellos era a través de su hermana.

Un golpe en la ventanilla lo hizo volver en sí. La bajó y saludó a su padre con un gesto de la cabeza.

—¿Qué haces sentado solo en la oscuridad?

Sam se encogió de hombros.

—Nisha canceló la cita. No sabía qué hacer.

Su padre sonrió.

—Tiene una nueva amiga en rehabilitación y han salido juntas a cenar. Vuelve a casa en el autobús para discapacitados. Le dije que la recogería, pero no quiso. Quiere hacerlo sola. Todo esto sucede desde que le presentaste a tu amiga Layla. No conozco a esta chica, pero ya me gusta.

«Necesitaba un empujón emocional, no físico».

—Layla dijo que la estaba asfixiando.

—La estabas protegiendo —dijo su padre—. Todos lo hacíamos. Pero quizá nos olvidamos de dejarla volar.

Le dio a Sam una bolsa de papel.

—Tu madre te vio sentado aquí y te preparó algo de comer. No te preocupes. Es comida occidental. Una especie de sándwich.

—Gracias, papá.

—¿Por qué no entras a calentarte? No tenemos que hablar. Puedes ver una película de terror con tu madre como hacías antes. A mí no me gustan todos esos gritos y sangre. Lo que hace esa gente no tiene sentido. ¿Por qué entraría uno solo en un sótano sin una linterna? ¿Por qué todas las chicas se caen cuando corren?

—Tuve la oportunidad de vengar a Nisha y lo eché a perder. —Las palabras salieron de su boca en un torrente—. Y no fue poca cosa. Lo perdí todo.

—Yo también pensé que lo había perdido todo. —La voz de su padre se volvió más grave—. Pero hoy mi hijo ha vuelto a casa.

Sam salió del coche sin ser consciente de ello. Le dio un abrazo a su padre.

—Lo siento, papá. Necesité echarle la culpa a alguien cuando no castigaron a Ranjeet.

—Estás perdonado. —Su padre le dio una palmada en la espalda y volvieron a abrazarse—. Durante los primeros meses, me pasó como a ti. ¿Y si hubiera investigado más? ¿Y si hubiera visitado a su familia en India? ¿Y si les hubiera hecho pasar más tiempo juntos? Puedes torturarte eternamente, pero eso no cambiará nada, y, en cierto modo, le da más poder. ¿Dejamos que el pasado destruya nuestras vidas o le demostramos que no vamos a rendirnos? La mejor venganza es seguir adelante y vivir la mejor vida posible. Y darle a Nisha todo el amor y el apoyo que necesita para continuar con la suya.

—Es difícil aceptar que nunca pagará por lo que hizo.

—Creo en el karma. Algún día lo pagará. —El padre de Sam le apretó el hombro—. Has dejado que Ranjeet defina tu vida durante demasiado tiempo: dejaste la Medicina por su culpa, aceptaste un trabajo que no te gusta por su culpa y ahora me dices que lo has perdido todo por su culpa. Tienes la oportunidad de cambiar. Deja atrás el pasado y decide lo que realmente quieres hacer con tu vida. Sé el hombre que yo crie para que fueras.

—¿Qué clase de hombre es ese?

—Uno bueno.

—¡Venga, dale!

Layla corría por el pasillo principal del Hospital St. Vincent con el teléfono en la oreja, buscando la sala de yoga mientras Daisy leía la información sobre el último soltero de la lista. El sudor le resbalaba por la espalda bajo la blusa y la cara le brillaba pese a una rápida parada en el baño para refrescarse. Aunque había estado en ese hospital una o dos veces a lo largo de los años para visitar a amigos y parientes, no conocía la nueva ala y había perdido el tiempo intentando orientarse por pasillos blancos idénticos.

—Sunny Kapoor. Es el director del programa de yoga del Hospital St. Vincent. Diseña y dirige clases de yoga y control del estrés para empleados y pacientes. Ha trabajado como auxiliar de vuelo y consultor de *marketing*. Su padre murió cuando él tenía diez años. Su madre trabaja en un banco. Vegano. Le encanta la naturaleza y pasa varios meses al año en India aprendiendo nuevas técnicas de yoga. Si no es el elegido intenta dejarlo con suavidad. No querrías tener mal karma.

Layla se rio.

—Haré lo que pueda, pero quizá no pueda controlarme si quiere que meta el trasero en unos pantalones de yoga y haga el perro boca abajo.

—Podría ser su forma de comprobar la mercancía. —Daisy se rio—. Pero no hagas la postura del bebé feliz o podría hacerse una idea equivocada.

Layla dobló una esquina y se paró en seco cuando vio a Sam de pie en el pasillo, tan fuerte y guapo que la dejó sin aliento. Lástima la mujer de cabello corto y rubio que estaba a su lado.

—¿Layla? —Un hombre con pantalones de deporte sueltos y una camiseta negra ajustada pasó por delante de Sam en su dirección. Estaba muy musculoso y sus abdominales se ondulaban bajo la ajustada camiseta. Con su cincelada mandíbula, sus llamativos rasgos y sus cálidos y expresivos ojos marrones, podría haber avergonzado a cualquier galán de Bollywood.

Sam levantó la cabeza y sus miradas se cruzaron. El mundo se paralizó por un instante. Era totalmente consciente del áspero sonido de su respiración, de la fresca brisa que entraba por la puerta abierta, de la mirada ardiente de él sobre su cuerpo. La recorrió un cosquilleo que desapareció cuando la rubia se inclinó y lo besó en la mejilla.

—¡Hola, Sunny! —Layla apartó la mirada de Sam y trató de fingir una familiaridad que ocultara el hecho de que estaba conociendo a Sunny por primera vez. Sam había pasado página y ella quería desesperadamente que él pensara que ella también lo había hecho.

—Dame un abrazo —susurró cuando Sunny se acercó.

—Claro.

Sunny la rodeó con los brazos y le dio un apretón mientras ella miraba a Sam por encima del hombro de Sunny.

—Estoy deseando que llegue la semana que viene —dijo la mujer, ajena en apariencia a la corriente eléctrica que recorría el pasillo—. Va a ser muy divertido.

—Disfrutas de estas cosas mucho más que yo, Karen.

«Karen». Layla frunció los labios. Ahora la recordaba. Era la mujer que había interrumpido su beso en la fuente. ¿Había estado con ella todo este tiempo? Con razón no la había llamado después de la fiesta. Al fin y al cabo, Layla no era más que otro ligue para él.

—Tengo una pequeña sorpresa para ti. —Una sonrisa se dibujó en el rostro de Karen, mostrando unos incisivos demasiado puntiagudos—. Te la daré esta noche.

Layla apretó los labios cuando Karen rodeó el brazo de Sam con sus tentáculos de pulpo. ¿Se había dado cuenta de que era, al menos, diez años mayor que él? ¿O estaba cegado por su cabello rubio de bote y lleno de mechas?

—¿Necesitas más abrazos? —susurró Sunny.

Todo su cuerpo deseaba ir a donde estaba Sam. Si no fuera porque Sunny la tenía atrapada con sus brazos, ella ya estaría al otro lado del pasillo.

—Sí, y un beso.

—¿Labios o mejilla? —preguntó un complaciente Sunny.

—Será mejor que volvamos. —Karen tomó a Sam de la mano y lo llevó con delicadeza en dirección opuesta.

Solo que Sam no se movió. Su mirada estaba fija en Layla. Su cuerpo estaba completamente rígido, como si estuviera congelado en el sitio.

—Mejilla —susurró Layla.

Sunny presionó sus labios fríos y secos en su piel sudorosa.

—¿Puedo soltarte?

—Sí.

—¿Estás lista para comer? —preguntó Sunny—. Hay una cafetería vegana estupenda a la vuelta de la esquina. Te aseguro que no podrás distinguir sus macarrones con queso de los auténticos, y sus dónuts sin gluten son divinos.

—«Sin gluten» y «dónuts» son palabras que no deberían pronunciarse en la misma frase. —Le rodeó la cintura con un brazo y miró hacia atrás por encima del hombro mientras se alejaban. Sam tenía la mandíbula tensa, los labios apretados y una expresión que la fulminó por dentro.

—Eres tan cariñosa… —Sunny le dio otro beso en la mejilla—. Las otras mujeres que conocí en desilovematch.com solían traer a sus familias con ellas, o esperaban que me mantuviera a unos metros de distancia.

—Si quieres, puedes agarrarme el trasero —sugirió Layla.

—No estoy seguro de que sea apropi…

—Agárralo.

—De acuerdo. —Bajó la mano y le agarró un cachete.

Layla contuvo la respiración, esperando la respuesta de Sam. ¿Habían terminado de verdad o aún le importaba?

—¡Layla! —El grito de rabia de Sam resonó en el pasillo y un estremecimiento le recorrió la espina dorsal.

—Nos vemos fuera en un minuto. —Se separó de Sunny con delicadeza—. Creo que conozco a ese tipo. Solo quiero saludarlo.

Se encontraron a medio camino. Tan cerca, que podía oler el conocido aroma de su gel de baño y ver cada línea y cada sombra de su atractivo rostro. Su sangre se calentó y el brillo de su piel se convirtió en resplandor.

—¿Has gritado algo? —Apretó los dientes para intentar contener la emoción que la embargaba.

—¿Quién es? —Su voz suave y profunda derritió a Layla por dentro.

—Hola, Layla. —Ella se burló de su voz grave—. Me alegro de volver a verte después de tanto tiempo. ¿Qué tal estás? ¿Cómo va la agencia? ¿Cómo están tus padres? ¿Qué están haciendo Daisy y Max?

Él cerró los ojos un instante.

—¿Estás con él?

Ella miró a Karen con su cabello liso perfecto, su esbelta figura, su piel sin brillos y los brazos que habían rodeado a su Sam.

«Mi Sam». A Layla se le encogió el corazón en el pecho. Durante un breve tiempo había sido suyo. Quería decirle cuánto lo había echado de menos. Que no era lo mismo trabajar sin él o tener citas a ciegas sola. Quería decirle cuántas veces había visto algo que le habría hecho reír y le dolía el corazón porque él no estaba allí para compartirlo. Quería decirle que lo amaba, pero cuando oyó los tacones de Karen dirigiéndose hacia ellos por el suelo embaldosado, todo lo que salió de su boca fue:

—Sí.

No era mentira. Hoy estaba con él.

—¿Vas a...? —Se le quebró la voz—. ¿... casarte con él?

—¿Por qué te importa?

—Aún no hemos acabado el juego.

Su boca se abrió y volvió a cerrarse.

—El edificio y el despacho son tuyos, Sam. El juego ya no importa.

Se le formó un nudo en la garganta.

—Nunca lo hice por el despacho.

—¿De qué se trataba, entonces? ¿Fue solo por ganar?

—Sam —Karen le tocó en el brazo con delicadeza—, tenemos que irnos.

Layla tuvo que luchar contra el impulso de apartar su mano de un manotazo. ¿Acaso sus uñas podían ser más largas? Había visto tigres en el zoo de San Diego con las uñas más cortas.

Aun así, Sam no se movió.

—Se trataba de...

—Sam, el director general acaba de llegar —dijo Karen en voz alta—. No podemos hacerlo esperar. Este es el único momento que va a tener libre hasta que te vayas a Nueva York.

«¿Nueva York?». Layla no quería preguntar, pero lo hizo.

—¿Te... marchas?

—He decidido volver a la Medicina. —Su rostro se iluminó de ilusión—. Estoy intentando volver al programa de residencia que tienen aquí, pero si no funciona, me iré a donde me acepten. He pensado en Nueva York porque allí tengo algunos contactos. Pero he estado tanto tiempo fuera que no sé si aún tengo posibilidades.

A Layla se le secó la boca.

—Eso es genial. Volver a la Medicina es estupendo. Pero... ¿marcharte? ¿Qué pasa con Nisha y tus padres?

—Lo están haciendo bien. Todos seguiremos adelante. No pude ayudar a Nisha como hubiera querido, pero como cirujano espero ayudar a personas como tu padre y cambiar un sistema que no hizo pagar a Ranjeet por sus actos.

¡Qué fastidio! ¿Por qué no podía ser el tipo arrogante y odioso de siempre? ¿Por qué, cuando había encontrado a otra persona, tenía que ser tan amable?

—¿Qué pasa con tu empresa de consultoría?

—Royce y yo estamos buscando a alguien que ocupe mi puesto —dijo—. Tengo que repasar mis conocimientos de Medicina antes de solicitar la residencia, así que aún tenemos tiempo.

—¿Layla? —Sunny abrió la puerta—. ¿Vienes? Solo tengo cuarenta y cinco minutos para comer.

—¿Podemos hablar? —preguntó Sam—. ¿Más tarde?

Miró a Karen y negó con la cabeza. Una cosa era decirse a sí misma que podía sobrevivir a un corazón roto, y otra cosa era tener a Sam delante de ella y saber que nunca volvería a ser suyo.

—No. —Ella se tragó el nudo de la garganta—. No podemos.

Si su negativa le afectó de alguna manera, no dio ninguna señal. Él se limitó a asentir.

—Estamos reformando el despacho. Te has dejado unos papeles. Parecen importantes, así que quizá quieras recogerlos antes de que el contratista empiece a trabajar mañana. Estaré en Nueva York, pero Royce estará por aquí si tienes algún problema. —Su tono frío e impersonal dolía más que la rapidez con la que se había marchado.

—Lo haré. —Se llevó la mano a un costado y se clavó las uñas en la palma mientras luchaba por mantener la compostura.

Sam vaciló y, durante unos brevísimos segundos, creyó vislumbrar el dolor en sus ojos. ¿O era arrepentimiento?

—Si cambias de opinión sobre hablar…

Eso tenía que acabar. La tortura era insoportable.

—No lo haré.

Y con una última y persistente mirada al hombre que amaba, se dio la vuelta y se marchó.

Layla abrió de un empujón la puerta del despacho que había encima del restaurante de sus padres. Como mañana venían los de la mudanza para llevarse los muebles al nuevo local en Sunnyvale, quería verlo una última vez y recoger los papeles que Sam dijo que se había dejado.

—¿Puedo ayudarla?

Layla se sobresaltó al ver a una mujer desconocida sentada tras el mostrador de la recepción. Se había acostumbrado tanto a ver a Daisy allí cuando entraba por la puerta, que aquel orden y una mujer de aspecto tan corriente la descolocaron.

—He venido a dejar mis llaves y a recoger algunas cosas. Antes trabajaba aquí.

—Puedes dárselos a Royce. Está en su escritorio. Entra.

Layla pasó junto al sofá de cuero gris que ahora ocupaba el espacio donde había estado su diván púrpura. Su nuevo despacho compartido estaba completamente amueblado, así que se había llevado el diván a su nuevo y acogedor apartamento en el distrito de Marina, a solo una manzana de la bahía de San Francisco, cerca de Fort Mason.

—¡Mira quién está aquí! Pero si es Excelentes Soluciones de Contratación. —Royce se reclinó en su silla mientras ella echaba un rápido vistazo a su alrededor. Aparte del escritorio Eagerson del que su padre se había desprendido alegremente, el resto del mobiliario había sido sustituido por cristal y acero; frío, corporativo y ultramoderno.

—La verdad es que cambié el nombre a Personal Patel —dijo ella, tensa y dejando caer las llaves sobre su escritorio.

—Buen nombre. El otro era muy irónico.

Nunca había tenido una conversación en condiciones con Royce. Estaba claro que no se había perdido nada. Él continuaba soltándolo todo por la boca.

—Me alegra que le des tu aprobación.

—Así que es verdad. —La observó con tanta atención que se le erizó la piel—. Tú y Sam. Se acabó.

—Supongo que sí. —Miró a su alrededor—. Dijo que me había dejado unos papeles.

—En la sala de juntas. —Hizo un gesto con el pulgar en esa dirección—. Ha sido una tragedia.

—¿Qué quieres decir?

—No le consiguió justicia ni a la chica... Seguro que habrás visto alguna obra de Shakespeare.

—*Romeo y Julieta*.

—Mi favorita. —La siguió hasta la sala de juntas—. Chico conoce a chica. Chico pierde a chica. Chico recupera a chica. Chico muere por chica. Chica muere por chico. El público se ahorra un final feliz edulcorado.

Layla se volvió y frunció el ceño.

—¿Estamos hablando del mismo chico? Acabo de ver a Sam en el St. Vincent. Con su novia.

—¿Qué novia?

—Karen.

—¿La chica de Recursos Humanos? —Royce se rio—. Sam y yo comimos con ella el otro día. Esos dos juntos serían una tragedia.

—Pero... los vi en actitud... cariñosa. Salían después del trabajo...

—Conmigo. —Se encaramó al borde de la mesa—. Estoy pensando en contratarla para que ocupe el puesto de Sam cuando se marche a Nueva York.

A Layla se le encogió el corazón.

—Dijo que iba a volver.

Royce se encogió de hombros.

—No hay nada que lo retenga aquí. Volverá a ejercer la Medicina, probablemente en Nueva York. Se reconcilió con sus padres y su hermana se lio con John «Soy tan bueno que es un defecto de carácter» Lee, que la convenció para que hiciera realidad su sueño de ser abogada porque «necesitamos más abogados en el mundo». —Se estremeció y se aflojó la corbata—. Esa es mi idea de una pesadilla. Salas de libros llenas de leyes y normas, que te sermonee gente que no triunfó en los negocios... Si pienso en ello apenas puedo respirar.

«¿Podemos hablar?».

«No».

¡Oh, Dios! ¿Acababa de cometer el mayor error de su vida?

—¿Dónde están los papeles? —Agarró con fuerza la correa del bolso—. Tengo que irme. Rápido.

Royce señaló una caja en el escritorio de cristal que tenía enfrente.

—No eran muchos. Deberías revisarlos aquí y triturar lo que no necesites.

Layla rebuscó entre los documentos, en su mayoría diseños de logos y listas de empresas a las que había llamado a puerta fría cuando ni siquiera tenía nombre.

—Sam dijo que creía que los documentos eran importantes, pero aquí no hay nada.

Royce resopló exasperado.

—Sigue buscando.

Comprobó todos los documentos de la caja hasta que, por fin, en el fondo, encontró una copia del contrato de alquiler entre su padre y Bentley Mehta Multinacional.

—Esto no es mío. —Se lo ofreció a Royce, que agitó una mano con desdén.

—Quizá te interese la opinión legal que hay grapada detrás, así que renuncio al privilegio abogado-cliente.

Layla hojeó la opinión legal. El documento de una página afirmaba con rotundidad que Sam tenía pleno derecho a ocupar el despacho y que sus reclamaciones carecían de fundamento. John lo había firmado y fechado al final. Al instante comprendió por qué Royce le había permitido leerlo.

—Esto está fechado un día después de que Sam y yo nos conociéramos.

—¡Qué casualidad!

El corazón le dio un vuelco.

—Él siempre supo que yo no tenía derecho a estar aquí. Podría haberme echado en cualquier momento.

—Si hubiera sido yo, tú y tu diván púrpura estaríais en la calle desde el primer día; así de desalmado soy.

Derrotada, Layla se sentó en la silla más cercana.

—Entonces, ¿por qué participó en el juego?

Royce se encogió de hombros.

—Quizá no quería que te casaras con un imbécil.

—O con alguien como Ranjeet —reflexionó ella—. Intentaba protegerme. Pero si no encontraba a nadie, ¿habría respetado las normas y se habría marchado?

—Tiene ese defecto de carácter. —Royce se reclinó en su silla, cruzando los brazos por la nuca—. Por eso formamos un buen equipo. Yo no tengo escrúpulos y él tiene demasiados.

—¿Le darías un mensaje de mi parte? —Una idea empezó a formarse en su mente—. Borré sus datos de contacto de mi teléfono.

—¿Parezco una recepcionista?

—Pareces un tipo que finge que no le importa nada, pero cuyas ropas de colores esconden un corazón.

Sus labios se curvaron.

—¿En qué me convierte eso en esta tragedia? ¿En el cómico que da un respiro?

—No es una tragedia. —Layla escribió una nota rápida en el reverso de la opinión legal—. Es un romance. Excepto que, en esta versión, Buttercup se salva a sí misma.

# 28

«El juego se ha acabado. Has ganado. Disfruta de tu premio».

Sam se quedó mirando las palabras del papel que Royce le había dado.

—¿Qué significa?

—¿Cómo voy a saberlo? —Royce puso los pies sobre el escritorio mientras mordisqueaba su *brioche*—. No tengo conocimientos mágicos de cómo funciona la mente femenina.

—Parece que se va a casar. —Sam puso la nota sobre el escritorio de Royce con un golpe seco—. ¿Leyó la opinión legal? Debías asegurarte de que la leyera.

—¡Por Dios! —Royce echó la cabeza hacia atrás—. Soy empresario, no un casamentero. Sí, la leyó. Me senté en la sala de juntas y me aseguré de que viera toda la caja. Se dio cuenta de la fecha enseguida.

—¿Y luego qué pasó? —Así no era como se suponía que debía desarrollarse la historia. Tras entender que había participado en ese juego solo por ella, se suponía que ahora se pondrían en contacto, se disculparían el uno con el otro, él tiraría de todos los hilos para hacer la residencia en San Francisco, ella se volvería a trasladar al despacho para dirigir su agencia y vivirían felices para siempre.

—Luego escribió la nota, me dijo que era un romance y salió por la puerta.

—¿Un romance? ¡Maldición! —Dio un puñetazo en la pared—. Un romance es sinónimo de matrimonio. Se va a casar con uno de los tipos de la lista de su padre. Seguramente con el tipo del yoga. Ya sabes lo flexibles que son.

—¿No era eso lo que ella quería?

Sam se paseó por la habitación.

—Creía que me quería a mí. Pero esperé demasiado. Quería solucionarlo todo primero. Quería demostrarle que yo era digno.

—¿Digno de qué? —Royce se limpió las comisuras de los labios con una servilleta.

—Digno de ella. Quería ser su Westley.

Royce se quedó helado, con el último trozo de *brioche* a medio camino de la boca.

—Creía que te llamabas Sam, pero claro, si quieres ser Westley, adelante. No conozco a muchos Westleys de piel morena, pero hay un mundo nuevo ahí fuera.

—Es un personaje de *La princesa prometida*. —Sam dobló el papel y se lo metió en el bolsillo—. Es la película favorita de Layla. La he visto tres veces con Nisha y mi madre. Westley asalta el castillo con sus amigos, derrota a los malos, impide la boda y rescata a la princesa Buttercup*.

—Creía que te gustaban las películas de terror, pero una película con un protagonista masculino llamado Westley y una princesa con nombre de flor ya me parece horrible. —Dio un sorbo a su expreso, con sus largos dedos enroscados en la taza de porcelana.

—Tenemos que encontrarla. —Sam abrió la puerta—. Tenemos que detener la boda. Vámonos.

—¿Acaso parezco tu compinche de aventuras? —Royce señaló con una mano su traje gris claro, su camisa rosa y su corbata de dibujos animados—. Creo que abajo encontrarás lo que buscas. Están organizando una especie de fiesta. Algunos miembros de esa tripulación podrían ayudarte. Lo más probable es que sepan dónde está ella.

Sam bajó corriendo las escaleras y abrió de un tirón la puerta trasera de El Molinillo de Especias. Aunque el restaurante estaba cerrado, olía a comida y se oía el ruido de ollas y sartenes.

---

* La «buttercup» es una flor amarilla de cinco pétalos que recibe el nombre de 'botón dorado' en español. (N. de la T.)

—¿Qué quieres? —Daisy se detuvo frente a él, bloqueándole el paso. Sus pantalones color verde chillón hacían juego con el coletero de su cabello rojo. Se había puesto una chaqueta de cuero sobre un vestido de encaje de cuello alto que parecía tener, al menos, cien años—. Es *vintage*. —Daisy se alisó la falda mientras seguía su mirada.

—Estoy buscando a Layla.

—No está aquí. Adiós.

—Daisy, espera. —Dio un paso adelante y fue detenido por un gruñido de Max—. Ella me ha dejado una nota. ¿Se va a casar? ¿Es alguien de la lista?

—Tendrás que preguntárselo al tío Nasir. —Ella le lanzó una sonrisa malévola—. Está en la cocina. Eso significa que tendrás que jugártela con las tías que hay allí y, solo si sobrevives, obtendrás la respuesta a tu pregunta.

—Eso es ridículo —balbuceó—. Es obvio que tú lo sabes. Dímelo.

—No te lo has ganado.

Sam inclinó la cabeza de un lado a otro, haciendo crujir su cuello.

—Vale. Iré. Dime qué tengo que hacer.

—Tienes que estar relajado.

Sam dio un par de saltos y sacudió las manos.

—Estoy relajado.

—Encontrarás a cuatro tías además de la tía Jana. Eres un hombre joven, guapo y soltero, aunque todos te odian por echar de aquí a la familia. La cosa se va a poner fea.

—Tengo tías. Sé cómo funcionan. —Se alisó el cuello de la camisa y se secó la frente con el dorso de la mano.

—No dejes que huelan tu miedo. Porque si eso sucede…

Sam se inclinó hacia delante y respiró hondo.

—Lo sé. Lo sé. No me dejarán en paz.

—Jamás —dijo Daisy—. Se presentarán en tu despacho con cajas de dulces indios; se harán las encontradizas con tu madre en el supermercado para invitaros a tomar el té; se pasearán por delante de tu casa con sus hijas y sobrinas con la excusa de un paseo dominical. Hay que ser fuerte.

—Soy fuerte —dijo Sam.

—Tienes que estar convencido. Esto es por Layla. No aceptes ver fotos de sobrinas, nietas o primas. Y no les digas dónde trabajas o cómo contactar contigo. Y, hagas lo que hagas, no sonrías. Eres demasiado guapo. Lo digo por tu propio bien.

—Puedo hacerlo. —Se limpió las manos en los pantalones negros de vestir y frunció el ceño.

—Max y yo limpiaremos el camino.

—Espera. —Se detuvo en el umbral—. ¿Por qué me ayudas?

Daisy sonrió.

—Es parte de mi encanto.

Caminaron rápidamente por la cocina. Una mujer vestida con un *salwar kameez* azul ensartaba en unas brochetas trozos de pollo de color naranja chillón para meterlos luego en el *tandoor*. Una mujer mayor pelaba y cortaba las cebollas de una bolsa. Dos cocineras con delantal blanco removían sendas ollas llenas de patatas picantes, cordero estofado y trozos de *paneer* sobre espinacas cremosas. Al fondo de la cocina, el cocinero que le había mirado con desprecio cuando vino a hablar con Nasir removía con una espátula gigante una olla de lo que parecía curry de cabra.

Sam respiró el dulce aroma de cardamomo, cúrcuma, *garam masala* y chiles frescos mientras Daisy lo llevaba junto a las encimeras de acero inoxidable. Era el mismo olor de la cocina de su madre cuando habían cenado juntos la noche anterior. El aroma del hogar.

—Aquí huele de maravilla. ¿Estás añadiendo fenogreco al *murgh makhani*? —Daisy evitó la mirada inquisitiva de una tía. Luego le gritó a otra—: ¡Será mejor que compruebes el horno, tía Lakshmi!. Creo que el *naan* está demasiado cocido. No querrás tener tres días de mala suerte. —Le dio la vuelta a otra mujer con un *salwar* azul para que Sam pudiera pasar—: Me encanta cómo te queda ese color, tía Charu. Es tan llamativo…

Demasiado tarde. Sam percibió un cambio en el aire. La charla en voz baja y las risas se apagaron. La tensión se apoderó del ambiente.

—¡Daisy! Has traído a alguien de visita. —Una mujer con un sari rosa se abrió paso entre los cocineros para llegar hasta él—. ¿Quién es?

—Este es Sam, tía Salena. Hace negocios con el tío Nasir.

—Parece ingeniero. —Salena llamó a otra tía—. Pari, ven aquí. Daisy ha traído a un chico que parece ingeniero.

—¡Un ingeniero! —Pari se limpió las manos en el delantal y corrió a saludarlos.

—La verdad es que dirigía una empresa de consultoría —dijo Sam—. Pero ahora estoy…

Un hombre alto y delgado con entradas se acercó.

—¿Quién es ingeniero?

—Este chico, tío Hari.

—No soy un chico…

—No parece ingeniero. El hijo de Nira sí parece ingeniero.

—La verdad es que soy médico —dijo Sam.

Daisy gimió.

—Ya no puedo ayudarte.

—¡¿Médico?! —gritó alguien—. ¡Es médico!

Daisy tiró del brazo de Sam, pero ya era demasiado tarde. Las tías se aproximaron como un maremoto, saliendo de puertas y rincones, chocando con las encimeras y haciendo retumbar el suelo.

—¿Está soltero? —preguntó Salena.

—¿Quién está soltero?

—Este hombre. Es ingeniero.

—No, es doctor.

—¿Un doctor ingeniero? ¿Tiene un doctorado?

—¿Conoce a Dagesh Gupta? Es ingeniero en Florida.

Las conversaciones se sucedían a su alrededor. Con tanta gente hablando, Sam no podía seguir el ritmo.

—Mis hijos van a ser médicos. Su profesor dice que son unos sinvergüenzas, pero es porque son tan inteligentes que se aburren en el colegio.

—Que alguien le traiga un plato de comida. Está demasiado delgado.

—¿Quién es su familia?

—Sé fuerte —susurró Daisy—. Aquí viene la tía Jana, la madre de Layla.

Los parientes de Layla se separaron como las aguas del mar Rojo y apareció una mujer con un delantal desgastado y cabello largo y oscuro con una trenza que atravesaba la parte trasera de una gorra naranja de los Giants. Podía ver a Layla en la forma de su rostro, pero cuando se encontró con su mirada, sus ojos fueron fríos y duros.

—Así que eres tú —resopló.

Sam no sabía si se refería a que él había desahuciado a su familia, había alejado a Layla de un matrimonio concertado o los había interrumpido en la cocina, pero, en cualquier caso, no lo decía con buenas intenciones.

—Encantado de conocerla por fin, señora Patel. —Tragó con fuerza—. Estoy buscando a Layla.

—Está en Oracle Park para el partido. —Dio un golpecito en la gorra de los Giants—. El primer partido que me pierdo.

La esperanza se hinchó en su pecho.

—¿Así que no se va a casar?

—¡Sam! —La voz de Nasir retumbó en la cocina—. Me alegro de volver a verte. Dejadlo todos en paz. Volved al trabajo. No está disponible. Guardad las fotos de vuestras hijas y sobrinas. Dejad de hacer fotos. ¿Quién le ha atado esa cuerda al tobillo? —Agitó la mano con desdén. Al instante, la multitud se deshizo y la cuerda salió de su pie cuando alguien tiró de ella.

—Layla… —Sam hizo un gesto de impotencia con las manos—. He metido la pata, señor Patel. La quiero. No puede casarse con otro.

Oyó un suspiro colectivo, pero cuando miró por encima del hombro, todo el mundo estaba ocupado en la cocina.

—Sam —Nasir suspiró y sacudió la cabeza—, es demasiado tarde. Ha escogido a alguien de mi lista. La familia ya lo conoce —dijo mirando con una ceja enarcada por la ajetreada cocina—, y lo aprueba. Estamos esperando una gran pedida de mano en el estadio, algo espectacular, quizás en la gran pantalla o con la cámara de los besos.

Los ojos de Sam se abrieron con consternación.

—Tengo que detenerlo. Dime dónde están sentados e iré…

—No sé… —Nasir se tamborileó los labios con los dedos—. Creo que está enamorada de ese chico.

—¡Ella no lo conoce!

—Creo que lo conoce muy bien. —Le dio una palmadita a Sam en el hombro—. Bueno, ha sido un placer verte. Creo que tu hermana está en el restaurante con John. Vamos a dar una pequeña fiesta de despedida esta tarde y hemos invitado a nuestros amigos del bufete. Tú y tu socio sois bienvenidos. Quizá Layla y su prometido también vengan a celebrarlo.

A Sam le resbalaba el sudor por la espalda. ¿Por qué nada salía como él había planeado? Se apresuró a buscar algo que hiciera cambiar a Nasir de opinión.

—¡Espera! La cámara del beso. No puede proponérselo así. Ella lo odiaría. No querría que su vida privada apareciera en una gran pantalla y lo viera un estadio lleno de gente. Tuvo una mala experiencia cuando la filmaron en Nueva York, y luego se produjo un incidente en un bar deportivo de aquí… Si él no sabe eso de ella, no deberían casarse.

—Mmm. —Nasir se volvió hacia Jana—. ¿Qué te parece? ¿Deberíamos decirle dónde están sentados? No quiero echar a perder su gran día.

Jana se encogió de hombros.

—Tiene razón en que a ella no le gustaría que se hiciera delante de tanta gente. Pero el partido ya ha empezado. Tendría que conducir muy rápido.

¡Dios! Era un obstáculo tras otro.

—Choqué con un ciervo y la aseguradora aún está inspeccionando mi coche. —Sacó su teléfono—. Llamaré a un Uber.

—¿Un Uber? —Nasir lo miró horrorizado—. ¿Dejarías algo tan importante en manos de un extraño? Es el futuro de mi hija. Arun puede conducir la furgoneta que usamos para abastecernos. Cabemos todos.

—¿Todos? —Sam frunció el ceño—. No hace falta que vengáis todos.

—Somos su familia —dijo Nasir—. Claro que iremos.

—¿No puede ir más despacio? —murmuró Sam mientras el viejo cocinero Arun conducía la furgoneta por la I- 80.

—Es el tráfico. Cálmate. —Daisy le dio a Sam una palmadita en el brazo—. ¿Quieres abrazar a Max? Él puede darte apoyo emocional.

—Gracias, pero quiero llegar con todos los dedos intactos.

—No menosprecies a Max. Me ha sacado de momentos difíciles. —Acarició la mullida cabeza del perro—. Como ahora. Resulta muy emotivo estar sentada a tu lado mientras refunfuñas como un viejo cascarrabias. Llegaremos cuando lleguemos.

—¿Y si llegamos demasiado tarde? —Las manos de Sam se cerraron en puños—. ¿Y si es la hora de la cámara del beso y él se declara, y ella se siente humillada pero se ve obligada a decirle que sí porque decenas de miles de personas la están mirando, pero realmente no lo ama, y no puede echarse atrás porque ha sido público, y se casa con él y vive una vida infeliz? —Hizo una pausa para respirar, y Daisy colocó a Max en su regazo con delicadeza.

—Haz tu magia, Maxy.

Max miró a Sam y se acurrucó en su regazo, ocultando sus afilados dientes. Sam acarició la cabeza de Max con un suspiro, aliviando su tensión pese a que estaban en un punto muerto.

—¿Quieres comer algo? —La tía Taara le ofreció un táper. Le habían presentado rápidamente a los parientes que se habían subido con ellos a la furgoneta, y gracias a la sesión informativa de Layla la tarde anterior al día que se suponía que debía conocerlos, había podido recordarlos a todos.

—Gracias, pero ahora no tengo hambre. —Luego le susurró a Daisy—: Layla me dijo que nunca comiera nada de un táper.

—Buen consejo. La tía Taara ha preparado una tarrina de cangrejo con crema sorpresa. Cualquier cosa que acabe en «sorpresa» te enviará tres días al baño por lo menos. Y no es lo que más te conviene cuando quieres impedir que la mujer que amas se case con el tipo equivocado.

—¿Tienes su currículum matrimonial? Necesito saber a qué me enfrento. Ninguno de los tipos de la lista de Nasir era digno de ella. ¿Qué hace a este diferente?

Daisy lo miró de reojo.

—Veré si puedo encontrarlo. Mientras tanto, descárgate la aplicación del estadio para que pueda tramitar tu entrada.

—Puedo comprar mi propia entrada.

Ella soltó un gemido exasperado.

—Tú no habías pensado en esto. Y resulta que yo tengo una entrada para un asiento al lado de Layla.

—¿Por qué?

La furgoneta dio una sacudida hacia delante y él rodeó a Max con una mano para protegerlo. De momento, todo iba bien. Max parecía contentarse con tumbarse en su regazo y mirarlo fijamente, pero mantuvo los dedos alejados de la boca del westie por si acaso.

—¡Arun! —El bramido que lanzó la madre de Layla contrastó con su delgadez—. Conduces como un viejo. El partido habrá terminado para cuando lleguemos. Para en la próxima gasolinera y déjame conducir.

Unos minutos más tarde, con la gorra de los Giants sobre los ojos y el asiento levantado al máximo, la madre de Layla se incorporó a la carretera y se desplazó entre el tráfico como una piloto de carreras.

—¡Voy a salir de la I-80! —gritó—. Iremos por carreteras secundarias. Agarraos.

Dio un volantazo y las ruedas de la furgoneta chirriaron al salirse de la autopista.

—Esa es mi mujer. —Nasir la miró y con el orgullo grabado en el rostro dijo—: Ella le enseñó a conducir a Layla.

Con la mandíbula tensa, una mano apoyada en el asiento delantero y la otra sujetando a Max, Sam gritó:

—¡¿Por qué no me sorprende?!

Cuando se acercaron al estadio, Sam tenía la espalda cubierta de sudor, el corazón acelerado y había girado tantas veces la muñeca para mirar el reloj que le dolía el antebrazo. Ni siquiera la presencia tranquilizadora de Max en su regazo podía calmarlo. ¿Cómo había dejado que las cosas llegaran tan lejos? ¿En qué estaba pensando? Si la perdía ahora...

—¡En el próximo *stop*, saltas! —gritó la madre de Layla mientras giraban por la calle Tercera—. Puedes entrar por O'Doul Gate. Tenemos amigos cerca de donde podemos aparcar. Nos vemos dentro.

—¿Dentro? ¿Venís todos? ¿Tenéis entradas?

—Por supuesto —dijo Nasir—. Nunca nos perderíamos la final de un partido.

# 29

—¡Layla!

Lo oyó antes de verlo, pero cuando lo vio casi no lo reconoció con la camiseta naranja de los Giants que llevaba bajo la chaqueta del traje y la gorra de béisbol azul marino y naranja que llevaba en la cabeza.

Sam bajó las escaleras a toda velocidad, sorteando a una mujer con un niño pequeño y a dos adolescentes que llevaban unos recargados perritos calientes. Con el sol poniéndose y una suave brisa soplando desde la bahía, era una tarde preciosa para un partido. Ella ya había visto a Kevin Pillar atrapar unas pelotas al aire justo enfrente de ella, se había acabado un bocadillo de cangrejo y había cantado y animado con la entusiasta multitud. Era su lugar favorito de la ciudad y quería compartirlo con la persona que amaba.

—¿Dónde está? —Sam miró el asiento que había vacío a su lado—. ¿Lo has hecho ya? ¿Te has prometido?

Era difícil no reírse de su feroz expresión. Si ella hubiera traído a alguien al partido, dudaba que le hubiera permitido quedarse sentado.

—No. —Dio una palmadita en el asiento de al lado—. ¿Por qué no te sientas? Le estás tapando la vista a la gente.

—¿Es Hassan? No puedes casarte con él. Es un estafador.

—No es Hassan. —Le ofreció una bolsa—. ¿Nueces?

Sam le hizo un gesto con la mano.

—¿Dilip? ¿Lo elegiste porque sabe bailar? Yo sé bailar. —Juntó los dedos como ella le había enseñado en la fuente y retorció las manos—. Lobos. Flores. Mira. Me acuerdo.

Layla tiró de él para que se sentara a su lado.

—No creo que bailar ahora sea una buena idea. La gente está intentando ver el partido. Y no, no es Dilip.

—¿El bombero? Dijiste que era demasiado deportista.

—Daisy me mataría si me casara con él. Han quedado para tomar unas copas la semana que viene.

Sam apretó los puños. Nunca lo había visto tan nervioso. Incluso cuando ella entró en la fiesta, él mantuvo la compostura.

—Mejor que no sea Faroz. Está delirando.

Layla se rio.

—Estuve tentada de ser la esposa de un espía, y no creo que mucha gente pudiera conseguirme elefantes para mi boda, pero no es Faroz.

Oyó el chasquido del bate y la multitud vitoreó. Esperaba que Sam se diera cuenta de lo mucho que le importaba. Había muy pocas cosas que pudieran apartar su atención de un partido.

—No... —Se le entrecortó la voz—. ¿Harman? —Flexionó un brazo—. He estado haciendo ejercicio cuatro veces por semana.

—¿Me tomas el pelo? No después de dejarme plantada, aunque me inspiró para crear mi propia marca.

—¿Baboo? —Estaba claro que no iba a dejarlo pasar.

—Echaste a perder mi cita con Baboo, y de muchas maneras.

Sam lanzó un gruñido de satisfacción, hinchando el pecho con orgullo masculino, como si fuera el único responsable de que ella no fuera virgen.

—Y no es Salman, el dueño del restaurante —dijo rápidamente—. Nunca lo conociste, pero estabas allí conmigo en espíritu. Tenía tatuajes de una pandilla juvenil, guardaespaldas y... —Se aclaró la garganta—. Algún día te contaré cómo me escapé. —Sacó una bandeja de entre sus pies—. ¿Ajo frito?

Sam se quedó mirando las cajas y los táperes que había en el suelo.

—¿Cuánta comida has comprado?

—Digamos que el asiento vacío no estaba pensado para una sola persona.

Sam miró a su alrededor, como si aún creyera que había otro hombre en su vida.

—¿Hay otros hombres?

—Solo tres. Sunil, un gestor de fondos de inversión que no estaba interesado en casarse conmigo, pero sí en echarme un polvo. Pensé en ti antes de salir por la puerta...

Una sonrisa se dibujó en sus labios.

—Ojalá hubiera estado allí.

—Y luego estaba el Soltero n.º 9, Akhil. Tenía veinte años. ¿Necesito decir más?

Sam levantó una mano.

—No, por favor.

—Y, finalmente, el Soltero n.º 10 era Sunny, el instructor de yoga. Pero es vegano. —Levantó su hamburguesa doble con queso—. Y ya sabes cómo me gusta la carne.

—¿Eso es todo? —Sam frunció el ceño—. En tu nota decías que había ganado. Según las reglas del juego, eso significa que vas a casarte con alguien que está en la lista de tu padre.

—Mi padre añadió un nombre más. —Sacó su teléfono y ojeó el currículum matrimonial que Nisha le había ayudado a escribir—. Te hablaré del Soltero n.º 11...

La mandíbula de Sam se tensó.

—Me da igual quién sea. No puedes casarte con él. Apenas conoces a ese tipo. ¿Te hace reír? ¿Podría salvarte de un ciervo? ¿Haría realidad tus fantasías eróticas en un ascensor? ¿O te defendería de los babosos en un bar? —Agarró su camiseta de los Giants—. ¿Traicionaría a su equipo y se pondría esto por ti?

—Sam Mehta. —Leyó en la pantalla—. Treinta y dos años. Arrogante. Obstinado. Controlador. Obsesionado con colocar sus lápices en una fila perfecta.

—Layla... —Su voz se volvió grave—. ¿Qué estás...?

—No hago la sesión informativa tan bien como Daisy, pero déjame continuar. Tienes que saber a qué te enfrentas.

La emoción se le agolpaba en la garganta. Con suerte, este sería el último currículum matrimonial que leería en su vida.

—Su madre es profesora —continuó—. Su padre es programador informático. La hermana, Nisha, es una de las personas más agradables que he conocido y piensa hacerse abogada. Él tiene muchos títulos que demuestran que sabe salvar vidas. Se mantiene en forma haciendo artes marciales mixtas en el gimnasio y pegando a tipos que hacen daño a la gente que le importa. Muy práctico. Sin imaginación. No puede reconocer a un espía cuando lo tiene sentado delante. Problemas de celos. Increíble en la cama. Reflejos estelares al conducir. Le gustan los largos paseos por fuentes vacías, el sexo en los baños de las tiendas de ropa y las mujeres con buen apetito que piden su propio postre. A veces comete errores, pero siempre tiene buenas intenciones. Es ferozmente leal, comprensivo, protector, inteligente, amable, divertido y... —respiró entrecortadamente— lo amo.

—¿Me amas? —La miró con incredulidad—. ¿No hay otro tipo?

Layla dejó el teléfono y se removió en su silla.

—Elijo al Soltero n.º 11. Sam Mehta, ¿quieres casarte conmigo?

Sam estaba completamente aturdido y no podía moverse.

No iba a casarse con otro. Ningún otro hombre iba a sentarse donde él estaba. No iba a sufrir la humillación de que le propusieran matrimonio en un estadio lleno de aficionados. Y no había venido solo por el partido.

Se trataba de él.

Incluso habiéndole hecho daño. Incluso sin haber conseguido justicia para Nisha. Pese a que había otros diez hombres que su padre consideraba adecuados para ella.

Ella lo quería a él. Sam Mehta. Amigo. Compañero. Hermano. Hijo.

No solo por hoy o por esta noche. No por poco tiempo o para pasar un buen rato. Sino para siempre.

Él no la merecía. No merecía su perdón. Pero no iba a dejarla marchar otra vez. Tendría toda una vida para demostrar que era digno de su amor, de ser su marido.

Él había venido a salvarla, pero en su lugar ella lo había salvado a él.

—¿Sam? —Ella frunció el ceño con consternación—. Si no... Quiero decir... No pasa nada. No hay cámara de besos ni nada. Solo nosotros. —Miró por encima del hombro—. Y mi familia.

Sam dirigió la mirada a la multitud que había a su espalda. Todo el mundo estaba allí: Jana, Nasir, Daisy, Max, Arun, los tíos y tías de la furgoneta, otras personas a las que no conocía, dos niñas preciosas, John y Nisha en una zona accesible para sillas de ruedas. Incluso Royce, estorbando a alguien con su traje de dos mil dólares.

—¡¿Ha dicho que sí?! —gritó Arun—. No pude oírlo. Hay demasiado ruido.

—¿Todos ellos lo sabían? —preguntó Sam.

—Tenía que decírselo. El matrimonio es un asunto de familia y tenían que aprobarlo.

Sam resopló.

—En teoría el hombre debe hacer la propuesta.

—¿En serio vas a empezar otra vez con eso de «el hombre»? —La sonrisa de Layla se esfumó—. Te lo dije: cuando decida casarme, se lo pediré al hombre yo misma.

—Pero tengo un anillo. —Sacó el anillo de hincha de los Giants que había comprado junto con la camiseta y la gorra, y se arrodilló—. Layla Patel. Eres apasionada, dulce, divertida, generosa y amable. Me has hecho volver a creer en mí mismo. Me has devuelto la fe en la bondad de las personas. Cada día que paso contigo es una aventura, ya sea esquivando material de oficina, conociendo a espías indios, recorriendo las calles en tu todoterreno o escondiéndome en el armario de un restaurante. Creo que me enamoré de ti en cuanto entraste por la puerta, y cada momento que he pasado contigo desde entonces te he querido más.

—Es un discurso improvisado bastante bueno para un tipo acostumbrado a tener el control.

—Aprendí de los mejores. —Sam deslizó el anillo en su dedo—. Sería un honor casarme contigo, Layla. Pero, por favor, no me pidas que apoye a tu equipo. Después de estas dos últimas eliminaciones por *strikes*, creo que los Giants van a tener la peor temporada de la historia del Oracle Park.

—Trato hecho. —Su sonrisa se convirtió en una mueca—. Ahora dame un beso. Todo el mundo está esperando.

Acunando su cara entre las palmas de las manos, Sam presionó los labios contra los suyos y la besó.

Largo y profundo. Suave y dulce. Para siempre.

—¡Ha dicho que sí! —gritó Nasir.

Una ovación se elevó desde la sección que había a su espalda.

—¡He traído tu *sherwani*! —La tía Nira levantó una bolsa de traje—. Está listo para casarse. Tal como dije.

—Levántate —dijo Layla—. Papá quiere hacer una foto.

—No puedo. —Sam miró hacia abajo—. Creo que me he arrodillado sobre tus patatas fritas.

# 30

Layla entró en el restaurante El Molinillo de Especias para despedirse por última vez. Sam y Royce habían permitido que sus padres se quedaran hasta que acabaran las reformas en Sunnyvale, pero ahora que todo estaba listo, era hora de seguir adelante.

—Los manteles van en la caja del rincón. —Su madre le ofreció una pila de manteles recién lavados—. Y no te olvides de las servilletas. La tía Lakshmi ha bordado elefantes en cada una. Para la buena suerte.

—No necesitaréis buena suerte. Todo el mundo en Sunnyvale sabe que vais a volver. Papá dice que hay reservas para los próximos tres meses.

Su madre sonrió. Llevaba haciéndolo desde el compromiso y, ahora que el nuevo restaurante estaba listo, se sentía realmente feliz.

Layla no podía imaginar una situación más diferente que la noche en que había entrado en el restaurante, seis meses atrás, en el momento más deprimente de su vida. No había sido fácil, pero había hecho lo que se había propuesto: reinventarse y construir algo aún más maravilloso de lo que jamás había imaginado.

Pasó por delante de las mesas vacías, las paredes color azafrán, los frescos de colores y los cuadros de las ciudades natales de sus padres. Habían vendido la fuente a Manoj Gawli, que vivía calle abajo, en el restaurante Tamarind, y solo habían conservado los muebles necesarios para su nuevo y acogedor espacio.

Dev se habría sentido decepcionado, pero ella sabía en el fondo que lo entendería. Sus padres volvían a ser felices y eso era lo único que importaba.

Charló con las tías que habían venido a ayudar a hacer las maletas para la mudanza. La tía Pari daba los últimos retoques a un delantal nuevo para su madre mientras sus hijos jugaban al escondite bajo las sillas. El tío Vij dormía en un rincón, con sus gafas nuevas colgando de los dedos, mientras su mujer, la tía Nira, alisaba la bolsa de la ropa que había traído esa mañana. En el espacio vacío donde había estado la cascada, la tía Mehar enseñaba a Anika y Zaina el baile «Kajra Re» de *Bunty Aur Babli* y la tía Salena y la tía Taara discutían sobre algo que había en un táper.

Rhea, su cuñada, se había tomado tiempo libre para ayudar y estaba charlando con la tía Charu y la tía Deepa junto a la barra, donde el tío Hari se servía otra copa.

El aire seguía perfumado con especias y ella siguió el aroma hasta la cocina, donde su padre estaba echando masa en una sartén.

—Papá, ¿qué estás haciendo? Los de la mudanza llegarán en cualquier momento.

—Le prometí a Sam unas *masala dosas* antes de que vaya a su entrevista. Necesita tener el estómago lleno si quiere impresionar a la junta de residentes del Hospital Redwood.

—Ha echado la solicitud a otros hospitales…

Su padre frunció el ceño.

—No. No sirve ningún otro sitio. Tiene que quedarse en la bahía. Aquí es donde está la familia: su familia, tu familia. Aquí es donde estás tú. Tú tienes que dirigir tu agencia en la planta de arriba. No tienes que irte. Te perdimos una vez y no volveremos a hacerlo.

—Nunca me perderás, papá. —Lo rodeó con los brazos y le dio un abrazo—. Sam y yo iremos tanto a Sunnyvale que te hartarás de nosotros.

—Asegúrate de que vea a Lakshmi antes de irse. Tiene preparadas unas cosas de la buena suerte para que se lleve a la entrevista. —Él le dio la vuelta a la *dosa* sin el menor esfuerzo, y ella se recordó que debía mejorar sus habilidades para cocinar *dosas*.

Después de reconciliarse con sus padres, Sam había compensado años de negación comiéndose todo el menú de El Molinillo de Especias y luego había visitado descaradamente a los parientes de ella para quedarse a cenar.

—No más elefantes. Le ha regalado tantas cosas de elefantes que ha tenido que comprar una estantería para guardarlos.

Por decoro, ambos habían tenido que vivir separados en sus apartamentos hasta el día de la boda, aunque Layla pasaba la mayoría de las noches en secreto en casa de él, en el Distrito de la Misión.

—No podemos arriesgarnos. —Volcó la *dosa* cocida en un plato—. ¿Cómo va a planear una boda si vive lejos? No. Lo tengo decidido. Conseguirá la residencia aquí y haremos una gran fiesta de celebración en el nuevo restaurante.

Layla besó a su padre en la mejilla.

—Se lo diré. Vendrá al despacho antes de irse.

Aunque Sam había ganado el juego, no había aceptado que su padre añadiera su nombre a la lista a última hora. Por tanto, como ella no había escogido a ninguno de los diez solteros originales, él la había declarado ganadora del juego del matrimonio y había convencido a Royce de que su empresa de consultoría podría dirigirse desde el edificio de enfrente.

Daisy estaba ordenando su mesa cuando Layla entró en el despacho. Max estaba jugando con un nuevo juguete de goma en un rincón, un regalo de su nuevo mejor amigo, Sam.

—He escrito una nota para tu nueva recepcionista. Tiene toda la información que necesita para hacer las cosas tan bien como yo, incluida la receta del *chai* de tu madre.

—No tenías por qué hacerlo. —Layla se sentó en el diván púrpura, lo primero que había traído al despacho cuando Royce se hubo marchado.

—Quiero que todo te vaya bien —dijo—. Estarás muy ocupada con tus dos nuevas contrataciones. Necesitas al menos una persona que lo tenga todo controlado mientras yo revoluciono el mundo de las líneas de código.

Daisy había decidido volver a trabajar como ingeniera de *software* y había encontrado una oportunidad interesante en una nueva empresa. Aunque Max no podía ir a trabajar con ella, pasaría los días recibiendo mimos de sus ancianos tíos y tías, y las noches comiendo *pakoras* en casa con ella y su padre.

—¿Dónde está tu hombre? —preguntó Daisy.

—Fue al gimnasio esta mañana. Acabó venciendo a su amigo Evan en un combate y este está decidido a igualar el marcador. Después de eso, tuvo que asistir a unas reuniones de despidos. Va a trabajar con Royce en su nuevo despacho hasta que se resuelva su residencia. Y, cuando haya acabado, vendrá para ayudar con la mudanza y repasar los últimos detalles de la boda.

—Así que es un buen tipo después de todo —dijo Daisy en tono seco.

—Siempre fue un buen tipo; solo que tardé en verlo.

—Megan, te hemos convocado a esta reunión porque el hospital está pasando por una reestructuración. Siento decirte que tenemos que despedirte. Hoy será tu último día.

Karen soltó al instante un discurso sobre la necesidad de reducir la plantilla para que el hospital pudiera seguir funcionando. Sam esperó con paciencia a que acabara y luego le dio a Megan la tarjeta de visita de Layla. Había hablado con el consejo de administración de Servicios de Salud Alfa, que estaba encantado de dar a sus antiguos empleados un poco de esperanza para el futuro.

—Echo de menos el antiguo discurso —dijo Karen después de que Megan abandonara la sala—. Era muy inspirador.

—No era el momento adecuado para que lo oyeran. Cuando alguien está en estado de *shock*, necesita tiempo para procesarlo todo y seguir adelante.

Había tardado años en superar la culpa tras el accidente de Nisha, pero ahora que había dejado atrás esa carga, podía ayudar a otros a hacer lo mismo con su dolor.

—A mí me inspiraste de otra manera. —Karen abrió su portátil—. Después de leer el expediente del cirujano que le hizo eso a tu hermana, tomé cartas en el asunto.

—¿Hablaste con tu jefe? —Solo esperaba que Ranjeet fuera despedido. Había dejado los despidos del St. Vincent en manos de Royce por su conflicto de intereses, pero con tanta gente que iba a ser despedida, no era impensable que también convocaran a Ranjeet.

—No —dijo Karen—. Paul, el jefe de Recursos Humanos de Servicios de Salud Alfa, presentó su dimisión hace unas semanas y me dieron el puesto. Eso significa que tengo más acceso a la base de datos. ¿Y adivina lo que he encontrado?

—¿Has visto a Nisha? —Sam esquivó a dos hombres que cargaban con una pesada mesa mientras corría hacia el restaurante. Había enviado mensajes y telefoneado a todos los que podían saber dónde estaba Nisha, pero hasta ahora no había tenido suerte. Su entrevista para la residencia era dentro de dos horas, pero lo único en lo que podía pensar era en los minutos que pasaban sin que Nisha supiera por fin la verdad.

—No la he visto. —Arun levantó una palmera gigante—. Nasir está en la cocina. Quizá deberías preguntarle a él.

Sam corrió por el restaurante y abrió de golpe la puerta de la cocina.

—Justo el hombre que quería ver. —Nasir le hizo señas para que se acercara a la cocina—. He hecho tus *masala dosas* favoritas para darte energía para la entrevista.

—Eres muy amable, pero necesito encontrar a Nisha. —Sus manos temblaban de emoción—. Tengo noticias.

—Está arriba con John, en el despacho de Layla. —Nasir puso el plato en manos de Sam y añadió con cuidado un pequeño cuenco de *sambar* y un poco de chutney de coco—. Hay suficiente para todos. No derrames la salsa.

Sam subió las escaleras de dos en dos, aminorando la marcha cuando oyó voces en la segunda planta.

—¡Sam! —Los ojos de Nisha brillaron cuando entró en el despacho—. ¡Adivina qué!

—Te he estado buscando por todas partes. —Puso las *dosas* en el mostrador de la recepción—. He contactado con todos mis conocidos. He conducido… —Respiró entrecortadamente—. Se acabó, Nisha. Karen de Recursos Humanos…

—No te vas a creer lo que ha pasado…

—Vimos la cinta de vigilancia —la cortó—. Y había un testigo. Fue exactamente como tú dijiste. Estabas discutiendo con él porque estaba borracho y a punto de entrar en el quirófano. Lo amenazaste con decírmelo si no cancelaba la operación.

—Todo el ascensor estaba lleno de flores. —A Nisha se le iluminó la cara—. Y cuando llegué arriba…

—Estaba enfadado —continuó Sam—. Muy enfadado. Te empujó. No sé si quería hacerte daño, porque parecía muy sorprendido cuando te caíste. Pero luego se marchó y te dejó allí. Karen llevó la cinta directamente al director general, y nos hizo una copia para que podamos ir a la policía si intentan ocultarlo de nuevo.

—¡John me ha propuesto matrimonio!

Cuando John y Nisha se fueron, Sam se sentó en el diván púrpura y se comió sus *masala dosas* mientras Layla acababa su trabajo. No se cansaba de comer su plato favorito, y Nasir había sido más que complaciente. Ya se sentía parte de la familia, aunque Layla no pudo convencerlo de que se cambiara el apellido.

—¿Listo para la entrevista? —Ella se sentó con él en el diván y él la subió a su regazo.

—He tomado mis *dosas* diarias y tengo dos bolsillos llenos de amuletos de la suerte. Tu padre también contactó con la «red Patel» secreta para conseguir algunos favores, tus tías y tíos están en el caso, y alguien fue a ver a mis vecinos y les pidió que mantuvieran a sus gatos negros dentro de casa. Con tu familia detrás, mis habilidades parecen irrelevantes.

Layla se rio.

—Si lo recuerdas, así es como yo empecé con mi agencia.

—Creía que había empezado con material de oficina volador.

—Tiró de ella para besarla y ella se derritió por dentro.

—Yo creo que empezó como un simple juego...

# AGRADECIMIENTOS

Este libro no existiría sin el apoyo de tantas personas amables y generosas. Gracias a mi fantástica editora, Kristine Swartz, por su entusiasmo y por incluirme en su increíble catálogo de autores. Has convertido mi sueño en realidad.

A mi encantadora agente literaria, Laura Bradford, que me ha acompañado en este viaje desde el principio a través de las muchas versiones del libro. Sin tus ánimos nunca habría dado el paso para que saliera a la luz.

Estoy muy agradecida al equipo de Berkley. Gracias por la preciosa portada, por todo vuestro esfuerzo y energía, por vuestra atención al detalle y por lanzar mi historia al mundo de la mejor manera posible.

Mindy Kaling, Hasan Minhaj, Jameela Jamil y Lilly Singh: gracias por allanarme el camino.

A Christa Desir, que se arriesgó conmigo en su día y ha trabajado incansablemente para promover la inclusión en la industria editorial. Sigues inspirándome a diario.

Gracias a mi familia por reírse de mí. Nunca habría descubierto mi lado cómico sin vuestras sonrisas.

Y, por último, gracias a John y a mis hijas. Por vuestro amor y apoyo, vuestra paciencia y comprensión, vuestros abrazos y besos. Lo sois todo para mí.